[长篇小说]

你敢天长，我就敢地久

王瓷玫茶 著

江苏人民出版社

图书在版编目（CIP）数据

你敢天长，我就敢地久 / 王瓷玫茶著. —南京：
江苏人民出版社，2012.3
ISBN 978-7-214-08040-0

Ⅰ.①你… Ⅱ.①王… Ⅲ.①小篇小说－中国－当代
Ⅳ.①I247.5

中国版本图书馆CIP数据核字（2012）第047989号

书　　　名	你敢天长，我就敢地久	
著　　　者	王瓷玫茶	
责 任 编 辑	刘　焱	
特 约 编 辑	张　娟　俞　芬	
责 任 校 对	陈晓丹	
装 帧 设 计	门乃婷工作室	
出 版 发 行	凤凰出版传媒集团	
	凤凰出版传媒股份有限公司	
	江苏人民出版社	
集 团 地 址	南京湖南路1号A楼　邮编：210009	
集 团 网 址	http://www.ppm.cn	
出版社地址	南京湖南路1号A楼　邮编：210009	
出版社网址	http://www.book-wind.com	
经　　　销	凤凰出版传媒股份有限公司	
印　　　刷	北京瑞达方舟印务有限公司	
开　　　本	700毫米×1000毫米　1/16	
印　　　张	17.5	
字　　　数	314千字	
版　　　次	2012年4月第1版　2012年4月第1次印刷	
标 准 书 号	ISBN 978-7-214-08040-0	
定　　　价	28.00元	

（江苏人民出版社图书凡印装错误可向本社调换）

目录

第一章

你这辈子最大的成功就是娶了我！

虽然住着小房子，拿着普通的薪水，但是比起 8 年前刚毕业时的一无所有，杜少良觉得自己现在已经算是成功人士了。当然，最让他得意的是，他有一个幸福的家庭，有一个非常关心自己的老妈，有一个通情达理、温柔可人的老婆。

1

周五的早上，殷小湘挺着大肚子在厨房里忙前忙后，少良站在洗手间的镜子前左右端详自己，听着厨房里叮叮咣咣的声音忍不住叫："小湘，来不及就算了，我路上买着吃。"

小湘手忙脚乱地说："好了好了，没什么了，能吃了能吃了。"厨房里太小，锅碗瓢盆乱七八糟，锅里煎着鸡蛋，滋滋地响，小湘笨手笨脚地拿起水壶准备烧壶开水。

伴随着小湘的惊呼，厨房里传来咣当一声巨响。少良紧张地跑进厨房，只见水壶倒在地上。

"小湘，没事吧，烫着没有？唉，厨房这么小，你大着肚子转身都不方便，都叫你不要弄早餐给我吃了，有时间你多睡一会儿。"

小湘刚要答话，云姨熟门熟路地开门进来。看到厨房的景象，云姨大惊失色，手指头都要戳到少良的鼻子上了："杜少良，你有没有搞错啊，小湘怀着孕，你居然叫她弄早餐给你吃？哎呀，小湘啊，你怎么样啊，伤到哪儿没有？"

云姨一边说，一边手脚麻利地收拾着厨房，还不忘数落少良："早说过了，这种旧房子，光线又不好，地方又小。也不知道你们家是怎么回事儿，买房子也不知道挑挑好的。现在可好，多一个人就转不开身，小湘肚子越来越大了，这么小的地方，多不安全。你怎么当人家丈夫的呀，还眼看着就要当爸爸了。"

小湘对着少良吐吐舌头，调皮地笑。少良颇不买账地回敬云姨："我们家房子好着呢，交通便利，生活方便。小是小了点，打扫卫生不费事，水电费都很省，我们只有两个人，不，三个人住嘛，哪里小了？就您老一个星期来七天，您不嫌累我们还嫌累呢。"

　　云姨转过脸瞪着少良："是不是我说一句你一定要顶一句？我来，那是我对你这个人不放心。我们小湘这些年跟着你没少吃苦，我们娘家人照顾照顾，你还有意见怎么的？有意见啊，我带的这鱼片粥不准你吃。"

　　少良翻着白眼："谁要吃鱼片粥，我老婆做的玉米粥不知道有多好吃。"说完，他吧嗒着嘴喝粥。小湘无可奈何地看着丈夫和云姨对阵。

　　三下两下吃完，少良提起公文包。小湘过去帮他整理领带，情意绵绵地说："路上开车小心，今天早，应该不会堵车，不要着急，安全第一。"

　　"嗯，知道了。你再睡会儿，晚点去上班。你是孕妇，上班晚点人家不会说什么的。你不睡，我们的宝宝也要睡。还有啊，乖乖吃饭，不要吃我剩下的那些。"

　　小湘幸福地看着老公："好了好了，你知不知道你好啰唆的。就算我要吃你剩下的，云姨也不准我吃的。"

　　云姨手脚麻利地把少良吃剩的稀饭和馒头倒进垃圾桶，还挑衅似的瞪了一眼站在门口的少良。

　　少良苦笑了一下："还真是，只要她在，我对你还真没有什么好担心的。"

　　小湘偷笑着拍了少良一下。少良拥了拥小湘，对着小湘的肚子温柔地说："宝宝，爸爸上班去了，你要替爸爸好好照顾妈妈哦。"

　　看着少良走下窄窄的楼梯，小湘在后面追着说："别忘了，晚上给我爸饯行，记得把爸爸的生日礼物带回来。他去香港两个月呢，等回来再送该赶不上了正日子了，千万别耽误。"

　　少良的声音从一楼飘上来："好，知道了，你自己上班路上小心。下了班等我，我接你去。"

　　云姨把带来的早餐摆在桌上，她摇着头，恨铁不成钢地说："你啊，老公这么要紧，自己不要紧？我告诉你，男人这种东西，你不能对他太好，你对他好了，他就上房揭瓦。你看，他现在把自己弄得跟个少爷似的，家里都是你伺候他。吃个饭吧，还要你把筷子递到手上，这都是你惯出来的坏毛病。"

　　小湘撇了撇嘴，不以为然："他也没那么差吧，人家挺关心我的。"

　　云姨有点不忿："关心？他关心你，应该他做饭给你吃，他关心你就不应该让你大着肚子还住在这种鬼地方。你看看，你们家楼道里都没有灯泡，我配过好几个，每个都不超过一个礼拜就被人弄走了。小区里面到处停着乱七八糟的车，门口那路吧，一到下雨天就跟河似的，这季节又经常下雨。你住在这里，要磕着碰着怎么办？"

　　小湘笑了："哪有您说得那么夸张嘛。我们这小区好啊，停车不要钱呢，隔壁那小区倒是新的，一个月停车费 300 块。灯有没有也不要紧，您说您张罗着配它干吗？我现在天天都带一个微型电筒，我们家少良买的，人家想的还是很周到的，你要看到他的长处。"

云姨用抹布擦着桌子，不屑地说："什么长处，他最大的长处就是会找老婆！"

小湘扑哧一声笑了："这话您说了一百八十遍了吧，这事我们家少良倒和您持同样的观点。"

云姨恨恨地说："笑吧，笑吧。现在把他惯到天上去了，将来有你哭的时候。"

小湘故意气云姨："你说我就奇怪，少良上辈子肯定得罪你了。我们结婚有三年了吧，您就骂了他三年。小沫说得对，您就是我们家少良的天敌。"

云姨"嘿"了一声："谁要骂他？我是为你好。他照顾不好你，我当然要骂他。我从小带大的孩子，我都舍不得让你动手干活，他可倒好，一家人把你当丫头使唤，我骂得还少了哪。"

小湘喝着鱼片粥，说："对对，骂得少了。您说您那么讨厌他，干吗又带双份的鱼片粥？"

云姨真有点不忿："那也要人家领情呢。哼！"

忙了一会儿，云姨又想起什么来："你妈说接你回家住去，他怎么说？"

小湘有点不耐烦了："好好的，回去干吗啊？我都没跟他说。我挺好的，又不是不能动。这里离我单位近，上班也不用转车。"

云姨露出一副不相信的表情来："肯定是你婆婆那边又说什么话了，他才不肯的，你也不用替他打马虎眼儿。你那婆婆，咳，我都不愿意提她。你这么老实，什么都依着他们家，早晚你要吃亏的。"

小湘低下了头，慢吞吞地说："他也有他的难处。一大家子呢！"

云姨有点恼火了："他有他的难处，他怎么不想想你也有你的难处？提起他们家那些破事儿，我就来火。你说说，哪有人家婆长房儿媳妇进门，酒席钱叫娘家出，礼金自己收着的？我就没见过这种人家，你婆婆可算叫我开回眼。"

小湘赶紧解释："得，以前的事情了，总提做什么？再说，他家当时给钱了，就是我们家张罗的而已。"

云姨真是又好气又好笑："你可真给你妈争气呢。瞧那时候把老太太气的，嫁个女儿跟倒贴似的。"

小湘说："说那么难听，您什么时候添了我大姐的坏毛病了？"

云姨叹口气："你也学学小潇，她脾气坏是坏点，可婆家人就是不敢惹她。"

小湘捂着嘴哧哧地笑："不止婆家，是人就不敢惹她，要不怎么我们家都一边倒地同情梁文年呢？我妈老说，小梁啊，不容易啊。哈哈，哈哈！我们家少良被您骂得再郁闷，只要比比梁文年，他就觉得自己还是蛮幸福的。"

2

少良家在一个比较老的小区，小区里只有四五栋旧楼，道路狭窄，路边停满了车。少良提着公文包让了几辆自行车过去，才走到车的旁边。少良看着自己的车很郁闷，车被一辆私家车和一辆面包车一前一后死死夹在中间。少良前后左右看了半天，才钻进了车里，发动了车，费了九牛二虎之力才把车子开了出来。房子是少良和小湘结婚的时候买的二手房，离小湘单位只有两站路。当年买这房子，两家发生了很大的矛盾。

当年，少良爸爸买断工龄都已经十几年了，一直都没有再找工作。少良妈在县里小学当老师，家里能挣几个钱呢。那时候少兰还在上学，弟弟少聪中学毕业就没读书了，好不容易少良爸托老朋友才把少聪安排进了县电缆厂上班，可一个普通工人，也挣不了几个钱。所以，少良妈认为拿3万块出来给少良买房，家里已经是尽了最大的努力了。

小湘家不一样，小湘爸原来在机关工作，后来国企改制，小湘爸当上了领导，退休前还是市属企业的副总。那几年企业老总实行年薪制，小湘爸90年代就已经年薪20万了。小湘妈也在福利待遇都很好的事业单位上班。姐姐小潇在外贸集团工作，妹妹小沫在学校读研。小湘家里经济情况比少良家好很多。可说到给女儿买婚房，殷家也只肯出3万。

少良爸妈很不忿，少良妈说，虽然都是3万，对杜家来说，3万是他们的全部家产；而对殷家来说，3万不过是拔一根汗毛。小湘妈当年在亲家见面的饭桌上听少良妈说这话，当场就反驳说："3万就是拔一根汗毛？你们家汗毛这么贵？"

说起给小湘买房，不要说小湘爸妈，就是把小湘带大的云姨都不知道有多气。想当年，小湘妈生了小湘，奶水不够，小湘整天饿得哇哇哭。还是小湘的外婆找到了远方亲戚家的云姨，云姨刚生的女儿夭折了，奶水足，这才喂活了小湘，救了这个急。那时候，买奶粉也是很奢侈的事情，大多数没有奶吃的孩子都吃米汤和麦乳精。小湘吃云姨的奶一直吃到2岁，长得白白胖胖的。所以小湘和云姨的这份母女情有时候比亲母女还要亲，云姨见不得小湘受一丁点儿委屈。

本来小湘家给女儿准备的嫁妆是20万，另外还陪送全部的家电和家具。小湘爸还说，如果他们要买房子，另外再支援钱。可小湘妈心眼儿多，听说少良家是县城的，家里条件又那样，她本来就有点不同意这婚事。后来见了少良，觉得他还算老实厚道，关键是对小湘好。小湘爸又说，别的都是假的，钱啊、家产啊都是身外物，只要对女儿好，女儿才是真享福，小湘妈也就不反对了。不反对归不反对，心眼儿还是要留一点的。

小湘妈一辈子和小湘爸家那些农村的、县城的亲戚斗智斗勇，可谓身经百战，她太清楚这些小地方的人是什么思维方式了。小湘爸是典型的第一代"凤凰男"，提起当年那些糟心的事儿，小湘妈到现在还能向老头子讨伐半宿。所以，她绝对不能让小湘重蹈覆辙。不过还算好，杜少良还不是纯粹的"凤凰男"，他好歹还是县城出来的。

小湘妈就算有心理准备，也没有想到少良家那么抠门。她仔细琢磨过，少良爸爸是当过企业副厂长的，妈妈当小学老师，钱是不会有太多，可也绝对不止3万。小湘妈当年跟小湘算一本账，少良那时候都32岁了，23岁大学毕业他就出来工作，都8年了，少良不抽烟不喝酒，没买过房子，就算他自己攒的老婆本也不止3万啊。可见这不是有钱没钱的问题，是对娶媳妇这件事情的态度问题。

但小湘妈也不当着少良的面说破。有些事情，说破了显得市侩，还伤感情。小湘妈就说，比着少良家的数也出3万，其他的钱两人贷款去。也别拣新的、大的房子买吧，能买多大就买多大。小湘妈跟云姨两个合计的好着呢："钱在我们手上，仍然给小湘留着，就是不能现在就便宜了杜家。"

所以，两家心眼儿斗来斗去的，最后他们就只有6万的首付。少良也有苦说不出，他一毕业就进了现在这家公司，靠着熬年头熬资历，8年没跳槽，终于从小职员熬到了部门经理，他也不容易。这些年赚的钱，少良除了留点零花钱，其他的全部都给他妈存着。少良觉得父母操心受累一辈子，把自己和少兰供了出来读书。少聪又不争气，天天叫父母烦恼。他是家里长子，对家里有责任，应该帮父母分担。少良妈拿了儿子的钱，每次都说给他存着，将来好成家立业。少良妈也真是这么想的，可架不住家里开销大，每个月少良的钱也还是要派上用场。8年下来，她存了10万块，可少良妈不愿意把这10万块都拿出来给儿子买房。一来家里原本要留点钱，不能都掏空了，这钱少聪还要娶媳妇呢。少兰结婚要陪嫁，也是一笔开销。少良没结婚，他的钱都交到家里；结婚了，他的钱当然就交给自己的媳妇儿了。那以后，家里就没有这么大笔的经济来源了。

照着她的算法，给少良拿3万房款，又格外拿5000块出来办酒席，这都已经超支了。酒席虽然是小湘家张罗的，但谁让她们家坚持要在市里办酒席呢？在县城，5000块办酒很风光了。所以，当时少良妈在办酒的时候就盯住了红包，保证自己家亲戚的红包一个也不落到殷家去。谁知道，为这么个事情，儿媳妇小湘还跟少良闹，说什么娘家办酒婆家收红包不像话。少良妈现在想起来，还觉得自己挺有理，她又没收殷家亲戚的红包。就这样，收回来的红包也没有 5000 啊，这还亏本了呢。

说起这房子，还有一个小插曲。当年买房的时候，小湘妈陪着小湘跑了很久，终于看中了小湘单位附近的一套一室一厅的房子，精装修，新小区，环境好，总价也不过三十几万。小湘说一室一厅也太小了，小湘妈很有远见地说："我就照一室一厅给你找的，你就不能买两居。你多一间房，能多好多事儿出来，以后你就知道了。"小湘觉得她妈是危言耸听，也没当回事儿。

少良妈也拉着少良满世界看房子，就看中了现在这套，房龄已经有七八年了，小区有点乱，但有两间房，面积自然也比那个一室一厅的房子大，还是简装修，总价比小湘妈看中的那套低点。少良妈说这套好，有两间房，将来有点什么事儿也方便。

小湘妈对小湘说："能有什么事儿？你要买了这两居，你们家就等着变成他们家的接待处吧。"小湘那时候根本不把老妈的话当回事儿，她还一心想当个让婆婆满意的孝顺儿媳妇。婆婆也是为了他们小两口好，况且当时看，这两居是比那一居的划算，到单位就远一站路，价钱却便宜不少。小湘自己也愿意要这两居，到底多一间房。

3

少良驱车上了内环高架桥，整个城市已经进入了上班早高峰，路上车来车往，拥堵不堪。路过公交车站时，看到成堆的等车人群，少良得意地笑了笑。每当这个时候，少良就觉得自己挺幸福的，应该知足。作为一个 35 岁的男人，他有房有车，在大公司上班，管着一帮手下，一年下来七七八八的也能赚十几万。比起 8 年前刚毕业那时候的一无所有，他觉得自己现在已经算是成功人士了。

这还不是少良最得意的。他最得意的就是有一个幸福的家庭，有一个非常关心自己的老妈，有一个非常通情达理、温柔可人的老婆。少良觉得，一个男人，有这样的生活、这样的事业，还有什么理由觉得自己不幸福呢？

说起来，少良和小湘还是相亲认识的。少良研究生毕业，女朋友交过俩。本科的时候和一个同学谈恋爱，两个人处了快两年，后来那个女孩出国了，两人也就散了。研究生的时候认识了一个师妹，也处了快大半年，后来师妹和少良的师兄好上了，他们俩又黄了。这么一来二去的，少良的大好青春可就耽误了。

　　一晃就晃到三十好几了，少良妈急得整天托人给少良介绍女朋友。要说少良条件也不错，周围追他的女孩也不少，可不知道为什么，少良总是碰不到自己满意的。从少良的角度来说，他甚至都不认为自己的前两段感情算是真正的感情。那时候太年轻了，所以，那两段感情，他早就已经淡忘了。少良是家里的老大，从小受到的教育也很传统。过了30岁之后，少良对感情的选择就更加慎重。

　　少良和小湘认识缘于一次不成功的相亲。本来相亲的主角是少良和云姨的一个远方侄女。这女孩当年也30岁了，没谈过恋爱，女孩就托云姨给她介绍一门亲事。可巧，云姨的小叔子李力明和少良在同一家公司上班，李力明看少良年龄、家庭各方面条件和那女孩都很般配，就做了这个媒。少良当时却不过上司的情面就去了。小湘刚好陪着那个女孩也去了。

　　相亲的结果是，少良没看上那个女孩，倒看上了一起去的小湘。云姨对少良的那点成见就是这么来的。她觉得少良和她那远房侄女配对倒也马马虎虎了，他哪里就配得上小湘？最可气的是，少良非常干脆地拒绝了那个姑娘，弄得姑娘很伤心，结果少良转头又盯着小湘追，云姨觉得少良这人实在有点不厚道。他也太有心眼了，小湘的条件比她侄女不知道好到哪儿去了，这男人多有势力眼啊。就冲这一点，小湘全家都站在云姨这边反对小湘和少良来往。用小潇的话来说："杜少良除了长得有点人缘外，其他没有一点可取之处。"小湘立即反驳说："人家是名校毕业。"小湘爸就说了："名校毕业？他那个学校也能叫名校？现在满大街都是本科生，硕士也不稀罕，你自己也是硕士呢。"小湘说："你们这是唯学历论，有能力的不靠学历，硕士还是他的手下呢。"小湘爸说："他三十好几了，在这么个小公司干了8年，还上不上下不下的，就是能力有问题。真有能力，他为什么不考公务员？为什么不出国？为什么不去北京、上海这些地方的外资公司？"

　　小湘说："那他要出国了，去北京、上海的外企了，我还认识他是谁啊？再说了，真有本事的，谁死抱着公务员的饭碗不撒手啊？"小湘妈说："就算这些你都不计较，他们家的家庭条件你也得考虑，那些电视剧你没看过吗？多少城市姑娘找了农村的孩子，都没好结果。"小湘说："他又不是农村的，他是县城人，家里也不是多差的吧？"云姨就说："就是县城人才麻烦，农村人吧，还有个朴实的优点，这个县城的人，没有城里人的能耐，倒有城里人的脾气，还不如彻头彻尾就农村孩子呢。你看梁文年，农村孩子出身，好歹他还听你姐的。这个杜少良，我看就未必，他那个爸妈是县里有名的难缠。"小湘说："我跟他过一辈子，又不跟他爸妈过。"反正，不管家里人怎么说，小湘就是看上了少良。婚后，少良问小湘看上他什么了，小湘歪着头笑着说："自己想去！"

但是，小湘再喜欢少良，两个人结婚也经历了一番波折。除了小湘家对少良家不满意外，少良爸和小湘爸还有一个死结，到现在也解不开。原来，十几年前，小湘爸在市里一个局当副局长。国企改制的时候，小湘爸看自己也没有转正的机会了，不如到企业挣几年钱退休呢，就自己申请去了市属的企业，当上了企业的老总。少良爸当时是县城里一个工厂的副厂长，赶上市属企业搞兼并，正好是少良他爸的那个厂子。少良爸在这个厂干了一辈子，从技术员干到副厂长，好歹也是个干部。这么一夜之间，厂里的工人全部要买断工龄回家，工人就不干了。少良爸在厂里德高望重，大家都对他比较服气。于是，组织上做他的工作，叫他去安抚工人，让工厂顺利过渡。

但是，少良爸觉得，工人们在厂子里干了一辈子，现在一下子被工厂抛弃了，谁都是上有老下有小的，工人安排不好，少良爸觉得对不起自己的良心。所以，少良爸就带着自己手下的工人们到省里去上访了。上访没有结果，厂该兼并还是兼并，工人该回家还是回家。唯一不同的就是，少良爸原本可以在县里被安排一个单位，可这次事情是他挑的头，于是就和工人落了个一样的待遇，买断工龄回家。所有的厂领导都被安排了去处，只有少良爸一个人落了这么个下场，少良爸气得在家躺了小半年。从那时候开始，少良爸就一直病病歪歪的，到医院看了多少次，也看不出个所以然。其实，他身体也没什么毛病，就是心里一口气顺不过来。

当时，小湘爸是市属企业的老总，负责兼并改制工作。他还以组织的名义，找少良爸谈过一次话，少良爸就把这笔账算到小湘爸的头上了。其实，当时小湘爸也不过是按市里要求做事，那时候他也不认识少良他爸呀。

过了十几年，两家倒成了亲家。头一回见面的时候，少良爸一眼就认出了小湘她爸，这可是他这辈子最大的仇人啊。小湘爸是真没认出少良爸来，毕竟少良爸只是他工作中遇到的那么多人中的一个。饭桌上，少良爸扭头就走，少良怎么拉都拉不回来。问了半天，他就一句话："你问问她爸干过什么亏心事儿？这婚事，我杜家不同意。"

小湘爸一头雾水，自问这辈子自己没干过什么损人利己的事啊，他也想不起来少良爸是谁。小湘妈不干了，这什么话，你一县城的穷小子找我们家闺女，我还没说不乐意呢，你反说不同意了。这么着，小湘妈也说："这婚事我们殷家也不同意。"

少良和小湘可全傻了。

少良费了好大劲儿才问清楚怎么回事，少良爸一听说小湘爸说不认识自己，这给气得，一下就躺到医院去了。是啊，这件事情影响了自己后半辈子的生活，他做梦都对小湘爸咬牙切齿的，想起来就这儿疼那儿疼。可人家呢，根本连自己是谁都忘了，少良爸没法不生气。这么一气，就怎么都不同意两个人的婚事。知道了来龙去脉后，回想起当年的事情来，小湘爸还挺同情少良爸，觉得人家这么大反应也可以理解，他反而不怎么反对两人的婚事了。

可小湘妈坚决反对。小湘妈很精明地说，这样的婚姻基础不好。结婚不是两个人的事，是两个家庭的事。本来就有点门不当户不对了，但少良这孩子不错，也就将就。可是现在两家有这么大的过节，而且人家那边对这事看得这么重，都记了十几年的仇，这还怎么在一块过日子啊？将来自己女儿要吃亏的。

父母怎么想，也拦不住少良和小湘的感情深。两个人一看双方矛盾无法调和，干脆来了个先斩后奏，把结婚证给领了。逼得双方父母没办法，同意也得同意，不同意也得同意。所以，少良爸妈和小湘一直就难处，小湘爸开始的时候对少良还不错，可家长里短的，小湘少不了受了委屈就回娘家哭诉，小湘爸也有点火了，心想："你对我有意见，怎么欺负我女儿呢？"所以，慢慢地，小湘爸对少良也就不咸不淡了。

还是小湘妈头脑比较清醒，两个人已经结婚了，既然木已成舟，总不能赶着叫女儿离婚吧。既然不离婚，那就得好好过日子，所以小湘妈对少良的态度倒变得亲切自然了。当然，小湘妈时常会跟小湘爸说："人和人相处有学问。反正，咱什么时候都不能叫自己女儿吃了亏，这是原则。其他的小事，不用太计较。"

所以，在办酒、买房这些事情上，小湘妈充分发挥了高屋建瓴的大智慧。她的原则就是，绝不让少良家沾到自己家一点儿便宜。但她总是好言好语地煨着女婿，弄得少良觉得丈母娘对自己着实是不错的。看，买房子还给了3万呢，空调家具还给添了几样，得空还老叫小两口回家吃饭。这丈母娘真是不错。

4

总的来说，少良觉得，小湘和小湘的家人对自己很不错。而少良了解自己的父母，很多事情都是自己父母做得过分了些，这让少良对小湘总抱着一份小小的内疚。但内疚归内疚，少良也不可能为了小湘而去怪自己的父母。作为一个负责任的男人，要照顾好家里所有的人，这是男人的责任。一个是老妈，一个是老婆，谁的感受都要照顾到，谁让自己是一个男人呢？

少良还没到单位，少良妈的电话就追来了。少良知道是老妈的查岗电话，内容无非是问问早上吃饭没有，吃的是什么，谁做的饭。少良妈特不放心儿媳妇小湘做早饭，经常在电话里唠叨，说上个礼拜带来的煎饼要放鸡蛋打点葱花啦，稀饭不要熬得太稠了。而且矢志不渝，每天早上重复一遍。小湘非常抗拒婆婆的这种行为，后来她赌气不弄早饭给少良吃。少良妈知道了，更唠叨了，少良也没办法，只好两头哄着。

少良妈在电话里说少良爸晚上过生日，少良一听就有点懵了，上个月他爸才过的阴历生日。少良妈一听就不高兴了："你怎么做儿子的？今天是你爸阳历生日。"少良一听都急了，说："阳历生日！不是，咱家不是都只过阴历生日吗，怎么想起来过阳历生日了？"少良妈一听更不高兴了："你爸过生日，你这么啰唆。你敢说你今天不是去给老丈人过生日？哦，许你老丈人过阳历生日，不许你亲爹过阳历生日？"少良妈还补充一句，"你爸今天过生日，你是人家的女婿，也是你爸的儿子。你亲爹过生日，长子长媳不回来，叫街坊邻居看见了笑话。"少良就明白了，这是自己老爸跟老丈人较劲儿呢，老人的思维有时候真是不可思议。

小湘爸爸要去香港，下个月回不来，小潇两口子才张罗着提前给老爷子饯行。这事儿少良前两天跟父母提了下，还说要准备一份礼物送给老丈人，结果父母就来这么一出。少良后悔极了，早知道不告诉他们，就什么事儿也没有了。可这话还不好说。少良只好说尽量想办法回去。挂了电话，少良都不知道该怎么办才好了，想来想去，老丈人的饯行酒还不能不去，只好硬着头皮不回县城了。

回到公司，少良又碰上闹心的事情。今年年初，少良为了多挣点钱，换一套大点的房子，自己申请转到了销售部。可做了快半年，销售部这边一直打不开局面。少良一直都是做技术的，以他的性格，其实他不是很适合做销售。要不是丈母娘那边总说换房子的事情，少良也不会给自己这么大压力。从个人来说，少良还是喜欢做技术。因为做技术比较单纯，不用和人打太多的交道。可是为了早点买一套大点的房子，他也只好勉为其难了。

谁知，来到销售部后，少良工作上一直不见起色。销售不好做是一个方面，另外，同一个部门同级的销售经理崔林生简直就是少良的天敌。自从少良到了销售部，因为他有副总李力明撑腰，崔林生就把少良当眼中钉，事事挤对少良。李力明是云姨的小叔子，而且他读书都是云姨供出来的，有点长嫂如母的意思。也因着这层关系，李力明在公司事事都维护少良。有时候，少良都觉得自己有点靠老婆娘家的意思。

当然，每个男人都有自尊，少良能不这么想的时候，还是尽可能不这么想。再说了，少良的薪水挺高的，几乎比小湘这个机关小公务员的工资多一倍。少良有时候安慰自己说："这也是凭自己的努力才有的地位。男人挣钱多过女人，怎么也归不到吃软饭的行列里去吧。"

一早上班，少良就受了崔林生一肚子的闲气。开会前，内勤兼文秘艾茉莉将这一期的业绩单交给少良，一看业绩足足比上个月跌了两成，少良就知道不好了。果然，在开碰头会的时候，崔林生趾高气昂地跟李力明说，要把少良这组的小周和小林调到他们组去帮忙。

李力明心知肚明，崔林生之所以能比少良的业绩好，全在他一气抢了少良这组的四个大客户。这四个项目的经费都在20万以上，有两个项目少良已经和客户谈好了，谁知道，都快要签约了，崔林生的人去搅和。还有两个项目本来就是少良这组分管的片儿，崔林生不但踩过了界，还明目张胆地在同一间饭店把少良的客户给抢了。可李力明很明白，公司看的是业绩，没有业绩，天大的道理都说不过去。他只是几个副总中的一个，副总跟副总之间也有竞争，李力明在这种事情上很难偏袒少良。

开完了会，少良一肚子火气，李力明只好劝他："少良啊，你也不要这么小气。我看了你的报表，少是少了点，不过你刚接手三个月，可以理解嘛。不过呢，你也要多敲打敲打你手下那些人，太懒散了。做上司的，不能总是这样纵容下属，不立规矩，不成方圆，这个道理你要懂的。"

少良在公司是主管一级，手下管着几个人。可也不知道是这几个人先天就不足，还是少良待下属太宽厚的缘故，总之没有一个人干起活来能独当一面。秘书艾茉莉，打起字来翘着兰花指；小林呢，天天在公司打私人电话；老周天天请病假、事假，外加迟到早退；新来的大学生周小玫，能干是能干，可一个月30天有22天穿牛仔裤、格子衬衣，仿佛不知道什么叫做打扮，这还怎么见客户呢；小方更离谱了，什么时候看见他，他都是魂不守舍。有了这么一班同事和下属，少良在公司的压力也很大。当然，公司的这些事情，少良一般不会回家去和小湘说。他知道，小湘家里条件好，小湘自己工作也不错。越是这样，他就越觉得自己有义务让小湘在和他一起生活后，还能保持她以前的生活水准，最低限度，不能让老婆一家人天天看自己的笑话。天大的事，他都自己撑着。

上午开过会，少良又接到了妹妹少兰的电话。少兰在电话里心急火燎地说，家里都闹得不像样了。原来，少聪的女朋友杨彩霞堵着少良家的门，非要见少聪。少良一听，头都大了，他暗地里骂少聪不知道分寸，也怪自己父母不通情达理。

杨彩霞和少聪是初中同学，彩霞家里困难，家里有一个哥哥、两个弟弟，哥哥没读书，在镇上菜市场里卖猪肉，两个弟弟还在上学。母亲早逝，父亲前几年跟一个姓李的寡妇好上了，做了人家的上门女婿，这之后父亲也就不大管几个孩子的事了。大哥没结婚的时候，还负责两个弟弟的学费、生活费，那时候彩霞压力还不是很大。可大哥一结婚，有嫂子管着，慢慢地两个弟弟的事情就不多管了，两个弟弟的学费和生活费都落在彩霞一个人身上。迫不得已，为了方便照顾两个弟弟的生活，初中毕业后就没有再上学，早早出来打工挣钱了。她没有和别的打工妹一样跑去深圳，而是到县里打工。为了多挣钱，彩霞就学了足疗按摩，在县城里最大的足疗按摩中心工作。少聪也是读书不成，被父亲给安排在县里电缆厂上班。结果前一段，他因为打群架被厂里开除了，把少良爸气得在医院又躺了小半个月。从此，少聪就在社会上混着，这里干两天，那里干两天。少聪和彩霞本来就是老同学，彩霞又长得漂亮，少聪就经常帮彩霞的忙。有些坏小子欺负彩霞，少聪也帮彩霞出头。就这么着，一来二去，两个人就好上了。

　　少良父母是看着彩霞这孩子长大的。可正因为看着她长大，他们才清楚彩霞家里的情况。少良妈从少聪一开始和彩霞在一起时就坚决反对，不过那时候少良妈也没想到两个人真能到谈婚论嫁的程度。少聪虽然没学历，可长得一表人才，家里条件也还过得去，县里不少女孩子都追着少聪。少良妈想，年轻人谈感情，很容易就闹分手了，不管怎么着，反正这种事情男人是不吃亏的，她犯不着先去拦着。所以，少良妈开始就装不知道，没去管两个孩子。可没想到杨彩霞怀孕了，少聪连招呼都不打一声，就把杨彩霞带回家里，跟父母说要结婚。这才把少良妈给惹急了，她坚决不同意，谁说都没用。少良爸和少良妈立场出奇的一致，就一句话，老杜家不能娶一个洗脚妹进门。这还不算，少聪原本打算学哥哥的样子，来个先斩后奏，先跟杨彩霞领了结婚证再说。谁想到少良妈是一朝被蛇咬，十年怕井绳，她早早在县民政局走通了门路，少良妈的一个远方亲戚家的外甥女正好在民政局，少聪他们俩一出现在民政局的院子里，少良妈就收到信儿了。县城能有多大，少良妈抬脚就到了民政局，上演了一出一哭二闹三上吊的把戏，生生地把少聪和杨彩霞两个人领证的事情给搅和黄了。

　　杨彩霞可没小湘那么好说话，彩霞从小就是泼辣性子，想当年她爸爸给人当上门女婿，丢下两个弟弟不管的时候，是杨彩霞拿着扫把把她爸给扫地出了门。她哥哥结婚以后，嫂子厉害，也是杨彩霞带着两个弟弟跟嫂子谈判，分家另过。杨彩霞哪能吃少良妈这一套，她跟少良妈吵了个天翻地覆。不管怎么着，少良妈就是不同意娶杨彩霞进门。杨彩霞也较劲儿，她还不肯跟少聪再偷偷地去领结婚证了，她一定要风风光光地嫁进杜家。

　　少良妈也不是省油的灯，杨彩霞较上了劲儿，少良妈就更较劲儿了，她咬死了就三个字：不同意。少聪可好，一开始还和彩霞信誓旦旦地去领结婚证，临到老娘一上吊，再劈头盖脸地这么一骂，少聪的气焰立刻矮了三分。等到老娘闹完拍手走了，杨彩霞又连哭带闹地指着肚子说不要活了。少聪脑袋一缩，躲了。躲了一个多礼拜，老娘和杨彩霞都找不着他的影子。少良知道少聪在哪儿，可他做梦也想不到弟弟投奔自己来，不是为了找个在超市当保安的工作，而纯粹就是躲事儿来了。要没少兰这通电话，少良至今还蒙在鼓里呢。

在这个本应该轻松的下午，少良除了生着崔林生的闲气，还要想想怎么样才能把少聪给押回家去见杨彩霞，怎么样才能让小湘对自己晚上的迟到或缺席不特别地愤怒，又怎么样才能让老丈人不要在他赶到时当场发作出来。一个35岁的男人，真的是辛苦极了。

少良打算先硬着头皮给小湘打电话。电话还没拨过去，小湘已经心有灵犀似的打过来了，依然是提醒他记得给爸爸带礼物。少良这才想起来，自己用员工配额买的那款手机还放在沈大昌那里。沈大昌是研发部的部门经理，原来是少良的副手，少良转了销售部后，沈大昌就在研发部转了正。大昌一进公司就跟着少良干，大昌是名校毕业的研究生，时刻都想着找机会跳槽，可也不知道怎么的，跳了好几次都未遂。在公司挨了三年，升到副经理，这速度可比少良快多了。少良一直对大昌挺关照的，两个人有了什么烦恼，总喜欢找个清静地方喝两杯，说说心里话。大昌的烦恼多半是女朋友和新女朋友，还经常在相亲还是不相亲之间纠结不定，少良的烦恼多半是老婆、老妈和房子。

小湘一听少良神神秘秘地保密了半天的礼物居然是他们公司新出的样机，就有点恼火，口气很冲地说道："你说给我个惊喜，原本就是送个你们公司的样机？"

少良委屈地说："不是样机，是我用员工配额真金白银买的，3000块啊！这款是最新机型，还没正式上市。老婆，这手机真的很棒，尤其是外型，简直是流畅优美到了极点。你看见就知道了。"

小湘有点半信半疑地说："你别说我挑剔。其实我爸妈无所谓的，我是为了你的面子。"

少良只好苦笑："是啊，还是我老婆最关心我了。"听着小湘好像没有真生气的意思，还叫自己不用去接她，少良又吞吞吐吐地说："老婆，跟你商量一件小事，真的是很小的事，你别生气啊。"

小湘只要一听见少良这种语气，就知道一定有事儿，而且一定是他们家里有事儿，小湘的警惕性一下就上来了，果然，少良就吞吞吐吐地说要回家一趟。

小湘可真有点恼火了："杜少良，今天早上就和你说好了，给我爸钱行，你家有什么天大的事情比这个还重要？你们家平常这事那事的也就算了，我没和你计较过，我家这么重要的日子你还不去，你什么意思啊？"

少良满头都是汗，他知道老婆肯定是这种反应，可还不能得罪小湘，本来就是自己理亏着呢，小湘还大着肚子。少良只好说："别生气啊，你看，我爸非叫我回去一趟，家里有急事，电话里我不好跟你说，等回家我慢慢跟你汇报。真的，我开完会就赶回去，路上顶多一个小时，处理完了我再赶回来。我可没说不去，就是稍微晚一点，就晚那么一点点。你去了先替我跟老爷子打个招呼，道个歉。"

小湘极度不满："你不用骗我了，你们家从来就没小事，全是大事。你就算立刻坐直升飞机回去，晚上不到 10 点你也别想回来。你自己看着办吧，我哪能耽误你们家的大事啊。"

少良还想解释，小湘就把电话挂了。少良望着嘟嘟作响的手机，愣了一会儿。刚想打回去，少良又想了一下，不知道该跟小湘还能怎么说，干脆不打了。

小湘挂了电话，等着少良打过来，还在那儿自己计算着时间，结果过了 5 分钟，都没有接到杜少良的电话，小湘气得跟办公室的倪燕青说："这个杜少良，永远学不会的一件事就是哄老婆！"

5

和以前一样，小湘生少良的气有效期只有 10 分钟而已。小湘是个想得开的女人，她知道少良一定会回县城去，她生气他也一样会回去，那又何必自己折腾自己呢？小湘决定早点动身坐公交车回娘家。

站在公共汽车站拥挤的人群中，小湘等了好几趟，才等到一辆有座位的车。本来这一站是 49 路的倒数第二站，不是高峰时段的话，上去总会有空的座位。可今天是周五，5 点钟不到，人们就心急火燎地赶着下班回家度周末了，车上人很多，拥挤不堪。小湘挤到孕妇专座前，还好有人给她让座了。小湘这才给家里打电话，说已经出发了。小湘妈在电话里听到公交车的报站声，心疼得不得了。挂了电话，就跟早早到了的小潇埋怨上了："你妹妹现在就会省钱，你说她省钱干什么，最后还不是被少良他们家给弄走。唉，她要有你一半的精明，妈就不操心她了。"

小潇赶紧换了衣服，打算开车去小湘转车的公交站等。好几次，小潇都是在 49 路和 63 路的站台等到小湘的。小潇一边准备出门，一边笑着说："我们家二小姐自从嫁给杜少良，那就是从一个阶级到另一个阶级的彻底转变了，这您有什么办法呢？还有好笑的没跟你说呢，上次我拖她去买孕妇装吧，我心想她要买便宜的东西，我都没敢带她去赛亚，去的是新林百货，就这样，一条裙子才 500 多点，她就嫌贵，怎么都不肯买。最后千挑万选，选了一打 2 折的，120，就这样还嫌贵呢。说孕妇装穿不了几次，浪费死了。"

的确，小湘结婚以后，夫妻两个人就开始供房子，少良还经常这理由那理由地拿钱出去贴补自己家里，小湘的物质生活是直线下降，消费观念也跟结婚前整个变了一个阶级。

殷家三个女儿原本个个都是讲究吃穿的。小潇最过，不管挣多少钱，都舍得朝衣服上花。随便买件衣服就好几千，这还不够，还要专门飞去香港买衣服。

小沫是学生，衣服上倒不是太讲究，可买起化妆品来也能吓死个人。她不大化妆，多半都是买保养品，托朋友从国外带回来什么精油、补水的、防晒的、营养的，一大堆说不出名的名堂，可这也不比衣服少花钱。小沫还特别喜欢弄头发，随便做做头发，也要上千块。小湘爸觉得这简直就是铺张浪费啊，挣多少钱也不够这么糟蹋的。可小湘妈完全支持女儿。

小湘妈说："挣钱就是用来花的。女人么，就是要对自己好一点。你对自己好，别人才会对你好。小潇自己收入本来就高，花自己的钱买点好衣服，没什么不对，养家糊口那是梁文年的责任。小沫自己挣钱自己花，更没有什么不对。"

小湘爸往往要辩护几句："一个人过日子，总要有点储蓄，有点准备，哪能够挣一个花两个呢？到要用钱的时候没有，就知道什么叫急了。"

小湘妈才不认同："70 年代一个月工资才 40 块吧，你不吃不喝都攒了，能管得了今天的事？"

每次到了这儿，小湘爸就说不出话来了，可他总觉得有什么地方不对，至于哪儿不对，他也没想明白。

等小潇走了，小湘爸妈和云姨就开上了小会，主要研究的是要不要给小湘买房子。小湘妈老早给少良放话，要他在自己家附近的小区再买一套大房子，一来改善一下居住环境，二来小湘将来生了孩子，靠这边近点，家里也好照顾。可少良就是哼哼哈哈不表态，倒是少良妈瞅着亲家见面的时候说，现在这房子挺好的，不用换，换个大房子要好多钱呢，少良可没有那么多钱。

小湘妈当时就不冷不热地说："他们没有，咱们当老人的帮一把啊，你们家帮多少，我们家就帮多少。"

少良妈倒也老到，她眼睛都不眨地说："少良结婚的钱我们出过了，房子又不是不能住，没必要换吧。你们要是实在想给他们换，要不你们先借点钱给他们，叫少良他们打借条好了。咱做老人的，别什么都惯着孩子。"倒把小湘妈给噎了一回。

结果小湘知道了，还说这房子挺好，用不着换。小潇就说妹妹什么时候都护着老公，而小湘妈呢，就什么时候都护着小湘，要不怎么偷偷留张存折给小湘？

小潇刚在家的时候还说："老太太，你偏心小湘你就直说好了，你别以为我不知道啊，你那个小抽屉里，留着一张老大的存折给小湘呢，这是怎么说呢？知道的说你看她困难，给她准备买房的钱；不知道的，以为我跟小沫都是你捡来的，只有小湘是你亲生的。你的全部身家都给她了，你不怕我们有意见？"

小湘妈这会儿就跟云姨倒苦水："小湘要换房子，少良他们家是指望不上的，银行的利息高着呢，怎么着咱家也得帮点出来。"

云姨是一百个一万个不同意："哪有这种事？我就是想不明白，为什么我们家要便宜了杜少良他们家？他们家要是懂事儿的，那也没什么。你看她那婆婆怎么对小湘的，结婚的时候，酒席钱咱们家出，礼金她全收了，一个红包包给小湘，只有200块。小湘这孩子厚道，都不跟他们家计较。这次换房子，小湘也不过跟少良提了个头，他们家就异口同声地说没钱。这种人家，唉，小湘也是，怎么看上杜少良了？没钱没本事也还算了，还成天把个爹妈的话当圣旨，就会揉搓我们小湘。她婆婆那人，把钱看得比命重，平白无故地给她那么大笔钱，还不乐疯了她。"

小湘妈早打好主意了，钱她要给，小湘的房子也一定要换，怎么着也不能亏了自己的女儿跟外孙。小湘妈打算今天当着少良的面，把这钱给少良，老丈母娘算得准准儿的，把这钱给小湘，那真叫有去无回；但是把钱给女婿，少良是要面子的人，他一定会打借条。

云姨不以为然："丈母娘借钱给女婿，这叫有去无回。"

小湘妈说："少良这孩子虽然没有什么大本事，不过还是老实本分的，对小湘也真心。他们家人是他们家人，和小湘过一辈子的毕竟是少良。我们家借钱给少良，少良就会对我们家心存感激。换句话说，他住了我们家的房子，小湘在婆家就硬气。你还别说，上次买那小房子，他们家出了3万，真叫我后悔到现在。"

小湘和少良买房子的时候，两家各出了3万，小湘妈当时说不是娘家不出钱，是叫少良明明白白婆家该干吗。结果这三年，少良妈就觉得自己在儿子的房子上掏了钱了，就一会儿要搬进城跟儿子、儿媳妇住，一会儿这亲戚那亲戚地来，把小湘给折腾得苦不堪言。开始是两夫妻吵架，后来是婆婆跟儿媳吵架，再后来少良妈一来，小湘就躲回娘家去。也就小湘怀孕了这几个月，少良的弟弟少聪在家里和杨彩霞不消停，弄得少良妈没什么心思朝城里跑了，小湘才消停了几天，婆媳关系也缓和不少。说来说去，都是当初婆家出那3万块钱惹出来的祸。每次吵架，少良妈都扯着嗓子唱歌似的控诉："没天理啊，俺家底都翻空了给俺儿买的房啊！"

小湘妈一想起亲家母这套台词就不寒而栗，这还了得，就为想让婆家出点钱，倒叫小湘担这么个恶名声，还折腾好几年，这笔账怎么算也不划算。所以小湘妈打算改变策略，把房子的主动权给拿过来，叫少良妈以后没有口实。小湘妈打算得很好，让少良他们把现在的房子卖掉，付个首付，自己这边借点给他，然后两个人依旧贷款，她还不打算让小湘婆家掺和这事儿了。将来房子一大，孙子一落地，少良他爸妈还不三天两头朝小湘家跑啊，那谁受得了？

所以小湘妈想，和少良他们家斗心眼，斗来斗去的，也就为自己女儿不要受罪受气。什么时候，也不能把这个根本原则给忘了。想个法子让这房产证上写小湘的名字就行了，借条照要，还不能让少良有意见。所以小湘妈琢磨来琢磨去，琢磨了一个下午，在炖鱼汤的时候，她灵机一动，想出个能叫少良一点意见也没有还得感激她的好法子来。

小湘妈说："我想，咱在小湘单位附近买个大房子，房产证上写我的名字，算是我们买的房子。就说方便小湘上班，将来也方便咱们过去照料，让少良和小湘两个人住过去。在咱们家这片买房子也是有问题，离他们两个人的单位都远，跑起来可不省心，这城里头总堵车。还有，小湘单位那里好学校多，将来对孩子也有好处。他们那小房子就给租出去，租金让小湘收着，也算咱们贴补贴补她，省得老给她钱，她还不好意思要。两全其美，多好。"

小湘爸对家里的大事基本不发表意见，多少年下来，小湘妈给立了规矩，外头的大事小湘爸做主，家里的大事小湘妈做主。所以，在买房子、投资、嫁女儿、赡养老人这些事情上，小湘爸一般不发表意见，或者只投赞成票。因为他知道，在这些事情上，他反对也没用。这次也一样，小湘爸表示同意。

其实，小湘爸对女婿本来并没有太多意见，主要还是少良爸做得太过分，做亲家都三年了，还把他当仇人似的。少良又属于那种不大会哄丈人、丈母娘的人，一般情况下与老人的交流都是有话则长无话则短，多数时候还要替自己父母分辩几句。小湘和少良妈有了矛盾，少良的立场又总是摇摆不定，甚至有点偏着自己家那边。慢慢地，小湘爸看这女婿也有点不大中意，他觉得少良还没有大女婿梁文年会讨自己欢心。梁文年一切都以小潇的话为圣旨，小潇说什么就是什么，包括处理他们梁家那些大大小小的事情，梁文年只负责执行小潇的"旨意"。

云姨听了小湘妈的打算，听来听去，怎么都觉得杜少良占了大便宜。

6

少良还不知道丈母娘算计着要送他一套大房子，他现在发愁的是自己家里的这一摊事。

少良很有先见之明，他回家前先到少聪上班的超市把弟弟给抓上了车。少聪在路上对着大哥倒了一肚子的苦水，不过少良总算弄明白了一件事情，少聪和杨彩霞原本就是打算结婚的，就是因为少良妈不同意，所以才闹成这样。少聪很苦恼，打小母亲就对自己格外偏爱，少聪和母亲的感情好，虽然调皮捣蛋不好好念书这些不长进的事情一点儿都不耽误，但总的来说，少聪是个孝子。

在杨彩霞这件事情上，少聪固然对彩霞是真心的，但母亲这么激烈地反对，少聪也不愿意为了媳妇儿一再伤老娘的心。本来少聪和彩霞都商量好了，他们俩偷偷去领结婚证，等母亲知道了，也就只能像接受大嫂那样接受彩霞了，谁知这一招却被少良妈给撞破了。少聪的意思，那就再等等，等个一年半载的，母亲兴许能回心转意也说不定。说到底，母亲是嫌彩霞家里穷，有两个弟弟要养，怕给少聪带来负担。这是为自己打算，少聪又不是真愣，他明白母亲的意思。

可是站在杨彩霞的角度，她就不会这么想了。杨彩霞堵着少聪家的大门，理直气壮地骂着说，当初她并没有勉强少聪，是少聪上赶着追来的。"你嫌我是洗脚妹你早说啊，现在在一起都这么久了，孩子都在肚子里了，你杜少聪脖子一缩躲了，天底下可没有这么便宜的事情。"少聪可好，在车上看见杨彩霞叉着腰站在家门口，头皮都麻了。

少良很多年没有见过杨彩霞，现在一看，这姑娘水灵灵的，脸上一点脂粉都不用，小巧的鼻子上有几颗雀斑，一双眼睛透着机灵劲儿，扎着一束粗粗的马尾，身上的衣服虽然有点旧，可收拾得干干净净利利索索，怎么看也不像少良妈嘴里描述的洗脚妹。少良还情不自禁地感叹了一下："少聪还挺有眼力的。"

可杨彩霞跟少聪两个一开吵，少良总算开了回眼界，不然，他怎么也无法想象，一个形象上如此小家碧玉的女孩子，居然能用比少良妈还要高八度的嗓音骂老杜家祖宗八代，这可不是一般的境界。少良看两个人站在大街上吵实在不像话，就把两个人拉进了家门。进了门，彩霞反而不吵了。

少良爸叼着个水烟袋，一搭一搭地抽着，闷声不语。少良妈瞪着杨彩霞，彩霞不甘示弱地盯着少聪。少良看看这个，看看那个，不知道如何是好。他掏出手机看看时间，这都几点了，小湘那边肯定着急了，他答应了小湘要赶回去的，要一直这么僵着，他就回不去了。少良实在有点不明白自己回来算怎么回事，就算自己是大哥吧，可父母都坐在这儿呢，有自己什么事儿呢？这也难怪小湘会生气，说他们家什么事情都要拖住少良在里头掺和。吵架的时候，小湘就说过："你真把你自己当成一家之长、长子嫡孙呢，什么都往身上扛？"唉，谁说不是呢？可是，少良也有少良的苦。

少良不方便说话，少聪也不说话，彩霞可发了话了。彩霞说："杜少聪，你是个男人就给我一句明白话。你今天不给我说一句明白话，我就死在你家里头，你信不信？我肚子里有你的种，我死在你家里头，我家自然有人找你。"

少良妈一听乐了，她才不怕杨彩霞发泼："你少拿这个要挟我们。都什么年代了，你跟少聪，那是你情我愿，谁叫你自己不自重？你也不想想，你一个洗脚妹，想进我们老杜家的门，你做梦吧你？"

彩霞也不怕少良妈，她和未来婆婆的对骂也不是一次两次了，况且少良妈一口一个洗脚妹，彩霞就受不了："你别一口一个洗脚妹。我做正当职业，是足疗中心的按摩师。你以为我愿意进你们家门，谁稀罕啊？杜少聪，你不就是一个工人吗？我也中学毕业，认真要找，我还能找个大学生，你呢，还不定谁高攀谁？"

少良妈冷笑着说："大学生，你怎么不去找啊，缠着我们少聪干吗？"

话说到一半，彩霞的大哥跑来了，他也怕自己妹子吃亏，一听少良妈这话，他也不乐意了："谁缠谁说清楚啊。本来我妹妹也不是非嫁你不可，你不愿意你别老找她啊。我赶过你没有，叫你离我妹妹远点没有？那时候，你怎么不说你爸妈不同意啊？你爸妈现在不同意了，我妹妹肚子可等不了，他们同意还是不同意，你都不能得了便宜还卖乖。我今天站在这儿，是给你面子。同意了，咱们两家是亲戚；不同意，那你们家也别想就这么过了这关。我是个杀猪的，我可不会讲理。"谁也没想到，彩霞大哥嗖地从身上掏出把杀猪刀来，一刀就拍桌上了。

少良爸一看可火了："什么东西，你敢在我们家里动刀子？我们杜家也不是不讲理的人家。我们不同意你妹妹进门，那是因为她以前做的事情不清白。我们杜家在县城里也是清白人家，怎么能娶个洗脚城的姑娘进门？"

彩霞大哥眼睛里寒光闪闪，少良爸有点胆怯地看了他一眼，又恨恨地看了儿子一眼："话又说回来，你们说她肚子里是少聪的孩子，有什么可以证明？"

彩霞大哥这下可火大，他一把揪住少良爸的衣服："你说的这是人话？"

少良一个箭步冲过去，一边拦一边说："有话说话，动手动脚干什么？"

彩霞大哥拨了一下少良的手，没拨动，不由多看了少良一眼。少良公司发健身卡，送人没人要，不去又怕浪费，所以少良身体锻炼得不错。彩霞大哥属于典型的欺软怕硬，看少良人高马大，气势夺人，跟少聪好像有点不大一样，这才回到讲理的路上来："是人要说人话。你问问你弟弟，孩子是谁的？你们家是清白人家，我们家也是清白人家，可丢不起人。真要闹起来，回头几十年，在我们乡里，他们两个人都要浸猪笼。"

少聪觉得再不说话，他可就真的不是男人了："爸，妈，我跟彩霞早晚都要结婚，你们也别拦了。要再拦，我就跟我哥一样，我们旅行结婚去了。我就这话。"

少良妈气得一耳光扇在少聪脸上："你还跟你大哥一样，你有你大哥一半出息？她跟你大嫂能比？你大嫂是研究生呢，比你大哥都强，人家家里那是什么条件，是什么教养，她算个什么？她敢跟我骂，你还跟你大哥一样呢？"

少良倒没想到，他从来没听老娘夸过自己媳妇儿一句，头一遭这么夸小湘，居然是拿小湘跟杨彩霞比。杨彩霞对小湘的疙瘩，算是从这天开始就结下了。少良当然没有想到以后长远的那些事，如果他能想到，打死他也不会说下面这些话。他把父母和少聪拉到门外一边，低声商量："爸，这事是少聪不对，人家姑娘这样了，要结婚也正常。再说了，你们不是早想抱孙子么？少聪跟我说了，B 超照出来，是个男孩。你跟我妈一点头，这不现成的一个大孙子就抱到手了。"

少良妈虽然从少良结婚那天就开始想孙子了，可她还真不稀罕杨彩霞肚子里面的这个孙子，少良妈坚定地相信，小湘那尖尖的肚子里怀的是老杜家正宗的长子嫡孙呢。少良妈说："你听她胡扯去吧，谁知道那孩子是谁的。我不怕别的，她要干的是正经工作，我和你爸有什么不同意的？我们又不是农村的老古董。她是洗脚妹，谁知道她干净不干净。少聪年轻不懂事，容易被人骗。"

少良很头痛，虽然他对杨彩霞的职业也不看好，但他妈这么说也有点过分。少聪是游手好闲，但又不是没血性的男人，杨彩霞要真是那种女人，少聪能跟她好上好几年？再者说，杨彩霞家里那点事少良都知道，他觉得这个女人不容易，一个人要拉扯两个弟弟，还坚持供他们读书，就冲这一点，杨彩霞也差不到哪里去。至少，吃苦耐劳的优良品质是有的，少聪那样的，还真需要杨彩霞这样一个女人来管着才好。

少良就说："你们不要戴着有色眼镜看人。我打听过，人家杨彩霞是做足疗按摩，不是你想的那样。她家里不是兄弟姐妹多吗？她也为多挣点钱，她还供两个弟弟上学。她们村里人都说她能吃苦，是个好姑娘。"

少良妈坚持自己的观点："我不信，在那种地方上班的，能是正经女人？她还供两个弟弟上学，要进了我们家的门，还不把婆家的东西都弄娘家去了。不行，我不同意。"

少良爸也不同意，情愿给点钱，了结了这事。少良爸说："这种女人，不能进我们老杜家的门。"

少良没辙，只得看着少聪。少聪说："我本来想好好跟你们商量，我也没想到她这么泼，闹到家里来了。但是孩子是我的，我一个男人，不能干不是人的事儿。婚我一定要结，你们同意最好，不同意我也只好跟她出去住了。"

少良这个气啊，心想："你早这么跟杨彩霞说清楚，她能闹到家里来吗？"少良就埋怨："你刚才当着爸妈的面怎么不说清楚？"

少聪还不乐意了："他们给我说话的机会了吗？还有，我不想惯着杨彩霞他们家那样儿，她哥，动不动就拿把杀猪刀出来，有什么了不起，我看他敢真砍人？"

这下把少良真给气怔了，少聪干事情，从来都是这么不靠谱。反正他知道，不管他捅多大娄子，都有大哥能给他摆平。可这是他自己老婆孩子的事，也指望着大哥来给他摆平？可少良要不说句话，这事还得继续僵持下去。

少良想了想才说："爸、妈，这事儿都这样了，少聪自己知道自己的事儿，我看，你们不同意也得同意了。好好地让人家进门，以后日子还好过，真闹到不能收拾的地步，少聪也难过。不看别的，就看在杨彩霞肚子里有咱老杜家的孙子，你们就同意吧。这也是喜事。"

少良爸闷头抽烟，少良妈看看老伴，又看看少良说："大良，你也觉得咱得娶这姑娘进门？"少良妈一直把少良当成这个家的顶梁柱，她潜意识里认为少良读过大学，现在还当着官，能挣钱，有本事。家里的房子是大儿子修的，电视机是大儿子买的，空调是大儿子装的，家里的开销都是大儿子拿回来的钱，连老两口的衣服鞋袜都是大儿子张罗的。家里的大事，老太太宁可听大儿子的，不愿意听老头子的。少良妈对少良爸的口头禅是："你能有儿能干？儿是当官的哩。"

少良哭笑不得地说："妈，这不是我觉得该不该娶。少聪的话都说这么明白了，这是他们小两口的事儿，咱们谁也不该拦着。少聪觉得应该娶就娶，少聪觉得不该娶，那就不娶。在这件事情上，你们和我，都做不了少聪的主。"

听少良这么说，少良爸也有点犹豫不决了："这大孙子要真是咱老杜家的，也不能不让她进门，就是这事儿摸不准。你媳妇儿肚子真不争气，三年不开怀，现在肚子里也不知道是男娃不是。你叫她也去超一下，要是个女娃，现在去做掉还来得及呢，咱老杜家的长孙出在一个洗脚妹的肚子里，总觉得不对。你是长房哩。"

少良赶紧打住这话："怎么又说到我们家去了？你们先跟人家杨家把事情说完。"这话要叫小湘听见，还不得闹个天翻地覆呀。少良心里也埋怨父母，都什么年代了，居然还说这种话？

好说歹说，少良总算说服了父母不反对这门亲事，可少良爸说什么也不肯先开这个口，不然在气势上输人家一筹。少良爸说，身份不对。没办法，身份对的，那就只有少良这个大哥了。

少良对彩霞大哥说："她大哥，我们也不是不讲理的人家。少聪刚才说了，他跟彩霞是要结婚的，这是好事啊。既然要谈婚事，那就要有个谈婚事的样子，你们这样闹到家里来也不是个事情。你看这样好不好，你们先回去，接下来婚事该咋办，叫他们两个商量着来，我们家不会亏待了彩霞。"

少良爸眼睛看着屋顶说道："就是这话吧，不过，要进我家的门，不能做洗脚妹，工作要马上辞掉。"

少良妈频频点头："对，我们家是好人家，不能丢这人。还有，你挺着肚子，办酒不好看，不要办酒了，找一天两个人领个结婚证就完了。"

彩霞大哥一听就火了："有你们家这样娶媳妇儿的吗？"

少良妈拍着手说："他大嫂进门，也是扯个结婚证就完了，酒还是娘家办的。"

彩霞大哥不说话，只看看妹子。说起来，这个妹子在家比他都狠，家里说话算数的是彩霞，而不是大哥。彩霞大哥来给妹子撑撑场可以，说到做主，他还没这个本事做彩霞的主。彩霞自己说话了："那不成，酒一定要请，不要你们出钱。"

少良妈一听，马上就答应了："那行，你们自己办吧。"

7

少良心急火燎开车往回赶的时候已经晚上 10 点多了，车上还坐着少良爸妈。原来少良爸最近老觉得胃不舒服，在县医院看来看去也看不出毛病，少良爸说要去省人民医院看看。少良爸这些年总感觉自己得了病，不是胃疼就是肝疼，但是在县医院总是检查不出什么问题来。他比较相信省人民医院，因为省人民医院够大，专家够多，人够多。每次看过了省人民医院的专家号，吃过了省人民医院专家开的那些药，少良爸就能觉得自己的身体好多了。所以，少良爸越发地相信省人民医院了。这两年他又相信了另外一家医院——省中医院。因为有次少良爸在少良家住，听一位下象棋的老头说，中医调理对老年人的身体健康有好处。老头还给他介绍了一位中医院的老专家，自从去过一次后，少良爸就觉得有效果，更相信那位老中医了。少良妈这些年算是摸透了老头子的脾性，自从那年买断工龄回家之后，少良爸就这样了，老觉得自己有病。早几年，少良妈还很紧张老伴的身体，家里的重活累活操心费力的事情，她从来不叫他操心，他想吃什么就给弄什么，他想干什么就让他干什么，少良妈是变着法子地伺候老头子。对少良妈来说，少良爸就是家里的天，少良爸的身体最重要，为了养好他的身体，怎么着都行，不惜钱。所以，少良他们家一半的钱都用在少良爸看病养病这件事情上了。少良妈这些年把身体都熬坏了，舍不得吃舍不得穿。后来，少良妈总算明白过来了，少良爸根本就没有什么病，要说有病，那也是气不顺，是心理上的毛病，少良妈慢慢地也就不那么紧张了。可是少良爸还是很紧张自己，这老夫老妻的，他要说自己有毛病，少良妈也不好说他没毛病，依旧陪着他这儿看那儿看，弄得还挺紧张。有时候少良妈火也挺大，尤其是少良结婚以后，少良爸隔三差五地跑去省里看病，给少良增加很多负担。少良妈心疼儿子，嘴上对老头子就不那么客气了。

　　这次，少良爸觉得胃疼，他觉得自己的胃里肯定长了不好的东西。在县医院做胃镜，没看到有什么，他坚持要到省里看病，还坚持要搭儿子的顺风车来。少良妈在路上絮絮叨叨地埋怨老头子，少良爸心里还觉得特委屈，老两口在车上吵了一架。少良好不容易让双方停火了，才给小湘打电话报到。

　　小湘早急了，殷家这边早吃完了饭，连水果都吃完了，少良还不到，小湘这面子上可有点下不来。少良在电话里边道歉边说就快到了。

　　小潇一贯看不惯少良，很烦少良家那些破事儿。而且，小潇疼妹妹，她觉得小湘太老实，有点什么事，先护着自己老公说话。杜少良家的那些事，娘家人看不过眼，说几句，小湘反而向着婆家说话。小潇常拿小湘做反面教材来教训小沫："买猪看圈，你将来找男人千万要睁大眼睛，不能只看他一个。你看小湘就是个好榜样了。"倒是小沫认为二姐夫人不错，老实、厚道，又有能力，而且对殷家能保持不卑不亢的态度，这点比较难得。大姐夫梁文年虽然也不错，但在这方面明显比不上二姐夫那么有骨气。换句话说，小沫觉得二姐夫这人挺有男人味，所以她理解二姐小湘为什么选上杜少良这个男人。小沫把二姐夫当成自己选择将来另一半的底线，当然，小沫的要求比小湘还要高一点，所以她现在还没选到一个合适的。殷家的家庭聚会主要话题有三个，一个是老大小潇飞扬跋扈的性格什么时候能改改，二是小湘和婆家的家长里短，还有一个就是小沫最近相亲又碰到什么样的极品了。少良打电话的时候，殷家的话题刚刚从第二个转到第三个。小沫又相了一回亲，郁闷得很。话说了一半，少良就到了。

　　少良进丈母娘家客厅的时候就有心理准备，果然，老丈人脸上淡淡的，有点爱理不理的意思，对女婿送的手机也就不咸不淡地说了句谢谢。

　　少良心里挺不是滋味，心想，虽然自己是来得晚了，可也不是故意的，家里确实有事。何况，为了表示自己的歉意，少良还打了两次电话来跟老丈人解释。他这个女婿在礼儿上并没有什么不对，老丈人摆出这么一副脸来，是什么意思呢？

　　刚才少良爸在楼下还说，到了人家家门口，不上来打个招呼不太好。少良想，爸爸对老丈人有那么大的意见，还肯说这句话，这也是为了自己这个儿子在老婆娘家不被人说道。好在没让他们上来，这要上来了，老丈人这个冷脸，让自己父母多受委屈。想起这些，少良原本内疚的心反而放下了。

　　少良没话找话地说了几句，就朝小湘使眼色，意思是赶紧回家。小湘妈说："吃了银耳再走吧。"小湘就坐在那儿不动，少良有点急，父母还在楼下等着呢。

　　小湘妈盛了几碗银耳来，少良三口两口就吃完了，小湘还在那儿慢悠悠地一小口一小口地品着，吃完了，把空碗对着云姨，撒娇似的说："我还要一碗。"

　　少良赶紧说："不早了，别吃了，那里头糖大，小心对孩子不好。"

　　云姨一听不干了："你懂什么？那里头就没放糖，放的木糖醇。小湘，再吃一碗，这个对孩子好着呢。你回了家，谁弄给你吃？啊，你弄给她吃啊？"后面这句话是对少良说的。少良"嘿"了一声，不做声，耐着性子等小湘吃完。

　　小湘看见少良这副心急火燎的样子就来气，心想："你来这么晚已经不对了，这屁股还没坐热呢，就要走，什么意思？"小湘这么想着，行动上就故意磨磨蹭蹭，一碗银耳羹吃了20分钟。少良心里着急，又不能发作，就那么忍着，心里头的火慢慢地朝上腾。

　　好不容易吃完了，少良就张罗要走，他刚起身去拿小湘的包，小湘妈说："少良，你坐会儿，跟你商量个事情。"

　　少良一听还要商量事情，心想，有事您干吗刚才不说啊。刚才小湘吃东西，小湘妈和小湘爸就盯着电视新闻看，一句话都没说。

　　小湘妈说："本来呢，我是希望你能换套大点的房子，将来小湘生了孩子，你们能住宽敞点，我们两边的老人来来去去照顾你们也方便。"

　　这个开场白一出来，少良就知道坏了，这要谈房子的事，那可有得谈。少良不打算换房子，现在的房子好好的，离单位又近。少良妈早就说了，孩子生出来，她管带。少良打算把父母接过来一起住，两间房够住了。虽然不宽敞，但父母要求不高，这已经比县城条件好多了。再说，少良不想用小湘家的钱。现在小湘家已经觉得少良好像占了她家多大的便宜，实际上房贷是他自己还的，家里开销也是他占大头。如果真要借了丈母娘这笔钱的话，房子是大了，可他杜少良一辈子在老婆娘家就抬不起头来了。他宁可自己苦点，也绝不愿意干这种事。少良不想在这个问题上和丈母娘说不清楚，他想速战速决把自己的态度说清楚。

　　少良说："妈，我们现在的房子挺好的，我和小湘商量着，等我们有能力的时候再换房子吧。您的钱，我们不能要的。"少良说话很注意，他不说"我"怎么样，而是说"我们"怎么样。

小湘妈早料到了，她笑笑说："我这话还没说完呢。我是说，本来，我和小湘爸爸是希望你们能换套大点的房子。现在看，你们的经济条件确实也有点紧张，你们不想现在换房子，妈也不强求你们。"

听了这话，少良松了口气。小湘妈看见他这样，心里就有几分好笑。打心底里，她是有点瞧不起这个女婿的。小湘妈说："我们手里有点闲钱，放着也是放着，所以我们打算再投资买套房子，这也比把钱存在银行里好啊。你们那儿附近有个前年才建好的小区，我去看过了，感觉不错，我们打算在那儿买套二手房。回头啊，你抽个时间和小湘去那个小区帮我们先看看，你看行吗？"

少良觉得丈母娘这个话里有名堂，可现在他看不出来有什么名堂。少良心想，只要丈母娘不叫他掏钱买房子就成，于是嘴上答应着说好，等着丈母娘说下文。

可说了这件事情，小湘妈就不往下说了。少良揣摩着丈母娘的意思，觉得大概他可以走了，就朝小湘使了个眼色，又赔着笑脸说："妈，这个礼拜我跟小湘去那儿转转，回头再把情况告诉您。那要没什么事了，我和小湘就先回去了，您和爸爸早点休息。"

小湘妈说："那好啊，也不早了，你们早点回去吧。"

少良如获大赦，拖起小湘就出门了。

小两口这头出了门，小湘爸就把脸从电视机转向小湘妈："你说我刚才对他是不是有点太冷淡了？"

小湘妈说："就该这么着，我还嫌你客气了。对女婿，该给规矩的时候还是要给规矩的，不然他不知道他自己的本分。"

小湘爸笑着说："这可好，我这边给人家脸色看，你那边送房子给女婿。白脸都我做了，你做好人。"

小湘妈有点开玩笑似的说："这叫策略。兵法上说，攻城为下，攻心为上。"

小湘爸总结似的说了句："嗯，少良这孩子本质上还是不错的，他拿这手机来也算他有心。"

小湘妈说："本质不错也得调教啊。你以为一个男人你不教他，他就知道该怎么疼老婆、孩子了？你想想，你年轻的时候，那是什么样子。"

小湘爸又是笑又是恼："好好，又来了，我还是看新闻吧。"

第二章

君子协定就能解决婆媳问题？

　　在经历了无数次的唠叨之后，小湘跟少良立下了君子协定：如果少良妈对小湘有任何要求，完成要求的责任属于少良，小湘只有配合演戏的义务。自从有了这个协定，婆媳俩再也没有当面让对方难受过，当然，那不代表没人难受，难受的人自然是少良。

1

　　小湘回到家就一声不吭进了卧室，少良也一肚子火，两个人各生各的气。小湘气的是刚才从娘家出来，一下楼就看见公公婆婆坐在车里头，少良一个字都没提过，她一点思想准备也没有。后来，小湘妈给小湘送防辐射服下来，看见了亲家，反而弄得很尴尬。

　　少良气的是在岳父岳母家吃足了冷眼不算，老婆一看见自己的爸妈，还鼻子不是鼻子眼睛不是眼睛的，少良想："不就是没提前说一声么，我在你家也没机会说，干什么给我爸妈脸色看？"尤其看小湘回了家径直奔卧室，扔下父母在客厅里大眼瞪小眼，少良觉得小湘实在有点过分。

　　睡觉的时候，小湘赌着气坐在梳妆台前梳头。她原本指望少良过来哄哄自己，谁想到少良一头倒在床中间，没过一秒钟就打起呼噜来了，他实在太累了。小湘又好气又好笑，夫妻三年了，这个杜少良也不知道是真傻还是假傻，只要小湘生气的时候，他不是没看出来，就是睡着了。

　　小湘看着少良睡觉的样子，感觉他还真不像装的。想想他这一天也真够累的，县城到市里来回近100里地，可怜，明天一大早还得陪他爸妈去医院，他也不容易。小湘恨恨地戳了少良的脑门一下："都是你自己找的罪，什么都往自己身上扛。"接着从梳妆台上抽了张纸巾，把少良嘴角流下的口水擦了。少良像个小孩子，熟睡的时候会流口水，小湘总是笑他长不大。才擦了一下，小湘的手就被少良抓住了，少良闭着眼睛说："这么快就不生气了啊，我老婆真了不起。"小湘"嘿"了一声，一扭身又跑去梳头了。

　　少良偷眼看小湘，小湘脸上没什么表情。小湘知道少良在看自己，故意不理他。她对着镜子梳头、擦晚霜，忙得不亦乐乎。少良在房间里摸摸这里，摸摸那里，蹭到小湘身边说："别生气了，人家说睡觉之前生气，很容易长皱纹的。"

小湘瞪了他一眼："你还知道我生气？我以为你只知道你爸妈会生气呢。"

少良想赶紧息事宁人："对，是我不对。我这不是给你道歉了吗？我也不是故意迟到的。你不是这么小气吧？"

小湘可真有点恼："嚯，你连我为什么生气都不知道，是为你迟到的事儿吗？"

少良回头看看，确定房门关好了，这才小声说："我知道，我爸妈来有点不方便。但是他们明天要去医院检查，又不用我们陪。这你也生气，那有点过了啊。"

"哦，你的意思是我不让你爸妈来是吧，是这回事儿吗？你爸妈哪次来我不让了，还不止你爸妈来，你们家亲戚来得还少吗，我赶谁出去了？"

少良也有点恼："那你是什么意思啊？从你们家出来你那脸就板着，你说你叫我爸妈怎么想？他们也没说什么。我什么时候说你赶谁出去了？是，我们家亲戚来得多，可哪次我也没叫你陪过啊。哪次不是他们来了你就走了，有事都是我自己去陪的，我也没怪过你啊。"

小湘一看少良还恼了，冷笑起来："哦，你还怪我？怪我什么，怪我没陪他们？我有什么义务陪你们家那些亲戚啊？就这样，我也不是没陪过。你表姐家孩子来，我有没有陪他们去动物园呢？你三姨婆来住院，是我给找的医院熟人吧？上个月，你大伯和你堂弟吵架，是住我们家来的吧？杜少良，你失忆挺快啊。"

小湘一瞪眼，少良就软了下来："好好，对，对，我没说你不好啊。你对我们家人最好了，我一直都这么说来着。那你生什么气呢？也不理人。"自从怀孕以后，小湘的脾气就见长，动不动就发火。少良虽然性子也不好，可是他想，自己是个男人，老婆怀孕的时候还跟她计较那么多不大好，这段时间少良总是让着小湘。

小湘看少良口气软了，倒也不是不给他面子，小湘对少良在政策上也充分运用了老妈说过的话：恩威并施，打个巴掌一定要给个枣儿。小湘缓和了口气："你说我生什么气？"

少良很郁闷地看着小湘，小湘气得狠狠地戳了他一下："我跟你说过的吧，你们家如果有事要早点说，要来也提前说一声，不要每次都搞得我措手不及。你就是开个会，也得提前通知对吧？到人家家里来，难道不该提前打个招呼？"

少良做恍然大悟状："哦，原来是这样啊！好好，就这么点子事，至于气成这样吗？临时决定的，没来得及告诉你。我原想叫他们明天自己乘车过来的。"

小湘撇嘴："你们家什么时候知道提前打招呼啊？到这里来从来都是直进直出。这哪儿是我的家？我妈说得没错，这儿就是你们家的接待处。"

少良苦笑："行，我们家的接待处，那你也还是老板娘呢。你骂也骂了，不生气了啊。明天周末，你想睡到几点就睡到几点，我起来做早饭，也让你享享福，好不好？"

小湘心里的气早消了，却还努力绷着脸："哼，你做一天早饭就说我享福了。我天天做饭给你吃，没见你说自己享福。"

少良嬉皮笑脸地凑上来："嗨，我不善于表达。我老婆的好，我是时刻记在心里的。我当然享福，有这么好的老婆，想不享福都难哦。"

小湘抿着嘴笑："得了得了，睡觉，哪那么多话啊。"

少良松了一口气，跑去关了灯，轻轻地凑过来，想和小湘亲热。小湘直推他："去去去！"

少良有点死皮赖脸的："四个多月了，应该没事儿吧，来嘛。"

小湘不肯，背对着他："睡觉！"

少良故意压低声音说："一个月不理人了，你不怕你老公出去找美女？"

小湘把少良在她身上到处移动的手打了下去："哦，你去啊，你去了损失的是你，不是我。"小湘又咬着牙掐了少良一把，压低了声音说："你爸妈在外头，不方便。"

少良听听外面的动静，客厅里的电视还在放声播着电视剧，少良一下子什么情绪都没了，叹了口气，郁闷地睡下了。静了一会儿，少良嬉皮笑脸地说："那你帮我按摩按摩，哎哟，我真老了，忙了一天，这腰酸背痛的。"

小湘对着天花板说："你再多跑几趟县城，多活动活动，就不痛了。生命在于运动。"

少良又是咬牙又是笑，抓住小湘的手在自己腰上揉来揉去，嬉闹了一会儿，少良又睡着了，他确实累了。

2

小湘跟少良在卧室嘀咕的时候，少良爸妈也没闲着。少良爸在小卧室的空调前左看右看，刚才在车上，少良曾经说过这空调不灵光了，少良爸琢磨着这空调肯定是电容烧坏了，换个电容才百把块钱。明天看完病，他想去电器市场买个电容换上。

少良妈一边收拾房间一边埋怨着："这两个孩子，看把房间住得乱的，小湘也不知道收拾收拾。"

一听老头子说要修空调，少良妈有点不乐意："把你能的，他们肯要你修啊？大良说了，要换一个新的，这肯定是小湘发的话。你去给她修好了，她也未必领你的情。"

少良爸不在乎："这话可稀罕了，我给她省了1000多块钱呢，她怎么不领情？"

少良妈放低声音说："换这个空调有缘故。你没听大良说吗？嫌空调声音大，她说好几次了，这屋的空调主机离她那间屋太近，太吵了，怀了孩子需要安静。"

少良爸一听这可来了火："稀罕话，哪个女人怀孩子这么金贵的？你怀大良他们几个的时候，哪有空调？夏天大伏天的，不一样也要过？有空调还嫌声音吵，有钱烧的！"

少良妈有自己的想法，她在车上一听这空调坏了，她就琢磨上了，聪子那屋空调都用十多年了，正好可以换换，把这空调拿回去装上，正好。她要换个新的空调由着她换去，又不要我们出钱。她跟老头子说："你别多话啊，不多话就多个空调用。你多了话，弄得她生气，把这个空调随便一撂，那多不划算哩。"

少良爸也觉得这是个法子，少聪那屋的空调还是当年少良上学的时候装上的，一直没舍得换。今年彻底修不好了，他们也想换一台空调，但是又舍不得花钱。再者，少聪也结婚了，房间里的东西都要置办，能省一个就省一个了。少良这个空调才用了三年，是小湘他们娘家的陪嫁。少良爸想："他们反正也不要，我拿回去修修就能用呢，不浪费，也不算要她的东西。"

空调的事情说了半天，少良爸又说这儿疼那儿疼，少良妈开始数落上了："唉，我看你没什么病，活动活动就好了。你看我，高血压多少年，我也没你这么麻烦。你这病，医生也跟你说不出来什么。"

少良爸有点急了："那我真觉得疼。"

少良妈说："觉得疼明天就去医院好好查一下。查完了要没事，不许你天天叫。少良那医保卡也没多少钱，能不吃的药就别吃了，咱别给孩子都花了，这万一少良要用，就没有了。"

少良爸有点委屈，本来他说自己出钱看病，少良妈不肯，说少良有医保卡，平时也用不着，小湘他们单位还实报实销，不用可惜了，何必自己再掏钱。少良妈平常要用的药，什么复方丹参片、络定新等等，都是少良叫小湘去医院给她开药。少良妈经常说，还是小湘他们公务员好啊，少良他们公司虽然有医保，可是报销起来麻烦，还有好多药不能开。可少良爸觉得自己儿子挣钱多才是真好。少良爸说："公务员有什么，她一个女的，还能当到她爸那么大的官啊。就算当到了，要像她爸那样当没良心的官，还不如不当呢。"说到底，少良爸心里这道坎怎么也过不去。一看见亲家公摆出个领导的样子，他就想起当年小湘爸代表组织和他谈话的情景，心里就对所有的公务员都有了看法。想当年，少良毕业时想考公务员，差点没被老爷子骂死。

少良爸妈唠唠叨叨说了半天话，少良妈又把客厅、厨房收拾了一下，忙活了半天才去睡觉。

第二天一大早，少良还闭着眼睛做美梦，就被小湘给捅醒了，小湘也闭着眼，右手用力地推少良，她是被客厅里少良他妈敲锅的声音弄醒的。这是少良妈的老把戏了，自从两个人结婚后，只要少良妈来他们这里住，每天早上必定把锅敲得震山响。她极度看不惯小湘晚睡晚起的行为。

小湘 8 点半上班，少良 9 点上班，平常小湘会在 7 点半左右起床，然后随便弄点牛奶、饼干之类的当早餐。少良妈认为早饭应该吃稀饭，另外还要加个荷包蛋。7 点半才起床，早饭吃得马马虎虎，把少良的胃都吃坏了。少良原来在家的时候，少良妈每天早上都要给他煎一个荷包蛋，现烙一张葱花大饼，少良还要喝上一大碗粗粮稀饭，那稀饭熬起来也有讲究，一定要够火候，要现熬，不能稀也不能稠，刚好有点黏黏的感觉才好吃。7 点半起床，哪里有时间熬稀饭？

有一次，少良妈看见小湘弄了碗稀饭给少良吃，她走近一看，原来是超市买来的玉米糊，水烧开了，朝里面一搅就可以喝了，小湘居然说这就是稀饭，少良妈对小湘的懒惰真是深恶痛绝。所以，只要她来儿子这里住，早上 5 点钟她就开始在厨房里叮里哐啷地做早饭。

小湘后来才体会到，原来婆婆做饭弄出这么大动静，是为了告诉自己，应该早点起床做早饭。开始的时候小湘很气愤，跟少良投诉了好几次。少良也没有办法啊，只能充当传话筒，叫老妈以后小声点。

少良妈手指戳着儿子的头，把少良狠狠地骂了一顿，内容无非是"小喜鹊尾巴长，有了媳妇儿忘了娘"之类的家训。后来，少良妈干脆直接当着小湘的面，跟她讲做女人家的道理，中心意思就是女人嫁人了就应该相夫教子，做个早饭这么简单的事情，学学就会了，关键是要有这个觉悟。

小湘开始也很生气，后来，小湘妈撇着嘴教训女儿："她说她的，你当没听见不就完了，她能到你房里来揪你出去是怎么的？要讲理，跟你老公讲就完了。这有什么好气的？真是自己跟自己过不去。"后来，小湘就学乖了，婆婆在厨房弄得惊天动地，她依然酣睡。实在被吵醒了，就把少良弄起来去对付他妈。

所以，今天早上，当少良妈矢志不渝地敲着锅时，小湘把睡得迷迷糊糊的少良弄到刚好听见厨房里热闹的声音就不再多话了，少良睡得迷迷糊糊，好不容易才明白过来："哦，对啊，我爸妈来了，我忘了。"

小湘撒娇说："还不起来？我可不起啊，我累死了，他们走了我才起来呢。不然起来还要穿得整整齐齐的，累死人了。你妈敲锅了，这是叫我起床呢。你妈可真有意思，打咱们结婚起就爱敲锅叫我起床。"

少良好不容易才让自己清醒了："什么啊，她现在敲锅你也不理她啊。谁也别说谁啊。"

小湘鼓着嘴说："我就是觉得你妈这种矢志不渝的精神挺可嘉的。"

少良叹口气，也觉得自己的老妈挺好笑，她想叫的是小湘，最后每次叫起来的总是她儿子，还不改改战略。少良打了个大大的哈欠，一边走一边嘟囔："唉，这大周末的，起这么早干吗啊？"小湘抱着少良的枕头翻了个身，咬着被子角暗笑。

少良走出卧室。少良妈在厨房煎鸡蛋饼，少良打岔说道："妈，你们不多睡会儿，去医院还早呢，等会儿我送你们去。"

少良妈看儿媳妇没起来，儿子反而起来了，一脸不高兴地说："你多睡会儿吧，天天上班累。"

小湘在房间里听到这句话，心里又有点生气，心想："就你儿子上班，我不上班啊。我还怀孕呢。"

少良转移话题："这饼真香啊，妈，要我帮忙吧。"

少良妈把声音提高八度说："男人家哪能做这个？去去去，男人就不该在厨房里头转悠，一天多少正经事还忙不完呢。去，去叫小湘起来吃饭。"

少良说："不用管她。我们吃我们的，等会儿她自己起来吃就是了。"少良妈看了少良一眼，没说话。

少良爸从洗手间出来。少良进去，不到一秒钟他又跑出来了，还直咳嗽。少良爸又在洗手间里抽烟了，小湘对这件事投诉过很多次了，少良都没好意思跟老爸说。这次实在有点忍不住，少良一边咳嗽一边说："爸，你下次在洗手间里抽烟，记得把那抽风机开着。"

少良爸听了这话脸色就不太好，其实他每次抽烟还是很注意的，特意跑到厕所抽，就因为厕所有抽风机。可巧，今天早上看报纸入了神，忘记了开抽风机，谁想到儿子就说话了。少良爸觉得没面子，脸上有些挂不住。

少良妈赶紧过来说："你爸每次都开的，一时忘了。老头子，你下次记得开啊。抽烟对咱孙子不好，你不要在房里抽烟了。"

一家人上桌吃早饭，少良妈又说："叫小湘起来吃饭吧。"少良装作没听见，哼哼哈哈地糊弄着。少良妈坚持地说了三遍，少良才无可奈何地说小湘有点不舒服。

少良妈故意大声说："不舒服就是睡多了。孕妇更要早睡早起，总是躺着，容易躺出毛病来。也不早了，该起床了。"然后就用一种非常诚恳的声音叫小湘："小湘啊，起来吃饭吧，饭都凉了啊。"

小湘把头蒙在被子里，一声不吭，龇牙咧嘴地生气。少良在外头打圆场："妈！别叫了。她也挺累的，周末让她多睡会儿。"

等到少良轻手轻脚地跑进卧室的时候，小湘在床上瞪着一双大眼睛，少良说："我知道你要说什么，别小心眼啊。你睡，我陪他们去看病，回来给你买你最爱吃的鸭脖子。"

小湘非常满意地笑了："不要菜市场的那家，要平安超市门口那家专卖店的。微辣，不要五香的。"

小湘撒起娇来也很有一套，少良有点无可奈何，只好嘿了一声，捏了捏老婆因为怀孕而变得胖乎乎的脸蛋："吃个鸭脖子还这么多讲究！"

等少良他们一出门，小湘把枕头朝天一扔，动作麻利地起床吃饭。少良妈做的葱花饼，小湘还是非常爱吃的，凉了可就不好吃了。

3

少良一家到医院的时候，医生都还没上班，挂号窗口已经排起了长队。少良排着队，叫父母在旁边座位等。少良爸闲不住，起身转到挂号窗口这儿看看，那儿看看。看见有个挂号的窗口人不多，他就跑去问排队的一个小伙子："这窗口咋人这么少？"

排队的小伙子也是陪父母来的，看样子是经常来，熟门熟路："这是新开的特别专家号，九楼的，50块钱一个，每个专家一天就挂20个号，来晚了就没了，所以没人排队。"

少良爸大感兴趣："这么贵，有什么好？"

这小伙子也挺热心："不一样，50块钱的专家都是老专家，退休的，享受政府津贴的。您想啊，一天就看十来个人，当然看得仔细。我妈上个周六就来过，那个秦主任光问病情就问了半个小时呢。普通门诊排那么老长的队，医生想多问也没时间啊。所以我就专门等周六来了，就来秦主任这里看，我妈就认秦主任。"

少良爸点头："是吗？我这胃病都看好多次了，没用。"

小伙子跟做广告似的："我妈也是胃病，她以前也看别的医生，没效果。秦主任的药就管用。"

少良爸半信半疑地站到专家介绍板前，仔细地看了看秦主任的介绍，赶紧回到少良这边跟儿子商量："少良，那边特约专家门诊有个秦主任不错，只有周六有门诊，咱挂那个去。我看了，正对我这病。人家是高级专家，都退休好几年了，没准儿啊，能把我这个老胃病给看好。"

少良显然对这里的情况很了解："爸，九楼的号 50 块钱一个呢，还是一样地看。我刚问了，今天这边门诊也有主任，您看，那个黄主任也不错的，一样的，您不就是做个例行检查吗？九楼那儿都看疑难杂症的。那秦主任，看胃癌最出名了，您说您到她那儿干吗啊？"

少良爸一听更坚持了："黄主任我上次看的，他开的药我吃着不好，停了。还是看秦主任吧，人家是老专家了，肯定有经验多了。"

少良无可奈何地看看老爸，也不好多劝，话说多了老爷子再不高兴，又是事儿。少良只好从这队里头出来，又跑到专家号那边排队。还好，来得不算晚，秦主任的号还有最后一个，咬咬牙，50 块挂了号。

少良妈一看这情况，一边等电梯一边就埋怨上了："挂什么特约专家号？50块，有用吗？你又没什么病。"

少良爸感觉委屈："谁说我没病？就是胃总疼，看不出毛病来，这才要找个好专家看看，没准儿就检查出来，病的事情可不能耽误。"

少良妈说："检查还不是一样在下面做，不过就是医生给开个单子，还用挂50 块的号，真是的。"

少良爸也有点恼："你怕少良花钱吧，放心，这个钱我老头子自己出，我有钱。"

少良妈正眼也不看他："有钱也不能这么花啊。"少良爸看看周围的人，觉得有点没面子，红着脸要说什么，少良赶紧打圆场说："看个专家也好，检查了没事就放心了，不就 50 块吗？看个好专家值，身体最重要了。"

少良妈嘿了一声，公共场合，她也不好多说老头子，只是低声恨恨地说了一句："你就作吧你！"

在九楼候诊区，少良不停地看表，他想抽个时间回去买菜做饭，不然叫小湘大着肚子还伺候自己一家人，这也说不过去。想了半天，少良才跟他妈说："妈，要不你在这儿陪我爸，我先去办点事。回头看完了，我再来接你们。"

少良可不敢直说自己要去买菜，说了的话，他妈又得唠唠叨叨冲小湘发牢骚。小湘在经历了无数次这种唠叨之后，跟少良立下了君子协定，小湘不会当面和少良妈顶，但也坚决不会执行。如果少良妈对小湘有任何要求，完成要求的责任属于少良，小湘只有配合演戏的义务。这个君子协定执行之后效果非常好，不管少良妈怎么唠叨，也不管小湘对这种唠叨多上火，自从有了这个协定，婆媳俩再也没有当面让对方难受过，当然，那不代表没人难受，难受的人自然是少良。

今天的情况显然在君子协定的范围之内，少良有义务准备午饭，还不能让他妈知道这午饭是自己准备的。所以少良的时间相当紧张，他计划了一下，去医院附近的超市买配好的盘菜，可以节省不少时间，再买点熟菜，又可以节省点时间，送回家去，好言好语地哄小湘煮点米饭，把要炒的菜炒一下，小湘应该是给面子的。少良知道小湘从来吃软不吃硬，好话次次都管用。他也很明白，小湘弄那个君子协定并非一定要他什么都做，关键是他的态度。少良的态度一向很好，所以，小湘还是把少良该干的事情都干了。

少良妈对儿子这些花招其实早看透了，这让她对儿媳妇更加不满意。少良妈一看儿子这架势，就知道他要回家去张罗午饭，老太太耷拉着一张脸："你急什么，还怕你媳妇儿没饭吃是怎么的？放心，我给她留了饭，饿不着她。"

少良赶紧否认："妈，你想哪儿去了？我是怕车子停在那里有问题。那地方吧，有时候有交警抄牌。"

少良妈笑了："你就不用骗你妈了。不是我这个做婆婆的刻薄，她也这么大一个人了，难道自己做顿饭也会累着？"话没说完呢，那边护士喊了一声："杜少良！"少良爸每次都用少良的名字挂号，这样好报销。护士说："3 诊室，坐在外边等。里面的人出来了，你就进去。"

少良妈说："等你爸看过了一起走吧，应该很快的。回头我买菜去，你哪儿会买什么菜呢？"

少良说："不还要做检查吗？做检查可耽误事呢。"

少良妈不以为然："做什么检查？你爸一辈子都这样，不是这儿疼就是那儿疼。上个礼拜才在县医院做了胃镜，我都没告诉你。"

少良唉了一声："您怎么不说一声？做胃镜应该到市里医院来才好。"

少良妈说："故意不告诉你的。你要顾着小湘，又要上班，哪还顾得了他？他又没什么事，做了还不是没事。你妈我有分寸。我们总有事，你媳妇儿该烦我们了，妈也不想你为难。你说这做饭，我只要在，我也不叫她做饭，我不是那种刻薄的婆婆吧。可是你也太惯着你媳妇儿了，今天咱们都上医院来了，她自己在家里，去菜场买点菜，就当散步也是好的啊，就真的十指不沾阳春水了。"

瞅见诊室里的人出来了，少良赶紧转移话题："人家出来了，咱进去吧。"

诊室里有几个患者和家属围着秦主任。秦主任戴着老花眼镜，正和患者说话：

"先去交钱拿药，拿了药再来，我告诉你怎么吃。"

那个患者问："主任，我没什么问题吧？我怎么总觉得疼呢？有时候胀，有时候疼，有时候又胀又疼。还有，我整晚都睡不好。"少良爸一听这个，感觉和他的症状差不多，就留心听着秦主任怎么回答。秦主任笑笑，说："没什么事。你有事的话，我只给你开这么点药么？记住啊，刺激性的东西一定不能吃，换季的时候注意保暖。你爱喝酒吧，酒最刺激胃，以后少喝点。你们先去拿药，等下家属上来一下就行了，我告诉你们药的吃法，你就不用过来了。"

前面患者答应着去了，秦主任头都没抬地看病历："杜少良？35 岁？"

少良爸有点尴尬，秦主任抬头一看，面前坐着一个头发半白的老头，理解地笑了笑，问哪里不舒服。少良爸就说胃胀得难受。秦主任抬头看了看少良爸，又看看病历："你上个礼拜做的胃镜？没什么事嘛，只是有点轻微的溃疡而已。"

少良爸说："可是，我这两天只要一睡觉，就觉得胃里难受，说不出来的难受，整晚睡不着觉。"

秦主任又问："那你是只感觉胀呢，还是又胀又疼？"

少良爸想了想，自己也不确定："有时候胀，有时候疼，有时候又胀又疼。"

少良一听这台词，跟刚才那位一样。

秦主任看了少良爸一眼，一边写病历一边说："你睡那边去，我检查一下。"

检查完起来，秦主任刚坐回座位，刚才的那位患者家属进来了。秦主任对少良说："你们先到外边等一下。"

少良爸坐在门口，侧着耳朵隐隐约约听见秦主任的声音："这药就是普通养胃的药，他想吃的话就吃，如果不想吃，可以不吃。你们县里这医院……"刚听了这些，护士发现门开着，走了过来把门关上了，少良爸坐在那里就呆住了。

一会儿，门开了，秦主任送患者家属出来，还一边嘱咐道："不要多想，他想吃什么就给他吃什么，不要惹他生气，有什么不舒服再来。"家属连声道谢地去了。少良爸看见人家走进电梯的时候擦了擦眼睛，好像在擦眼泪。这下，老头子的心理负担可重了。

少良爸想，自己和刚才那病人的症状一样的，这得是多大的毛病啊，该不是胃癌？又想了想自己这两个月来每天晚上的那股子难受劲儿，就越想越害怕，就听见秦主任喊他进去。一进去，秦主任若无其事地写着病历。少良爸一开口就有点结巴："主任，我这病……"秦主任头都不抬："嗯，问题不大，开点药先吃吃看。写杜少良的名字？"

秦主任龙飞凤舞地把药方给开好了，少良爸拿着刚开好的药方，有点不踏实：

"主任，就开这么点药？"

"啊，你没事，就是有点胃溃疡，吃不吃药都行。特别不舒服的时候就吃一点，缓解一下。"

"那吃饭什么的要注意什么吗？"

"刺激性的东西少吃点，你不喝酒的吧，如果喝的话最好控制点量。别的没什么，想吃什么就吃点，别多吃。"

"受凉了也会疼？"

"那肯定有点影响，换季的时候注意保暖就行了。"

少良爸一听这台词，心里更没底了。他看电视剧里头，一般人得了绝症，医生都给瞒着。他这里还恍惚着，秦主任就叫下一位了。

少良这边给小湘打电话汇报行踪："喂，小湘，我陪我爸看病，马上就好了。"

小湘在电话那头说："我就知道。说得好听呢，他们自己看病，哪次还不是你全陪？"

少良有点嬉皮笑脸地说："就好了，很快回家。"

小湘说："我通情达理，所以准备午饭了，你不用赶着回来做饭。"

少良对着电话打了个啵儿："好老婆，我就知道你最好。你打个电话叫门口那喜客临送外卖不就行了，别自己做啊。"

小湘坏笑着说："不好意思，我说准备好了的意思就是打过电话了。"

少良幸福地挂了电话。正好队伍排到，少良把药方递进去交钱。

护士一看就说这里面有种药不能划医保卡，要是不要就请医生改方子。少良一想，改了方子倒不要紧，就是跟老爷子得解释半天。他知道自己老爸那毛病，把医生的话当圣旨，改了方子，少良爸就得天天琢磨这个改了的药一定没有原来的药疗效好。少良咬咬牙，多贵都自己掏了。这药还真不便宜，那么一小盒就50多块钱，医生还一气给开了5盒。少良划信用卡的时候，心想："以后这专家不能看了，什么病没有就开这么贵的药，也不知道是治病啊还是挣外快。"

少良排队去拿药，少良妈可没闲着，从诊室出来就开始唠叨老头子："这么多人，少良排队得排到什么时候？都怪你，有什么病啊，非要来看个专家，这不一点事没有吗？"

少良爸心里苦涩，嘴上还很英勇地说："是啊，没事，没事。"他觉得自己说这话的时候，就像一个独自慷慨赴难的英雄。可巧刚才看病的那人也拿了药出来，少良爸瞪眼看着人家手上的药，再和少良拿过来的药一对，一样的，心里头那个苦啊。

少良妈还在唠叨："不知道小湘烧午饭没有。"少良爸现在可是一点儿跟儿媳妇较劲的心都没有，他就想回家躺着："不如我们从这里坐车直接回县里去吧，不回少良那里吃饭了。"

少良妈一口否决："那怎么行，都11点多了，少良也要吃饭的，我还打算晚上做顿好的给少良吃呢。不行，今天不回了，明天回。"

4

回到家，少良停好车，从后备箱拿出菜和牛奶。少良妈看着少良拿东西，赶忙过来接："叫你不要买这么多了，今天吃不完，明天又吃剩下的。小湘也是的，菜场这么近，她随便散散步买点小菜总还是行的，还要等我们回来做饭。"

"唉，妈，别说这个啊。谁买还不一样啊。"

"不是这话。你是男人，一个星期在外头工作好辛苦的，回到家还要做这做那的。她天天坐在办公室里头，本来活动就少。活动活动，对她身体也好啊。"

"好了，妈，买都买了。平常家里的活还是小湘干得多。人家怀着孩子呢，我干也是应该的，你别多说了。"

少良妈非常不满意："怀着孩子就这么金贵？我怀你们几个的时候，还得伺候一家老小呢。又不是叫她干多少活，弄点吃的，能累到哪儿去呢？"

少良爸仿佛根本没有听到儿子和老婆两个人在叽咕，他一个人闷头不语地往前边走。少良妈有些心疼儿子了："嘿，老头子，你也替替少良的手，他一个人拿那么多东西。"

少良腾出了手，看看旁边没人，从口袋里掏出一张卡来："妈，这卡里头有2万块钱，是去年年底公司的分红，你拿着。"

少良妈赶紧说："不要，你自己留着吧，你爸看病有钱。"

少良做贼似的说话飞快："妈，本来我是打算留着买个笔记本电脑的，我那电脑还能用，暂时也用不着这钱。少聪马上要结婚，我爸看病也要钱，你先拿着吧。不够的话，回头我再想办法。"

少良妈只摆手，不接儿子的卡："少聪结婚有钱，不用你管，这钱你自己留着吧。"

"妈，你就别推了。"少良把卡掖到他妈的口袋里头，"放好了啊，别丢了，密码是你的生日。"

少良妈有点不踏实："小湘知道不？别回头她有意见。"

少良故作轻松："我们两个的事儿，您就别管了。你也知道，她在钱上头不计较。"

少良妈摸摸口袋里的卡，这钱也确实需要，不然少聪结婚老大一个窟窿没处填去："唉，那我就先收着了，算妈借你的啊。聪子结婚，还真是缺钱，怎么的家里也要稍微装修一下，摆酒也要钱，那杨彩霞他们家哪里有钱，唉！"

少良笑着拍了拍他妈的手，一家人上楼去了。

可少良没看见，他在把银行卡塞到他妈口袋里的时候，云姨正在楼前面那棵大树的后边，把他干的这事看了个清清楚楚，云姨肺都要气炸了："好啊，杜少良，小金库都有了。这个小湘啊，真糊涂。"

小湘这会儿正忙着把外卖送来的菜摆到盘子里，尽可能地让它看起来不那么像外卖。还没完全弄好，少良他们就回来了。

少良妈一看，桌上摆了四个菜，小湘在厨房里端了汤出来，清清爽爽的菠菜蛋花汤，飘着点香油。这汤货真价实是小湘自己做的。小湘说："爸妈，我今天叫了份火锅鱼，你们尝尝，这几天新开的，好有名的，好多人都说好吃。"

少良妈皱着眉头看着一盆通红的火锅鱼："自己随便做点都比外头的好，买什么饭店的菜，不卫生，还没营养。"

少良赶紧使眼色，少良妈忍住了，不再说话。小湘装作没听见，还招呼少良他爸喝酒。少良爸瓮声瓮气地说喝酒对胃不好，又说，医生说了，辣的东西不能吃，这话叫小湘有点尴尬。少良他爸一向喜欢吃火锅鱼，这鱼是小湘特地给老公公叫的，谁想人家说改了口味就改了。少良说："我爱吃火锅鱼，这里头豆芽菜要放多点才好吃，我尝尝这家的手艺怎么样。"

少良妈还拦着："不好，别吃这么辣的，回头又咳嗽。"

小湘的脸色有点难看，赌气夹了一大筷子火锅鱼放到碗里，吃得津津有味。少良妈还说："小湘啊，别吃那个，孕妇吃辣的也不好哩。酸儿辣女，你要多吃酸。我给你做的那泡菜拿来吃，酸酸的，吃了好。"

小湘故意说："我不想吃酸的，就想吃辣的。叫少良吃吧，他爱吃。别在饭桌这儿吃啊，你到厨房去，我不能闻到那味。"

少良妈就像没听见似的，还说："小湘啊，多吃点青菜，辣的吃多了不好，容易上火。你怀着孩子呢，要忌忌口。还有，饭店的菜油不好，有股哈喇子味道，味精还下得重。"

小湘一听到"哈喇子"三个字，就觉得吃到嘴里的火锅鱼好像真有股哈喇子味似的，这鱼可就吃不下去了。小湘有点洁癖，在这方面不发挥想象力还好，要是一发挥想象力，那东西就没法吃了，怀孕以后这种情况尤其明显。说实在的，不是懒得做饭，她也不愿意吃外头的东西。

小湘有点恼，一个礼拜没什么胃口了，好不容易想吃火锅鱼，也没吃成，小湘就跟少良说："哦，妈说得对，少良，以后你多买点菜回来弄给我吃哦。"

少良妈麻利地接过话："他一个大男人家，哪里会弄饭啊？有空了我来烧给你吃好了。你自己要有空，自己烧点饭，也活动活动。"

小湘笑着说："那倒不用啊，做饭这种事情，很容易学的，他学学就会了。有他做，我就省心了，不用去外边吃。妈，你说得可对了，外头的东西是不干净。这汤是家里的，吃这个好了。"

少良夹了一筷子青菜放到小湘碗里，指望堵住老婆的嘴。小湘正眼也不看少良，低头扒拉白饭。

5

小湘娘家正在开会。云姨气哄哄地说，她亲眼看到杜少良偷偷摸摸地把一张银行卡塞给他妈。小沫怎么都不相信二姐夫有留小金库的胆子。小湘妈说："那真要搞搞清楚情况，小湘这孩子在这上头糊涂着呢。"

小湘的确在钱上面特别糊涂。杜少良一年挣多少钱，小湘从来没弄清楚过。这还不算，自己的工资卡拿回家，就朝床头柜随便一扔，没钱就去取，回来照旧扔床头柜里，从来没记过账。

小潇说："可不是吗？有一次我问她，你们家少良现在转了销售部了哦，一个月挣多少钱啊？你猜我们二小姐怎么说的？"小潇学小湘的语气说，"我的钱又不是不够花，谁管他那些，反正房贷、水电啊，家里大的开销都是他负责的。"

云姨真有点恨铁不成钢："嗨，她从小就这样。"

小潇说："我又问她啊，那你知不知道房贷他一个月还多少呢，水电费又是多少呢，每个月的开销除外，卡里头还能剩多少钱呢？你知道她怎么答我啊，"小潇又学小湘的语气，"我还管他那么多呢！"

小沫不赞成小潇的观点："大姐，二姐哪有你那么多心眼儿啊？我大姐夫身上连20块钱都没有，你的政策也太严格了。"

小潇很坚定地说："男人有钱就做怪，杜少良有钱了，整张卡拿回自己家去，小湘还做梦呢。你看梁文年敢不敢。"

小湘妈摇头说："你管梁文年不是不对，但不能太过了。不过小湘也真是的，整个儿一个甩手掌柜，这怎么行？合着他们家的钱全是少良在管着呢。亏她上次还骗我说，少良把卡都交给她了。"

小潇干脆把妹妹的底儿都兜了："她没骗你啊，杜少良的卡的确交给她了，不过那卡里头每个月自动扣掉贷款、水电费、电话费什么的，保证剩下的不超过100块，有时候小湘还得贴个百儿八十的。"

小湘妈哼了一声："这事得搞搞清楚，我告诉过小湘，叫她不用每个月都去查他的钱，但半年要清一次账的。以前都好好的，少良有多的钱都存定期。这个卡，肯定是去年年底的钱，这小湘也太糊涂大意了，怎么就给他留了这么大笔的钱呢？"小湘妈一向知道女儿的秉性，所以打从找了少良这个女婿后，老太太就替女儿盯着呢。

云姨说："不是钱的事儿，你说咱小湘也不是差他那点钱，就是不能惯着他这个样儿。"

小沫表示反对，她觉得老妈、老姐和云姨都太世俗了，两口子讲心不讲钱，她支持二姐对杜少良的信任："要我说，你们都少操点心吧。我二姐又不是真糊涂，也许她根本就是知道，只是装不知道而已吧。人家是两口子，咱们少掺和他们的事儿。"

小潇哈哈地笑着："别天真了你。你现在不知道厉害，等你有了婆婆你就知道了。我够智慧，够大度了哦，可跟我婆婆斗起来，"小潇很夸张地吸了一口凉气，"真是，唉，一言难尽啊。小湘的婆婆比我婆婆厉害一百倍，要是少一个心眼，准吃得她连骨头都不剩。"

小沫浑身起鸡皮疙瘩："得了吧你，把人家婆婆说成这样。我去他们家玩的时候，人家老太太可热情了。对了，她做的那个凉粉皮子可好吃了。人家还是有优点的。"

小潇深沉地看着不谙世事的小妹妹，以过来人的语气说道："等你有婆婆了，你再说。"

小沫不信："危言耸听吧。那我将来啊，就找一个父母双亡的独苗。"

小湘妈赶紧说："去、去，说什么呢？你啊，就缺个厉害婆婆管管你。你看你那房间，还有那满柜子的东西。"

小沫知道老妈又要开始唠叨，从她的房间唠叨到她的工作，再从工作唠叨到她什么时候能嫁出去。不管老妈的开头是什么话题，最后总能绕到这个问题上。小沫对此很头疼，对于一个已经过了28岁而婚姻还没着落的女博士来说，家里所有人都认为她的情况很严峻。小湘还经常说妹妹："两年啊，晃一晃，就30了！"

出于安全的考虑，小沫拿起手提包飞快地跑出去了。

小湘妈又好气，又好笑："看看她，一点正形都没有。天天在外头玩，没看见正经谈个男朋友回来。真是的，没有一个省心的。"

云姨知道小沫的心思："她可有主意着呢，难得有男孩子能入她的法眼。这都快30了，怎么得了？"

小湘妈发现离题了，又将话题转了回来："对了，少良这事儿先别告诉小湘，等搞清楚再说。"

云姨满口说行："明天我就找李力明。"

杜少良自以为这次卡的事情瞒得天衣无缝，他万万没有想到，他的背后还有好几双眼睛盯着。云姨马上找到了李力明，经过一番"严刑拷打"，李力明很快就把杜少良年底有多少分红有零有整地给供出来了。还算李力明有点兄弟情谊，招供之后第一时间就通知了少良，叫他回家小心老婆发飚。所以，少良这天下班回家就有点贼眉鼠眼的，他还特意跑到花店买了一束花防身。

回到家的时候，小湘在厨房里一边唱歌一边做晚饭，看样子心情不错。少良踅到厨房门口探望，没发现什么异常。小湘正在收拾一条乌鱼，她把鱼骨剔掉，片成一片片很薄的鱼片。少良看见鱼片，就知道老婆今天心情不错。小湘其实不大喜欢做饭，但她心情好的时候就会做这道她最拿手的沸腾鱼片。

锅里油烧得滚热，小湘把调料朝锅里一爆，再飞快地把鱼骨、鱼头拌进调料里炒香，加上水，煮开之后，再把裹了薄薄一层鸡蛋清的鱼片倒进锅里，顿时，满屋子飘的都是香味。

少良最好这一口，他隔段时间就要央求小湘做一次。那调料是云姨的拿手绝活，小湘求了云姨很多次，云姨才教给她调制调料的办法，可是她自己调出来的总是少了那种味道。少良挑拨离间地说，云姨一定是藏了一手。小湘懒得理他，但从此自己不做调料了，每次都是云姨做一大盒给送过来。小湘做这道菜，表示小湘今天心情不错，另外云姨今天一定来过了。云姨来过了，小湘还能心情这么好？云姨不可能不把小金库的事情告诉小湘，而小湘听到这种消息不可能心情还很好，少良的心里可真有点没底。

小湘看着少良，非常妩媚地一笑，少良有点招架不住，心里更没底了。杜少良属于品质优良的老公，品质优良的老公的另一个意思就是他有点怕老婆。这样，少良本来还打算先看看老婆到底是知道还是不知道，然后再决定自己要不要坦白从宽。可小湘这么一笑，少良立马决定争取主动权，早点向小湘交代。

"老婆，有件事要跟你汇报一下。"少良拿腔拿调的。

"嗯，先吃饭，这鱼凉了就不好吃了。对了，你要喝点酒吗？爸爸上次从日本带回来的清酒不错，你要不要喝点？"

"好啊，你今天怎么这么高兴，做鱼给我吃啊，我老婆真好。"少良心里没底，有点没话找话的意思。

小湘高深莫测地一笑："你老婆本来就好，难不成有人今天才知道啊。"

少良这下汗都出来了，小湘还挺温柔地拿了块纸巾给他擦："看，慢点吃，你吃不得辣，我都没敢多放辣椒，怎么还辣出一头汗来？咦，一点也不辣么。"

"小湘，有件事呢，我一时没来得及跟你商量，我说了，你可别生气。"

"嗯，说吧。"小湘吃得津津有味。

"是这么回事。我爸上个礼拜看病，我也跟你说过，他的身体情况不是太好，要治疗。你说我是长子，我弟弟经济情况也不是很好，所以呢，我就应该多负担点。"

"嗯！接着说！"

"呃，我弟弟呢，上个礼拜也决定要结婚了，婚礼可能下个月就办。你看，我是当大哥的，我也要适当地关心一下。"

"嗯！"

"我妹妹少兰吧，刚考上大学，这不马上开学了，也、也，这个、这个……"

"需要钱，是吧？"小湘埋头吃着鱼。

少良擦擦汗："是啊，你看，他们都挺困难，我不能不管，所以，我就把我去年年底的分红给我爸妈了。"

小湘低着头，好半天没反应。少良看看小湘，也不知道自己该不该再说话，也不知道接下来该说什么。

"小湘，我知道，事先没和你商量就把钱给我爸妈了，是我不对，你别生气，这些钱是借、借给他们。我妈说了，将来他们宽松点了，就还给我们。你看……"少良跟做了贼似的小心翼翼地观察老婆的反应。

小湘看起来很平静："你觉得你有错吗？"

少良赶紧表明心迹："老婆，是我错，我道歉，我保证，绝对没有下次。其实我们家今年大事特别多，过了今年就好了，以后绝对不会随便拿钱给我家人了。你完全有理由生气，今天晚上的碗我洗，地板我拖，衣服我洗。"少良嬉皮笑脸的，"你看，我这个认错态度还不错吧？好了，好了，别生气了。你嘟着嘴巴生气，小心宝宝生出来不漂亮。"

小湘被他气乐了："你错了？你有错吗？要是你帮你妈、帮你弟弟、帮你妹妹错了，我成什么人了？"

少良琢磨不出这话是什么意思。

"你买的这是什么花？"小湘的问题让少良感到很意外。

"紫罗兰，你最喜欢的。"少良很殷勤地回答。

"你懂得送紫罗兰给我，一定知道紫罗兰的花语了。"小湘很平静。

少良的大脑飞快地搜索着所有关于花的话题。以他对小湘的了解，小湘既然问了这句话，那么答案一定是她曾经跟少良提起过的。小湘有时候相当小资，而少良在这方面明显天分不足。结婚三年了，少良依然没什么进步，他不记得以前约会时说过什么话，不记得他在公园的哪一个角落里吻过小湘等等诸如此类的细节。当然，每年小湘的生日和他们的结婚纪念日他都记得，也记得小湘喜欢的花是紫罗兰。紫罗兰的花语是什么，他肯定，小湘一定告诉过他，可是他全忘了，谁能记得几年前说过的关于花的一句话呢？少良以尴尬的笑回应小湘的考题，他实在有点迷惑这个问题和他刚才说过的话有什么关系。

花语说来说去无非是我爱你、你爱我什么的，那么最乐观的想法就是小湘支持他给家里经济支援。小湘一向不会把钱看得特别重，以前他也不时给过家里钱，给少聪还信用卡的账，给少兰交学费，小湘从来都是睁一只眼闭一只眼，没和他计较。可一方面小湘是小资的女生，另一方面小湘也是世俗的老婆。

"紫罗兰花语的意思是诚实，你第一次送我紫罗兰的时候我就告诉过你，我希望我们之间永远都能坦诚相待，原来你忘了。"少良一点儿也不记得这句话，但总算少良不笨，不用小湘说第二遍，他就已经自觉地理解了紫罗兰和银行卡之间的关系。

"我不是故意要瞒你，这个、这个的确是没来得及说。那天我爸妈急着要回去，这都是事儿赶着事儿。少聪说结婚就要结婚了，少兰要买些生活用品准备上学。本来这钱吧，我打算和你商量买个电脑的。我现在说，你就算我是坦白从宽吧。我保证，以后一定提前汇报。"想了一想，他又接着说，"还有，很快上半年的奖金分红又出来了，又有2万，一发了我立刻交给你。咱还买电脑，到下半年，还能买个最新配置的。"

小湘双手交叉抱在胸前："杜少良，我问你，你给你妈这卡是公司发奖金的那张卡么？"少良老老实实说"不是"，小湘说："真难为你啊，要把钱从发奖金那卡转到新开的卡上，你申请一张新卡也得一个礼拜的时间呢，是吧？还有，你的奖金是哪天发下来的？4月，还是5月，你可别说是上个礼拜才拿到的。你想告诉我的话，你有大把的时间和机会跟我说，可是你没有。"

小湘瞪着眼睛，手指头作势要点到少良的额头上："你这不是钱的问题，是诚信的问题，是相互尊重的问题。你家里要用钱，只要合情合理，我从没拦过你。你为什么要这么做？如果你长期这样做，那我们夫妻两个在一起过日子又有什么意思？你愿意我们两个人天天你防着我我防着你吗？我不查你的账，那说明我对你充分信任，这种信任是一种尊重，你懂吗？"

少良完全被小湘的义正词严给镇住了："不是，别上升到这么高的高度啊。老婆，我对你绝对地尊重，绝对地信任。这件事都怪我自己多心，不是，我也没多心。过年的时候，你让我拿了6000块给爸妈，我这不是不好意思么？才拿了6000，又给2万，这个，我自己都觉得自己理亏，我觉得我对不起你，我总是拿钱去贴补我们家。可是我家里这情况，你都清楚。"少良开始打"煽情牌"："结婚这几年，我们家这事那事没少麻烦你，小湘，真的，我心里都知道，我特别感激你。不是每个女人都能像你这样。我们公司的老周，家里情况比我们家还差，他老婆把钱攥得死死的，一个子儿也不给，两口子天天闹。比比他，我觉得我实在太幸福了，你这么理解我，这么支持我，帮了我家里这么大的忙，这些我都记得。我以后不这样了，以后保证什么都跟你商量。其实，我以前也没这样过，是吧？首犯不处罚啊，你们机关不都这样么，你就人性化执法一次吧，好不好？"少良说着说着，就朝小湘身上蹭。

小湘又好气又好笑，想了一下才说："那好，这是第一次，也是最后一次，是你说的，不是我逼你的。我们先说这次的2万，既然你已经说了，这钱是给你父母看病的钱，你弟弟结婚的钱和你妹妹上学的钱，虽然给得多了点，但也不是不可以。而且你也已经给出去了，我就不说了。但是，以后你弟弟结婚的时候，我们就不应该再出钱了，对吧？你妹妹上学的学费，我们也不应该再拿一次了，对吧？还有你父母看病，基本上都是用我们的医保卡，不是什么特别大的病，我想，那些钱买点自费药也够了，也不用我们再拿钱出来了，对吧？"

小湘问一句"对吧"，少良就尴尬地答一声："对！"

小湘又说："不是我信不过你，不过观察期总是要有的，你把你所有的卡和身份证都放在家里。"她又看了一眼少良，"我并不收你的钱，也不限制你用钱，只是看你的自制能力。过年的时候公司新办的那张分红卡，你该拿出来给我瞧瞧，我只听过，还没见过呢。"

过年的时候，公司给每个部门经理新办了一张分红卡，这钱就是那卡划出去的，少良当时真的是想自己留点闲钱，所以只是口头上跟小湘说了一声，没有提到底有多少钱，也没往家拿过。到了现在这地步，少良只好赶紧答应，当场就把卡从口袋里掏出来交给小湘。小湘笑着接下了，就不再提关于钱的话："嗯，接着吃饭啊，别忘了自己说过的话，衣服你洗，碗你洗，地板你拖，要做一个礼拜。"

云姨听说了小湘的处理方式，非常不满："你应该叫他把钱要回来，2万呢，不是小数目。他弟弟结婚要用这么多钱？即使要用，也不该你们出啊，你们顶多出个礼金。他妹妹上学的学费也用不着那么多，你看着吧，明年他肯定还要给他妹妹交学费。这钱你算白扔了，他们家还不念你的好。不信你就看着吧，他妈只会说那钱是她儿子挣的，儿子挣钱给娘花，那是天经地义，你就等着生气吧。"

小湘说："有那么严重吗？人家也不是不讲理的。"

云姨说："只有比这更严重的。你以为他们和你爸妈一样呢？农村人，观念就是那样的。好不容易养出棵摇钱树来，那还不使劲地摇啊？你可好，还跟在里头塞钱进去。"

小湘笑："我并不要他家里人说我有多好，少良心里有数就行。说来说去，只要他不犯浑，他家里人再怎么样，也不影响我们，他父母能跟我们多久呢？"小湘叹了一口气，"他们家以前是很困难，好不容易把少良供出来了，少良给家里做点贡献也是应该的。就说少兰上学这个事吧，我心里是赞成给她学费的，我只是气他为什么不跟我商量。少兰我看很好，又勤奋又上进，好不容易考上个好学校、好专业，要是因为没有学费上不成学，那就太可惜了。就是他这个弟弟不争气，他妈还当个宝似的，越发惯得不成样子了。光工作我就给他介绍好几个了，哪个也干不长。嫌拘束，嫌工资少，反正他总有理由。好不容易少良又把他弄到超市里去当保安，谁知道他怀疑人家偷东西，非要搜人家客人的身，结果又被开除了。他结婚这事我真不想管，不过后来想想，他也那么大个人了，早晚是要结婚的。这钱我们早晚也得出，逃不掉的，还不如痛快点。我倒不指望他记我的人情，我不能为他让少良说我不体恤他家里的人。"

小湘妈说："嗯，说起来你的道理也是一套一套的，少良就是吃准了你这条——心太善。要说事儿，谁家没有一大摊子事儿？咱家就没有事儿么？杜少良的观念就不对。他总觉得他家里困难，他就该贴补一些钱，咱们家里头经济好一些，就不用花什么钱。可问题是，咱们虽不缺钱，他这个做女婿的，总要有点做女婿的样子啊。没有给自己父母整万整万地拿，给岳父买个生日礼物都舍不得，还拿公司的样机来糊弄的道理。我们缺不缺钱是一回事，他有没有这个心是另一回事。"

小潇在旁边帮腔："可不就是这么回事儿吗？每年咱们姐妹轮流请爸妈吃饭，到了他安排的时候，你看那档次，吃顿饭，能有几个钱呢？就这么不舍得花？给自己家人花钱就大把大把的。你说，他就是给咱家花钱，爸妈还能真让他花呀？

还不是还回去给他，这人呀，就是骨子里头小气。"

小湘有点不爱听了："大姐，别说这么难听。他家跟梁文年家不能比，他家确实是困难。你们梁文年家虽说是农村的，但家里有房子有地，还开着厂子，那可不一样。少良是钱上头紧点，可是他有心啊。咱爸哮喘的老毛病，不是他找了偏方治好的吗？咱妈到了冬天就肩膀疼得厉害，还是他买的那个频谱仪效果好呢。还有啊，你们家两个宝贝冬天冻伤了脚，他叫他妈亲手做新棉花鞋给他们穿。你得看看人家的优点嘛，为什么要拿钱来评价一个人呢？不说别的，他光给小沫介绍男朋友就已经介绍好几个了。"

小沫正喝水，听了这话，噗的一声，差点没把水喷在沙发上："二姐，你前面说的话我全部都支持，杜少良的确没有大姐说得那么差劲儿。但是啊，他介绍的那几块料就真的不是一般的差劲儿。不是我不给他面子，实在是，有点难以消受。"

小湘忍不住乐了，的确，杜少良给小沫介绍了好几个他的学弟和下属，还真的没有一个靠谱儿的，都是说得天花乱坠，见的时候就不是那么回事。后来小湘总结出原因了，杜少良这人喜欢美化别人，也喜欢美化自己。他觉得自己很不错，然后就照着自己这标准去对照，觉得人家也不错。既然他能配小湘，那和他差不多的人应该就能配小沫了，他就是这么一个逻辑。而实际上，本科毕业，一米七到一米八五，本市户口，工作稳定，职业正当，这个标准能囊括进来的人那可是多姿多彩，像杜少良这样的，只是其中的一种稀有类型。"杜少良关键的问题就是不懂得细分市场，亏他还是销售部的经理呢。"这是读经济学的小沫对此事的定论。

第三章

怕＝爱，爱老婆哪是丢人的事儿

女人就是吃软不吃硬。男人在无关紧要的事情上让让女人，天下就安定团结了。梁文年说，反正这些年想给家里的钱都给了，想给家里办的事情都办了，不就说两句软话么？这不能叫窝囊，这叫不跟女人一般见识。男人怕老婆根本就不是丢人的事儿，怕说明爱，爱才会怕。

1

从省城里回去以后，少良妈就开始操办少聪结婚这事了。少良妈对二媳妇杨彩霞提出的条件琢磨了好几天，她得算算自己家到底划算还是不划算。杨彩霞说，酒一定要办，少聪和她各出一半的钱，不用公公婆婆掏钱，礼金也不要。有多少钱就办多大事，她要的就是正式嫁进杜家的这个体面。结婚以后要是住少聪原来的房子，那她就买家用电器当嫁妆，该交的生活费一分钱她也不少交。要是自己分门立户单独住，那嫁妆自然也就随着自己走了，公婆不能有话说。少良妈在钱上面看得比较要紧，尤其是杨彩霞说要买电器和交伙食费，这话算是摸准了少良妈的死穴，引诱着少良妈着实地琢磨了好半天。

少良妈跟少良爸这小算盘噼里啪啦一算，结论就出来了。如果少聪单独另过，那少聪挣的那点工资也就绝对不会交到家里来了，虽然钱不多，但也亏了一大笔。如果少聪夫妻两个跟自己同住，那杨彩霞可是应承了要交生活费的，就算生活费只有500块吧，那也是一笔钱啊。还有带来的家电呢，那又省一笔钱。少良妈还琢磨要换一个空调，就摆在客厅里，自己老两口也能享受享受了。到现在，家里唯一的一台空调装在少聪房里，连少兰考大学要复习功课，都没舍得单买一个空调。再把小湘家的那台旧空调拿过来，也能派上用场，就装在少聪他们的新房里，再买一台新的空调摆在客厅。这么七算八算的，少良妈认为，就算办酒的时候体面地给他们一个红包，那自己也还赚着大头呢。少良妈就点头同意，让少聪夫妻俩结婚以后住在家里。

杨彩霞听说了让买空调的事，也不含糊，她痛痛快快地就同意买了。背地里，彩霞和少聪咬耳朵说，买了空调，5000块就出去了，没钱再买别的了，顶多再买一台洗衣机和一台电视。少良妈一听就说，洗衣机不要买了，家里这台还能用呢，有钱不如买台微波炉。少良结婚的时候，小湘买了微波炉，花了近 3000 块，少良妈心里就认准了微波炉比洗衣机值钱，家里的洗衣机买的时候才花了几百块。杨彩霞要出钱买电器，那当然要买贵的、家里没有的电器，不然这钱也到不了自己手上。少良妈觉得自己这账算得好。倒让杨彩霞在背后笑个不停，杨彩霞买的微波炉是功能最简单的一款，才花了 300 多块钱。彩霞对少聪说："微波炉就是热剩菜的，用微波炉做菜没滋味，城里人才那么傻呢。"

就这么着，少聪和彩霞的婚礼就在未来婆媳两个噼里啪啦的算盘声中成功举行了。这里头当然少不了少良和小湘的事儿。吃喜酒那天，少良期期艾艾地和小湘商量："咱们去吃喜酒，好歹是婆家人，我还是大哥呢，红包总要包一个才好看。"

小湘挺大方地说："钱我给过了，2 万，拜托你不要忘了。这次的红包只能是个意思，包 200 吧，200 就不少了。"少良想包 1000，小湘笑着说："我不是舍不得这 1000 块钱，只是没有这样的道理。你本来就应该在这时候把那 2 万拿出来的，当初为什么急着把卡直接给你妈呢？你想想，你这时候拿出来，哪怕就 1 万一个红包，那也漂亮。好过你花了 2 万块，连个水响都没听见。现在去喝喜酒，还要再包 1000 块，你弟弟心里不定怎么说你小气，你这不是花钱不讨好么？"

小湘又给少良出主意："你实在要包个大红包，那就跟你妈商量，从那卡上取几千块钱出来，再送回去给你弟弟，那钱本来就是你的。"少良说："这怕不好。钱都给了，怎么好要回来呢？"

小湘眼睛一瞪："你自己看着办，我只有 200，要么你就包 200 去，要么就从卡上拿 1000 来。最多我做个坏人，你就说是我说的，红包钱从卡里出，不然就把卡要回来。你妈会算账，她一定会同意的。"少良没办法，只得愁眉苦脸给老妈打了电话。少良妈果然同意了，还连连说这是应该的，那钱本就是少良拿了出来给少聪结婚用的么，哪里还有再出一次红包的道理？

少良妈想，这下这 2 万块钱在小湘那里是过了明路了，用起来就名正言顺。少良妈虽然计较钱，但她也知道什么该计较，什么不该计较。然后她就跟少良说："你们也不用给 1000 那么多，我和你爸才给 999，你给 666 吧，就差不多了。"

小湘伸出大拇指在少良跟前大赞婆婆："我就知道你妈深明大义，不过，你可以给多一点，888，这多好，又吉利又漂亮。咱们就算大哥大嫂，红包不能超过爸妈的数，就这么办。"少良就对他妈说："你给我包 888 吧，写上我和小湘的名字。"

结果呢，少良妈到底舍不得从自己手里拿出 888 给杨彩霞，左思右想，她连

666 都舍不得，最后只包了 280 块，在红包上写上了小湘和少良的名字，也没敢跟少良说。她心里想："2 万都是少良给的，少聪又不是不知道，那办酒的钱就是从少良这 2 万里头出的。红包不过是个意思罢了，还用得着给那么多？"她不想这钱白白落到杨彩霞的手里去，这到底是大儿子拿出来的钱，得花在该花的地方。

当天晚上，杨彩霞一算红包，看到少聪的大哥大嫂居然只包了 280 块的红包，心里鄙夷极了。同在洗脚城工作的姐妹还给包了 200 的红包，这是什么大哥大嫂？亏了婆婆还口口声声说这个大儿子、大儿媳妇在城里头如何风光、如何孝顺，兄弟的情义竟然这么薄。杨彩霞打心眼里瞧不上大哥两口子了，她又回想起婚宴上的情景：大嫂挺着大肚子，娇滴滴地坐着，自己去敬酒，婆婆在旁边捧星星捧月亮般地说："小湘，你是有身子的人，不用站起来了。"大嫂果然就没站起来，喝的是水，碰杯的时候也就是意思一下。

杨彩霞有点不忿，自己大哥倒是为他们结婚的事张罗了半天，酒席是在彩霞大哥打工的那家饭店办的，开了五桌而已，菜钱算得便宜。少聪家根本就没人去张罗，只有少兰跟里头跑跑腿，也只管收着婆家人的礼金而已。做大哥大嫂的，兄弟结婚也不帮忙张罗一下，只是开席时来吃了喜酒，太不把少聪放在心上了。杨彩霞觉得大哥大嫂架子挺大，不把人放在眼里。尤其是小湘，真跟个千金小姐一样，婆婆还把她捧得老高。

彩霞结婚后，第一个星期就跟婆婆干了一仗。原因很简单，少良妈非常严谨地遵从了农村老家的祖训，祖训是这么说的："出归媳妇落地孩儿，头三天是要把规矩的。"少良妈嫁进老杜家的时候，少良的奶奶做婆婆，那也是把足了规矩的。少良妈那时候当小学老师，属于有文化的女人了。她讲理，而少良奶奶不讲理，所以少良妈就窝囊了几十年。不过，不管少良妈对她婆婆有多少不满意，她也从来没有当着老太太的面挑过礼，更别说和老太太当面锣对面鼓地吵架了。

说到少良奶奶和少良妈的恩怨，最主要的一件事情就是少兰出生的时候，少良奶奶非要把少兰抱了去给她的小女儿，就是少良的小姑姑。少良的小姑姑不能生育，一直想要一个孩子。少良妈才出了月子，老太太就把少兰抱走了，只跟少良爸说了一声。结果，少良妈火了，唯一的一次当面跟老太太叫了板。后来，她撑着产后虚弱的身子，走了十几里的路，把少兰抱了回来。少良妈说："我自己的孩子，我就是饿死，也不能交给外人带去。"从此以后，少良的小姑姑就和少良爸断绝了来往，少良奶奶也开始不待见少良妈了。现在，少良奶奶还一个人住在乡下老屋里，身体特好。少良爸想把她接到县城住，接了几次都不来，说和少良妈合不来。少良爸倒无所谓，老家还有兄弟在，老太太性格偏犟，也比较凶，没有哪个年轻后辈敢跟她啰唆。倒是少良妈不放心老太太一个人，隔三差五地坐半个小时的车跑到乡下去看看，去了也得不着好脸，每次都是连口水都捞不着就回来了。

少良爸经常对少良他们三个说："这就是孝顺，孝顺孝顺，顺者为孝，你妈就是最好的榜样。"少良爸感激少良妈的这份涵养和大度，希望两个儿媳妇也有这种涵养和大度。现在看上去，大儿媳妇是娇滴滴的城市姑娘，家里环境好，虽然表面上对老人恭敬着，心里不知道多有主意，"孝"字勉强能沾点边，因为小湘在钱上不怎么算计，可是这个"顺"字那是一点儿也没有。少良在自己家里说话不算数，什么都要看媳妇儿的脸色，所以少良爸觉得到了少良家，就好像到了儿媳妇的地头一样，没法子端起家长的派头来，这和他以前对自己父亲的那种家长派头的向往很不相称。他有心要从二儿媳妇这里找点做家长的尊严，所以一直希望少聪找个县的姑娘。少聪不是大学生，本身没有少良条件好，找个家里情况稍微差点的老婆，没有小湘那么强势，也叫他和少良妈享享做长辈的福么。少良妈在少良奶奶的手底下熬了一辈子，累死累活地伺候老公、孩子和公婆，她二十年媳妇熬成婆，也想端端婆婆的身段。这种想法不是很正常么？杨彩霞家里条件差，自己又是个洗脚妹，大了肚子嫁进门，还自己倒贴了钱，这种儿媳妇么，在家里就应该伏低做小地讨好公婆才对。少良妈要给二儿媳妇来个下马威，可是杨彩霞完全打乱了少良爸妈的部署。

这新婚头一天，刚吃过早饭，少良妈就叫杨彩霞来算算账。杨彩霞头一天在婆家过日子，新媳妇儿进门，虽然本来不怕婆婆，但总也要有点新媳妇儿的样子。一大早，她就起来做早饭、打扫院子。杨彩霞母亲死了以后，家里就是她当家，她不觉得自己做这个有什么不合适的。相反，她认为自己进了杜家的门，就要做杜家的人。做杜家的人还不算，她还得做杜家顶门立户的女人。女人在家里当然要服侍丈夫和公婆，不然怎么叫媳妇儿？所以，一大早杨彩霞就起来张罗了。

少良妈对这个很满意，她头一遭感到做婆婆的滋味不错。儿媳妇做好早饭，碗筷通通摆好了，服侍一家大小吃饭。少良爸坐在首座上，像模像样地端着公公的架子。彩霞先端了稀饭孝敬公公，然后是婆婆，然后是小姑少兰和丈夫少聪，连少聪添饭都是彩霞去，少良爸妈心里可就舒坦了。少兰有些不好意思，一口一个嫂子地叫着说："我帮你。"

彩霞麻利地做这做那，一边还笑吟吟地说："不用你，你是大学生了，这些粗活不要你做。读书多好啊，读了书就不用像我这样出去打工了。你吃了饭去看书，收拾收拾上学要用的东西。"

彩霞说得真心真意，少良爸妈在饭桌上对视一眼，达成共识，这新媳妇儿底子不错，只要头三天把规矩把好了，以后他们老两口就有福享了。少良妈在心中感慨，男人找老婆，真不能看着条件好的挑。找老婆是要找一个女人来服侍自己的，怎么能找一个观音供着呢？那小湘可不就是个观音娘娘么？

少良妈决定趁热打铁，把昨晚算账遗留下来的问题解决一下。昨天晚上少良妈算账，算来算去觉得不对，少了两份红包。少兰负责收婆家人的红包，杨彩霞的一个弟弟收娘家人的红包，分工很明确，怎么会少了呢？少良妈明明看见那两家亲戚都在席上坐得周周正正的。昨晚，她趁着儿子洞房花烛，把娘家那个红色的礼金单子拿来看看，一看就发现问题了。婆家的两个亲戚把红包给了彩霞娘家那头，而且红包钱还不少，一家给了400，这就是800块钱。少良妈可舍不得这800块钱，这两家亲戚娶媳妇儿，她都是送过礼钱的，她总不能亏本吧。

吃完饭，少良妈咳嗽了一声，就拿出婆婆的身段来说话了："彩霞啊，昨天那红包好像错了。"杨彩霞手里的活儿没停，笑眯眯地说："妈，错哪儿了啊？我算了，没错啊。"少良妈很坚决地说："错了，少聪他表姨家和我娘家三堂舅的礼钱给了你弟弟，这也没事，他还是个孩子么，你不要怪他。"杨彩霞脸上的笑僵硬了："妈，少聪的表姨和您娘家三堂舅的礼金我们可没收着。"少良妈一听就急了："怎么会呢？那礼金单子上都写着呢。"杨彩霞还故意问："妈，你要看礼金单子，我拿给你看就是了，原来你已经看过了。你什么时候看的我们娘家的礼金单子啊？我弟也是，怎么也不言语一声。"少良妈有点尴尬："我哪是要看你的单子，我是，昨天我在门口看见他们走错了，把红包交到你弟弟手里了。你查查礼金单子，一定是错了，我这边没写他们的名字。"

少聪觉得彩霞过分，忍着没说话。杨彩霞倒是干脆，转身进屋就把礼金单子拿出来。昨天晚上，她查过一遍，她知道少良妈说的是谁。少良妈远远地瞄着礼金单子，好不容易找到那两家的名字，手指头点着说："就是这两家不是，这个李双芬是少聪的表姨，陈来顺呢，就是我娘家三堂舅，我家亲戚多，难怪你不认得。"

杨彩霞看看名字，笑着摇头说："妈，你看错了，李双芬跟胡春来是一家的，胡春来是我亲堂舅啊，打小看着我长大的。还有陈来顺，他是我大哥的老丈人，这是我娘家的人。"

少良妈一听可不干了："那怎么说是你娘家人呢？人是我下帖子请的，再者说了，少聪表姨小时候还是在我家长大的，你那堂舅和你都不是一个镇的，哪亲哪疏？陈来顺是我的亲表弟，他就是你哥的老丈人，也没我家亲啊。这两家亲戚应该算婆家人。"

杨彩霞可不买账："不是一个镇的就不亲了么，谁说的？我弟弟上学，我堂舅还给掏学费来着，亲不亲？要说到小时候，我堂舅还是我妈照看大的。我家的事您能有我清楚？我哥的老丈人要不是因为我结婚，他能封那么大一个红包来？那为的是我嫂子在我们杨家的脸面。您的亲表弟也不止他一个，有封400块红包的么？"

少良妈本来嘴巴很利索，可不知道怎么的，给杨彩霞这么一说，她倒没词儿了。

少聪说了一句："不就800块钱吗？你拿出来给妈就完了，办酒的钱还是我妈出的。"

杨彩霞眼一瞪："一笔归一笔，办酒的钱我也出了一半，你怎么不说？什么叫不就800块钱？该是谁的就是谁的。"

杨彩霞在钱上计较，是因为她两个弟弟就要开学了，她还指着拿收的红包钱给弟弟交学费去。她自己这一结婚，把前几年的积蓄都花了，当时花钱买电器的时候，她就把酒席收红包的钱算在里头了。所以她才叫自己大哥张罗酒席，这样能省下不少钱。

少良妈虽然没指望着靠办酒席赚钱，但她指望着能平平账。这两年，那些亲戚家的孩子陆续都结婚了，可礼金行情也比少良结婚时涨了价码，这样，少良结婚时收的礼金不但都还给了人家，还倒贴了不少钱，少良妈指望从少聪这里补回来。可谁知这还没赚到多少钱，就让杨彩霞给抢了去。

儿媳妇进门头一天，婆媳两个的算盘珠子就打到一块儿去了，谁也不让着谁。少良妈干脆来了个蛮不讲理："老二家的，你自己人都是我老杜家的，你倒给我掰扯这些亲戚，那我也跟你掰扯掰扯。你别以为你出了一半的酒席钱，又买了电器就怎么了。房子是我杜家出的，少聪他哥哥拿2万给你们结婚，你们房里那空调还是我家老大装的，房里头铺的、盖的都是崭新的好棉花，这些都该你娘家出的，我也没跟你算，你倒算计上我家亲戚的红包钱了。"

要讲到硬碰硬，杨彩霞在娘家就算得上是一号人物，不然，当年她不会抢着大扫把把自己的亲爹扫地出门，弄得她那个在她大哥跟前威风八面的大嫂一看见她就绕路走。少良妈很显然有点轻敌。

杨彩霞冷笑一声："哟，妈，您这话说的我怎么听不懂了呢？电器我崭新地拿出来给你看，堂屋里的空调是才装好的吧？我出的是不多，不过都看得见。您说的那2万在哪儿呢？说了好几次，我只看见280，叫我看着笑话。您要是实在想要这点红包钱，我把大哥的280还您就得了。说实在话，我还真不缺这么点钱。"

少良妈听了不忿，才想说话，杨彩霞又说："您也别说我们屋那空调了，至少用了三年了吧？还是从大哥家拆来的。说句您不爱听的，我是新过门的媳妇儿，我忌讳。棉花倒是好的，好像也是大哥当年结婚的时候备下的，大嫂没看上是吧？这可好，拿来给我们用了，我也不说什么了，您也别当个什么大事地拿出来说啊。"

这话说在少良妈的心病上了，彩霞说得一点儿也不错。所有的棉花被子都是少良妈当年准备好了给少良结婚用的，那真是一点点选出来的上好的棉花和上好的棉布，少良妈自己一片一片铺出来，一针一线纫上。谁想到小湘就一句话，"棉花被子太重"，就把这几床被子给闲置下来了。这一放就是三年多，少良妈自己可舍不得盖，每年拿出来翻翻晒晒，收拾得很好。好不容易等到少聪结婚了，少良妈才拿了出来。这可是上好的棉花啊，现如今上哪儿找这么好的棉花去，又上哪儿找这么好的手艺去？少良妈可没少在少良跟前唠叨小湘不会过日子，不知道什么叫好。好了，现在这上好的东西便宜了杨彩霞，她还不领情。

少聪一听，火药味大了，桌子一拍："你敢跟我妈顶嘴，反了你了。"

杨彩霞也瞪眼："我讲理。"

少良爸坐不住了，把桌子一拍："这还有没有规矩了，有哪个儿媳妇跟婆婆讲理？老二，你是个死人么，你自己的老婆，不知道管？"

少聪其实有点怕彩霞，可话赶话地赶到这份儿上了，他也只好硬着头皮说："你给我回屋里去。不就800块钱么，你扯那么多干什么？去拿出来给妈就完了。"到底底气不足，又补上一句："都是一家人！"

杨彩霞不怕他："我娘家的礼金，谁也别想要。"说完，她一转身回了屋，回来手里拿了钱摔在桌上："你大哥大嫂的280，你们要，拿回去，别的钱一分也别想，该谁就是谁的。也别拿什么2万的话来吓我，真有2万，拿出来堵我的嘴，我去给你大哥赔不是去。"

少良妈气得哆嗦："你这是什么话，老二，你大哥给你出2万啊，就得这么一句话？你有良心没有啊，你是人不是啊？"

2万的事，少聪知道，只不过那2万一直在少良妈手里头，少聪只是听说，也没有见着钱。少聪想，这钱原本就是大哥拿给父母给自己办婚事的，那给父母还不就是给自己一样。况且钱在自己亲妈的手里，不会跑到哪儿去。少聪是不爱操心的人，他觉得至少杨彩霞跟这2万没关系，她不应该站出来要这2万，更没有道理指责大哥。少聪虽然有点吊儿郎当，但跟少良之间的兄弟情分还是好的，主要也是少良这个大哥总把弟弟妹妹放在心上。所以少聪不爱听别人说少良的不是，何况，少良的确拿了2万出来，这还有假的么？

少聪也压不住火了："我大哥的2万我妈收着，怎么也轮不到我们收着。你别跟我废话，去去去，屋里去。"

杨彩霞一声冷笑："你还别跟我说这个，你大哥的2万我没见着，我也领不着情，280的人情我是见着了，现在还了出来，两下撇清，别以后出来翻这些用不着的账。今天把话说清楚了，我可没占你大哥什么便宜，将来谁要摆个讨债的样儿出来，我就有话说。"说完，噼里啪啦把碗朝大盆里一拾掇，端了就去了厨房，剩下少良爸妈和少聪少兰大眼瞪小眼。

少良听少兰转述了"280"的事情，心里头直埋怨他妈："哪有这么省钱的？这下可好了，我出了2万，还落一个小气的名声。"少良能想象到，小湘要是知道这件事会发多大的火，所以他在电话里千叮咛万嘱咐，叫少兰千万别在小湘跟前说这件事。

少兰跟小湘一直处得不错。少兰学习成绩好，小湘给她买过不少课外书。最关键的是，当年他们结婚的时候，少兰刚初中毕业考高中，少良爸的意思是上个职业学校什么的，早点出来挣钱，读完高中，再读大学，太贵了，家里实在负担不起。少良妈也有点摇摆不定，叫她继续读书吧，家里实在负担重，那时候还计划少聪能考上大学的。不叫她读，少兰成绩那么好，可惜了。小湘和少良主张少兰继续读高中，小湘当时还很豪爽地说，"少兰的学费我和少良包了。"少良妈这才下定决心同意少兰读了高中。小湘这几年在少良给妹妹交学费的问题上没说过什么话，少兰也很感激大嫂。

少兰感觉自己妈有点不讲理，二嫂也不是省油的灯，她也不赞成二嫂说大哥的话。大哥的钱又不是给二嫂的，那里头还有自己的学费呢。不过，少兰当时没出声，她虽然年龄小，也知道这种家长里短的事情扯不清楚。她跟大哥说这事，不过是要大哥有个提防。她觉得二嫂这个人比大嫂厉害，至少，有些话大嫂是不会明着说出来的。杨彩霞可不管那套，她想说什么就说什么，想干什么就干什么。少兰很庆幸自己马上就要到上海去上大学了，有多远躲多远，她一点儿也不担心老妈在家里会吃亏。"老妈跟二嫂将来有得吵呢。"少兰这么跟大哥说。

少良自己琢磨了一下，虽然弟媳妇厉害点，但是弟弟结婚了始终是件好事，而且最重要的是，老妈的注意力终于从小湘身上转移到杨彩霞那里了。少良知道老妈喜欢挑小湘的毛病，这并不是因为她讨厌小湘，只是因为小湘是她的儿媳妇。小湘曾经很精辟地说："你妈好像不挑点别人的毛病说说，生活就没意思似的。这叫与人斗，其乐无穷啊。"少良一想，小湘说得没错。少良妈天天就围着家里这些事情转，不是少良爸要上医院，就是两个儿子的家长里短。她不挑儿媳妇的毛病，难不成还去挑儿子的毛病吗？少良跟小湘说："我妈说你，这不叫挑剔、不待见你，她就是找点谈资。就像你看小说，你也喜欢矛盾冲突比较激烈的小说吧。"

2

转眼，两个月过去了，少兰要上学了。少良妈掰着指头算了一算，少聪结婚实打实地花了8000多块钱。少良爸这两个月总说不舒服，又去了两趟医院，还住了一个礼拜的院，做了一次全身检查，这就又花了5000。少聪两口子在家住在家吃，伙食费每个月只交300块。少聪的工作又没了，结婚以后一直闲着，一分钱工资不挣，自然也没有钱交到家里来。少良妈手里的钱还不到1万块，少兰第一学期光学费就得花将近5000块，这还不算生活费。少良妈愁得天天拉着一张脸。

少良爸住院回来就说胃不好，吃什么都不香。省中医院那个老中医忽悠他，说他这身体得调理调理。老中医说的调理其实就是推销一种神药，药名很震撼，叫"九转灵芝百花散"。少良爸吃了几服这药，就觉得确实有效果。第二次去医院的时候，没等少良爸开口，老中医就说出了他的症状，一点儿都不错，少良爸就把这医生奉为高人了。

老中医忽悠他说："好多病现代的医学查不出来，一查出来就是晚期，没得治了。这是为什么，因为西医都是用仪器看病，仪器检查不到就看不出来病。你想啊，仪器看病是怎么回事儿，就好比你眼睛看得见的地方烂了或者长出来什么了，那眼睛能看见。你身体里头烂了、长了东西，你眼睛看不见，用仪器看看。那都已经烂了，长出东西来了，才能看见，可不是就晚期了吗？"少良爸觉得医生讲得很有道理。他有一个老同事，身体平常好好的，去了一趟医院回来，没两个月就死了，肝癌晚期，一点征兆也没有。

老中医又说："西医跟中医是没法比的。中医讲究治病治根，治根求因。治疗手段也从活血化淤、扶正固本上下手。你哪儿有毛病，气血运行肯定就不顺畅，不顺畅西医能看出来不？看不出来！一个人得了癌症这类的病，等到有明显症状的时候，那都已经是晚期了。中医就能在没有症状的时候，发现你身体里潜在的问题，早预防早治疗，防患于未然。什么大病，都是从小病、小症状发展而来的，为什么会发展？就是因为在早期没发现，没治疗，没调理，小病就变成大病了。所以，你现在已经发现这些症状了，应该适当地用药物调理一下，有病治病，没病也能强身健体。"一番话说得少良爸连连点头。

接着，老中医就介绍了这"九转灵芝百花散"，中医院不能开这个药，老中医写了地址和电话，让少良爸去看看。少良爸本来也认为这是卖药的忽悠，但人家老中医淡淡地说，自己不是推销药的，不过是出于对医学研究的兴趣，对这个药进行过了解。而且有不少患者用了这药后，都反馈说不错，自己家亲戚也用过，的确有效才给他介绍的。

少良爸就去了，还听了两堂课，那些患者都说这药好。这么一交流，他就完全被洗了脑，对这个药的疗效有几分信心了。少良爸就想先买一个疗程的试试，反正无效退款，就是不退，一个疗程也不过600多块钱。要真是好药，错过了就后悔死了。要是骗人的，不过损失600多块钱吧。所以，少良爸当场就花了600多块买了一个疗程的药。

回家一吃，也不知道是这药真有效果，还是心理作用，少良爸觉得吃饭也香了，胃也不难受了，气儿也顺了，浑身上下觉得都舒坦了。少良爸这下相信了，还跑去专卖店，想再买一些。那天刚好店里做活动，买十送五。少良爸一算，这挺划算，反正这药得再吃一段时间。老中医说了，要坚持吃半年才能巩固疗效。一个疗程只有6天而已，十个疗程也不过两个月的量，就一气买了十个疗程的药，花了6000多块钱。

少良妈一听就炸了，6000多块，连少兰上学的学费都给花了，这还了得，老两口好一通吵。少良爸自己有点理亏，可他也是为了省钱才买下十个疗程的药，他也觉得委屈。少兰上学无非就是点学费，也没差多少钱，哪儿还找不出这点钱来，人的身体才重要，这老太婆，这点道理都不懂。少良妈气得拍着桌子骂老头子："你作啊，一个月就上医院去一次，这还不够，还把药当补品吃。你有什么病？你今天跟我说说，你到底有什么病？"

对老头子，吵归吵，恨归恨，少良妈怎么也得把女儿的学费、生活费给张罗出来。考虑了半天，她也只能在两个儿子身上打主意了。少良妈刚拿了少良2万，不好意思跟少良开口，只是先试探性地探了一下少良的口风，有意无意地跟少良叫了叫苦。少良一声也不敢搭腔，只能附和了几句。

没办法，少良妈只好转过头打少聪这边的主意。其实，少兰的学费差得也不多，算上生活费不过差 2000 来块钱。少良妈想，实在没办法，就让少兰先带一个月的生活费，有了钱再给少兰寄去。

少良妈算了一下，少聪以前挣的工资有限，自己抽烟喝酒交朋友，开销不小，也没存下什么钱。杨彩霞手里应该还有点钱，别的不说，礼金她挣了一笔这是肯定的。每个月才交 300 块钱伙食费，少良妈不满意。但当时是少聪交来的钱，她就不好跟儿子算伙食费了。但少良妈想，两个大人和肚子里的一个孩子，吃得可不少。杨彩霞怀孕了，少良妈特意隔天就买点骨头、鲫鱼。少聪从小吃饭嘴刁钻，不爱吃肉爱吃鱼，还专吃那乌鱼，这乌鱼可够贵的了，每天的菜钱都得花好几十。还有那米，少聪别的米不爱吃，偏就喜欢吃东北长粒香，一顿吃两大碗，那米两块钱一斤。要是只是两个老人吃饭，少良妈是不会买这些菜的，青菜和豆腐干就够他们吃了，更不会买那么贵的米，乡下种的稻子，那米既便宜又好吃。家里买菜的开销，正经是为少聪夫妻两个花的。两个这么大的人，这么个吃法，每个月还只交 300 块，实在太少了。少良妈觉得杨彩霞太会算计了，她得叫杨彩霞多交点伙食费。

另外，少兰是家里老小，她上大学，少良给拿了钱。少聪也是当哥哥的，一碗水端平，少聪两口子也应该拿点钱出来才对。少聪可一分钱也没拿出来，这个钱，少良妈觉得自己要得还是理直气壮的。

少良妈打算亲自跟少聪他们两口子谈这两个问题，也找回点上次要礼金没要着的脸面。吃饭的时候，少良妈说："唉，现在物价一天比一天贵了，今天去买菜，连青菜都涨了两毛钱。"

少聪不关心这些事，眼睛一直盯着电视看球赛。彩霞坐在那儿吃饭，跟什么都没听见似的。少良妈看他们两人没反应，只得又说："彩霞啊，吃点鱼啊，怀孩子多吃鱼好，孩子聪明。"说完，拿筷子在鱼上面戳了半天，才戳了那么一小块夹到彩霞碗里。彩霞笑笑，抄起筷子夹了老大一块放到少聪碗里："别光吃饭，妈做的这鱼好着呢，多吃啊，多吃！"又分别给少良爸妈和少兰一人布了一筷子，也自顾自地夹了一块鱼慢慢吃着。

少良妈看着就恼火，这鱼是专门买给少聪吃的，不然她怎么舍得买十几块钱一斤的鱼呢？她恨不得把整条鱼都给少聪吃了才好，她自己才不要吃，老头子胃不好，也不好吃这个，少兰不爱吃鱼。杨彩霞想都不想一下，就把一条好好的鱼给分了，多浪费啊。少聪最喜欢吃的头下边那一块鱼肚子被杨彩霞分给了少兰，少良妈麻利地从少兰碗里把鱼肚子给截了下来，放到了少聪碗里，然后把自己碗里的那块鱼给了少兰。

少兰撇了撇嘴："妈，你偏心我二哥。这是嫂子给我吃的。"

少良妈一瞪眼："你不爱吃鱼，给你哥吃点怕什么？你哥你嫂对你好，你要记着。马上你上学，你哥你嫂还管你学费哩，你给你哥让块鱼吃还啰唆个没完。"

彩霞听了，眉毛一挑，捅了一下少聪："哟，少聪，给小妹交学费是好事啊，你没上班啊，哪儿来的钱，我怎么不知道呢？"

少聪这才无可奈何地从球赛上转过神来："妈，小妹的学费不够？那我们再拿点凑凑。"

彩霞瞪了少聪一眼，没说话。

少良妈赶紧接着儿子的话说："是啊，你大哥给拿了大头，还差那么一点，你们要是松快呢，也给拿点。她读书四年，开销不少。你们都是哥哥，你大哥给出了钱，你们多少也应该出点，叫你大哥一个人负担总不好吧。"

少聪觉得有理，打小他们两兄弟都疼这个小妹妹，妹妹上学，做哥哥的给点钱也是应该的。少聪也没注意杨彩霞的表情，立即说："行，差多少，我出了。"

少良妈说："也不多，差个3000块钱吧。"

彩霞听了，迅速扒拉完碗里的几口饭，一进房就大声说："你原来在超市上班的那工资卡呢，拿来我看看，够不够3000，够的话现在就去取出来。"

少聪一头雾水："我那卡里头哪儿还有钱啊？我都三个月没上班了。"

彩霞说："哦，你三个月没上班了，你就敢说你有3000块钱拿出来。这可不是我这做嫂子的不给妹妹拿钱，是你这个做哥的没钱拿出来。"

少聪恼了："什么没钱，咱办酒的礼钱不是还在吗？你先拿出来，大不了以后我挣了钱还你。"

彩霞也恼了："你还我？你跟我算这么清楚，你跟谁是一家子啊？那好啊，你先把你这几个月的饭钱还了我。你现在一个钱不挣，靠我养活，我还没跟你要钱养家呢，还想我的礼金？我告诉你，礼金是我娘家人给我的，你们家人给你的不在我这儿，有人收着。你想从礼金里头出钱给你妹妹，你不应该找我拿。"

少聪有点抹不开脸，有哪个男人愿意听人说自己被老婆养着吃白饭："老子靠你养活？你不就交个伙食费么，200还是300，够你吃还是够我吃的？你现在住在我家，吃我家的饭，谁养活谁啊？"

彩霞才不怕少聪："我呸，我住你家吃你家的？你瞎了眼了吧，伙食费我交

300，猪肉、牛肉都是我往家里拿，家里的活我一样没少干过。屋里空调、微波炉、洗衣机，哪样不是老娘买的？我肚子里还怀着你老杜家的种呢，你们养活我，说这种话你也不知道害臊？你一个大老爷们儿，养活老婆孩子是天经地义，你可好了，天天在家里头充大爷，一分钱不挣，你还养活我？"

少聪是个急脾气，这阵子找工作不大顺利，他忌讳听见这种话，谁知道彩霞还偏挑他不爱听的说，这下他真恼了："好啊，不是你跑到我家闹，不是要跟你结婚，老子会丢了超市的工作？我才几个月没赚钱，你就说这么难听，我要是找不到工作，你可该跟人跑了。我妈就说得对，洗脚城里头出来的，就认钱。你有本事别死气白赖地要嫁给我啊，你找那些老板去，他们有钱。"

彩霞以前在洗脚城认识几个大老板，彩霞长得水灵，难免不被人骚扰，也确实有人愿意拿钱包养她，还是少聪给她解的围。这事虽然过去了，不过，少聪心里头总会有些不舒服。这时候话赶话地顶上了，少聪就把这茬想起来了。这可是彩霞不能听的话，彩霞性子烈，少聪的话还没落音呢，彩霞一个大耳刮子就招呼在少聪的脸上。

少聪没想到彩霞招呼都不打一个就动上手了，这一耳光结结实实清脆响亮地拍在脸上，他才反应过来。少聪本来就有点浑，哪能吃这个，反手一耳光，把彩霞打得扑倒在床上。彩霞哇的一声就哭了，披头散发地跳起来要跟少聪拼命。

屋里闹成这样，少良妈可坐不住了，她站在门口就叫上了："聪子，别打，小心她肚子里的孩子。"

少兰机灵，赶紧进屋扶着嫂子，半哄半拉地把杨彩霞拉到床边坐下。杨彩霞哭得上气不接下气："杜少聪，我瞎了眼，嫁给你这个没有良心的，居然叫你老婆找人，你他妈是不是男人，要脸不要？还说我就认钱，我就认钱我找你这个王八蛋？你有钱吗，你有吗？你打我是吧，我今天跟你拼命了，你打，你照着肚子使劲朝这里打，打死了我有人找你偿命。"说着就到处找刀和剪子。

少良妈拍着手说："吵什么吵，彩霞啊，你不对啊，为一点钱要闹出人命来吗？聪子，你到那屋去。不要打，你打坏了她不要紧，伤着孩子可怎么好？"

彩霞一听，什么叫"打坏她不要紧"，这不把人当人啊，彩霞就冲着少良妈来了："就你儿子要紧，你孙子要紧，别人的命都不值钱？是啊，一点钱要闹出人命来了，还是一尸两命哩，不是你要钱，我们能打起来？一天到晚想着我娘家礼金的钱，还想不想我们两个过日子了？你儿子不挣钱哩，老太婆，等你儿子挣钱的时候你再来催命也还来得及。"

少良爸也坐不住了，家里头闹成这样，邻居听见了成什么话？少良爸爱面子，他好歹也是当过厂长的人。少良爸也跳出来跟儿媳妇讲道理："谁的命不要紧哩？你肚子里有孩子，自己就不该先打人。我们聪子又不是不讲理，你不动手他能打你？他妈叫你们不要打，那是为你好，我们要管什么？你们两口子打成什么样也不关我们的事，吃亏的还不是你啊，你个女人能打得过聪子？你不知道好歹！"

彩霞把桌子拍得当当响："我真领您老的情，您老真是当过官的人，会抓人的错。我先动手的是吧，我打了你儿子一个耳光哩，我是该死的，你儿子打死我算了，他自己去偿命。他能吃什么亏哩？要您老出来护着，多余不多余？"

少良爸气怔了，即使是小湘也没跟他这么说过话，少良爸一家之主的权威在杨彩霞这里可荡然无存了："我是你公公，你、你敢这样跟我讲话？你个有爹生没有娘教的东西。好了，我不管你们了，少聪，她要再打，你还手，打死她，没人拦着你，看是谁吃亏大。"

杨彩霞反而不哭了，扯着嗓子带着哭腔嚷："好哩，这真是好人家、好公婆，叫儿子打死媳妇，就为要几个臭钱。"

3

彩霞跟少聪吵了这一架，转过天来又跟没事人一样，好像什么也没发生过。只是彩霞被少聪搡了那一下，动了胎气，有点见红，在床上躺了几天，也不见好。少聪这才慌了，陪着彩霞去医院。彩霞骗医生说是不小心摔的，被县医院的大夫好一顿数落，说怎么这么不小心，能让一个孕妇摔地上了。然后又一通恐吓，说孕妇头三个月最关键，现在彩霞有先兆性流产的迹象，不能着急，不能生气，不能操劳，只宜静养，把少聪说得大气都不敢出。少聪虽然有时候犯浑，但对彩霞和彩霞肚子里的孩子还是真有感情的。他只是脾气急，这次打了彩霞，他自己也后悔了。再加上彩霞连哭带闹地一数落，让少聪也觉得很羞愧。从内心里，他也觉得自己现在不工作，靠彩霞这点工资吃饭，还打怀孕的老婆，真有点不讲理。这气焰就小了不少，加上彩霞这两天一副病快快的样子，少聪由悔又生怜，心里的那点恼早就丢到爪哇国去了。

医生一吓唬，少聪紧张得大气不敢出，小心翼翼地把彩霞接回家，又是端茶倒水，又是嘘寒问暖。彩霞看他忙前忙后，眼圈一红，委屈地说："你不用这么好心，打了人又这样，你气人不气人？我命苦，吃你的住你的，你快点把我送回娘家去。"

少聪赔着笑说："还生气呢，我都给你道歉好多遍了，你听着不烦？你自己说的，这屋里都是你买的东西，谁敢给你气受。别气了啊，对孩子不好。"

"你和你爹妈一样，只紧张孩子，全当没我这人。"

"这什么话，没你哪有孩子？我妈她不是那个意思，你别这么小心眼。你也是，就点钱么，也值得发这么大的脾气？我知道你难，所以我也不好意思跟你开口要钱。你看，我为我自己什么时候跟你要过钱？我现在抽烟都只抽5块钱一包的了。这是我妈开了这口，我不好意思回她，不过跟你商量商量，看你那脾气。"

"我脾气怎么了？我并没有说不给，你不听人把话说完，就说那些话来气我。什么叫老板有钱，叫你自己老婆去找别人，你也说得出口？"

少聪听这话就头疼："我说错了还不行吗？我就说错一句话，你一个耳光就打上来了。"

"我打你一个耳光能打成什么样？我是女的，有多大劲儿啊，你看你下的手，打得我现在都爬不起来。"

少聪扬扬眉头："话不是这么说，你打我别的地方，我只当你给我挠个痒痒，你又不是没打过我、没掐过我，哪次我没让着你。打人别打脸，你打我脸我能忍吗？"

彩霞咬着牙掐了少聪一把："你真是愣，你不能忍着，你就下狠手打我？你是个男人，你手多重你知道吧？现在好了，把我打得躺在床上起不来了，你得意了你！咱大儿子要是有事，你看我不跟你拼命。"

少聪挠挠头，他对彩霞真是又爱又怕，彩霞撒起泼来比谁都疯，可是撒起娇来也能把他搞得心里痒痒地难受："说什么拼命不拼命，你跟自己老公拼命干啥？要说起来你也不是全有理。你想，你弟弟上学你拿学费，我可没说二话，要多少给多少，我不是计较钱的人。我妹妹上学，有，我们就给点，没有也没谁逼你，不过是和你商量，你看你那样。"

彩霞气了："也不听人把话说完，就乱七八糟说一大堆不着边际的话。我什么时候说不给你妹钱了，那钱我早就准备好了，那抽屉里的红包不是么？我打算等她报到的时候再给她的。"

少聪打开抽屉，果然一个红包躺在那里，红包上写着少兰的名字，里面有1000块钱。彩霞见他发愣，又说："做哥哥的给点钱妹妹读书我不反对。可你妈也忒性急了，一开口就把你大哥扯出来。好像你大哥给多少多少，我们就该比着给。说到底，我们跟你大哥大嫂比不了，你要清楚，你大哥是经理，听说他一年挣十几万吧，你大嫂又是公务员，他们手随便松一松就是钱。我们能跟他们比么，你没工作，我现在做售货员，一个月才800块，我们拿什么和大哥比呢？"

少聪吞吞吐吐："话是这么说没错，可是 1000 块是不是少了点，我妈要 3000，这才……"彩霞眼一瞪："你妈不能这么过分，她说要 3000 就 3000？我们哪儿有钱？本来我想多加个 500，咬咬牙也过去了。可是现在我去一趟医院，500 就没了，这不能怪我，就这么多了，你妈爱要不要。你要是跟你大哥一样挣个 10 万、20 万，你给她多少我也不反对。你也别想我手里那点礼金，我现在怀着孩子，总要有点钱准备着，那钱是生孩子用的，我可没指望你妈到时候能拿钱出来。"

少聪愁眉苦脸地看了看，他知道彩霞说得没有错，他们手里确实没钱，彩霞能拿 1000 出来，已经算是从牙缝里抠出来的了。

这事传到少良耳朵里少良又跟小湘商量："少兰的生活费还差一点点，咱们能不能再给凑一点点。"少良把"一点点"几个字咬得很重。小湘盯着少良的眼睛，想了一会儿才说："一点点是多少？"小湘想，要是一点点不超过 1000，那她就忍了。少良闭着眼睛说："3300！"小湘都被他气乐了："还有零有整！这准又是你老妈的主意，她为什么每次要钱的时候都想起你呢？你弟弟呢，他也是哥哥，该不该给？"

少良说："他出他的，我是老大，我还能去计较这个？那是我妈的事。"小湘挺着肚子坐着，窝了一肚子火："杜少良，我可不小气，这次 3300，上次那 2 万又算什么？一次又一次的，还有完没完？"

少良自知理亏："我妈也是没办法。少兰到上海读书，生活费确实是不够，我做大哥的总不能叫妹妹连饭都吃不上。"

小湘冷笑着说："你看你算账比你妈差远了，我们已经给了 2 万，你妹妹上学居然会没饭吃？这账怎么算的，我怎么不明白呢？"少良可不敢把少良爸买了 6000 块钱药的事情给兜出来："那我弟弟他现在不是没工作吗？彩霞也快生了。他也困难，他要有一定也会拿。"

小湘的气都不打一处来："哦，他没工作，他要生孩子，合着他两口子住在你妈那儿，你妈养着他们，完了还要找我们要钱，当我们这是开银行的，还是开福利院的呀？"

少良有点下不来台："说话怎么那么难听呢，不就 3300 吗？跟要命似的，至于吗？"

小湘横眉立目："还不就 3300？杜少良，你摸着良心说话啊。今天 3300，昨天多少？明天又多少？一次又一次的，你妈把你当什么啊，摇钱树？要把你戳到地里头真能摇钱出来，我才不管。你现在一个月挣多少，8000 多点吧，还是税前。我们也要生孩子、买房子，你妈怎么不想想你有没有难处？我给你算算去年你给你们家拿了多少钱，这 2 万我都没给你算上。你爸看病住院有 2 万多吧，每个月给他们生活费 1000，然后你弟骑摩托车把人家给撞了，医药费是你赔的，完了还买一辆新摩托车给他，你奶奶去年也折腾去了一次医院。你自己算算，多少钱？这是我小气吗？"

少良很想分辩一下，可实在没什么好说，他知道小湘说的句句都是实话。他希望小湘别再往下说了，说得好像结婚以后他一天到晚伸手跟小湘要钱似的。

少良结婚前就把钱都交给他妈，工作 8 年，交到家里少说也有 10 来万了。自己结婚老妈才掏了 3 万，剩下的钱呢？少兰读书是花了不少，高中的赞助费就花了 2 万，少聪找工作又花了 2 万，这都是老妈能报出来的整数。剩下的钱老妈就很笼统地说了一句，哪儿不要用钱啊。别说小湘，就是少良他自己也想不通这个理。

就说这次吧，少良妈开口跟他要 3300 块，少良就说了一句："我以前交家里的钱应该还有。"就被少良妈劈头盖脸一顿数落，差点没管他要前二十几年的饭钱，吓得少良一声不敢言语了，只得硬着头皮来找小湘商量。

可是小湘偏偏就哪壶不开提哪壶："你以前也给家里钱啊，你妈你爸都有退休工资，手里一点积蓄都没有，谁信啊？不管大钱小钱只知道朝我们伸手。我问你，我们家要过你一分钱没有？"

少良嘴硬："我妈就是一个小学老师，她退休工资才几个钱啊？我爸哪儿有钱，那不买断工龄了吗？你又不是不知道。养我们兄妹三个，你以为容易啊。我们家跟你们家不能比，你爸妈退休了都拿好几千多呢，你爸现在还返聘。"

小湘说："我们家情况好就该养你们家人啦，还养你们全家？天下没有这样的道理。"

少良有些不乐意："这什么话，你们家什么时候养我们全家了？我拿过你家一分钱，还是我爸妈拿过你们家一分钱？我就这条件，我爸我妈把我养这么大，我是老大，就应该尽孝，我怎么了？哪儿对不起你们家了？我没要你们家的房子，没要过你们家一毛钱，你还别在我面前总说这些。"

小湘被气着了："没要过我们家一毛钱？好啊，杜少良，你可真有良心。合着我这几年要钱给钱，要东西给东西，我养了一窝白眼狼啊。你没要过我们家一毛钱，你孝敬过我们家一毛钱吗？你家父母是父母，我家父母就不是父母？你养过你老婆吗？你连家里水电费你都没交过！你还好意思跟我讲这种话！"

少良明知理亏，还不甘心认账："你不天天说男女平等吗？你自己有工作，经济独立，你哪儿要我养啊？两个人过日子，你自己说你交水电费，我可没说我不交，要算这么清楚吗？要说算，那这房子房贷还是我还的呢。哦，我没孝敬过你父母一毛钱，那逢年过节的，我不是回回都想着给你爸妈买东西吗？我爸过生日我送200块钱的一条烟而已，你爸过生日我送的是什么，3000多块钱的手机！我给我爸买过那么贵的生日礼物吗？"

提到这茬，小湘更生气了："你给我爸拿了一个公司的样机就说到现在，你哪次送东西我爸妈不给你找补回来的，为的是什么？还不是为了体谅你家里困难，不要你出钱。你好歹都不知道，是吧？是啊，你给你爸就买一条烟，你给你妈还什么都没买过呢，您都折现金了。"

少良恼了："别扯那么远啊，有事说事。少兰这个钱我要给，不给怎么办呢？总不能叫她一个女孩子空着手到上海去报到。我就跟你打声招呼，别说我没告诉你。"少良想了一想，又说，"大不了我不抽烟了，我把烟钱省下来还不行吗？"

小湘也不想没完没了，小湘妈曾经跟女儿说过，夫妻吵架最重要的就是要适可而止，该说的话说了，该达到的目的达到了，别没完没了。关键的问题是，小湘不想为了这非出不可的3300块钱把自己给气着了。结婚三年，小湘太了解杜少良的脾气了，以前他们也为这种事情吵过，吵完了，伤了夫妻的感情，可钱还得照给，凭什么啊？小湘哼了一声："你说话得算话。还有，三个月以内，别再跟我提什么生活费的事儿，不是不给，是已经给了，还多给了300的利息。"

少良说："行。"少良想，大不了想办法弄点超市购物券给爸妈，这三个月就不再给他们现金了。少良觉得这样挺好，事情解决了，又嬉皮笑脸地跟小湘动手动脚。小湘眼睛一瞪："到小屋睡去！"少良苦笑着，灰溜溜地去了客房。这是小湘的规矩，意思是说"你老婆我生气了，一时半会儿懒得答理你"。

4

少兰去了上海，连着写了几封信来，说上海很热闹，还说见着了少聪在上海打工的几个好朋友，人家特意跑到学校去看她，说是替少聪照应照应妹妹。少兰的这几封信让少聪的心里有点活动了，他也想去上海闯闯。除了在上海交大读书的周丰宇比少聪强，少聪的那几个小兄弟在学历上都不如少聪，可人家在上海混得还挺不错，有人在物业公司，有人在外贸公司，还有一个都当上小老板了。少聪想，自己又不比他们差，找个工作还能找不到吗？物业公司、外贸公司，随便哪个都不错啊，总之，比干保安强多了，那好歹也是白领。少聪读书不成，可也不甘心只是干电工、保安这些活。

少良妈也经常说："我家少聪不是不能读书，就是家里太困难了，供不起两个大学生，那都是为了供他哥读书，把少聪给耽误了。"少聪本来也知道自己成绩不好，考大学很难，所以当年就上了职业学校。可经他妈长期这么一灌输，少聪也就真觉得自己当年是为了保证少良上大学，自己才选了职业学校。说起来，少良当年上大学的时候，少聪都挣工资了，他也给少良寄过学费。少聪就真的以为自己当年如果交得起学费上高中，一定也能考上大学，那他现在还不是和大哥一样，开着轿车，娶个城里老婆，当着公司白领吗？怎么会混到没工作，靠老婆、老妈吃饭的地步？

少聪也不甘心就这么过一辈子。彩霞快要生孩子了，而他们两个人几乎没有什么积蓄，将来养孩子怎么办呢？少聪听少良说，嫂子他们家为了没出世的孩子，早早就准备好了婴儿床、衣服，连早教的书都买好了。嫂子从怀孕开始就补这补那的，还动不动就在家休息不上班了，每个礼拜大哥都陪着去上什么产前训练班，还花钱请了台湾的老师辅导做胎教。大哥的孩子已经享受的和将要享受的是什么待遇，自己的孩子如何比得上？

彩霞到现在还上着班，这次一保胎，钱花了不说，不能上班，就没有工资，奖金一分钱也没有，一进一出这就是1000多块钱。没钱租房子，和父母住一起，三天两头地惹闲气，还得忍受着。爸妈根本没把彩霞肚子里的孩子当回事，因为大哥的孩子在前头，那才是长子嫡孙呢。

少良妈准备了一些小棉袄、小被子，拿出来看的时候她都这么说："等少良家的穿过了，你们拿去穿正好，两个孩子差半岁，正好能接上。"彩霞笑呵呵地说好，少聪却看着心里难受。如果彩霞为这个和他闹，他可能还要为母亲和大哥辩护几句，比如，他会说"哪个孩子大哪个孩子穿，这很正常""穿旧衣服孩子舒服"等等诸如此类的话，可是这些话被彩霞先说了，反叫少聪觉得惭愧。"自己配做丈夫、配做孩子的爹吗？连给孩子买件新衣服都买不起。"

少聪说要去上海，彩霞觉得挺好，好过少聪在家里一天到晚为找不到好工作而愁眉苦脸。说老实话，这么一个小县城里能有什么好工作呢？彩霞觉得少聪并不是不能干，也不是游手好闲，而是县城的地方太小了，机会太少了。彩霞当年没有和那些小姐妹一起去深圳打工，那不是她不想，也不是她吃不起苦，而是家里弟弟小，需要人照顾，所以她只能在小县城里找工作。就算在洗脚城做死做活，手都抽筋了，一天也挣不到几个钱。足底按摩这种工作，下的是苦力。现在一怀孕，就算那样的苦力她也下不了了。换了工作后，彩霞的收入立刻少了很多，经济上立马就拮据了。彩霞要挣钱，少聪也不应该闲着，不然靠着少聪家里坐吃山空，总不是长久之计。彩霞深深地体会到吃人家的嘴软，拿人家的手短，寄人篱下的滋味不好过。虽然现在她能仗着自己怀孕，又是新媳妇儿进门，任性地使一下厉害，让婆婆不欺负到自己头上，可要是手里没钱，靠公公婆婆吃饭的话，那早晚也得被婆婆欺负到头上来。所以彩霞赞成少聪去上海的决定，她甚至还想跟少聪一起去。

少聪说："你这才保胎保住了，哪能跟我去上海？"少良妈说："去上海住没住的，吃没吃的，连聪子也不要去，还是去市里找个工作，你哥你嫂还能照应些。你嫂子做公务员的，给你找个工作那还不容易？我去跟她说，叫她安排一下。"少良妈想在二儿媳妇面前显摆一下自己在家里的实力。

当然，少良妈不会真的自己跑去跟小湘说这件事，她当然是先跟少良说。少良一听，汗又下来了，这事跟小湘真没法开口。小湘以前不是没给少聪介绍过工作，少聪要么嫌工资不高，要么嫌工作辛苦要值夜班，要么就说干保安被人看不起，没前途。小湘连报纸摊都帮少聪联系过，费好大劲给他弄了一个固定的报摊卖报纸。可少聪干了不到三个月，转手就把报摊低价给转让了，自己赚了一笔小钱。

少良问他，他还说天天风吹雨打的，还要起早贪黑，这哪儿是人干的活？把少良也气得干瞪眼。跑到他妈那儿告状，少良妈还护着小儿子说："累病了，还不够医药费。你们自己坐办公室，天天吹空调，给聪子找的工作都是吃苦力的，你还是做大哥的哪？"少良也是有苦说不出。

可少良妈才不管这些，她觉得少良现在过着好日子，少聪却苦死了，一提起来她就要抹眼泪，当着少良的面抹，她是真心疼小儿子啊。"要不是家里穷啊，我说啥也要供他上大学，要没他去打工，你的学费从哪儿来啊。良子啊，你得有良心。你弟弟日子苦啊，你拉他一把，他就成人了。他是你亲弟，你能不管？"

话说到这份儿上，少良能不管吗？少良说："管，哪能不管呢？您等我好好想想啊。"少良妈不用他想，她早替他想好了。少聪拿了前几天的报纸给老妈看，报纸上有个公告，市容局要公开招考一批协管员。少良妈想，虽然钱不高，但好歹也是穿制服的。少聪说，这就是城管啊。少聪摆报摊的时候，老有城管队员坐在他的摊位上看报纸，扯闲篇。少聪这报摊是经过批准的，那些没有牌照的小摊主经常在街上被城管赶来赶去。少聪觉得穿上制服那就是不一样，那就是公家的人。何况，工资虽然跟保安也差不多，可地位不一样。少聪就想当城管，当公家的人。

少良妈说："小湘认识市容的人，上次报摊不就是市容的人帮她办的吗？叫她再跟人去说说，让你弟当城管去。吃上了公家的饭，又稳定又有身份，你弟也能收收心，好好过日子。"少良妈这么热衷叫小儿子当城管，其实她还有一个想法，少聪打小爱闯祸，办事又莽撞，少良妈天天为这个提心吊胆，担心他跟那些坏人混在一起，又怕他在家里没个正经工作无事生非。挣多少钱倒是小事，这穿制服的公家人，总有个组织纪律，总有个上级领导管着，所以少良妈觉得这个工作特别适合少聪。

少良把报纸上的公告找出来研究了半天，公告上写的是招城市管理行政执法协管员，要求还不少，那头一条少聪就不符合，人家要大专以上的学历，少聪是职业学校毕业的。少良就说这不行，硬件条件不具备。少良妈拿出个自学考试的大专文凭来，少良一看，还真是个自学考试文凭，名字是少聪的。少良说，没听说他上过夜校啊。少良妈非常得意地说："我逼他去学的，上职校的时候就考了，不逼他哪儿能有今天？你弟弟也能算大学生哩。你说你们总给他找那些力气活做，那是屈他的才。"少良奇怪："妈，那你怎么不早点拿出来呢？要早点拿出来，我们给他找工作也好找点。"少良妈说："这不才拿到么，一门一门考，考了好几年了。"实际上，少良妈真是才看到这文凭的。少良妈看看文凭上那章一个也不少，喜上眉梢，特别欣慰地想："我聪子还是个上进的孩子，耽误了孩子一次，不能耽误他第二次。"所以少良妈才非要把少聪这事办成不可。

少良看了这张文凭，再对对其他条件，少聪还真挺合适，心也就动了。他想，这次招聘人，又不是招公务员，小湘找找人应该能行。小湘不行，岳父出个面也能搞定。少良妈说："这是少聪一辈子的事儿，聪子要是能吃上这碗饭，那他一辈子就不用愁了。我们不图工资多高，有口安稳饭吃就行，省了我和你爸多少心啊。"少良觉得有理，关键是少聪要能找一份安稳的工作干，能省他和小湘多少心啊。这是救急不救穷的道理，是授之以鱼还是授之以渔的道理，少良打算从这个角度和小湘谈谈。

少良一开腔，小湘就处于炸药引爆的准备状态了。最近孩子在肚子里疯长，云姨每天弄两大罐子汤，非给小湘硬朝下灌，弄得小湘体重暴增，脚也肿了，要叫小湘妈说那就该请长假不要上班了。小湘担心单位那些人说闲话，不敢这么放肆，硬挺着还天天上班，心情当然好不到哪里去。少良这会儿工夫拿这件事情出来说，自然撞在枪口上。

可少良哪里知道这个，小湘没跟他说过脚肿的事情，也没说过办公室那些闲人乱嚼舌根的闲话。少良自己成天忙公司的销售额忙得焦头烂额，得空了他妈还要把家里的事情来烦他，少良实在也没有那么多心思放在小湘这边。他想横竖小湘有云姨和丈母娘服侍着，有时候他要表示关心多说几句话，比如他说"汤喝多了不好"，云姨还不高兴，认为少良这是挑战她的专业性，所以少良也乐得省点心，反正云姨不能亏待了小湘，不能亏待了小湘，也就不能亏待了小湘肚子里的孩子。他有什么可操心的呢？真让他操心的还是自己家里这一大摊不省心的事。

小湘一听少良把"授之以渔"都拿出来说了，倒被他怄得又是气又是笑。小湘说："不管哪条鱼，那都不该是咱们做哥嫂的给他。你不能把你爸妈该做的事情替他做了，对吧？再有一样，你弟弟今年贵庚啊，好像满18周岁了吧，这两条鱼，连你爸妈都不应该操心了，你在里头操的什么心？"几句话把少良噎得没话说。他直眉竖眼想了半天，才想出来一句："长兄为父，长嫂为母啊。人家少聪对你还是很尊重的，咱们做大哥大嫂的，那就是他的长辈，他的事，咱能拉一把，就拉一把吧，他会感激你这个大嫂的。"

小湘绷着脸说："什么年月了，还长兄为父呢。你有这么大的儿子，我倒要笑死了。你要当父，也是我肚子里头这个才挨得着边。你自己怎么那么给自己面子啊？要说感激，更不用提了，你妈不唠叨我，我已经烧高香了，我倒不要他感激。我不是没拉过他，光工作我就给他介绍了三个，小报摊还不算。他把那报摊转了，我并没有拿一分钱，也没说过半句话。你自己想去，是我们不拉他一把，还是他自己不长进。"

少良不爱听这话："人家少聪还是上进的，你看，这不是大专都读出来了。他没有我这个条件，能这样，已经不容易了。你得看他的长处。这次他刚好够条件，不然我也不来麻烦你。你看，要能，你就帮忙找找嘛。市容的那小张不是和你好吗，你和她逛街的时候提那么一下就成了，不过一句话的事。要不，我出钱，咱请她吃顿好的去。"

小湘不怒反笑："你也知道人家叫小张啊，她和我好是不假，可她不过是市容局里一个小小的副科，还一句话的事儿？你是真不知道行情还是假不知道行情？你知道人家给弄那个报摊费了多大的劲儿，她欠人家的人情，我欠她的人情，那到现在还没还清哪。还一句话的事儿，站着说话不腰疼！"

少良撇了撇嘴："欠她人情咱又不是不还。我安排她全家去了一趟丽江，这还不算还人情啊？你们机关里头那些我可不是不懂，好歹天天招待着这些处长科长们吃饭，我什么不知道？有些事，老百姓办就是比登天都难；熟人去，那就是一句话的事儿，有多难啊，这顺水推舟的事情。你肯说一句话，我弟弟这辈子人生道路就不一样。就算你为难一点，那和我弟弟的一生来比，哪个轻哪个重呢？我并不是强求你一定要办成。成不成的，还在他自己。他要不够条件，我准不烦你，在我这儿我就把我妈给回绝了。现在就求你说一句话，你就这样。"

小湘有点咬牙切齿了："你天天招待那些处长科长们，你自己怎么不去找？你还别招我说出好听的来。自从你干了销售，说好听点，那是要给我们娘俩儿多赚点钱，换一套房子，可到底这钱也没花在我们娘俩儿身上啊。这话我也不说了，那些处长科长，哪个不是我老爸和我拼着这张脸去死气白赖地请来的，你还说呢？我不是为着你，我好好的自己干自己的这摊子事，又不想升官又不要发财的，用得着有事没事地和这个逛街，和那个吃饭，看见谁都赔张笑脸去吗？你不领情也就算了，还以为这是容易事。我告诉你，但凡求人的事，就没有容易的。还丽江，你当人家稀罕呀？那是跟着你们公司的客户一起去的，弄得人家多尴尬，你不知道吧？为这事，我都道歉好几次了。"

提起这个，小湘就来气。为了那报摊，少良安排小张一家三口和客户交流会一起去了丽江，少良觉得这样安排没什么不好，自己还能省点费用。小湘当时就说不好，应该单请人家才对。少良说，免费去玩一次，谁还会那么挑剔呢？谁知道在丽江就出了点小问题。公司安排要先开两天会，再安排出去玩，小张夫妻俩就先自由活动了。结果市场部负责安排的新人没搞清楚状况，上玉龙雪山的时候把小张一家三口给落下了。回来以后，小张也没多说什么，只说可惜了没上玉龙雪山，白去了一趟丽江。小湘感觉很不好意思，回家把少良好一顿埋怨。少良还觉得莫名其妙呢，说他们两个那么大个人，难道不会打个电话联系一下？或者自己花点钱去一趟玉龙雪山又怎么了呢？末了，他还得出个结论："你们机关的这些人就是能力太差，要不就是被别人服侍惯了，自己一毛不拔还特不知足。"

小湘到现在都耿耿于怀，又觉得很对不住朋友。少良反倒一点儿也不觉得有什么对不住的，就算没上玉龙雪山，在丽江五星级酒店还住了好几个晚上哪，又是高尔夫，又是民族风情演出的，那不是享受，难道不要钱的？就为了一个少聪没干满三个月的报摊，这样还不算还人情，那要怎么样才算？少良说："连我爸妈我还没安排过呢。"小湘回他一句："下次你直接安排你全家好了，别来烦我。"就为这事，两个人小半个月没有说话。

现在旧事重提，两个人还是说不到一块儿去。可是少良转弯转得快："以前的事情，老说干吗呢？咱们还是商量眼前这事。好，就算咱们欠她一个人情没有还清吧，这不是挺好，你再找她一次，办成了咱好好谢她一次，不就把以前欠的还回来了吗？"

小湘冷着脸说："要商量你另找人商量去，我这商量不来，我没有这个能力兜揽这些事。前天小张还说呢，这次他们局领导可说了，就以考试成绩为准，完全公平公正，所以才在报纸上公开登公告。要录取的时候，还要邀请媒体监督。我看这倒好，少聪既然能考上大专的文凭，他也应该能考上这个。去考这个的有几个能考上大专文凭的？他认真要考，考上了那是他的本事，考不上那也没办法。"

少良有点着急："你怎么这样呢？这种考试你还不知道，不就是拼谁能找人吗？"

小湘说："那也未必，你别一说我们机关就是这套话，好像你多懂似的。你不相信公正公开，你找人去，我是没有不公正公开的本事。"

少良想了想，说："你没有，咱爸有啊。好老婆，你就替我求求爸，他上次还说过，市容局的局长和他以前还是一个单位的，咱爸开个口，这么点小事人家怎么也得给个面子。要不，你不好意思说，我自己去说，行不行？只要你在旁边帮帮腔就行。"

小湘本来在书柜里到处找书，不想和他多说这事，一听少良要自己找爸爸开口去，又是气又是急："你别一有事就咱爸咱爸的，叫得亲。那是我爸，我欠你的，我爸可不欠，你别尽指使着我爸去给你干这干那的。他都退居二线的人啦，求人是那么好求的啊？你真不懂事啊假不懂事儿啊！"

少良心里也开始发堵，心想："我都低声下气地求了半个晚上了，该说的好话说尽了，你还这么着。"少良就说："谁指使你爸了，都说了是求，还要怎么样？我也没说一定要办成，给办了，办不成，那我们家也领情。就求你、求你爸给说这么一句话，看你这样儿。行了，我也不劳动你了。你们家多金贵啊，谁敢指使你什么？以后你也别说你给我们家怎么怎么了，每次都这样，求你办一点儿事，要看你多少脸色，还没完没了的，什么时候想起来就夹枪带棒地说一通。这些年，我也听够了，以后不求你还不成吗？"说完了，少良有点恼羞成怒，想了想又接了一句，"谁还没求着谁的时候呢。"

小湘本来没有真生气，一听这话，也气了："杜少良，你这是有良心的话？我帮你们家那些破事儿，我还帮出不是来了。我给你什么脸色了，我又说你什么了，我说的是不是事实？永远都是这种小农意识，讲不出理来就胡搅蛮缠。你们家人全这样。"

少良发了狠："我小农意识，你还小市民呢。动不动就说别人农民。我就农民怎么了，没农民你吃什么？我不讲理，我不讲理你们家人这些人拿我不当人看我也忍了，我为什么？我还不是为了我们俩平心静气过日子。认真不讲理，谁不会吵架？谁不会给人白眼看？谁又比谁高贵多少？我们家人再什么样，我爸我妈也始终敬着你，到了家里看你的脸色，你们家对我什么样儿？谁都有自尊，你以为我过得不痛苦？"

小湘的眼泪都涌了出来，她指着少良："你别动不动扯那么远，谁亏待过你了？你做人得有良心。你有事儿了，就知道找我，找我们家，办成了没功劳，办不成还落埋怨，是谁不讲理？不过是帮不了你弟弟的忙，你就扯出这么多话来了。好啊，你既然是这种想法，怎么不早说？你早说，也没有谁非逼着你和我过呀？你用不着这么痛苦，离了我们家，你自然过你的好日子去。"

少良一听话说到这份儿上了，索性把想说的话都说出来了："你想要怎么样？不用找这种借口，离了我自然你的日子更好。你们家不都这么说吗？你是千金小姐，我是配不上你的。我怎么拦得住你，谁离了谁不能过？"

小湘一听这话，心里凉了半截。自己这几年在娘家始终维护着少良，有点什么事能担的不能担的都替他担了，反倒落了这样的话，小湘想想寒心，觉得自己太不值了。

小湘赌气说："是啊，谁离了谁不能过呢？这话可是你说的。这几年，你以为就你一个人痛苦吗，谁不痛苦呀？我觉得我真是有病，好的不拣，千挑万选选你这么个不懂人事儿的，连累着我爸我妈还操不完的心。我早听了我爸我妈的话，我用得着受那些罪吗？我也不至于有今天这下场。"说着说着，小湘的眼泪就下来了。

少良在气头上，他狠狠地说："这才叫真心话，早说出来我又何必上赶着你？我也不能强扭着你跟我受罪，我怎么敢？是啊，有多少好的呢，你怎么不去选？现在去选也还来得及，如今不知道多省心。你选好了，我拔脚走我的，绝不拖累你。"

小湘看着少良，气得说不出话来，憋了半天才说了一句："好，好，有本事你现在就走，你走，你走。"

话赶着话，少良也冷笑："这是你叫我走，别说我不管你。"说完，少良开门就出去了。小湘一个人坐在沙发上发呆。

5

外面的冷风一吹，少良头脑清醒了不少，想想刚才说过的话，自己也有几分后悔。可想想小湘的那些话，少良又忍不住生气。这会儿回去也不是，不回去也不是，他在小区里转了转，想等小湘睡了再溜回去。可巧姐夫梁文年打了电话来，说有几个校友从外地过来，让少良一起去酒吧聚聚。以前少良不大去参加这种聚会，自从去干了销售，就免不了和同学联络联络感情，出去应酬的时间也多了起来。但少良还是喜欢待在家里看看书、上上网，现在横竖也没有地方可去，少良就说有空，一会儿就到。

原来，梁文年本科和少良研究生是一个学校的，少良和小湘结婚以后，两个人偶然说起才知道原来两个人是校友。梁文年比少良大六岁，两个人同是殷家的女婿，严格算起来，两人又都是农村出来的，自然共同语言就比较多。小潇比小湘更霸道，梁文年的日子比少良难过不少。家里头的很多事，跟同事谈不着，跟朋友又扯不清，只有他们两个人彼此知道对方的事，有时候还面临着相同的问题，所以两个人虽然是连襟，倒感情比亲兄弟还好，几乎无话不谈。

也正因为这样，梁文年常常把他跟小潇这些年的磕磕绊绊当教科书说给少良听，很多事情梁文年跟小潇已经吵过一次，既积累了战斗经验，还有心得体会，少良从中吸取了不少经验教训，也因此少吵了很多架。和小潇结婚十年，梁文年看似从没占过上风，可他非常得意地跟少良说，女人么，就是吃软不吃硬。你想叫她顺着你的意思来，少不得让她挣足了面子。男人在无关紧要的事情上让让女人，天下就安定团结了，男人就能想干吗就干吗，这就是男人的聪明处了。少良经常说他死要面子，不肯承认自己窝囊就罢了，梁文年说，反正这些年想给家里的钱都给了，想给家里办的事情都办了，不就说两句软话么，这不能叫窝囊，这叫不跟女人一般见识。少良就说梁文年死鸭子嘴硬，怕老婆还不认。谁知道梁文年说男人怕老婆根本就不是丢人的事儿，怕就怕，有什么不敢认的？怕说明爱，爱才会怕。两个人凑在一起，就怕老婆还是不怕老婆的话题都能掰扯上一个晚上。

梁文年家的事儿只比少良家多，绝不会比少良家少。小潇只要占住了理，就能把梁文年骂个狗血喷头。这么多年，梁文年一直想把乡下老家的爸妈接到城里来住上一段时间，不过他从来就没得逞过。小潇生孩子的时候，他爸妈说来帮小潇带孩子，小潇拒绝了，理由是家里房子太小。后来每年过年老人家都想来，但小潇总能找出这样那样的理由，老人家就一直没有来过。梁文年也发过狠跟小潇吵架，可结果也没有说服小潇。他给父母争取到的最大福利就是每年按时寄一大笔钱回去，又另给了钱盖了新房子，给两个弟弟娶媳妇，打发妹妹出了嫁。后来梁文年也想开了，即使把父母接到城里来，也不一定就能享福，一来父母在城里过不惯，在农村过惯了的老人来了城里没准儿还嫌闷。再有，儿子也不是只有自己一个，他出了钱，两个弟弟出点力，父母也不会受什么委屈，好过到这边来给带着孩子受累，还要看小潇的脸色，后来他也就不坚持了。

几个校友在一起侃大山，梁文年看少良情绪不高，就知道肯定是他们两口子吵架了。两个人将校友安置到一间安静的茶室聊天。这间茶室离少良家不远，以前他俩也经常来这里聊聊。少良第一次来就喜欢上了这个地方，当初还是沈大昌带着他过来的，少良才知道背街小巷里还有这么一个好地方，后来没事就经常来这里坐坐。沈大昌也有事没事经常来，不过沈大昌是醉翁之意不在喝茶，也不是图清静，他是冲着老板娘来的。

茶室的老板娘叫筱玉茭，是附近大学里的老师，三十五六岁的年纪，已经离过两次婚。筱玉茭长着一双桃花眼，看谁都水汪汪的，脉脉含情。如果她不说，谁也猜不出她是大学老师，看上去倒像是普里斯旺演艺世界里的红演员。可筱玉茭把自己大学老师的身份很当一回事儿，也努力把自己朝着知识女性的方向打扮。可即便戴上一副平光眼镜，筱玉茭看上去也还是像一个卖唱的，而且，筱玉茭的歌唱得也的确不错。

后来，梁文年和筱玉茭混熟了，两个人攀上了同乡。筱玉茭当年上的是当地三流学校的自费大专，毕业以后没有什么门路，找不到好工作，就跟几个胆子大的同学一起去了海南。那时候海南刚开始发展，机会很多。筱玉茭在几个公司混了混，干来干去都是电话接线员和前台，钱没赚到多少，罪可没少受。说起来奋斗两个字很容易，实际上奋斗成功的人又能有几个呢？

筱玉茭有一张漂亮的脸蛋，心思也活络，一来二去的，她就跑到了当地的夜总会工作。用她现在的话说，她和夜总会的老板娘是好朋友，没事去坐坐，如此而已。她在夜总会认识了自己的第一个老公，认识三个月就结婚，结婚一年就离婚，离婚的时候分到了一大笔财产。她就带着这些钱开了一个酒吧，在酒吧又认识了第二个老公，第二个老公戴宾是高校的副教授，当时刚离过婚，被朋友拖着去泡吧，就被筱玉茭的那双眼睛给迷上了。筱玉茭跟着戴宾回了内地。戴宾虽然是副教授，可是人面广，手里项目也多。后来在戴宾的帮助下，筱玉茭考上了研究生，一毕业就去了学校的图书馆。就这么着，筱玉茭就从公司前台、夜总会老板娘的好朋友变成了大学老师，走进了知识女性的行列里。

　　和戴宾离婚不到一年，筱玉茭就开了这间茶室，她觉得自己是个文化人，就该干文化人的事儿。酒吧么，是俗人去的地方。她的茶室也弄得很有文化品位，名字也有意思，叫"一茶一世界"，这是从"一花一世界，一叶一如来"里学来的词儿。几次结婚离婚，筱玉茭觉得自己命不好，有点信上了佛。

　　沈大昌这阵子心思在筱玉茭的身上，有点魂不守舍的感觉。少良和梁文年说，筱玉茭这名字怎么听都像花名，这女人太复杂。沈大昌也三十好几了，到现在还没成家，能入他法眼的女人也没有几个，怎么就看上这个离婚的女人了呢？沈大昌说他们两个庸俗，女人不是这么看的，筱玉茭和别的女人不一样。少良嘻嘻哈哈地说，这样的女人是好，只是不宜娶回家，当个红颜知己什么的还不错。

　　梁文年嘴有点损，他说有些优质的女人天生就是二奶相，老板娘不像那个很有名的演员吗？就说了一个女演员的名字。大家一想果然不错，那个女演员很红，只不过一出道不是演丫头，便是演小老婆，好容易上了个宫廷戏，还是个奸妃，戏份不少，可总捞不着演正房。这么一说，大家就哄笑起来。梁文年又说，女人本来分很多种，你把适合做情人的当老婆娶回去了，小心消化不了。

　　后来，筱玉茭知道他们这几个男人胡说八道，倒也不生气，半开玩笑半认真地说："好歹你们还知道什么是优质的，那要这么着，你就拿我当红颜知己吧，有空多来坐坐。"弄得梁文年也有点讪讪的不好意思。

　　少良和梁文年面对面坐着喝茶，少良就把跟小湘吵架的事儿说了一遍，梁文年第一反应就是："你也太傻了，你得懂说话的艺术，尤其是对老婆。"

　　少良说："你那艺术说白了不就是睁眼说瞎话吗，能瞒就瞒，能哄就哄。可总有瞒不过去的时候，到时候结局就会比我惨痛多了。"梁文年很有经验地说："你得把老婆当成聪明女人而不是笨女人，这叫尊重。你以为我睁眼说瞎话，小潇她能不知道？关键是很多时候她在乎的不是我说瞎话，而是我说这瞎话是出于什么原因。这个原因就算不合理吧，只要合情，她就不计较。不然的话，即便是实话，可是不合情也不合理，她才接受不了，这就是女人的思维方式，懂吗？"

　　少良有点似懂非懂，在和小湘相处的过程中，他也没有句句都讲真话，尤其是自己家里的那些事儿，只要一涉及到钱的事儿，他真不愿意摊开了说，一来面子上实在难受，二来说一次吵一次。可少良每撒一次谎，他都有负罪感，从骨子里他觉得对小湘说假话是自己不对，如果因为这个原因吵架，他在小湘面前的气势就低下去了。梁文年说，自己和小潇吵架的次数一定多过少良他们两口子，可为什么他就没有像少良这样产生内疚呢？因为他根本就不觉得适当地骗骗老婆有什么不对。

两个人七拉八扯地侃到快半夜，少良估摸着小湘也该睡了，这才和梁文年各回各的家。梁文年嘴上说得壮烈，可到了晚上9点，他要么就回家报到，要么就得打电话给小潇告假，告假的内容包括"在哪里，和谁在一起，在干什么，为什么"等等。今天这个理由很显然让梁文年非常理直气壮地在茶室里逍遥自在到半夜。小潇叫他好好说说少良，又说自己打电话去告诉小湘。

少良听见梁文年和小潇的对话就感到很无奈，夫妻两个人的事情，稍微一有动静就弄得小湘她们全家都知道，之后就是一个接一个地用各种方式来教育他。少良烦这个，可他又无可奈何。自从和小湘结婚之后，他仿佛就和她们全家结了婚一样，连云姨都能对他们两个之间的问题指手画脚一番，末了还要说："我是为你们好！"搞得好像殷家全家都是他杜少良的大恩人似的。

第二天，少良就给他妈打电话，叫少聪直接去报名。少良想，不管怎么着，先报上名再说。他知道小湘的性子，他死气白赖地磨上一磨，小湘少不得还是要替少聪想想办法的。少良睡了一夜，气头过去了，觉得自己糊涂了，干什么要跟小湘话赶话地争呢？他的目的是帮少聪考上协管员，而不是要跟小湘争个谁对谁错。想明白这一点了，少良下班回到家看见小湘，脸就笑得跟一朵花似的。

小湘气了一夜，听见少良偷偷摸摸回来，又小心翼翼地上床，以为他会和自己说几句软话呢，谁知道少良一上床就睡着了。小湘郁闷得恨不得一脚把他给踹到床底下去，可一看他睡着的样子，心又软了。她知道少良第二天一大早还要赶到郊区去见客户，就拿了一床毯子给他盖上。

6

隔了几天，姐妹三个又在娘家凑到了一块儿。小湘说："爸，你要有认识的人，给他打个招呼吧。要考得还不错，没被招进去也挺可惜的。"小湘爸说："巧了，我那同学还没退呢，我说说试试，不成可不能怪我。"小潇恨铁不成钢地说妹妹："你就惯着他那个样儿，他几句好话一哄，你就屁颠颠儿地替他卖命去了。"

小沫觉得要叫她天天跟这么两个男人和男人的全家斗智斗勇的，那还不少活两年啊。就因为这个，小沫就把某个高校的副教授给"毙"了，那人虽然是一个副教授，还是有点成就的副教授，既不老也不难看，可是怎么看，那点乡土气息还是在优质西装的掩盖之下很不小心地冒出点头来。小沫给自己做了很久的思想工作，也把二姐夫杜少良拿出来和那个副教授做了个比较，希望自己能因为这个而忽略那点乡土气息。可是就因为这天姐妹三个凑到了一块儿，可怜的副教授就从此被踢出局了。

少良这边并不知道小湘已经跟老丈人说过了，他赔了几天的小心也不见小湘有什么动静，他自己估摸着没戏，可又不甘心，时不时地旁敲侧击，又不敢上赶着催。小湘冷眼看着少良这德行，心里又是好气又是好笑。有天，她实在忍不住了，就说："但凡是为了你们家的事儿，红脸白脸，怎么样你都肯，你什么时候为了我也能这样就好了。"

少良顺着杆往上爬："咱们两个是一家，你比他们重要多了。不信你看看，你找出一件事情来考验我一下，叫我上刀山、下火海我都干。"

小湘半真半假地说："我也不叫你上刀山下火海，你就回你们家一个'不'字，就算你心里真为我好。"

少良咕唧了半天才说："换件事行不行？"

小湘就冷笑："我就没说错，一提这个，什么都不用说了。也真奇怪，你自己有本事，随你怎么去揽这些事，可是你自己又没有这个能耐，叫我去求人，还这么理直气壮，你叫我哪只眼睛看得上你？"

少良嬉皮笑脸地说："我求你，那还不是你有这个能耐吗？你给想想办法，想想，办法就有了。你放心，要出钱，我这儿有。"

小湘的手指头都戳到他额头上去了："你的钱不是我的钱？！"

话是这么说，可事儿还得给他办。小湘爸爸给老同学打了一个电话，老同学说这也不是什么大事，只要他能通过初试，应该就没问题。得知了这个消息，小湘也替少聪高兴。其实她能理解少良的苦衷，摊上这么一个亲弟弟，有了事儿少良也不能不管。长贫难顾，给他找这么一份稳定的工作，对谁都是一件好事。小湘一高兴，回家就对少良说了这事。她实在也被少良天天烦得不耐烦了。少良赶紧往家里打电话，一家人都欢天喜地。少良妈打心眼里感激儿媳妇，还特地打电话来感谢小湘，又说要让少聪到城里来说谢谢，弄得小湘反而觉得不好意思。

少良爸在家里狠狠地把架子端了起来教育少聪："你哥哥嫂子给你费了这么大的劲儿找人，你自己要争气，好好考。考进去了，才对得起你哥哥他们，别给你老子丢人。你们两个都30岁的人了，连个正式工作都弄不上。你站柜台还有一天没一天，一个月拿几个钱回来，将来拿什么养孩子？"后面这话是说杨彩霞了。

杨彩霞撇撇嘴："罢咧，我站柜台就是没有钱，也顾得了自己的嘴。说他就说他，别什么都捎着带着。"少良爸被噎得瞪了半天的眼，才挤出一句话来："你嫂子什么时候跟我这么说过话的？没家教啊，没家教啊。"杨彩霞冷笑着："哟，有家教的该把您二老接去孝敬啊，怎么轮到我们没家教的在家里洗衣服做饭伺候你们？"

杨彩霞这话是有根由的，根由就是每次少良两口子回来都是做客一样地坐在堂屋。小湘肯定是不进厨房的，不要说做饭，吃了饭碗也不会收一个。少良妈还跑前跑后地张罗着问小湘："要不要吃点水果啊？"杨彩霞一样也是挺着大肚子，可家里里里外外都是她一个人干活，少良妈还觉得天经地义似的，时不时还要敲打两句，中心意思总离不开"你们两个不挣钱""伙食费不够了"等等。杨彩霞不觉得干活委屈，她也知道儿媳妇伺候公婆是天经地义，试问七乡八镇谁家的儿媳妇不是这样的呢？可他们老杜家对儿媳妇两样对待，杨彩霞就不认同这个道理。

当然，小湘根本不知道杨彩霞是这么看她的。对于回到杜家老宅下不下厨房的问题，小湘也不是一开始就有这么好的待遇。刚结婚的时候，小湘其实比杨彩霞还要惨，因为杨彩霞不过是个门不当户不对的问题，而小湘简直就是仇人家的女儿进了门。两个人偷偷摸摸跑出去结婚，第一次回婆家，可轮不到小湘进厨房，少良爸妈根本就连门都没让小湘进。后来进门了，小湘上赶着下了几次厨房，本想要好好表现一下，少良爸妈的公婆嘴脸可就摆出来了，话说得比对杨彩霞说的难听多了。中心意思就是进了我杜家的门，就是我杜家的人，你要怎样怎样，就差吃饭的时候不让小湘上桌子了。说了两三次，小湘觉得问题严重。回家和老妈一碰头，下次再去老家的时候，小湘就主动去做饭，但她一直拉着少良打下手。再下次的时候，小湘就直接指挥少良洗碗了。

少良妈很是不忿，她当着少良的面说："女人家，女人家，女人就是要做'家'的。小湘啊，咱们娘俩儿做就行了，你不会，我教你。男人进厨房成什么样子？"就把儿子给赶出厨房去了。

小湘也干脆，少良前脚出了厨房门，小湘后脚就把手洗洗，也出了厨房门，还丢了一句软硬适中的话给婆婆："妈，没少良我还真的不会干，就洗这几个碗都是少良教我的。我还是别给您添麻烦了，再把碗给摔了。"少良妈气得干瞪眼，只好自己在厨房干。

再下次，小湘根本连厨房门都不进了。少良妈在儿子跟前唠叨："到婆家朝桌子前面一坐，就等着吃，看你娶的好媳妇儿。"

少良只好说："她确实不会做，你就别难为她了。"少良妈说："不会做？头几次来那叫不会做？她就是不想做，你还护着她。女人不做家，叫男人做，亏她想得出。我一点一点拉扯大的儿子，没舍得叫你下过厨房，她就敢叫你下厨房。前天你还给她洗内裤，你有出息没有？丢死你爹娘的脸！"少良只好又说："她身上不舒服，我们俩的事，你别管了。"

少良妈故意大声地骂儿子："一把屎一把尿把你拉扯大，供你读书，供出你个白眼狼啊，眼里只有你媳妇儿没有你娘。"

小湘在隔壁屋听着都气乐了，回家后对少良说："你妈还挺合辙押韵的啊，我哪儿得罪她了啊？"

少良只好说："别小心眼啊，我妈那是骂我，骂我不正说明我对你好吗？老太太吃醋而已，你别上纲上线的。"小湘就顺杆爬着说以后还是尽量少回来，少见面，多送礼，两头你都落好。少良一想果然不错，以后就照此办，主要是自己省心，用不着两头受气。

开始少良妈还隔三差五地惦记儿子，见他们俩回来少了很不高兴。后来小湘就隔三差五地打发少良自己回去，每次回去都带不少东西。少良妈见了这些东西，心里就高兴，倒把儿媳妇不回来请安的事给忘了。

这两年，小湘对少良家里要用钱要办事基本上是有求必应，在杜家的地位逐年提升。加上婆媳见面少，即便见面，也是在小湘的地头上比较多，在少良妈的地头上少，没有引起直接矛盾的导火索。现在小湘肚子里又怀上了杜家的长子嫡孙，自然待遇不同。

以前种种，杨彩霞是不知道的，她只看见嫂子和自己在婆家的待遇完全不同，她感到不忿，可她改变不了这种状况。杨彩霞就愤愤不平地认为，这完全是嫂子家里财大势大的缘故。比起嫂子家，自己家不值一提。所以，更要时刻小心，不能被嫂子欺负了。杨彩霞就是怀着这样的心情，和少聪一起去了小湘家登门道谢。

少良知道了他妈的决定后，趁小湘心情好，他就跟小湘说弟弟和弟妹要来。小湘坐在饭桌边瞪了半天眼，她寻思着好不容易有个周末，还想睡懒觉呢。小湘不傻，她知道话不能这么说，人家是登门道谢来的。小湘说："上次你妈都打电话说过了，还叫你弟弟上门来谢，这多不好啊。自己家里人，不用这么客气，要不，你自己回家去看看？"

少良的嘴就跟抹了蜜似的："他们来谢那是应该的，这天底下上哪儿找这么好的嫂子去？叫他来，叫他来。我爸妈也来当面跟你说谢谢，你可解决他们心头上最大的一件事儿了。"

小湘说："得，不用待遇这么高。你爸身体不是不好吗？别为这个跑来跑去的，那我多不好意思啊。"

少良有点一根筋："你在我们家那是劳苦功高啊，享受这个待遇绝对够级别。你想啊，我爸我妈这么些年为我弟弟闹了多少心啊，你说他，工作没有一个正经工作，要没你，他现在连保安都没处干去，还能吃上城管的饭？在这件事情上，你绝对劳苦功高。"

小湘赶紧说："你别给我灌这迷魂汤啊，我爸就打了一个电话，他不还没考试吗？考试可是他自己的本事。考上了那是他自己争气，那要考不上，你可别怨我。"

少良一边在厨房里忙着，一边说："那是当然，咱也不能给他全包，这个电话打了，那就算是帮忙帮到家了。你放心，考试是他自己的事，他要考不上，他还怨谁啊？我就饶不了他。老婆啊，我知道咱爸找人也挺难的，你放心，我懂事儿。"

小湘倒笑了："倒看不出你啊，今天这小嘴跟抹了糖似的。你也别怪我小人之心啊，我不是说你弟弟考不好，我得先把话说在前头，以防万一。我可先声明啊，我不是不乐意你们家人来，不过这事儿还没成，你说你爸妈、你弟弟、弟媳妇就先来谢了我们了，那万一要没成，你说咱们得多不好意思啊。"

"那有什么不好意思的？就算不是谢你吧，一家人来走动走动，兄弟来看看大哥大嫂，那也正常。没事儿，你千万别把这当回事儿。就算真不成，我们家人也不能怪你啊。"

"嗯，你弟弟要是考不好，我可没办法，你可别叫我再去找这个找那个。"

自从看了少聪自考的文凭，少良对少聪有点信心了："不会的，他不会考不好的。我妈这段时间天天盯着他复习，其实他底子还可以，也是大专毕业呢。要不是我上大学耽误了他，他也能考上大学。"

这话一说，把小湘给说乐了："得了吧，你说考个协管员他要是努力努力还是有可能，就你弟弟那底子，能考大学？亏你妈还老说你把他给耽误了，就我外人听了也对不上啊。他上不上大学和你有什么关系啊？这都什么年代了，还有考上大学上不起的，我不信。"

小湘这语气让少良有点不高兴，有时候小湘这种与生俱来的居高临下的优越感让少良觉得很不舒服，但小湘自己不觉得。但现在少良有事求着小湘，这点不高兴他还不能表现出来："你不信也是事实啊。我们家虽然不是农村的，但一直也挺困难的。不有这么一句话嘛，一文钱难倒英雄。我爸我妈能把我给供出来，把我妹给供出来，已经挺不容易了。要再供一个大学生，确实没有能力。"

小湘直笑："得了吧你，你妹妹那是你供出来的，你妈那时候可不是没叫少兰辍学，那是我拿的钱，才让少兰上了高中。这少兰考上大学，也是我出的学费。还有，你弟弟要有本事上高中、考大学，你妈才不会叫他去读什么职业学校。你妈心里头，你弟弟才是最要紧的。拿个这么大的帽子扣着你，说什么你耽误了你弟弟上大学，这话也就是有事叫你办的时候忽悠忽悠你，你还做梦呢。"

少良心里不是没数，可他心里有数不代表他能接受老婆这么说，何况小湘一口一个"我拿的钱"，少良的脸色就有点不好看了："别老是说这个，就算我弟弟没本事上大学，我当大哥的也该拉他一把，这也没什么错。我们家就这个情况，你又不是不知道。"

小湘听少良这么说，真有点怒其不争："你们家这个情况，还是你爸妈一碗水端不平导致的。你上大学，有好工作，那是你自己努力的结果。你弟弟上不了大学，那是他自己不努力。你说你爸妈不说你弟弟自己不努力，反说你耽误了他。你弟弟一有什么事，就好像咱们有义务应该给他解决，给他解决也就解决了，你看他哪次好好干了？一次又一次的。他这样子，都是被你妈给惯出来的。"

少良真不高兴了："你说我就说我，说我妈干吗？哪个妈不疼孩子啊？你妈不疼你啊？你妈不疼你，怎么费心费力把你弄到公务员队伍里去？一个月啥也不用干，也拿好几千。那我妈就给我弟弟多操心点，也不过就是想他日子过好点，那有什么错？"

小湘冷笑："没错，你妈能有什么错啊？她有本事，也把你弟弄到公务员队伍里去啊。啥都不用干，一个月拿好几千，你可真能编，说得好像我当公务员跟你有仇似的？你这就是心态不正常。公务员怎么了，是不是一份正当职业啊，要不要朝九晚五上班啊？就再什么都不干，也没像你一天到晚陪这个吃饭陪那个吃饭，就为一张单子，恨不得给人磕头去。"

少良也有点上火："是啊，我是为个单子恨不能给人磕头去，我为谁啊？我还不是为了这个家。你以为我愿意啊？我要跟你一样，我用得着这样吗？再说，我们家也没麻烦过你几回吧？不就是给我弟弟找了两回工作吗，你至于这样天天说吗？"

小湘眼睛瞪了瞪："杜少良，别没事找事啊。你挣钱养家，我也挣钱养家。可一年到头，我见不着你几个钱，我没说你什么吧？你还一口一个你为了这个家，也好意思说？还不就给你弟弟找两回工作，有本事你自己去找两回，你找我干吗啊？"

少良的声音也有点高："是啊，是你有本事，我们领情。我们家也没亏待过你啊，不每次该花钱花钱，该道谢道谢。这不，就求你打个电话，我爸我妈我弟弟还一大家子来跟你说谢谢，还要怎么样呢？哦，让所有的人都按你的意思来，把你当最高领导捧着，你就高兴了是不是？"

小湘真憋不住火了："杜少良，你少犯浑啊。哦，你们家没亏待过我，我贱是吧，上赶着给你们家办事，就图你们花钱、道谢？你别说那钱本来就是你出的，我还真不稀罕你们那个谢谢，谢谢两个字说得可容易了，事儿是那么好办的？就算好办，我凭什么给你办啊？那你要这么说，谢谢也不用说，我也不找这个不自在，谁也别求着谁，行不行？"

少良见小湘生气了，他不想把事情闹大，只好息事宁人地说："好好，我错了，我说错了还不行吗？我不是那个意思。我的意思就是，你说我怎么都行，你别什么都说我妈。我们家情况你也知道，你老说也没什么意思。"

小湘见少良朝后撤了，她也不想没完没了："那我也不是说你妈，我就是说你弟弟自己应该对自己负责任，别什么事儿都指望别人。"

"好好好，你说得都对。吃饭，吃饭。"

"吃什么饭，吃不下了。"小湘头一甩就进了卧室，整个晚上都不理少良。

第四章

高举小白旗，成功收复失地

　　少良和小湘打冷战，这还是结婚以来的第一次。难得干干脆脆吵一次架，什么结果也没吵出来。冷战持续了三天，终于在少聪的一个电话之后以少良高举小白旗而结束。杜少良几句好话一哄，小湘就乖乖地给他们家办事儿去了。

1

第二天一大早，少良醒了，在屋里转了一圈，才发现小湘已经不在家里了。少良心里这个火啊，心想："小湘也太不给面子了，吵架归吵架，那是夫妻俩的事儿，可是你明知道我父母、弟弟一大家子要来，就这么走了，叫我怎么办？"

少良气呼呼地给小湘爸家里打电话，电话是云姨接的，少良就问小湘有没有来，云姨觉得莫名其妙，刚说了"没来"，小湘那边就进了门，她一边进门一边还嚷嚷："哎呀，饿死我了，云姨，有没有吃的啊？"云姨赶紧摆手叫她小点声。

云姨感觉杜少良语气不对，小湘又一大早跑回来，这事指定不对头。于是，她就对少良说："小湘没来，她一大早能去哪里啊？你好好找找。"说完，就把电话给挂了。

少良这个气啊，他明明听见话筒里传出小湘的声音，云姨还说她没回去，这就是摆明了小湘不想接电话。他本来心里就有火，这下火更大。少良原本还想打个电话追问小湘，可想想又放弃了。他如果打了这个电话，要么跟小湘在电话里吵架，然后殷家一大帮人来兴师问罪，搞不好还把少聪那事给弄黄了；要么低声下气求小湘回来，可少良不乐意这么干。但小湘不回来，父母和弟弟来了也不好说啊。少良又急又气，想了半天，也没想出辙来，就自己去菜市场买菜了。

小湘这边可就没消停了。云姨一向对杜少良的表现问题都得穷追猛打，小湘也恼着少良，心想："你就是要找我，打我的手机啊，干什么把电话直接打到家里来呢？那桌上我还留着字条呢，你就至于这样？"小湘就不打算答理少良，又架不住云姨的追问，就掐头去尾地说："他们家人今天中午要来，我出来躲一天，没事儿。"

云姨不信："他们家人来了，你跑了，还能没事儿？这就是事儿！"

小湘妈说女儿："你这可就不对了，你婆婆他们来你就跑回娘家，这不像话。

你要跟少良说好了，那也算句话，看这样子你们又没沟通好。你得尊重人家。"

云姨说："那也得分什么事儿。那找工作的事情，八字还没一撇，就先来道谢，这就是想让咱们小湘把这事负责到底，他们家人心思可多了。"

小湘接过来说："云姨，你说得可对了，他妈就这意思，所以我才回来的。我回来的时候还留了条，说是单位临时有事儿，我没说我回家来。"

云姨说："嘿，这杜少良可够精的，他就知道朝这儿打电话，也不知道刚才你那一嚷他听见没有。"

小湘说："听见没听见的，管他呢。反正我今天不回去。"

小湘爸也说小湘："你妈说得对，你公公婆婆来，不管他们怎么想的，人家也算是一片好意，你这样让少良很为难。你还是快点回去，别使这个小性子。少良这孩子毛病是不少，但本质还是不错的。你既然跟他在一起，就得多考虑考虑人家的感受。"

小湘妈也说："你吃了饭啊，还是回去。他们家人来吃顿饭，那也没什么。叫少良做就是了，你大着肚子，别下厨房。要实在忙不过来，家里还有你爸他们单位发的熟菜，都是荤的，我们这儿也没人喜欢吃，在冰箱搁了一段时间了，正好你带回去，能凑几个菜，他们家爱吃荤菜。"说着话，云姨就把冰箱里的真空包装的熟菜拿了一大堆出来。小湘妈还嘱咐，看看那上边的保质期，别把过期的给人家吃。小湘想想也有理，她原本没打算躲，只不过是对少良昨晚说的话生气才跑回来。

小湘就说："这么着吧，我吃了早饭再回去。"

要是平常少良妈来大儿子家，她可从没认真想过要带什么东西给小湘。当然，她每次来都带不少东西，带的都是城里不容易买到，少良从小又爱吃的那些东西，比如她自己摊的煎饼、腌的糖蒜头、豆瓣酱、风鸡、腊肠等，这些东西不用花多少钱，少良还爱吃。小湘虽然不爱吃那些蒜头、腊肠，可是少良妈每次带来新摘的豆角、黄瓜、西红柿，小湘都欢天喜地的。

少良妈觉得，这个儿媳妇吧，说她嘴刁钻，那也是真刁钻，那肉稍微有点肥就不吃，荤菜里头大排不吃嫌肉粗，青鱼不吃嫌刺多，鸡肉不吃说是饲料味，羊肉牛肉也不吃嫌膻味重，黄鳝不吃，说有避孕药，河虾也不吃，说里头有重金属。少良妈就不明白了，黄鳝那东西怎么就有避孕药了呢？可是说她好养活，还真是好养活，就农村里没人吃的干豆角子、小菜秧、丝瓜、黄瓜，她偏就吃得顺溜。少良妈每次在少良家做饭，都不知道该做什么。在少良妈的概念里，那要没个荤菜，怎么叫吃饭呢？以前是家里困难，吃不上肉，现在日子好过了，还不得好好补补啊？尤其是少良，小时候那受的是什么罪，粗粮都吃不饱肚子，更不要说肉了。现在条件好了，难道还不吃？可是小湘呢，黄瓜拌拌就能当主菜了。

少良妈的拿手菜是红烧肉。她每次做红烧肉，小湘就大惊小怪地不让少良多吃，说这东西油大，容易血脂高。后来少良妈老看电视广告，就看出名堂来了，小湘这个就是富贵毛病。家里条件太好了，肉吃太多了，所以就想吃这些没吃过的东西。少良妈直摇头，这小湘和少良哪里是一样的人呢？她哪里知道少良小时候吃的是什么苦，受的是什么罪啊？少良妈心疼儿子，所以，她每次都要带少良爱吃的那些东西来。

这次可不同，这是带二儿媳妇头一次走亲戚，少良妈认为这是家里的一件大事。大事，当然要体面。不但在大儿媳妇这里要体面，在二儿媳妇这里也要体面，才说得过去。

头几天，少良妈就和老头子合计。少良爸的意思，要是正式点，就到县里的大超市买点营养品、奶粉带去。少良妈本来也同意，可她跑到超市一看，那些营养品贵得要命，少良妈又舍不得钱了。钱是一方面，主要是那东西她觉得没用。少良妈想了半天，决定还是带点实用的东西。她跑到乡下少良他奶奶那村里去了一趟，挨家挨户地收了20来斤鸡蛋，又抓了两只大公鸡。少良奶奶自己住在一个小院子里，80多岁了，还养了一院子的鸡。这些鸡成天在外头找食吃，吃饱了回院子里来睡觉，不睡鸡窝，而是睡在树上。少良妈记得有一次她带了一只这样的鸡回去，小湘居然吃掉了整条鸡腿，小湘说这是正宗的虫虫鸡，味道好极了。少良妈就带着这些鸡蛋和两只正宗的虫虫鸡去了少良家。

杨彩霞也和少聪合计，少聪这工作可就全指望嫂子了，杨彩霞想起结婚的时候嫂子给的那280块的红包，就觉得这大嫂应该是个小气人，既然是小气人，那就更不能得罪。她想，既然求人家给找工作，那就得舍得下本。少良妈带这点鸡蛋去，像小湘那样的人她哪儿能看得上眼呢？要是婆婆一个人去，她也懒得问，可这次是自己两口子登门道谢，主角可是少聪和自己，杨彩霞不愿意被这个小气的嫂子给看瘪了。所以她咬咬牙，拿出了自己刚攒起来的500块钱，拖着少聪去了超市，挑来挑去，决定给嫂子买点西洋参。她听人家说过，这东西是美国进口货，少聪也说这个好，他看见小湘给少良买过西洋参。

杨彩霞一看那小瓶子的价钱，天哪，一小瓶就要100多块。超市的售货员赶紧给她介绍说："这个是切片，你要好看又省钱，那还不如买这种含片，还有胶囊也行。吃起来又方便，这一个大礼包才不到100块，买两样，漂漂亮亮地送人，人家送人都买这个，吃起来是一样的。"

　　杨彩霞自己也没吃过这个，但广告是看过的，问少聪，少聪说挺好，送人么，那当然要大大的包装才好看，这两大包才不到150块哩。杨彩霞心细，她说："这个不是广告上那个牌子，这是没听说过的牌子。"售货员又说："广告上那个牌子有啊，贵好几十，那个不实惠。这个牌子的东西是一样的，也是大厂家，只不过人家不做广告，所以就便宜一些。你们要买那个，那不是在那边吗？随便你。"彩霞一想也有道理，当场就拿了两盒。少聪说这就行了，挺漂亮。彩霞准备买400块钱的东西，她觉得花150块钱太少了，找工作是大事，这钱不能省。售货员又介绍说："你给孕妇买礼物，买这个血尔最好了，这是补铁补血的。要不这个口服液也行，都是给孕妇吃的。"彩霞一看也不贵，就拿了两盒，总共花了300多块钱。两个人欢欢喜喜地拎回家了。

　　少良妈一看，还埋怨说："你们乱花钱，那超市里的东西我早看过了，没一样东西是实惠的。你们买这个干什么？有钱，还不如存着给孩子买张床。300块钱啊，能买多好的床啊。你买了这个，她也不会吃的，最后还是浪费。"少良妈老早惦记着给彩霞肚子里的孩子买个婴儿床，而且要买小湘她妈买的那种婴儿床。当然，小湘妈买的那床花了2000多块，少良妈看上的只要500块左右，但两张床看上去是一样的。少良妈没舍得花钱买，她还寻思着找镇里的木匠给做一张床，还能省点钱。杨彩霞不知道婆婆有这个心思，她想，这老年人就是看不准什么重要，少聪的工作要是成了，别说买床，买什么都有了。再说了，这东西是超市里最好的东西了，平常人家谁舍得吃这个？大嫂再不懂事，她也不至于不识货吧。再不识货，城里的超市和这里的超市价钱总是一样的，300多块钱呢，这个礼她总要领情吧。所以她也没理会婆婆的唠叨。

　　就这样，少良爸妈带着少聪夫妻俩，拎着鸡蛋和两只虫虫鸡，带着四大盒营养品，浩浩荡荡地赶头班车进城来了。他们一路上没少吃人家的白眼，虽然禽流感已经过去好几年了，可是看见活蹦乱跳的大公鸡和自己一起挤公共汽车，谁都有点不舒服。加上进城的车本来就少，车上天天都非常拥挤，一个急刹车，放在座位边上的鸡蛋被站在旁边的一个人一个趔趄差点踩扁，还亏了少聪动作快，一伸胳膊死命地挡了一下。少聪人高马大，这一下护东西心切，车里又挤，手上没轻重，把那人给搡了一把，那人的头正好磕到后面那人的胳膊肘子上，疼得眼泪都出来了。鸡蛋没事，可是那个被搡的人可不干了，揪住少聪就要理论。少聪本来就愣，嘴上也不饶人，他哪里吃那一套，没说几句就吵了起来。一个说你推我干吗，推伤了你得负责。一个说你不踩我的鸡蛋我能推你吗？你伤哪儿了啊，我给你看看。两个人一路吵下来，互不相让，差点就要干仗，还是少良妈死命拉着少聪才没打起来。结果，那人临下车的时候故意朝鸡蛋上踢了一脚，少聪瞪眼要揍他，人家下了车扬长而去，气得少聪连那人祖宗八代都骂了。等下了车一看鸡蛋箱子，里面碎了不少鸡蛋，路上还不好清理，就这么拎着到了少良家。

2

等少良把门打开的时候，看见四个人拿着大包小包的东西，纸箱子还朝外滴着水，一问才知道这么回事，少良一点儿也不客气地就说少聪："你也是，推了人家，道个歉不就完了吗，吵什么架呢？"

少聪和少良本来感情不错，可他就是讨厌少良老端着大哥的架子来教训他。而且少良和父母一样，从来都认为他办事儿不靠谱，少聪顶不服气。少聪说："道什么歉啊，算他跑得快，不然我把他朝死里揍。"

少良本来心情就不好，再看少聪这态度，更是气不打一处来："你还把人朝死里揍，一天到晚你除了惹祸能干点正经事不？"

少良妈看着彩霞也在，怕少聪没面子，赶紧打岔："行了，少聪，去把鸡蛋拾掇拾掇，别弄到地板上了。彩霞啊，你换双鞋，这地板贵着哪。"说完，她熟门熟路地找拖鞋给大家换，又要找小湘打招呼，少良这才说："哦，她啊，他们单位临时有事儿，领导刚打电话叫她回单位去了，刚走，她还叫我跟你们说一声呢，等她忙完了就回来。"

少良妈也没多想，挽挽袖子就下厨房去了："没事儿，她有事她忙，忙完了回来吃饭就得。彩霞啊，你嫂子是公务员，工作可忙了，那忙的都是大事儿。"

少良跟到厨房去说："妈，我来吧，我这都准备得差不多了，你就别动手了。"少良妈只把少良朝外赶："你在这儿干什么？"又压低了声音说，"你是大伯子，你下厨房算怎么回事？别管，这有你妈。"左右看看没别人，又说，"小湘单位真有事儿，还是你们俩吵架了？"

少良说："您想什么啊？没有的事儿啊。真是他们单位领导打电话来的，有急事儿。"怕她不信，少良又说，"其实也不是单位领导找她，是市容局那小张找她有事儿，她去也是为了探探少聪那事的消息。"

少良妈本来不信小湘单位有事，可一听是市容局的人找，立刻就信了，心里还高兴起来："你看你，这有什么不好说的，你刚才怎么不说是人家找她呢？这是帮少聪他们的忙啊，得说给他们两口子听，别以为他嫂子给他们操心容易呢。"

少良妈就冲着客厅里的少聪两口子说："你们看看你嫂子对你们多好，为少聪这事，星期天还跑去找人。少聪啊，等你嫂子回来，你们得好好谢谢人家。彩霞，你也别坐在那儿，这和自己家里一样，你帮我干点活。"

彩霞答应着就进了厨房，少良妈就指挥彩霞去洗菜、淘米。少良有点不好意思，赶紧说："别，弟妹来了是客人，怎么能下厨房呢？"少良妈满不在乎地说："咳，她是个什么客，自己家里人，不用这么讲究。让她做，你去陪你爸、你弟说说话。"说着就把少良朝客厅里赶。

彩霞原本不在乎下厨房，就是到嫂子家叫她下厨房她也没觉得多不合理，归根结底，她觉得她是来求人家的。彩霞干了这么久，她知道人在矮檐下，就得强低头的道理。可少良妈的话叫她很不舒服，"她是个什么客？"就这么一句话，让彩霞的心里不是滋味。可她也没说什么，她不想弄得大家难堪，于是就低了头去洗菜，洗完了菜又淘米。

小湘家的米桶是小沫送的，小沫导师的一个客户做橱柜生意，卖一些个性化的厨具，小沫看这个米桶有意思，就给两个姐姐每人送了一个，一个米桶1000来块钱。少良妈有段日子没来了，她没见过这个米桶，也不知道这就是米桶。彩霞找了半天也没找着米在哪儿，就问婆婆，少良才指着墙角的这只"加菲猫"说这就是米桶，说完了他就要过来帮忙打米。少良妈说不用，舀个米，这有什么不会的。

彩霞折腾半天，也不知道该从哪儿打开"加菲猫"。少良妈放下手里的活儿过来一看，也不会，琢磨半天，不想叫二儿媳妇小看了，硬是把"加菲猫"的头给掰了下来。彩霞低声说："妈，不是这样吧，别弄坏了。"

少良妈说："这有什么难的？"说着就舀了米出来，又把"加菲猫"的头给装上，还摇着头说："你嫂子也是不会过日子，一个米桶买成这样的，这不是塑料桶吗？哪有家里的米缸好使。塑料桶质量不好，有污染。"

少良妈觉得自己挺讲究的，杨彩霞是个农村姑娘，不懂讲究，小湘是个城里姑娘，也不懂什么过日子才是真好，就得由婆婆教导教导。

婆媳两个在厨房里忙得热火朝天，少良他们三个男人也在客厅里聊得火热。小湘不在家里，少良爸觉得舒服自在多了。尤其是今天，一家人都在，女人在厨房里忙，两个儿子陪着自己，他有点一家之主的感觉了。一有这感觉，少良爸的烟瘾就犯了。他摸了烟就点上，美美地享受了一把。

要是搁平常，少良就该拐着弯提醒他爸了，可转念一想，反正小湘今天也不回来，有什么关系呢？少良从卧室里拿了一条好烟出来，说专门给老爸留的。少良爸高兴了，和少聪两个一人一根，自得自乐地边抽烟边看电视。

小湘就在这时候回了家。回来的路上，小湘已经把她自己的思想工作给做通了，她决定好好地对少良的家人。每次吵架，都是话赶话。小湘自己转过弯来想了一想，昨天晚上也是自己先说人家弟弟的，少良护着自己家里人，那也能理解。

刚一进门，小湘就被满屋的烟呛得咳嗽起来，电视机里唱着川剧，声音震耳欲聋。厨房里正在炒菜，少良妈抓了一把葱姜蒜，朝热油里一撒，葱姜蒜的味道一下子直蹿进客厅。小湘站在门口，被这味一冲，哇的一下就吐了。才吐了一口，没曾想脚边一个黑影噌地蹿起来，朝她身上一扑，又跌了下去。小湘吐出来的东西全喷到了自己身上，小湘也没看清跳起来的是什么，吓得尖叫起来。少良这才反应过来，赶紧过来扶小湘。小湘定了定神，才发现鞋柜旁边放着两只大公鸡，脚捆在一起，正扑腾得起劲儿。小湘从小就怕长羽毛的动物，一看见两只大公鸡扑腾扑腾地蹦，她顿时浑身汗毛直竖，"啊"的惊叫都变成惨叫了。

少良妈在厨房里，她不知道发生了什么事，赶紧跑出来，彩霞也跟在后边跑了出来。一看小湘被两只鸡给吓得眼泪都出来了，少良妈又是好气又是好笑，骂着少聪说："我叫你把鸡放到阳台上去，谁叫你丢在这儿的呢？"

少聪手脚利索地一把抄起两只鸡，一边还笑："嫂子，我刚给鸡透透气，给忘了。没事，这鸡它不咬人。"

少良妈手上还拿着锅铲，说："你还笑，看把你嫂子吓的。小湘啊，别怕啊，这鸡不咬人。"少聪拎着鸡跑到阳台，一会儿又跑到卫生间去了。哗啦啦一阵水响，少聪又拎出来一只水淋淋的鸡，原来小湘吐在鸡的头上了，这鸡才会不要命地跳起来。

少良妈一看急了："要死了你，这鸡还能拿水这么冲啊，放不住了。去，你拿把刀到下面把鸡给宰了去，一放肯定死了。"少聪提着鸡下楼了。

小湘被这鸡吓得又是冷汗又是眼泪，少良扶着她进卧室换衣服。彩霞在旁边看了直撇嘴，少良妈又叫她提桶开水下去，就手把鸡毛给褪了。彩霞干这个是好手，她应了一声，提着一桶开水就下去了。

下了楼一看，少聪的动作倒是挺快，鸡宰完了，正放血呢。彩霞一边帮忙，一边就笑着跟少聪嘀咕："你大嫂可真夸张啊，不就两只鸡嘛，吓得那样儿。"少聪说："我大嫂就这样，玻璃做的。她家条件好，千金小姐，没见过鸡。"

彩霞抿着嘴笑："条件再好，说没见过鸡也太夸张了吧。她吃起来可不说害怕，她家也不是亿万富翁吧。"这话就有点酸溜溜的。少聪瞪瞪眼："上楼别胡说八道啊，这是我哥家。城里人，就这样。她这不是大肚子吗，就这么一惊一乍的。"

彩霞一边褪鸡毛一边说："嘿，城里人有多高贵，她大肚子，我也怀着你们老杜家的种，看你妈那样，她就躺着，叫我提水来褪鸡毛哩。你们家人就是势利眼。"

少聪不乐意："什么势利眼，你不势利眼你跑来干什么？咱们这是求着人家，得懂事儿。咱把嫂子哄好了，我的工作就有着落，好处大着哪。我妈这是为我们好，她能叫你躺着，让我大嫂来褪鸡毛啊。你真是头发长见识短。"

彩霞眼一瞪："你妈为你，我不是为你啊？不为你我才不来，我是吃人家的，还是穿人家的了啊，没事儿跑到人家家里来褪鸡毛？"

少聪看旁边有人来了，压低声音说："少说两句，你跟我说没事，上去少说话，多干活。又不是叫你天天伺候，不就一次两次么？这事儿成了，我好了，你也好。我一个大老爷们儿，天天要你养活，你不嫌丢人啊？"

彩霞这才顺气了点："哼，你还知道现在是我养活你啊？我告诉你，这是为你，我才干这个。要不为你，我才不伺候，我伺候不着。"

彩霞两口子在楼下嘀嘀咕咕，楼上小湘在洗手间一眼看见浴盆里漂着几根鸡毛，再闻闻弥漫在空气中的那种特别的味道，又是恐怖又是恶心，真有点气急败坏。小湘三下两下把自己弄干净，换了衣服出来，正眼也不看客厅里的几个人，就直接进了卧室，临进门，还把门不轻不重地关上了。

少良本来心里有点内疚，一直在小湘这儿赔着小心。少良妈也跟在儿媳妇后头一个劲儿地问："要不要紧，要不要紧？"又骂少聪不懂事。可小湘门一摔进去了，少良脸上挂不住，少良爸的脸也黑了。以前再怎么样，小湘也没给过公公婆婆脸色看，更别说摔门了。

少良爸觉得自己的尊严受到挑战了，想发火，又不知道怎么发，嘿了一声，拿了打火机狠狠地点烟，偏就打不着，恨得骂老太婆："你是个死人啊，不给找火去。"

少良妈吃老头子一骂也上火："你少抽一根怎么了？这不是自己家。别抽了！"

少良爸把打火机朝茶几上一摔："什么自己家别人家？我是他老子，老子在儿子家抽个烟犯法了，啊？"

少良从小就怕老爸发火，少良爸眼一瞪，他们兄妹三个都有点发抖。少良赶紧把电视柜上的一个铜马车样的打火机拿来给老爸点烟，一边点一边哄："爸，送您个稀罕的，这马车是个打火机，小湘同事给的，特意给您留着呢。您看这有意思吧？"

少良爸嘿了一声，点上烟："别拿你爸当土包子，什么稀罕物，咱镇子上你三堂舅的厂子就做这个，不值钱。点个烟弄这些名堂，就是哄你们这些没见识的。"

少良借着这话打岔："我三舅他们厂子以前做水晶的吧，怎么也做这个？"

少良爸掸掸烟灰说："什么赚钱做什么，你还别看不起乡下人，你们城里的这些个用的吃的，哪个不是乡下人做出来的。你三舅是地道乡下人吧，你是白领，他比你有钱，你还别不服气。"

说完了这话，少良爸觉着这口气好歹顺过来点。这当口，少聪两口子上来了，一提这三舅，少聪也来劲儿："大哥，你还真别不信，三舅的厂子现在做得真不错。去年请咱爸妈去玩过，嘿，他们家那小别墅，自己盖的，还是欧式风格的，院子里头有个金鱼池，真有钱。"

少良就笑："得了吧，三舅家那房子是在自己家宅基地上盖的，能花几个钱，15万顶天了吧？还带装修和家具。这要是在市里，15万也就买一个客厅。咱爸妈是不稀罕到乡下去住，要去住，咱也盖得起别墅。"

少良爸听了这话，"嘿"了一声："我和你妈老了，要住什么别墅？咱那老宅在，你奶奶住得好好的，将来你们要盖回去盖去。"一家人说着说着，又热闹起来了。

3

小湘在房间里可气坏了。本来摔了门进卧室，她心里有点后悔自己的冲动，想着少良肯定跟进来说好话哄自己，借坡就能下台，好歹还得出去跟少良爸妈见面，总不能一直僵着。可左等右等，不但少良没跟来，他们一家人反而在客厅里有说有笑。家里房子本来就不大，外面说什么小湘都听得清清楚楚。她是越听越气，少良这一家子仿佛当自己不存在似的。

正在气头上，少良跑进来跟什么都没发生似的说："你怎么样啊，出来吃饭吧。"小湘不理，少良又耐着性子说："别生气了，聪子也不是故意的，我妈才还骂他呢，别跟他一般见识。"小湘还是不说话，少良心里不高兴，还得哄着："好歹也看我爸妈的面子，出来吃饭吧。"

小湘想了一想，冷着脸到底还是出来了，勉勉强强地和少良爸妈、少聪两口子打了招呼，少良妈张罗叫小湘坐，又招呼着彩霞端这拿那的。小湘说："你们坐着吧，我和少良来。"

少良妈赶紧说："你坐着，你身子重，这些事情不要你来。少良你也坐着，陪你爸喝两盅。你那烟别抽了，对孙子不好。"后面这话是说少良爸的，少良爸沉着脸，把抽了一半的烟给掐了。少良拉着小湘坐下："我妈去弄就行了，你坐着。"

小湘倒不好意思了："弟妹是客，也坐吧。"少良妈嘴快，又来了一句："她是个什么客咧，她做习惯了，你叫她做，没事，一家人。"彩霞一肚子窝囊气，也只能忍着，跟着少良妈来来回回地忙活了这顿饭。

好不容易吃完了饭，少良妈指挥着彩霞把厨房收拾干净，小湘赶紧说："妈，放在那儿吧，回头我和少良收。你们也歇歇吧，彩霞辛苦了。"

少良妈说："咳，厨房的事要他干什么，我们就干了，这都一会儿的事儿。

你不用管，我们很快。"

彩霞也赔着笑说："嫂子，你别动。我在家做惯了，没事。"小湘越发不好意思："你还没满三个月吧，这时候最要紧，不能劳累的，你坐下来休息休息。"说完，小湘硬把彩霞拉着坐在沙发上。

彩霞坐在沙发上有点手足无措，少良妈说话了："她没事儿，好着呢，农村人不讲究这些。我当年怀少良他们的时候，我还下地呢。这女人啊，不能太娇惯。"一句话说得小湘和彩霞面面相觑，少良赶紧说："妈，你别忙，先放在那儿。你看看小湘买的这些衣服，我们给彩霞也买了一份。看看，喜欢不喜欢？"

上个礼拜商场打折，小潇带着小湘跑去买了全套的宝宝用品。小湘当时想着少聪两口子迟早要来家里，这个礼早晚是要送的，趁着便宜顺手就给他们也买了一套。不过花了1000来块钱，就把小家伙出生要用的东西置办齐全了。

当时少良一听花了1000块买衣服，眼珠子都瞪圆了，说小湘乱花钱："孩子的东西穿几次就没用了，买这么贵，多浪费啊！"可听见小湘给少聪也买了一套，少良立刻就换了一张脸，夸小湘会买东西。小湘被他弄得哭笑不得，说："没有这样的，给自己孩子买好的说浪费，给别人孩子买好的就是会买东西。"少良说："这不一样，自己孩子能省就省点，给我弟弟自然要买好的，我是大哥。"

现在少良就拿出大哥的款儿来了，小湘心里好笑，也只好把东西拿出来。少良妈一看，衣服是黄色的和淡蓝色的。

东西一拿出来，少良妈就啧啧地感叹："还是小湘的眼光好哩，这小衣服多漂亮，不便宜的吧。彩霞，看你嫂子多有眼光，你看你弄的，那是个啥。"

彩霞自从怀上了孩子，心里别提多高兴，在她的心目中这个孩子比什么都重要。彩霞从小没娘，有父亲和没父亲一个样，从小到大，都是她自己当门立户。嫁了少聪，原还指望少聪能知冷知热地疼自己，谁想这男人结婚前一个样儿，结婚后又一个样。彩霞心里格外希望有人关心自己，自己得到的有限，就把所有的爱都不知不觉倾注在肚子里的孩子身上。所以，虽然怀孕还不到三个月，彩霞就已经买了不少漂亮的棉布放着，打算自己动手缝小衣服。彩霞的针线活不错，看着商店里的样子，她比照着就能做出来。这次来，彩霞不但买了那些营养品，还紧赶慢赶地赶了两天，做了两身小棉袄和两双虎头鞋，又钩了两对袜子，要送给小湘。

少良妈看了当时就说："她不会要你这些东西，我给他们纫的那棉被，她从来就没盖过，还不是便宜你们了。她城里人，讲究着呢。"彩霞不信，她原来在市里也做过短期的保姆，帮人家带孩子，主人家看见她会做这个，喜欢得不得了，还专门另给她钱叫她做，说手工做的衣服舒服。彩霞想，那不也是城里人，还是用得起保姆的有钱人，难道小湘和别的城里人不同吗？所以，想了又想，她还是把那些小衣服给带来了。

这下小湘把自己买的东西拿出来，件件新鲜漂亮，彩霞再想想自己买的那些棉布的花色，怎么也没法子和这样的东西比，就不好意思拿出来了。小湘笑笑："彩霞，给你们买的蓝色，适合男孩子用的，你看看喜欢不喜欢。要不合适，还能去换。"彩霞看看少聪，少聪赶紧地说："你还不快谢谢嫂子。大哥，你真是的，怎么花这些钱，这好贵的吧。谢谢嫂子啊。"

少良妈眼睛都笑眯了缝，拿着那蓝色的衣服说："小湘，你怀的是男娃，你留下这蓝色的，还有这些，他们也不用现在拿，等将来你们家孩子用过了，他们再拿走也一样。两个孩子差半岁，就没有这么巧的，衣服刚好都能接上穿。"

小湘赶紧说："不用不用，宝宝出生当然要穿全新的，这个就是给彩霞的宝宝买的，一定要拿去。彩霞，别客气，拿着，拿着。"

少良也说："少聪，给彩霞拿着。"彩霞还推让，少良妈这才说："叫你拿着，你就拿着吧。就拿那个粉红的那件衣服就行了，其他的留下。"然后就把那粉红色的小衣服抓过来，三下两下要往彩霞包里塞。

彩霞怕把新买的包给塞坏了，忙不迭地把包着那些小衣服的布包先拿出来，然后才把小湘送的这衣服放进去，一头还低声地说着谢谢。小湘有点看不过去，一手抓过彩霞的包，把粉红色的衣服又拿了出来，把蓝色的衣服放了进去，朝少聪的手上一塞："拿着，这是我给彩霞的，人家彩霞怀孕了，不能拿重东西的，少聪，你得多照应彩霞。"

小湘这么一说，彩霞心里一热，抓起手边上的布包说："嫂子，我自己做了几件衣服和几双鞋子带来，不值钱，也不知道你喜欢不喜欢，你别嫌不好。是我自己做的，你放心，这布我都用开水烫过的，肯定干净。"

小湘接过来一看，有两双小虎头鞋，一边绣着两个字，居然还是篆体，仔细看看，是长命富贵，配着细细的两条边，比在民俗店里卖的还要精致很多，尤其是配色，非常雅致。再看缝的那几件小衣服，针脚都特别匀称，衣服的布色虽然是平常市卖的花样，但粗糙中带着古朴的味道，加上细致的针线，显得别有风味。小湘最喜欢精巧细致的手工艺术品，彩霞做的这衣服正对了她的心思，她一看就爱不释手，一边看一边就说："这都是你自己做的，天啊，彩霞，你的手太巧了，怎么做得这么好啊，太漂亮了！"小湘这反应，连彩霞都有点搞不清楚状况了。

少良妈有点蒙："你喜欢这个，那容易，以后叫彩霞多做几套送来。她会做这个，她妈原来在镇上就是有名的巧手哩，她做这个不难。"

4

少良有心要留父母吃了晚饭再回去："妈，你们吃了晚饭走，我开车送你们回去。"

少良妈坚决不肯："说啥哩，好好的有公交车不坐，要你开车送个啥。出了这小区就有车，只要转一次，方便得很，你们不用管。"少良妈担心儿子累着，看着一桌的菜，她也想吃了晚饭再走。她知道，这剩菜他们不吃，小湘肯定一转脸就给倒了，少良妈想想都心疼。可是吃了晚饭再走可就没有回县城的车了，心疼也得走。少良妈就说了："少良，你们晚上不用做饭了，你看这鸡、这鱼都是新鲜的，热热就能吃。我们走了。"

小湘跟婆婆处了这几年，老太太的心思她也能猜个八九不离十，她拿出一套密封盒来，把这些剩菜拣好装了两大盒，又把从娘家带来的那些熟菜一股脑地放在一起，用个大环保袋装了。

少良妈把环保袋拎在手上，一边还说："这可怎么行呢？都装走了，你们吃啥？留一盒你们吃。要不这些熟菜不带了，都是真空包装的，不会坏的。"说着就把熟菜朝外拿。小湘赶紧拦住她："妈，我们吃不了这些，这就是给你们带的。"少良妈心挺诚，非拿了两包驴肉和带鱼出来，塞回冰箱去才算。小湘也只好由着她。

一家人提着大包小包就奔车站去了，少良要送他们到楼下，让他妈死活给赶了回来，一边说："要你送什么，回家好好歇歇吧，有段日子没回家里，看把你瘦的。下个礼拜得空了，回家来，妈烧点好吃的给你吃。"

少良回家来，看见小湘把桌上的剩菜一股脑全倒到垃圾桶里了，少良觉得浪费："这菜都是中午才做的，晚上还能吃。"小湘说："晚上能吃？你吃还是我吃？"

少良没词儿了，少良妈从小就不给两个儿子吃剩菜，剩菜都归她和少兰吃，所以少良是宁可吃白饭也绝不吃剩菜。小湘反倒没有这么讲究，只要不是蔬菜，剩菜她还是吃的。所以，两个人结婚以后，倒是小湘吃剩菜的时候多。可小湘吃剩菜也只吃少良剩下的，叫她吃少良他们全家人剩下的饭菜，想想都倒胃。少良看见垃圾桶里还有刚才他妈放回冰箱的那几袋熟食，就不太高兴了："你怎么把这个也扔了？"

小湘说："我不吃这些熟菜的，你也不爱吃，还有两个月就到保质期，到时候也是扔，还不如现在扔了，省得占地方。"

少良越想越不对味："你不吃为什么带这么多回来，多浪费。"这本是一句平常话，小湘却想起来少良还没有为他昨天的行为道歉，今天又闹了这么一大出，回来一句话也没有，倒先怪自己倒剩菜，小湘的语气就有点不善："你们家人也不提前说一声，说来就来，我又没有三头六臂，我带点菜回来，你还不领情？刚才我叫你妈带走，她又不肯，非要拿出来几袋，你倒说我浪费。"

少良感觉心里不是滋味："我家人来，也没叫你做什么，这一桌子的菜，哪一个是你烧的？你自己要扔的东西，给我家里人吃，可怜我妈还感动得跟什么似的，你心里过得去吗？"

少良边说着话，边从垃圾桶里捡起几袋小湘扔掉的熟食看了看保质期，其中有一袋下个月就过期了。少良心里憋着一股子气，他狠狠瞪了小湘一眼，赌气似的抄起电话拨通了少聪的手机，故意大声地嘱咐："那些熟食你们抓紧吃，看看保质期，咱爸胃不好，叫他别吃啊。"

小湘气怔了："好，我好心好意跑回来迎接你们家人，我就落你这些话。你可叫他们千万别吃，那里头有毒，我成心下的。"

少良看了看小湘，什么也没说，自己闷着头洗碗收拾屋子。不管小湘说什么，少良再也不回她一句话。周末两天，两个人谁也不答理谁。少良和小湘打冷战，这还是结婚以来的第一次。冷战持续了三天，终于在少聪的一个电话之后以少良高举小白旗而结束。

说起这事，小潇就恨铁不成钢地说妹妹："你有点出息成不成？难得干干脆脆吵一次架，什么结果也没吵出来，杜少良几句好话一哄，你就乖乖地给他们家办事儿去了。"

小湘爸说："你别不服气，这就是杜少良的本事。我这女儿啊，太善良太厚道，她的心眼哪有少良多啊。"小湘爸谈不上有多欣赏少良这个女婿，虽然他觉得少良不错，但配小湘还是有一些不足。小湘爸感觉少良有点小男人的味，当然在女儿面前他很少这么说，这是因为他知道，不论什么时候，小湘都听不得别人说少良不好，尤其是娘家人，这就是女生外向的道理，生了三个女儿的小湘爸很懂这个道理。小湘为了少聪的事情来找老爸的时候，小湘爸就很不高兴，但也不得不勉为其难地打电话，和市容局的老朋友再攀一次交情。

少聪通过了初审和初试，连忙打电话叫大哥帮忙找找人，复试和录取是二比一的比例，少聪感觉心里没底，他初试的成绩也只是勉强够线而已。少良少不得又来求小湘，也就难免被小湘再唠叨几句，被老丈人、丈母娘和云姨再敲打两下，这是必经程序。少良的被敲打，换来了少聪的一纸录用通知，少良觉得很值。少良妈看到录用通知时只抹眼泪，对少良妈来说，这就意味着少聪从此以后就安稳了，有能力养老婆孩子了，终于可以抬起头做男人了。

第五章

和爱情死磕到底

　　要想保住自己的家庭，这女人不多长点心眼是万万不行的。彩霞对爱情的理解很简单，既然嫁给少聪，那这辈子就打算跟他死磕到底了。既然是要死磕到底，那就不能让少聪脱离自己的掌握范围。于是，彩霞就和少聪一起进城了。

1

相安无事了一段时间，天气暖和起来的时候，小湘又去医院做了检查，回到家她就有点郁闷。B超检查的时候，小湘的好朋友，机关医院的黎洋刚好值班，就帮忙给她看了一下，是个女孩。小湘本来对生男生女不在乎，可回到家一见到少良，小湘就感觉自己好像对不起他似的，也不知道这种感觉从何而来。

少良没说过想要儿子，他甚至说过"女儿好，女儿跟爸爸亲"。当然，这话被少良妈听见，她一定会很快地纠正："我去观音殿求过签了，一定是男孩，咱老杜家的长子嫡孙。"虽然如此，小湘也知道，杜少良内心里是渴望有一个儿子的，他渴望儿子的最大原因是他爸妈渴望一个长子嫡孙。

少良爸曾经用大户人家当家人的口气说过，杜家是名门望族，而少良是杜家最大的骄傲，杜家的传人当然应该是少良的儿子。说起老杜家的家史，少良爸能从黄帝时代的杜家说起，家里还有一本杜氏起源的小册子，那是少良爸有一次去浙江旅游的时候带回来的。对于少良爸以名门望族自居，小湘暗地里笑过很多次。但无疑，少良爸这种无名的自恋情结部分地遗传给了老杜家的长子杜少良。

小湘决定暂时不把这个坏消息告诉少良，小潇感到很不屑："这怎么成了坏消息了？你现在的思想整个儿地被杜少良他们家给同化了，还真的嫁鸡随鸡，嫁狗随狗啊。"

小湘嫌姐姐说的话难听，小湘妈说："你姐这话是难听，可话糙理不糙。你这几年受少良的影响太大了。现在是你为他生孩子，生个女儿就对不起他了，这是从何说起？真不知道你这孩子想的是什么。"

小湘说："他们家你也知道，他爸妈想要孙子。男孩女孩我倒无所谓，但是我想生一个男孩，大家就皆大欢喜嘛。你知道我为什么一直不愿意去查性别吗？

就因为他爸说什么要是女孩就不要。为这个，我们俩还吵了一架。我是不想平白无故地他爸妈再来搅和。"

小湘妈听了有点动气："这事儿你怎么没跟我说过？你要早跟我说，我就得去问问杜少良，我的女儿是给他们家这么糟蹋的？哦，怀的是女儿就不要，把你当成什么了？"

小湘赶紧解释："不是他的意思，他没这么想过。"

小湘妈索性把手里的活儿放下了："不是他的意思你们吵什么？不是他的意思你又怎么知道的？这个杜少良是真糊涂还是假糊涂啊？"

这些话小湘自然是没有听进去，小湘总认为她和少良之间的矛盾主要是由于少良家里层出不穷的事情引发的，如果没有这些事情，少良一定是一个好丈夫，也会是一个好爸爸。可小湘家里所有的人都认为，一切事情的罪魁祸首不是少良妈，不是少良爸，当然更不是少良那不争气的弟弟少聪，问题的根源就是杜少良。杜少良是一个成年男人、一个有老婆的男人、一个需要负担家庭责任的男人，那么他就应该知道自己要对小湘好，而不是一次又一次地为了自己家里的鸡毛蒜皮的小事和小湘吵架。毕竟，少良爸妈再不好，也没当面对小湘提出什么特别的要求，这些要求还不都是杜少良自己提出来的。杜少良只会对小湘提要求，而不会对自己家的人说"不"，这就是问题的症结。小湘妈看这个问题的观点，小湘就是不认同，她总是说："他有他的难处。"小湘妈苦笑："怎么他就没想过你有你的难处呢？"

思来想去的，小湘决定还是瞒着少良。在少良面前，小湘一直都坚持说绝对不去看宝宝性别，少良虽然夹在老妈和老婆中间有点郁闷，可在这件事情上，他总算还不糊涂，没跟着少良妈一起起哄。

小湘妈评论："嗯，这还像一个受过高等教育的。"这就算是表扬了。可是周末两口子一起回县城的时候，少良妈眉开眼笑地把小湘当个宝贝伺候着，在饭桌上夸小湘是老杜家的有功之臣。少良爸搬着复印来的家谱，说要给他的大孙子起名字，一家人热热闹闹地讨论着。小湘听了半天总算听明白了，原来少良告诉他妈，B超照过了，铁定是个男孩，这下把小湘气得够呛。

回家的路上，小湘就埋怨少良："你也不跟我商量一下，我多尴尬啊。"

少良还安慰她："我也是经过分析的，你说男孩女孩的概率各占一半吧，有50%的可能生儿子。乐观点，让我爸我妈提前高兴一下。"

小湘想了一想才问："那万一，我是说万一，如果是另外的50%呢？你爸你妈还不得说我故意骗他们？"

少良不以为然："骗也是我骗他们，他们也不能怪你呀。女孩子也姓杜，我们家人没你想得那么落后。老人就是这么个心思，这不是还没生么，就希望抱个大孙子，真的生孙女，一样宝贝着。我妈还说，等少聪正式上班了，她就搬来跟我们一起住，伺候你坐月子，给咱当免费保姆。"

小湘一听这个，更有点回不过神来："前段时间说你老爸身体不好，你妈得照顾你爸，还要照顾彩霞，别让她那么辛苦了。"

少良知道小湘什么意思："你不用怕成这样，我知道你不爱跟我爸妈住一起。但是你给我生孩子，那是给我们家做大贡献，如果什么都交给你父母操心，我父母心里肯定过意不去。我这当老公的也不能一点贡献都没有，对吧？这是他们的一份心意。你放心好了，你现在在我们家最大，你想怎样就怎样，我爸我妈绝对百分之百地按照你的意思执行，保证不给咱添任何麻烦。"

少良这话一说，小湘就算有多不愿意和公公婆婆住，她也不好多说什么了。回家把这事跟父母一汇报，小湘妈非常认可："婆婆伺候月子倒也是应该，少良能说这话，证明他懂事。那你就叫你婆婆来，不过，你这公公如果要一起来，那可不太方便，最好叫少良他爸别过来。"

小潇特别不同意："婆婆伺候月子肯定比亲妈差好多。她只管疼小的，才不会管大的。我生这两个孩子的时候，咱妈还上班，梁文年他妈来帮忙。我月子里那叫一个难受，难受吧，还不好说什么。她又不是亲妈，亲妈能可劲儿地纵容你的坏脾气；她也不是保姆，保姆你还能没什么顾忌地支使她。我说的可都是大实话，你自己可想好了。"

小湘妈说："你姐这些话都对，但是你给他们家生孩子，婆婆就应该来照看照看。咱不是说非要她干多少活，关键是她得有这姿态。放心，妈给你出保姆钱，这就两全齐美了，少良也就挑不了咱们家什么礼。"

小沫只摇头："就生一孩子，你们想得也太复杂了吧。要我说，生孩子就是两口子自己的事儿，自力更生，丰衣足食。我有一个同学刚生完孩子，两人都是外地的，他们就请了一个保姆，不也挺好的吗？不用顾忌这个顾忌那个，省心多少啊。"

小湘妈觉得小沫这就是站着说话不腰疼："你知道什么，你以为结婚生孩子跟你谈个对象那样简单？结了婚，就不是两口子自己的事，而是两家人的事儿。不考虑全面点，最后受罪的是自己。"

小潇说："她小破孩一个，她能懂这些？你以为家政公司那些小保姆靠谱？带孩子，就得有血缘关系的人才能真疼孩子。人家那是实在没办法，才到家政公司找保姆去。你那同学把孩子交给保姆，我就不信，他们两个就能洒洒脱脱地跑去上班，一点儿都不揪心？你看我就不一样，咱妈跟云姨带着我们家这两个就不用说了，哪怕就是梁文年他妈给看着，我上班都能一点儿不操心，但是交给保姆能行吗？"

小湘妈接过话来说："这倒是的，保姆么，只能帮忙搭把手，你可以支使她干活，但还得有人在旁边看着才放心。就这么办，你婆婆来，再请一个保姆，保姆的钱妈出，谁也不受罪了。"

2

少良妈比谁都性急，还没等少聪正式上班，自己就先收拾了几件衣服来城里了，说是先给小湘把家里收拾收拾。小湘虽然已经怀孕六个多月了，但她的身体状况一直不错，就没申请休假。单位有规定，产假只有 4 个半月，小湘想把假放到生完孩子以后休，这样对孩子和自己都好。反正小湘白天都不在家，她也就没特别反对少良妈的进驻。况且，少良妈很痛快地就命令少良爸自己在家待着，弄得少良爸是相当地不高兴，在家里发火说老太婆要孙子不要老头子了。发火是发火，少良爸心里还是宝贝这没出世的大孙子，他也就忍了。加上家里有彩霞做饭洗衣服，少良妈放心大胆地就搬了过来。

少良妈来的头一个星期，少良和小湘就感觉生活发生了质的变化。少良妈一大早起来就去菜场，等小两口睡眼惺忪地醒来时，桌上不但早已经摆好了热腾腾的早餐，而且这早餐还是按照两个人不同的喜好来做的。更重要的是，少良妈做早饭的时候变得悄无声息，别说敲锅，就连走路都是猫步，一点儿声响都没有。少良妈还特意熬上汤，中午坐公交车送到小湘单位去。等着小湘吃完，她再提着空饭盒跑回来，弄得跟小湘一个办公室的同事倪燕青羡慕不已。

倪燕青跟小湘同年，他们两口子都是外地的，孩子刚刚两岁。倪燕青的婆婆是地道农村人，可她跟传统意义上的农村婆婆有很大不同，爱玩爱打扮，还喜欢打麻将。当年一听说儿媳妇怀孕了，她头一句话就是："我身体不好，可带不了孩子。"倪燕青跟小湘发牢骚："咱可真别瞧不起农村人，人家比咱们想得开。"倪燕青的亲妈只好提前退休了，几百里地跑来帮女儿带了大半年孩子，又放心不下家里的小儿子，后来又回去了。老太太一回家，倪燕青走马灯似的接连换了三个保姆，一天到晚不是担心保姆把她的女儿给卖了，就是担心保姆突然说不干了。再不，就是跟孩子她爸为哪边的父母应该来带孩子吵个不停。

倪燕青瞧着小湘的婆婆把儿媳妇伺候到这种程度，简直羡慕不已。每次少良妈带着香喷喷的饭菜来单位，她都赞叹几句。少良妈倒也实诚，没过几次，她就带了两副碗筷来，这下小湘有个好婆婆的话从倪燕青的嘴里就传出去了。可倪燕青并不知道，老太太给两个人带的饭菜可是有讲究的，好东西都在小湘碗里，可表面上还看不出来。

有天晚上，少良妈在饭桌上得意扬扬地讲起这件事，小湘很尴尬："妈，这么可不好，那还不如不给人家吃呢。"

少良妈说："这有什么呀，她又不知道。我把那些大块的都弄到她碗里，看着好看。你知道这草鸡子多贵啊，难不成的我花这么大价钱买的鸡，都给人家吃去了呀。"

小湘哭笑不得，又不能说老太太不对，背地里跟少良嘀咕："别叫你妈再送饭去了，她跑起来也累，晚上回来吃一样的。"

少良也是为小湘好："她才不累呢，她想着要抱孙子了，跑得高兴着呢，你安心地享你的福就是了。"

小湘说："不是这意思，一来你妈太辛苦；再者呢，叫我们单位的同事看着也不好。我们那儿到底是机关，老这么着，人家该说我闲话了。"

少良想想也对，可话得换个说法，于是，就找了一个机会跟他妈说："别给小湘送午饭去了，好好一顿饭，一半都给外人吃了，浪费！"果然，听了少良这话，少良妈就不去了。

好日子过了差不多一个月，少良妈每天无微不至的伺候，让小湘产生了强烈的犯罪感。少良父母对孙子的渴望非常淳朴而明确地表现在实际行动上，她觉得再也无法把这件事隐瞒下去了。这天，小湘回娘家商量，小湘妈说："要说早就该说了，现在才说，人家不得有想法啊。"小潇的意思也是干脆不说，孩子生下来自然就知道了。毕竟，打包票生儿子的不是小湘，而是杜少良。"但是，适当地给他们打打预防针还是有必要的。"

小湘觉得小潇的话比较靠谱，就在某一天下班的时候，她装作不在意的样子对正在开车的少良说："我们单位有人说肚子圆圆的，十有八九是女儿。"

少良没什么特别反应："这个我不懂，得问我妈。我妈倒说你肚子里铁定是儿子。"晚上，少良还真把这话给他妈说了，少良妈说："你们城里人不懂，小湘这个肚子明明是尖的，后面看不出来肚子，就是尖肚子，这肯定是个男娃。"

小湘妈听到这种情况后，决定亲自出马，于是就找了一个礼拜天带着礼物上门了。少良妈里里外外张罗着招呼亲家，小湘妈说："亲家啊，小湘是晚辈，她能干的活你还是叫她干，哪有你给她端茶倒水的道理。"

少良妈实心实意地说："可不敢叫她动，她身子重，孩子要紧的咧。我来就是伺候她的，还能叫她干活？亲家，你放心，小湘肚子里是我家的孙子，我一定把她伺候得好好的。"

小湘妈故意说："生孩子这回事可难说，我生小湘的时候啊，人家都说是个男孩。"

少良妈说："那是那是，也有看错的时候。少兰那时候在我肚子里，她奶奶也说是个男娃，要不是看错了，哪有她呢？"

这话也是真的。在少良妈怀着少聪的时候，少良奶奶非说这是个女孩，叫少良妈去做手术，少良妈坚决拒绝了，还为此和婆婆大闹了一场。等少聪一出世，少良妈的地位在少良爸这儿立刻就发生了变化。少良爸说，亏了少良妈大闹一场，不然把个儿子被老太太给弄没了。等到生少兰的时候，少良奶奶又笃定地说是个孙子，好好伺候了少良妈一番，没想到生出来居然是个女孩。少良奶奶就把少兰送去给自己的小女儿，少良妈又跟婆婆大闹一场，才把少兰给留住了。所以少兰惹她生气的时候，她就骂："早要知道不要你倒是省心。"当然，骂归骂，疼还是要疼。

小湘妈听了这话还新鲜："呦，亲家，孩子都是自己的，还有不要的道理？其实啊，女孩比男孩好，女孩知道疼爸妈。你们家少兰就有出息，现在还上了大学了。"

少良妈说："有了也一样地疼。你家三个女娃也挺好，个个都是大学生咧。"

小湘妈把话朝正题上扯："是啊，男孩有男孩的好，女孩有女孩的好。只要孩子懂事、出息，就是咱们做父母的福气了。"

少良妈挺认真地说："亲家，你们城里不讲究这些，我们农村不一样，在农村儿子将来是要当家的，没有儿子，老了就没有人靠，地里活儿都没人给做哩。女儿是给人家养的，靠不住。"

小湘妈赶紧说："这都是过去的事了，像你们家，哪里还算农村啊？你们县城我去过，和市里一样的，你和亲家公也是拿工资的，还讲究这个？"

少良妈老老实实地说："我们哪儿能跟你们比，你们还是条件好些。我们家要没少良他们两兄弟，这个家没法过哩。儿子养了就是顶门户的。小湘这次给我们家生的是长子嫡孙，我家老头子把名字都给起好了，叫杜家兴，按家谱排下来的。等孩子一出生，我们还要回老家去给孩子入族谱哩，这是大事。"

小湘妈显然被惊着了，想了想才说："生孩子这事也难说，谁还能保证一定生儿子。"

经过了和亲家的这一次交流，小湘妈挺后悔当初没有坚决要求小湘告诉少良真相。少良妈也犯起了嘀咕，在少良爸来市里医院看病的时候，少良妈就和老头子嘀咕上了："你说她妈是啥意思哩？"

少良爸对小湘家本来就有意见："她们家人都是人精，这话肯定是有意思的。

搞不好，少良家的怀的是个女娃，不然，咱叫她去医院超一下，为啥她总不肯去？这里面肯定有问题。"少良爸总是把做 B 超叫"超"一下，他想叫儿媳妇去医院"超"一下是自从小湘宣告怀孕之后一直就有的想法。这点少良爸曾毫不避讳地跟少良说："超出来是个女的，可以早点做掉。你们都是有身份的，不能生二胎，这也是没有办法的办法。"当然，少良怎么也不敢跟小湘说这话。

少良妈也认为，以前没有独生子女政策，所以生个女孩也没什么，大不了再生，还能弄个儿女双全。现在只让生一个，小湘还是个公务员，那就只能采取早发现早处理的办法，确保小湘能给杜家生个长子嫡孙。小湘不肯去做 B 超，少良妈也是日夜睡不踏实，唯恐儿媳妇肚子里是个女孩。只到少良打了包票说"超"过了，是男孩，他们俩的心才算放下了。

少良也有苦说不出，虽然他知道父母这些都是无理要求，不敢跟小湘说，可父母这边总需要他去安抚。想半天，他才想出这么一招，先把两边都稳住。少良跟梁文年说："等生出来了，真是个女孩，他们不接受也就接受了，何苦现在折腾。"

梁文年作为连襟，对少良的苦衷也感同身受，回家跟小潇还评论了一番，说男人也不容易啊。小潇挺反感，说杜少良就不是个男人，这种事情就该直截了当地拒绝，有什么苦衷？还要编出这种话来，这不是把小湘给弄得里外不是人吗？梁文年只好苦笑，和少良一起感慨：男人和女人的想法总是不一样！

少良爸越分析，越觉得这事不对劲，小湘怀孕都七个月了，眼看就要生了，这要真是一个女孩，还真不好办了。杨彩霞那边怀上的时间不长，还看不出男孩女孩，不过她一天到晚想吃泡菜，看着吃饭的口味，十有八九是个女孩。小湘这个如果也是个女孩，那老杜家岂不是绝后了？少良爸没法接受这个残酷的现实，他非常清楚地记得自己在父亲临终前答应的事情，老杜家一定要有后，不用多，一个就行。

少良妈说："现在就是女孩也没有办法，七个月了，有胳膊有腿，也是个孩子。"合计来合计去，少良爸妈决定什么也不做，只能等着孩子出世了再说。

3

小湘怀孕已经七个多月了，小湘妈把孩子要用的东西一点点地准备起来了。少良爸妈原本是预备着一笔钱给孙子置办东西的，看看亲家母这边的架势，今天送这个明天送那个，穿的用的无一不精，哪样东西都是顶尖贵的。

一次，小湘妈送了奶瓶和配套的消毒器来，少良妈悄悄地瞄了一眼发票，1000 多块，她心里这个疼啊，心说："有钱也不能这么着花啊。"免不了在少良面前就唠叨："兰子在上海一个月生活费也没有 1000 块啊。"

少良只好说："这是她妈买给孩子的，咱不能多话，总之我们不这么浪费也就是了。"少良妈看见这样，自己就留了个心眼，一分钱没花。她这么和少良爸合计："咱们不能跟着她们糟蹋钱，咱们把钱留着，等咱孙子将来要用的时候再花。"

少良从小到大都没这么糟蹋过钱，他就对小湘说："我们小时候哪有奶瓶啊？就是大粗碗喝玉米面，连白米汤也没有，不照样身体好得很，孩子不能太娇惯了。"

小湘不认同："你少跟我提你小时候，哦，你小时候怎么样，咱们孩子就得怎么样？你小时候那是没条件，可你妈也没少娇惯你啊，吃个饭，恨不能喂到你嘴里。所以说，娇惯不娇惯，不在花钱多少，而在于带孩子的方式。要我看，你这样的才叫娇惯。给孩子买个好点的奶瓶，注意消毒，这个是科学喂养。都跟你们农村那样，大人吃一口嚼嚼，再喂到孩子嘴里，多脏啊。"

说这话的时候，小湘正在看一部热播电视剧，正好演到婆婆把馒头嚼巴嚼巴喂到孙子嘴里，婆媳两个为此大吵一场。少良说："说什么啊，什么我们农村那样？我们家没这样的啊。你就是成天看那些电视剧看的，现在这电视剧也不知道想干吗。"

说归说，小湘回家也嘀咕自己的亲妈："你们别买那么贵的东西，一个奶瓶你用得着买 1000 多块的吗？都快抵我半个月的工资了。再有啊，你买了把发票摆在那里头干吗啊，不是成心给她找话说嘛。"

小湘妈苦笑着跟小潇说："人家说女生外向吧，你这妹妹外向得真彻底。自己亲娘给买个好东西，还嫌贵了，怕婆婆说话。"又转过头说小湘，"你也别只会回来说自己家人，你婆婆那边给孩子准备什么了？咱们可不是争她什么，也不是和他们计较，不过孩子姓杜，他们怎么也该准备准备。"

小湘说准备了，少良妈特意回了趟镇上，找了上好的新棉花和家纺的布铺了几床棉被，又叫彩霞做了几身棉衣。孩子出生时正好是冬天，用得上。上个礼拜，少聪两口子来，又背了 20 斤乡下亲戚自种的小米。

小潇掰着手指头算："你给你那弟媳妇买的几套衣服得 1000 多块吧，她给你用粗布做几件棉衣就算回了礼，这也就算了，难得这个手工。你婆婆这算怎么回事，20 斤小米就把你给打发了？"

小湘有些不乐意："一家人，算那么清楚干什么？他们家条件不好你们也知道，心尽到就行了。"

小潇说："心尽到也得有实际行动啊。你一年给你婆婆多少钱，明的也有万把块吧，还不算杜少良给的没过明路的。他们家不缺钱，你生孩子拿点出来也是花在他自己家孙子身上，没流外人田里。再说了，钱还不是你出的？你婆婆这时候还不拿钱出来，她就是不厚道了。"

小湘要面子，死撑着说："你别说这么难听，人家不是这个意思。少良他妹妹还在读书，他父母手紧点也正常。他妈这段时间把我照顾得挺好的，孩子出世了也还要他父母带。她没钱，出力也一样。你们也别再买那些贵的东西，咱家到底经济上比他家好，买了两家一比，谁都不舒服。"

小湘爸本来不爱跟家里几个女人嘀嘀咕咕，听到这儿也有点绷不住："不是你妈你姐要比，咱们家是那种计较钱的吗？我们这是提醒你，老公要关心，但也要有要求，不能一味地迁就他。"

小湘妈也说："他家里条件不好，这个不是理由。至少他现在比你工资高得多，他父母也是你们两口子给钱养着。还别说他们没出钱，就是出了钱，也是羊毛出在羊身上。现在我给孩子买点东西，他们还有话说，你就该问少良去，还反过来说我们，你这孩子不是不懂事吗？"

话这么一说，小湘也不好多说什么了。

4

少聪终于可以正式工作了，少良妈开心得好像过年一样。可开心了没一天，问题就来了，少聪的单位不管住宿，少良妈原本没把这当个问题，她理所应当地想，少聪很自然地应该可以在少良家打地铺。

但是现在的问题是小湘要坐月子，少聪在客厅打地铺确实有点不像话。可是叫少聪在城里租房，他那点工资还不够付房租的。为了这事，少良愁得几个晚上没睡着觉。合计来合计去，也合计不出一个好办法来。眼看着少聪就要去报到上班了，少良妈没辙，想想小湘到底还有两个月才生呢，这两个月缓缓，说不定就能有办法了。少良妈就跟少良提这事，叫少聪临时先到少良家里打地铺。

少良一听就火了，他知道这事在小湘那里指定通不过。少良就说："打什么地铺呢，我给钱叫他租房住吧。一个月1000块，能租到。"

少良妈可舍不得："有这1000块你给少兰寄点去，就晚上睡一觉，一个月1000，有钱烧的。你跟你媳妇儿说，聪子白天不在家，就晚上回来睡一觉。"

少良愁眉苦脸地说："这话你叫我怎么开口呢？"

少良妈说："你开不了口我来说。有什么啊，弟弟到哥哥家打个地铺，这有什么难开口的？"少良好说歹说，答应跟小湘商量，少良妈这才没自己找儿媳妇去。

少良在心里琢磨来琢磨去，知道这事是万万不能跟小湘张口的，提都不能提。

少良正坐在办公室里发呆的时候，沈大昌跑来了，约少良去茶社。

沈大昌一直暗恋着茶社老板娘筱玉茭，他有事没事就拖上少良一起去茶社。筱玉茭的阅历太丰富了，对男人的追求看得也淡了，于是对大昌总是若即若离的。梁文年当着老板娘的面开玩笑似的说，老板娘眼界高，对周围的男人不大答理，唯独对少良另眼相看。大昌不服气，说也没见老板娘对少良有什么好。老板娘似笑非笑地说："我对你们哪个都好，不许吃醋哦。"少良赶紧撇清："话可不能乱说的，这种话传到我老婆耳朵里，我的日子还过不过了？"筱玉茭说："就想着你老婆生气，怎么不想我也生气的？"大昌解释道："他是老婆奴，夜总会都不敢去的。"筱玉茭说："这才是好男人呢。"少良也想大昌能够博得美人笑："我们三个，都是不敢去夜总会的，二哥不用说大哥。"筱玉茭悠悠地叹了一口气："这个世界很奇怪,好男人都是别人的。"大昌赶紧跟了一句："他们有主儿，我还没有。"少良和梁文年嘻嘻哈哈地说："要不你就把他给收了吧。"筱玉茭浅浅地笑着："你们男人还是坏的。"大昌给她这一说，心神荡漾，这段时间总是魂不守舍的，所以天天跑来对少良长吁短叹。

晚上，两个人大眼瞪小眼地坐在筱玉茭的茶社里，又发了好一阵子呆。筱玉茭站在柜台后，一双水汪汪的桃花眼在两个人身上瞄来瞄去，十眼有九眼瞄的还是少良。

少良当然不知道这些，少良的烦恼还集中在怎么样才能让老婆同意弟弟来家里打地铺。

沈大昌有一搭没一搭地跟少良闲扯，少良说："你这条件，找个什么样的女孩不好，你非盯着老板娘干什么？你算了吧，这样的女人你降不住她。"

沈大昌不服气："这才叫有挑战性。"

少良说："你这是找老婆，不是搞销售，还挑战性？我跟你说，这找老婆就是踏实过日子的，你挑战半天，成功了，她不跟你踏踏实实过日子，有什么用？"

沈大昌就说少良这是戴有色眼镜看人，何以见得老板娘就不踏实过日子呢？老板娘这样的女人，以前是遇人不淑，所以才显得有点风尘味道，可她的身份是正牌的良家妇女。你想想看，一个正牌的良家妇女，她有风尘的味道，对男人来说意味着什么呢？沈大昌说的时候透着坏笑。

"你鬼点子多，帮我想个辙，别总琢磨老板娘。"少良现在可没心思琢磨大昌的事情。

"不帮你想辙我还不拖你来这儿。茶社最近走了两个小姑娘，老板娘缺人手。"大昌一副神秘的样子。

少良不解："这和我们家的事情有什么相干呢？你要叫我帮忙找人，我可没这本事。"

大昌说："傻啊，少聪找到工作了，你帮少聪他老婆也找一份工作，两口子一起进城来，你妈总不好意思叫他们两口子一起上你们家打地铺去了吧。再说了，你帮他们两口子都找好工作，你妈肯定很高兴。"

少良一想，也是这么个道理。就算小湘大贤大德，自己跑回娘家去住，那少聪总不能一直在自己家打地铺，给彩霞找份工作一起进城来倒是长久之计。

筱玉茭店里有两个小姑娘帮忙干活，最近这两个姑娘都回家结婚去了，一时半会儿找不到合适的人。少良赶紧说："我这弟媳妇干活麻利，还有，我弟弟就在这个区的城管大队当协管，有什么事还能照应。"

筱玉茭一听这个，二话没说就答应了。少良一头愁云都散了，筱玉茭抿着嘴逗他："你这下在夫人面前能交差了，你说说看，怎么谢我呢？"

少良说："你说怎么谢就怎么谢。"大昌酸溜溜地说："以身相许吧。"筱玉茭一双水汪汪的桃花眼看着少良，也不言语，少良赶紧打岔说："埋单，埋单。"

5

就在少良和大昌在茶社的时候，少聪和彩霞在他妈的安排下，带着鸡蛋、小米、虫虫鸡，直接就搬进了小湘的家。少良妈故意没跟少良说少聪当天就要来，等到少良回家时，他妈正坐在厨房抹眼泪，彩霞在厨房里忙活着。

少良一看见少聪两口子，就明白发生什么事了。少聪不好意思地搓着手说："妈，要不我出去找个地方住吧。你也真是，咋就不跟我嫂子说清楚呢？"

少良妈说："你来了，我不就说了吗？"少良埋怨上了："妈，咱不说好了吗？等我跟小湘沟通好了才叫聪子来，这不离报到还好几天呢。"

少良妈说："我是叫他来准备准备，要上班了，也要买几件衣服，体面地去报到，我才叫他早两天过来。"少良又不敢恼，只好说："那您也别跟小湘吵啊。"

少良妈说："谁跟她吵了，你问聪子，我跟她吵了吗？我还说，要是你不乐意，叫聪子和他媳妇儿到外头旅馆找个铺去。你说，是我不讲理吗？"少良说："那您怎么还哭上了？"

少良妈抹了一把眼泪说："你那媳妇儿，得理她就不饶人，我做婆婆的对她低声下气，不就为聪子来，给她添麻烦了吗？她可好啊，一句话不说，收拾收拾东西，拿个小包就走了。"

少聪也不知道该怎么办，皱着眉头说："要不，我们还是另外找个地方吧。"

少良叹口气："来就来了吧，明天我劝劝她去。"

晚上，少良偷偷问他妈："怎么彩霞也跟来了呢？"少良妈说："她说要来城里找工作，你不用管她，找不到工作，她自然就回去了。"

少良说："不是这话，他们两口子刚结婚，这立刻就分开了，也不好。我给彩霞找了个工作，一个月1200块，在茶社当服务员，活儿也不累。"

少良妈立刻喜笑颜开："那敢情好啊，我都没敢跟你张口，怕你去求你媳妇儿。我啊，是求你媳妇儿求怕了。"

原来少聪找到工作，少良妈说叫少聪住到少良家里去，彩霞第一个就不同意。彩霞说："小叔子住到大嫂家，这可不合适。"嘴上这么说，实际上彩霞有她自己的想法。她想，少聪现在是找了一份好工作，又稳定又风光。这下他到了城里，自己要是还留在县城，两个人一分开，指不定出什么事呢。彩霞知道少聪的毛病，一天没有人看着他就要出花样。婆婆虽然能管着点，终归很多事盯不到。少聪要走歪路，吃喝嫖赌，婆婆也是个厉害角色，指定能管住他。可少聪要是动了别的花花心思，那婆婆管不管，还两说呢。本来她自己就不招公婆待见，要是再连老公都看不住，彩霞觉得自己就太亏了。

"男人都得盯死了管。"这是彩霞从自己父亲身上总结出来的经验。不论女人为了男人吃多少苦，付出了多少，这些男人是不会记得的。要想保住自己的家庭，让两口子白头偕老，这女人不多长点心眼是万万不行的。彩霞对爱情的理解很简单，既然嫁给少聪，彩霞就打算跟他死磕到底了。既然是要死磕到底，那就不能让少聪脱离自己的掌握范围。于是，彩霞就和少聪一起进城了。

少良妈和少聪夫妻俩直接把行李都带到了少良家，小湘当时就傻眼了，直接收拾东西跑回了娘家。小潇一看妹妹这架势，说："这下可好了，杜少良他弟弟住到你那儿，你倒跑家里来了，连主阵地都丢了，我就没见过你这么窝囊的。"

小湘心里不舒坦，嘴上还得硬气："他这也是一时没办法，少说住一个礼拜就叫他走，先过渡一下。"小湘妈对杜少良可有意见："这算什么事？杜少良他妈不是惦记你们家这房子吧？这你可得注意。"

小湘心里也犯嘀咕，这些年，要说杜少良他妈不惦记这房子那是自欺欺人。少良妈曾经不止一次地说过，这房子老杜家出了首付，就有老杜家一份。少良妈指望着少良将来日子过好了，再换一套大房子，这个房子能让给少聪。老太太心里这点儿小九九瞒不过小湘。关于这个问题，小湘和杜少良达成了共识。杜少良赌咒发誓地跟小湘说，他绝不让这件事发生。

小湘妈才不信这套："这个杜少良说一套做一套。小事咱们都可以不跟他计较，房子这事是大事。你拿了公积金出来跟他一起还贷款，对他可是贴心贴肺。咱家不图他大富大贵，好歹得图他一个厚道。他要是不厚道，那就别怪咱家也不厚道。"

小湘觉得姐姐和妈妈对少良都太苛刻了。怎么说都是一家人，她和杜少良是要在一起过一辈子的，总拿这个出来说事，伤了感情。小湘妈说："我真不知道说你什么好了，谁叫你当面跟他什么都说，你心里得有数知道吗，我的傻闺女。"

小潇无奈地说："就是被人卖了还帮人家数钱呢。你别不信我的，妈，我看你做好长期收留她的准备吧。"

果然，小湘搬回娘家都一个礼拜了，少聪两口子还在小湘家客厅打地铺。少良妈的理由是："那总不能让他们两口子热乎乎地就分开两处住，我这婆婆就被人说闲话了。"

少良这个悔啊，他后悔没听老板娘的话，叫少聪两口子住到老板娘的店里去。筱玉茭听说少良的弟弟没地方住，很爽快地说，反正店里晚上也需要人守夜，现在是几个小姑娘轮流守夜，不安全，筱玉茭希望少聪能在店里帮忙守夜。可是，少良把这事跟他妈一说，少良妈把儿子给训了一顿："你住单元房，叫你弟到店里打地铺，那店里是正经住人的地方吗？你这当大哥的亏心不亏心？还有你这媳妇儿，大着肚子都快要生了，我特地跑来伺候她，她倒跑回娘家去了。"

少良也觉得他妈有点不讲理："妈，聪子住在这儿，不方便。"

少良妈说："我要不在，那是不方便，我在呢，有什么不方便的？聪子媳妇儿这一来，更没有什么不方便了。我们还多一个人伺候她，老杜家可没这规矩，你得叫她回来。"

少良只好换个角度跟他妈解释："聪子媳妇儿也怀三个月了，您不能老叫人家就这么睡地铺吧。"

少良妈说："她哪儿有那么金贵？这村子里的媳妇儿，刚生了孩子下地干活的都有。聪子媳妇儿比你媳妇儿强，人家没这些个讲究。"

少良还不死心："我出钱给他们在附近租一套房子，一室一厅的就行了，花不了多少钱。"

少良妈还是那话，有那钱你给我替你攒着，再不给你妹妹寄点，睡个觉，一个月1000多块，你有钱烧的！

少良郁闷死了，小湘气得好几顿没吃饭，杜少良打多少电话她也不接。杜少良知道，小湘这次真是生气了。

第六章

夫妻那点事

结婚这么多年，少良最难以忍受的一件事情就是
小湘大事小事都要回娘家去说，搞得自己的小家庭在
丈母娘家一点儿隐私都没有。丈母娘不图钱，图的是
对她女儿好。可是这个好的标准又没个谱，少良觉得
自己对老婆可好了，可丈母娘觉得她女儿还受着委屈。

1

小湘妈瞧着亲家这阵势，心里盘算了半天，跟小湘说："我看，你也别指望杜少良能把他弟弟一家赶出去了。"小湘不服气："凭什么他们把我家给占了，不行，明天我就回家去。"小湘妈说："你回去能干吗啊？你一个人，挺着肚子跟你婆婆吵架去啊？再说了，吵架能有用吗？"

小潇说："那可别说，有的人，你跟他讲理，他不答理你，你跟他吵架，他还得听着了。我觉得小湘回去吵一架也未尝不可。对了，你好像还从来没跟你婆婆真正吵过架吧？这不行，你得跟她当面较量一回，才能把规矩给立起来，你们家这杜少良就是被你惯得没样了。"

小湘妈嫌小潇添乱："你还撺掇她跟婆婆吵架去啊。都像你，你别以为梁文年不说你什么，你就什么都对。你跟人家过日子，就得尊重人家父母，好歹不能跟老人撕破脸。"

小潇说："老妈，你心太善，你这样的，十个也干不过梁家老太太去。"又对小湘说，"就得跟你婆婆当面把话说清楚了，你老跟杜少良掐没用。谁干的事你得找谁，这才能解决问题。"

小湘妈和小潇两个人你一句我一句，把小湘弄得又没主意了。小湘妈这才想起来自己原来的主题："我可不是叫你回去跟婆婆吵架。我看啊，不如趁这个机会，叫杜少良换房子。"

小湘一时半会儿没绕过来："换房子，换什么房子？"

小潇说："我们家这二小姐是真不操心，妈，你把房钱都给人准备好了，她还问换什么房子。"小湘这才想起来原来说过的房子的事。小湘说："这不大合适吧，好像咱家逼他似的，还是等孩子生了再说。"

　　小潇这段时间老琢磨着买套二手房投资，她对房子这事特别有心得："等孩子生了，房价又涨了，这就等于钱放在那儿就缩水。这房子既然说要买，就早买。现在这时候买二手房是个好时机，人家说马上调控政策一出来，房价还得涨。"

　　小湘说："这我就不明白了，那调控房子不是就应该降价吗，怎么还得涨呢？"

　　小潇笑了："亏你还是政府机关的呢，说这种外行话。你就不看看，即使调控起一定作用了，那还能一直调控啊？房子这东西迟早是要涨价的，趁现在调控房子处于低价位，要出手就赶紧出手。"

　　小湘爸插了一句："这话还是对的，政府调控力量是有限的，你只看这个物价飞涨的速度就知道了。你们想，连大白菜都涨价，房子怎么可能不涨呢？"

　　小潇提醒小湘："我听说最近咱们这儿要出台政策，控制二套房贷款呢，你要买还真得赶紧买，晚点也许就买不上了。"

　　小湘也听说了这件事，第二天就打电话问房管局的一个朋友，果然如此，不过不是不让买二手房，而是要提高二手房贷款门槛，增加税费。就是说，去年年底前的那些买房优惠政策将会取消，政策一出台，二套房交税和首付都会提高，小湘意识到这买房子的事情可是迫在眉睫了。

　　少良对买房是一点儿兴趣也没有，主要原因是没钱；再者，少良觉得现在这房子挺好，又不是没有房子住，再贷款买一套房子的话，压力就太大了。少聪工作刚刚稳定，彩霞在筱玉莜的茶社干着，也没多少钱，眼看还要生孩子了。少良妈话里话外的意思，都是叫少良要多帮着少聪，有了孩子后更得少良帮衬着，这日子才过得下去。少兰在上海，过两年毕业出来找工作，少良知道，到时候那还是自己的事，更别说老爸隔三差五地要去医院了。别看自己说起来年薪十几万，一年到了头，根本落不下什么钱。再买房，这日子可就没法过了，所以少良坚决反对买房。何况，丈母娘原本说的是自己要买房，这一下又绕回到叫他杜少良买房，少良觉得心里不舒服。

　　但是，难得小湘为了买房的事情肯接他的电话了，少良觉得不能这时候把老婆得罪了。所以在小湘提到买房这话的时候，少良眼睛都没眨就答应了。

　　这边虽然答应了，可少良还是愁得不行，他又叫上沈大昌、李力明和梁文年讨主意，四个男人在茶社开起了小会。

　　少良跟沈大昌这么解释："硬顶着跟她说不买，肯定再吵起来不可。"

　　沈大昌觉得少良纯属没事找事，有福不会享："丈母娘给你付首付，还五成，有便宜你都不会拣啊，还弄得好像人给你买房你给人多大面子似的。你真是，这要是我有这么一个好丈母娘啊，我一天到晚怎么伺候她都成。"

杜少良说："你站着说话不腰疼。五成首付能是白给的吗？这要还的，剩下那五成哪儿来啊，不得跟银行借啊？我这好容易才把前面的房贷还得差不多了，气还没喘过来，又还上债了，还得还 20 年。你以为福是那么好享的？"

梁文年发话了："这里面有件事情你没弄明白，欠银行的钱那是非还不可没得商量，欠丈母娘的钱，那就两说了。我们家还欠着咱丈母娘 10 万的装修款呢，黑心点说，我还没计划还。"

少良说："当着殷小潇的面，你也敢这么说，就算你有本事。"

梁文年说："我说你没经历过战斗的洗礼吧，往前过 5 年，我也这么想，现在我可算是悟透了。"

少良直眉瞪眼地看着他，大昌说："反正是越来越怕老婆了，这要是悟了，我情愿这辈子就单着了。"

梁文年就说他们俩没内涵："男人怕老婆，不叫怕，那叫大度。有些事自己心里明白就行了，何必说得那么清楚。就说咱们俩这丈母娘吧，其实老丈母娘把女儿交到你手里，她图你什么啊，她不图你的钱，图的是你对她女儿好。那咱对人家女儿好也不吃亏，那是自己的老婆。"

少良说："我就不爱听这话，对她女儿好，这个好的标准没谱，咱觉得巴心巴意对自己老婆了，可她觉得她女儿还受着委屈呢。你敢说不是这样的？"

梁文年说："你不跟她较劲儿不就完了吗？她说什么，你听着，要干什么咱照做。你想啊，老婆跟咱们过一辈子，想开了，就没有多大事。"

沈大昌臭他："你想开了干吗老找我们哥两个忆苦思甜啊。到点就得给老婆交人，你那老婆也太嚣张了点。"

梁文年嘴硬："这就是真想开了，咱不跟她一般见识。你就没看见我们家小潇嘴巴厉害是厉害，可是家里家外的，不用我操心，这最大的受益者还是我。"

少良忍不住乐了："我这大姨子那可不是一般的厉害，幸亏我娶的是她妹妹。"

梁文年说："你懂什么啊，女人在家里凶点，没坏处。该撒手的时候要撒手，我不过听她发几句牢骚，当当出气筒，人家可把咱伺候得周周到到，这人得知足。得了，我这又到点了，得交人了。"

梁文年说走就要走，沈大昌也有点坐不住的意思了。这些天他总惦记着老板娘，就是摸不着机会，可巧老板娘今天在店里无所事事地看着电视，沈大昌的心思就全在老板娘身上。少良看出来了，就说要走一起走，把大昌一个人撇下都走了。

少良答应了买房，小湘心里的气算是顺溜了不少。可小湘妈不这么看："你就不该告诉杜少良我们准备付五成的房款，我们要看他的一个态度。这让老婆孩子过上好日子，难道不该是他男人该干的事吗？他至少得有一个正确的态度。这可好，他还什么都没说呢，你把什么都告诉他了。"

小潇说："我严重怀疑杜少良这次这么痛快地答应买房，就是冲着咱们家给付这五成的房款。"小湘妈说："这可得跟他说清楚啊，五成首付我和你爸给，但是这是借给他的，将来要还的，叫杜少良给打借条。"

小湘心里有苦说不出，要说娘家给了五成房款是好事，可是房还没买，话先说出来了，道理是没有错的，就是让人心里不舒服。这话小湘字斟句酌地跟少良一说，少良也觉得很不是滋味："原本我就是不想买房子，是你妈说房子不好，要换。现在又说这种话，那这房不买不就行了吗？"

小湘又来气了："你这什么意思啊？你没有钱，我们家拿了钱出来给首付，那难道你还想白拿啊，不该还吗？再说了，现在只是叫你写张借条，又没人逼你还钱。你写张借条，白花花的银子捧给你，我妈哪儿得罪你了？"

少良说："这话不对啊，不是我自己要跟你妈借钱，你妈原来说的他们要买房，可没说叫我买房。是，我没钱，我条件差，那我可以不买房呀，我没哭着喊着说要你们家出钱买房，现在是你非要买房的。"

小湘本来觉得自己老妈有些过分，可是老妈再过分，也没提什么无理要求啊，这杜少良怎么就一点儿好歹都不知道呢？小湘说："买房本来就是你的事，让我和孩子过上好日子难道不该是你的责任吗？现在没叫你做什么呢，就打一张借条你都不肯，你什么意思啊，有点责任心吗？"

少良知道再说下去非吵架不可，可是要不答应写这借条，小湘肯定不依不饶。少良一急就说："借条我肯定不打，你妈的钱我也不要。你实在要买房，那咱们就自己想办法。"

小湘睁大了双眼："自己想办法？你有什么办法？"少良说："咱们结婚这几年，存的钱算算也有几万吧。"小湘心里的火开始往上蹿："别的不清楚，这你弄得还挺明白的。这点钱可不够首付的，除非把现在这房给卖了。"少良说："卖了这房也是个办法，应该搞得定。"

小湘家听了杜少良这个提议之后，大家共同的态度是拭目以待。

小湘爸说："这还像个男人说的话。"小湘妈高屋建瓴地说："要真做得到，就怕说得出做不到，最后还得让咱们家来想辙。"小潇说："那您就等着吧，准有这一天。"

小湘心里说不出是个什么滋味，她总觉得自己这次有点理亏，好像不该把少良逼到这个份儿上。但小湘算了算账，卖了旧房首付也就够了，两个人的工资加一块儿，每个月还贷款是没有问题的，就是日子稍微紧巴点。

小湘妈说："这你不用担心，妈这儿有钱，亏不了你和孩子。这男人你不能太纵容他，得给他加点担子，他才知道什么叫负责任。你们就自己贷款去，真没有钱了，还有妈呢。"小湘这才心里有底了，开始张罗着找中介卖房子，又四处看房子。

自从开始看房子，少良每天都愁眉苦脸的。又没有升职加薪，反而要在房价暴涨的时候买房，少良心里实在是有苦难言。这事他还不敢跟他妈说，这要一说，她得跳起来。对于少良妈来说，再买一套房子那简直就是有钱烧得慌，她现在恨不能把一分钱掰成两半花呢，怎么可能想通为了多几十平米的地方，还要花上那么一大笔钱呢？在少良妈看来，钱存在银行里才是实实在在的。

可是纸包不住火。这天，房产中介的李小姐打电话给小湘，说有人要看他们那套旧房子。小湘心里挺高兴的，原以为这旧房年头老，小区又旧，怕房子不好卖，没想到这么快就有人上门看房了。

小湘妈就说小湘不用操心这房卖不出去："你这房子可不差，老是老了点，90年的房子，但是户型小，又靠近市中心，交通方便。关键是总价低，这种房子好卖得很，你得拿着劲儿，别一有人要就赶紧卖，要卖就要卖个好价钱。"

小潇也说："咱妈现在研究房子都成专家了，说得一套一套的。你这房子好卖得很，要不是想叫杜少良自己扛，这老房子不该卖。地铁二号线以后就在你们小区门口，而且那里离一号线也不远，黄金地段啊。还有，还有，我研究过了，你们小区对面那小学，现在加入凤凰路小学教育集团了，凤凰路小学可是咱们市里最好的小学，这成了凤凰路小学分校，以后你这房就成学区房了，以后升值潜力大着呢。"

小湘妈说："当初买这房子我就说小湘，不该买这个，应该买那个一居的凤凰路小学本校学区房，她非要听杜少良他妈的。没想到现在可好了，这房子还真成学区房了。你们这买二手房也得考虑学区房啊。"

小沐有些不理解："你们想得也太长远了，这孩子还在肚子里呢，上小学那是哪年的事啊。"

小潇和小湘异口同声地反对："快着呢！"

小潇开始传授自己的经验了："这孩子只要一生下来，就跟吹气球似的，一眨巴眼他就长大了。你看我们家梁弈和梁晨，可不是眼看着就上了初中了。现在想起他们刚出生的时候，那就跟昨天发生的事似的。"

小湘也感同身受："是啊，我们单位孙大姐，进单位的时候刚怀孕，我记得我进单位时，她小孩刚上幼儿园，这昨天她居然就说张罗着孩子上小学了。"

小湘妈的心思还在小湘那房子上面："你们觉得快，我可不觉得。你们家这两个小祖宗，还不是我和云姨给带着，你一天到晚的不操心，你当然觉得时间快。这孩子就是个享福的命，什么都不操心，你可没资格说你妹妹，小湘比你受罪。"

小潇说："妈，你就偏心老二，我和小沫两个都不是你亲生的啊？那我怀孕的时候哪有这么好的条件啊。你和云姨两个人这么伺候着，孩子还没生，就给张罗换房子，小湘才是好命。"

小沫听了直摇头："我看着你们两个就够了，结婚真可怕，一会儿房子，一会儿婆婆妯娌，一会儿又孩子，哪儿哪儿都不省心。单着最好，我可不要结婚。"

小湘和小潇又异口同声："胡说八道！"

小湘说："这女人一辈子不结婚不生孩子，还叫什么女人啊？人生有缺憾。"

小潇说："虽然说这天下的男人都不怎么样，但有总比没有强。"

小沫才不信："要是找个不合适的男人，一辈子吵吵闹闹，那还不如一个人过省心。"

小湘妈说："等到你老了，一个人对着四面墙的时候，你就知道有比没有强这个道理了。"

小潇说："就是，男人总比墙要好看点。"

小沫依然坚持自己的观点："那可未必。"

2

第二天，小湘在单位打电话给少良，说是中介约了看房子，问他什么时候有空回去一趟。少良一听头都大了，这事他还没敢跟他妈提呢。少良就有点想撤退的意思："要不，咱再想想，旧房子不一定急着卖吧，我看房价还会涨。"

小湘说："咱不是商量好了吗？再说，房价要是还涨，那就更得卖了。咱们是换房，小房换大房，房价要涨，我们卖得越快损失就越小。我昨天在网上查了，我们单位附近有个新的小区出来了两套房子，我已经约了中介了。我今天还得找教育局的小李帮我查查这房的学区是不是凤凰路小学。"

少良有点反应不过来，小湘是说干就干，一边忙活着卖房，一边鼓捣着买房。少良说："你这眼看就要生了，就别操心这些事了，要不咱们等孩子生了再买不行吗？"

小湘知道少良不想买房："你别跟我说这个，你弟弟、弟媳妇儿天天在我们家客厅打地铺，我是一天也忍不下去了，这事越快办越好。"

少良的心里有点不是滋味："你什么意思啊，我弟弟他们临时有困难，我做大哥的也不能撵他出去。再说，你现在住在你妈那儿，我不是也没说什么吗？"

小湘的火也上来了："那你能说什么啊，你还想说什么啊？"少良赶紧说："好好，你别火啊，不顾自己也顾顾肚子里那个。"

小湘气呼呼地挂了电话，才想起来两个人扯了半天的闲篇，把正经事倒给忘了，只好又打电话去追着少良回家。

少良万般无奈，只好回了家。少良妈一听说要卖这旧房子，立马就急了："什么，卖这房子？这房可是咱家砸锅卖铁给你凑的钱买的，这才几年啊，就要卖？卖了你们住哪儿去，聪子住哪儿去？"

少良说："卖了这个换一套大房子，多一间房宽敞。"

少良妈说："有钱烧的啊？房子多贵啊，一天天地涨价。有地方住就不错了，这里哪儿小了，哪儿就不宽敞了？就为图个宽敞，再跟银行借钱？你这还没还清前面的房子债，后面的债又来了，咱家没有这么多钱糟蹋。"

少良赶紧说："银行贷款已经还清了，不欠了，现在贷款利率低，贷得也不多。"

少良妈说："那也是一大笔债呢。咱是普通人家，有一个花一个，欠债不是咱干的事。还有，聪子也要生孩子了，他一个月才挣2000块钱，连个住的地方都没有，你怎么就忍心自己借钱住大房，叫你弟弟没地方住呢？"

少良低下了头："妈，这可是两码事。聪子成家了，他自己挣工资，他们两口子都在工作，能养活自己，我不能养他一辈子啊。这帮急不帮穷。"

少良妈一口啐在儿子脸上："这种昧良心的话你也说得出口。他是你弟弟，一辈子都是你弟弟。你不想想，你上这个大学哪儿来的钱？不是聪子让你的，你能有这么好的工作，娶这么好的老婆，住这么好的房子？"

一说这话，少良就没词了。双方正僵持着，中介带了房客来敲门。少良妈跑去开门，中介还挺有礼貌地问："请问是殷小姐家吧，我是中介公司，带客人来看房子的。"

少良妈这邪火正没处发呢，就跟中介叫上了："什么中介公司？我们家不卖房子。走，赶紧走。"啪的一声就把门给关上了。

中介公司的小姐愣半天才想起来给小湘打电话，小湘接了这电话，可就气不打一处来了，她立刻就拨少良的电话："你怎么回事啊，你妈怎么回事啊？"

少良怕她气着了，只好说："我妈一时没想通，我慢慢跟她说。"

小湘火可大了："你妈想不通，跟我们卖房有什么关系呢？这房不是她的。"

少良说："你这话我怎么听着这么别扭呢？你妈能指使我们买房，我妈就一句话都不能说吗？"

小湘说："杜少良，你可别不识好歹，我妈没指使你买房，我妈是掏钱出来给你买房。你就算不领情，也别把是非颠倒了说。"

少良也急了："我可没要你妈拿钱给我买房，我根本就不想买房，是你非要买房的。这房有什么不好的，为什么就一定要住大的房子呢？我杜少良不偷不抢，我多大头戴多大的帽子，我就不买大房能怎么着啊？"

小湘一句话不说，直接把电话给摔了。

就为买房卖房这事，少良妈一个电话把少良爸给招到城里来了。少良爸早就窝心着，一家人都上城里了，留他一个人在县城。少良妈原本叫他也来，说是反正儿媳妇回娘家住了，正好少良家就成了他们的大本营，一家人在一起多好。

少良妈这打算少良爸却不同意。少良爸始终觉得城里的房子不是他自己的家，叫他老来寄人篱下，这事他不愿意。何况，少良爸现在的心思全在养生上，自从认识了那老中医，少良爸就迷上了养生。老中医说每天喝 1 斤绿豆汤排毒，他就每天坚持喝绿豆汤；老中医说练气功养生好，他就每天练气功；老中医说城里空气污染严重，还是住在乡下空气清新，少良爸都恨不得搬回乡下去养鸡喂鹅了。少良妈总结得很到位："你爸就是老了老了，越活越怕死了。"

少良倒支持他爸："我爸注意身体是好事，他最好能把烟也戒了。"

少良妈说："可不是吗，他是有心要戒的，本来也少抽了。那个老中医也说了，说什么养生也要注意平衡，反正我也不懂，最后你爸就不戒了，说是抽了几十年，戒了反而出事。"

少良说："这什么中医啊，我看就是一骗子。"少良妈何尝不是这么想呢？可是这老头子就一门心思相信那个骗子。吵了多少次，少良爸就不来城里，少良妈也很闹心。可是这次儿媳妇要卖房子，少良妈觉得这个事情严重了，非叫少良爸来主持大局。

卖房子是大事，少良爸觉得自己作为老杜家的一家之主，要是他不出来说一句话，体现不出他这一家之主的身份来。何况，这事情要真按儿媳妇的意思给办了，老杜家哪儿找那么些钱去，难不成还真叫儿子再贷款 20 年？这一来，少良爸也搬进了小湘的家。

小湘觉得自己在家里简直无处容身，娘家人很快就知道了这事，小潇说："看吧，你退一步，他就进一步。这下可好，全家到齐，你啊，这下有家也回不去了，要没咱妈收留你，你上哪儿哭去？"

小湘妈也有些烦了："说这些有什么用？赶紧地把房卖了，这些问题就没有了。"

"哪有这么简单啊。您想啊，卖了小房子，再换一套大房子，按您那意思还得是三室两厅，您可不错，替人家都留好房间了，他们家人客厅打地铺都乐意，放着三室两厅还能不来住吗？"小潇实在是为小湘抱不平。

"难道我这算盘又错了啊？这叫杜少良自己背房子的债，他们家又有来住的理儿了。这可不行。"小湘妈这才想起这茬来。

"我就说你们盘算来盘算去的，没有意思。为来为去，我们也是想小湘好好过日子。干干脆脆地，咱们家给出点钱，全款买一套房给她住去，房产证上的名字写我们的，这就什么都说得清楚了。这个少良呢，他要是懂事，他也就不会叫他们家人老来骚扰小湘了。那旧房子，他要想留就留着。"小湘爸也不想小湘在婆家受气。

小湘妈说："那怎么行？本来叫他换个大房子，这绕来绕去的，最后成我们家买房给女儿住了，你也太大方了吧？"

小沫说："我觉得我爸说得对，这个钱、房子啊，都是身外之物。归根结底，关键是我二姐能过好，宝宝能住得舒服，别的都是浮云。"

云姨坚决地反对："你是不知道厉害，咱家现在好心好意地替他想，想减轻他的负担，他还未必领咱家的情呢，不信你们就看着吧。"

少良听了小湘的转述后，果然反应很大："我杜少良就是再穷，我也不白要你们家的房子。你是我杜少良的老婆，我就能养活你和孩子，让你们过上好日子。"

小湘现在对少良这话一点儿也不感动："那你说怎么办吧？旧房子你爸妈不让卖，你们一家人在那里住着，你叫我怎么办呢？"

"反正我不要你们家一分钱，房子的事情你交给我去办。不就买房吗？大的我是买不起，小的还可以买一套，我来想办法。只是你不能嫌房小，咱们家的条件你是知道的。"少良其实也想让小湘过得舒坦，只是现实情况让他也很无奈。

第二天，少良就开始到处去看房子，想物色一套便宜一点的小房子。转了几天，少良看上了小湘单位附近一个新开盘的小区，凤凰路小学第一分校的学区房，配套的幼儿园也挺不错。

跟小湘一汇报，小湘又跑去了解这里学区的情况，教育局的小姐妹告诉她："第一分校现在办得很好，是小班示范点，教育局重点扶持的，口碑比校本部都好。你们家孩子8年以后才上呢，以后肯定更好。这房能买。"小湘挺着大肚子，又跑到小区现场看了看环境，相当满意，接着就回家跟全家人商量。

　　小湘妈对少良的表现很满意："这个小区你爸去打听了，开发商的资质还可以。城中的地段价格是高了点，但是小区环境、配套啊都不错，可以买。"

　　小潇却不太同意："就是面积小了点，才 60 平，这不是跟没换房一样吗？还比以前面积小了。"

　　小湘妈知道少良的难处："这个地段好，小户型抢手，太大了总价就高了。"

　　小潇开玩笑地说："老妈，你就真没打算给杜少良贴补点？"

　　小湘妈说："要是买大点的，实在没有，咱家就帮点。"

　　小湘赶紧说："您别，难得杜少良这么有骨气，您就成全他一次，给他一个做大男人的机会吧。"

　　"男人可不是这么做的，我看啊，你呢，对你老公是充满期望的，可是你这个老公呢，总是在关键的时候给你惊喜，不对，应该叫惊吓。"小潇对少良可是相当地不屑。

　　云姨相当同意小潇的看法："我可真不看好这次他买房。你的标准是一降再降了，降得连自己当初为什么要买房都忘记了。他呢，他们家还不知道下面能出什么幺蛾子呢。"

3

　　最近，沈大昌追老板娘有了点进展，两个人一起看过几次电影。但老板娘的态度依然忽冷忽热，让沈大昌感觉很有压力。后来，李力明和梁文年一语道破天机："人家看不见你的诚意！"

　　沈大昌一脸茫然。李力明说："老板娘是见过世面的。"梁文年补充说："结婚都结了两次。"沈大昌说："我不介意啊。"李力明说他是猪头："你介意不介意不是问题，问题是人家介意。"

　　杜少良相当不理解："老板娘嫁过两次，虽然年轻，又漂亮，又有本钱，不过总归叫那什么，经历复杂。大昌呢，他不一样，他没女朋友，有事业，完全是钻石王老五啊，怎么样也轮不到老板娘介意吧。"

　　李力明看着杜少良直摇头："你这个人啊，什么都好，就是没什么感情经验。也难怪，一认识你老婆就结婚了，为了一棵大树，失去了整个森林，感情的事情啊，你不懂。"

　　李力明离婚已经十年了，至今还一个人单着，女朋友换个不停，一点儿结婚的意思也没有。云姨投诉过无数次，媒婆至少做了十次以上。所以，李力明认为自己对女人很有心得。

李力明说："两个人相处，谁主动谁就吃亏。男女之间的游戏规则万年不变。你看看他追老板娘那德行，老板娘不是这楼上刚毕业的小姑娘。他是老房子着火，老板娘还不吃定他了？"

少良说："这么想想也有道理啊。大昌，你是太性急了点儿，这追女人得讲究火候，你火候没掌握好，不能一看见老板娘就扑过去。"

梁文年说："这楼上美女如云，大昌哪只眼睛看过她们？俗话说得好啊，只选对的，不选贵的。王八看绿豆，看对眼了比什么都重要。"

大昌不乐意了："怎么说话呢？糟蹋我可以，别糟蹋人家啊。"

少良乐不可支："大昌，你算死定了，我们还没说什么呢。老梁这话吧，话糙理不糙，我看你是被老板娘吃定了。"

李力明很暧昧地笑："所以说，对你若即若离，欲罢不能，老板娘是高手，兄弟啊，你保重。"

大昌摇了摇头说："你一句我一句，一点儿建设性都没有。"

李力明就给了一个很有建设性的意见："你买房子买地吧。你看啊，人家是女方，有两套房、一个茶社。你呢，什么都没有。不要说老板娘，就是我们这些兄弟们，也相当怀疑你的动机。你要是这时候买房子买地，这就说明你有诚意了，至少能表现出你动机纯洁。"

少良说这个可行，老板娘是很现实的，讲钱不讲心，你想要她的心，先把钱准备好。大昌很不情愿拿全副身家去投资房产："我现在租房，高级公寓，一个月没几个钱，生活条件一流，没事炒个股票，买个基金，搞点小投资。自己买房，生活质量迅速下降，还要背债，算来算去，不划算啊。看看你杜少良就知道了，走出来也是西装笔挺、人模人样的高级白领，实际上呢，一屁股债，吃不敢吃，玩不敢玩，人生没有乐趣啊！"

杜少良说："这你就错了。我当年结婚时，跟你的想法一样，但是我老婆非逼着我买房。现在证明，我老婆当年的决定是英明的。房价噌噌地涨啊，我这小房当时买才30万不到，现在都翻三个跟头了。相信我，买房肯定比你买股票赚得快。"

就这么着，沈大昌被少良拖下了水。两个人一块看上了凤凰花园的房子。沈大昌看上了一套90平方米的三居室，他想既然要买房子，当然得买好的，反正都是要向银行贷款了，多也多不了几个钱。沈大昌工作这几年也存了不少钱，加上炒股又赚了一笔，付五成首付完全没有问题。

少良看上的是一套 60 平米的小户型，大昌说："不对啊，你入行比我早，应该比我有钱，就算你前几年还房贷了，那也不会比我穷啊。"

少良是有苦说不出，说起来年薪十来万呢，不抽烟不喝酒，有房子有车，确实是不该这么穷。不过，他也没有乱花钱啊。唉，都是被生活所逼。这房就算定下来了，接下来是付定金签合同。少良这天跑回家到处找存折，死活就没找到。这存折是少良自己存的私房钱，没敢让小湘知道。这次他答应了小湘买房自己来想办法，其实他也没有其他的办法，无非也就是这个存折了，他自己留下了公司给发的交通补贴。少良为攒这点私房钱可是费尽了心思，公司给经理级别的人员发交通补贴，少良没跟小湘说。再加上这两年跟大昌小打小闹地炒股票，大概也挣了些钱，现在存折上有 12 万，这是少良全部的私房钱。

少良回家就是找这存折。他放存折的地方也很奇怪，因为担心被小湘发现，又怕放在办公室不安全，少良想了好几天，才决定把存折裹上几层塑料袋，藏在马桶水箱的后头。他想，即使小湘要查他，怎么也不可能想到马桶后面。自己要想拿存折呢，什么地方都不安全，只有上厕所的时候，可以堂而皇之地把门锁起来。所以，马桶后面最安全、最方便，这么藏了两年，小湘还真就没发现。可是这天少良一回家直奔马桶背后摸存折，摸来摸去就是摸不到，这下少良可急了。

第一个可能是，小湘发现了，她不动声色地就把存折拿走了。回头一想，小湘不是这种性格。如果小湘发现了，估计小湘她们全家早就讨伐来了。小湘可以不动声色，那大姨子可是个炮筒子脾气，而自己的老婆又不可能不跟娘家汇报这么大的事情。结婚这么多年，少良最难以忍受的一件事情就是小湘大事小事都要回娘家去说，搞得自己的小家庭在丈母娘家一点儿隐私都没有。只要他们两口子吵架了，第二天梁文年准跑来安慰他。

第二个可能是他妈拿走了。少良很快就认定一定是他妈，因为少良妈是有这本事沉住气的。少良正坐在马桶上发愣，他妈在外边敲门："少良啊，怎么了，拉肚子啊？"

少良想了半天，决定直接问："妈，我那存折，你拿了吧？"

"是我拿了，我可不是要你的钱啊，儿子，我替你好好收着。你藏那后边不行，早晚有一天被你媳妇儿发现了，你们又要吵架。我这是为你们好。"少良妈倒是爽快。

"嗨，急死我了，我还怕丢了呢。那您拿出来给我吧，我有用。"

少良妈说："有用，有啥用啊？ 12 万呢，还是定期存折，你要是要用小钱妈这儿有，妈拿给你。"

"不是小钱，我要用钱，您给我吧。"

"什么地方要用钱啊？准是你媳妇儿要买房，打这个钱的主意。我和你爸不同意买房。"

少良解释说："不卖这旧房子了，您想，现在这么着也不是个事，聪子他们两个也不能打一辈子地铺吧，眼看两个孩子都要生了，房子确实不够住。"

少良妈说："少跟我说这个，什么不够住的，就是你媳妇儿太讲究。那现在她回娘家去了，我也没说她什么，现在这有什么不好的？非要再买房，糟蹋这钱。"

"您看，我要买了新房，这旧房给聪子和您二老住，多好。聪子也好了，我也好了。"

少良妈说："好什么好，买房不要钱的啊？你这旧房白给聪子住，你媳妇儿能乐意？到时候又是吵。大不了，等聪子媳妇儿生了，我叫她回家去，老住在你们这儿也不是个事。杨彩霞这个工作也挣不了多少钱，回去把家里原来那小卖部拾掇拾掇，干干也不坏。"少良家县城的老房子临街，少良妈在家里搞了一个小店，卖点日用杂货，也能贴补点家用，钱赚得不多，但也能挣一些。

少良赶紧说："聪子现在的工作稳定，彩霞也有工作了，您叫他们分开，这不合适。您还是把钱给我，我得赶紧去付定金。"

少良妈还认死理了，她就是不肯给。少良这边迟迟拿不出钱来付定金，售楼小姐催了好几次了，说是小户型紧俏，要是再不下定金，就不能给他留着了。少良趁他妈不在家的时候，回到家翻箱倒柜，最后在空调顶上把存折给找出来了。少良妈藏的这个地方也很奇怪，她觉得这空调要大热天才用，现在用不上，所以就把存折弄个胶带给贴在空调顶上了。少良能找到，是因为他在家的时候就见过他妈把钱藏在高处。

少良拿着存折就奔了售楼处，可是售楼小姐说他看中的那种户型已经没有了，要买，最小的只有 90 平方米的，如果少良现在就下定金，还来得及，晚了，这 90 平方米的房子也不一定有了。售楼小姐说："您看中的那 60 平方米的房子可不是我不给您留，情况和这个一样，人家当场下的定金，我没理由不卖呀。房子就是这样，您要觉得合适就得赶紧决定，我们这楼盘可紧俏，地段这么好，又是学区房，您这也是赶上别人还没下定金，谁先下定金房子就是谁的。这房楼层多好啊，您再要犹豫，回头剩的全是 130 平方米的大户型了。"

大昌也撺掇着少良："这房卖得快，才几天啊，好的房子都挑完了，赶紧下定金，不然没处找后悔药去。"

少良坐在售楼处，琢磨了半天工夫，咬着牙把定金给下了，签了合同。刚刚把所有的事情搞好，小湘的电话就追来了。少良牙疼似的说："定金下了，合同也签了，90平方米的三居，这下你该高兴了吧？"

"90平方米？"小湘听了这个乐啊，她没想到少良突然转变这么大。原本少良说看中的是60平方米的小两居，小湘心里是有点嘀咕的，但她没说出来。实际上，小湘想要买大一点的房子。60平方米的房子和现在的旧房差不多大，但如果不要家里的支援，又不卖旧房子，确实比较困难。这下少良自己做主买了90平方米的房子，对小湘来说真是意外惊喜。不过，少良还是没告诉小湘那12万块钱的事。

小潇有些怀疑："这还真是意外惊喜啊，你能确定他说的是真的？"

小湘说："真的，合同我都看过了，确实是90平方米，小沫还陪我去看了样板房呢，楼层又好，朝向又好，我真是太满意了。就是交付的时间长了点，要到明年3月才能封顶。"

"这个不急，你又不是没地方住。再说孩子刚出生，咱妈也不放心你，肯定让你住家里的。"小潇也由衷地高兴。

小湘妈说："可不是吗？我想来想去，还是不能让你婆婆伺候你坐月子。这万一要是闹点什么不愉快，她倒没什么，你落下病来了，那可不值得。你还是在家坐月子吧，家里条件好，亏什么也不能亏了身体。"

"那我们家杜少良也住过来。"小湘倒也不客气。

"那也得他乐意啊，我怕的是他未必领情。"小湘妈无奈地叹了一口气。

少良交了定金回来，就跟小湘商量，换了90平方米的房子，价钱多了50万，首付也提高了，少良觉得很为难，自己就动了卖旧房子的心思。小湘说："我倒是想卖，但是也得你妈同意啊。"

少良妈听说少良都已经把定金给付了，脸色立刻变了，又是一顿教训。她完全没想到，就是把少良爸也拉来站在同一阵线，也没能阻止少良买房。"就是你媳妇儿出的点子，说了不叫你买房，你背着我就去买，还买这么大的房子。你就是成心的，你想把我们和聪子撵回去。"不过，说归说，这房子都已经买了，老太太也无可奈何，只能每天长吁短叹。

4

买了房，小湘就安心等着孩子出生了。少良妈说了好多次，叫少良把小湘从娘家接回来："她回娘家生老杜家的长子嫡孙，没有这个道理。我和你爸都在，她应该回来住。"

少良很为难："您就别添乱了，您还得照顾聪子他们两个，这也快生了，两个孕妇在一起，您也忙不过来啊。"

少良妈摆摆手："有什么忙不过来啊，能有多少事？杨彩霞没有那么娇气，能搭着手做事的。"彩霞听了，心里有点不是滋味，但是人在屋檐下，心里再不痛快，自己的工作是大哥找的，老公的工作是嫂子安排的，她也只好什么也不说。

自从来了少良家，彩霞一直挺着肚子打地铺。老板娘叫彩霞两口子住到店里去，少良妈也不同意："住到店里去，万一出个事情，吃不了兜着走，咱可不惹这事，也不占这便宜。"少良也说自己来当"厅长"，让少聪和彩霞住他的卧室，少良妈也不许："你媳妇儿可讲究了，哪能让人睡她的床，你别找不自在。"少良妈怎么会舍得让少良睡地铺呢。彩霞原本是不计较的，但肚子越来越大，在地铺上躺下就起不来，起来了又躺不下去。彩霞心里也嘀咕着婆婆心狠，只疼儿子，不管孙子。

小湘是坚决不肯搬回来，不但不回来，还叫少良也住到娘家去。少良有点顾虑："我住你们家不方便。"小湘说："女婿住丈母娘家有什么不方便呢？"少良说："你们家人太多，我觉得不方便。"小湘有点恼："什么不方便？你就是不爱和我们家人往。"少良挺实在地说："我看见你爸你妈我就害怕。"小湘撒娇说："那你就不想想，我跟你爸妈一起住是什么滋味啊。好了，我明白你的感受，可是咱们现在也没办法啊，你又不能把你弟弟赶出去，对吧？你弟妹大着肚子，老睡在地上也不好。你来我家住，叫你弟弟弟妹住我们房间吧。"

听了小湘这话，少良很感动："你真不介意他们住我们的房间？"小湘："我们新房子都已经买了，到时候装修好了，我们就搬过去住。我也想开了，这旧房子就给你爸妈住吧，你是长子，你要孝敬你爸妈，我不能拦着你呀。我挺贤惠的吧？"

小湘这话句句都说在少良心坎上了，他情不自禁地抱着小湘亲了一口："我老婆最贤惠。"

小湘苦笑着，为了这几句话，小湘可没少受娘家的数落。小湘妈就非常不乐意："没有这样的，这意思他们是撒手不管了啊？"

小湘说："您不是叫他和我一起回来住的吗？现在又说这话，什么意思嘛！"

"我是叫你们回来住，那他老杜家也得懂点事吧。哦，你们两个回我这儿来，我伺候你们了。他弟弟一家住在你那儿，他妈伺候着，没有这个道理。这杜少良太不懂事了。"

小湘实在很为难："那您什么意思，您还真叫杜少良把他弟弟赶走啊，他干不出来。"

小湘妈说："那也不能就把我们家当冤大头了吧。"小潇说："他可不就这打算的吗？你想啊，他妈不肯卖旧房子，可不就是这个打算吗？他弟弟家跑到咱小湘家生孩子了，他妈跟那边伺候人家，把小湘扔给咱们了。人不管，房子还占着。"

小湘听得挺烦心的："你们是不是不乐意我回家生孩子啊，不乐意我可走了，大不了我租房住去。"小湘妈也有点上火："你这话可说得好玩呢，就会回家发脾气，有本事你也跟你那婆婆发发脾气去。"

小沫看着她们笑："妈，你糊涂了啊，教我二姐跟婆婆吵架去，我二姐有这本事就好了。"云姨说："你妈这是被人家气糊涂了。小湘，你也是的，你妈哪儿能不乐意你住呢？是杜少良他们家做得太过分了。"

小湘何尝不是这么想，可是她又有什么办法？杜少良就是这样的一个男人，他不笨，也不坏，可就是一遇到自己家的事情，就处理得一塌糊涂。小湘现在一碰到他们家这些乱七八糟的事情，也是一筹莫展，最后总是跑到娘家来想办法。这次少良买了90平方米的房子，少良妈又不许他们卖旧房子，小湘没有办法，只好把手又伸向了娘家。

"妈，我们现在买这房，钱紧，您能不能借我一点，我叫少良打欠条。"

小湘妈听了这话，终于忍不住了："还口口声声说自己要买房呢，这不还是跟我们开口吗？要开口他应该自己来，为什么叫你来呢？你也糊涂，他叫你来你就来啊。你说说，你妈你爸掏这钱不难，可是掏了人家也未必领情啊。"

小湘赶紧说："他领情的，他打欠条。"

小湘爸说："这不是欠条不欠条的事。钱我们是有，也可以掏，但他做事情没有道理啊。明明卖了旧房子就可以解决的问题，他母亲一反对，他就什么都不敢说了。还让我们出这个钱，他有道理吗？"

小湘知道爸爸妈妈说得都在理，可是现在的问题是旧房子卖不了，首付又不够，她没有其他的办法，只好说："妈，你们就帮我这次吧。好歹的，多一套房子也不是什么坏事，那旧房子先给他爸妈住着，以后我就不用担心他们没事就住到我家来。我叫他打欠条给你们，按月还钱。就差20万，您给凑点。"

小湘妈听了这话，也没有办法，只好拿了20万现金出来，杜少良也老老实实打了欠条，又开始每个月还房贷的日子了。少良一算，每个月房贷要5000块，压力很大。少良妈知道了这事，又是一阵唠叨，弄得少良不胜其烦。

刚把买房子的事情解决，小湘就催着少良搬到娘家去住。听说少良要搬到小湘家住，少良妈非常不乐意，少良爸的反应就更大了："什么？住到她家去，你这叫倒插门，你知道吗？老杜家可丢不起这人。"少良妈说："她怀着我们杜家的孙子，回娘家去生，我们都已经不说什么了，现在还叫你也住过去，这算怎么回事啊？"

　　少良哭笑不得："你们别老拿老家那一套来说好不好，什么年代了，还倒插门呢，我可不讲究这个。现在一大家子挤在这儿有什么好啊，我走了，叫聪子他们搬到我那屋去，大家都安生，就这么定啊。"第二天，少良就收拾东西，住到了丈母娘家。

　　少良爸大动肝火，一个电话打到小湘家，要找小湘爸理论。少良爸对小湘爸的心结一直都在，说话就有点冲："我和你对亲家本来我就不乐意，为了孩子我就忍了，可是你不能欺人太甚！"小湘爸很有涵养地说："老杜啊，别这么说话，咱们也没有什么深仇大恨，我们也没有欺负你们家少良啊。"

　　少良爸依然怒气冲冲："我儿子不能住到你家去，你叫他回来。我们家没有这样的规矩，你女儿嫁给我儿子，那就是我们杜家的人，回娘家生孩子本来就不对，我们也不计较。但是我儿子不能住在你们家，你们是读书人，我们是农民，可是这个道理我们比你懂。"

　　小湘爸不知道该怎么接这话茬，只好说："那等少良他们回来，我转告他。"

　　少良爸还有点不依不饶的意思："叫他回来，我可把话撂在这儿了，他要是不回来，我就上门去找了。"

　　小湘爸放了电话，好一会儿这口气才缓过来。小湘妈还纳闷："这是怎么了，接个电话，还气成这样了。"

　　小湘爸揉了揉脑袋："我就没见过这么愚昧的人！"接着把少良他爸的话学了一遍，小湘妈愣了好一会儿才说："你说杜少良他爸是不是性格偏执啊？就为这点事，他至于吗？"

　　云姨端了一杯糖水过来说："他们家哪个人都不正常，他那弟弟就是个不靠谱的，他妈就更别提了，那老太太，一会儿一个主意，这小湘哪儿是她的对手。"

　　刚说到这儿，少良陪着小湘回来了，大家就都不说话了。少良觉得气氛有点怪怪的，又不好问。小湘爸说："少良啊，你爸爸刚才打电话来，叫你回家去住。我看，你还是回去吧，不然好像我们硬要把你留在这里似的。"

　　少良支吾半天，也没说出个所以然来。回到卧室，小湘就发火了："你上我们家住，我爸妈没亏待你吧，你爸什么意思啊，还打电话追到我们家叫你回去？"少良自知理亏："我们老家吧，这男的住在女的家里那叫倒插门，是挺忌讳的事，所以他们心里有点不舒服。"

　　"都什么年代了，还倒插门？真这么讲究、要面子，那你们老家应该是男的置房子置地娶媳妇儿吧，怎么买房子就没见你们家伸伸手呢？现在可好了，不过叫你住到我家来，这还是你们家人霸占着我的房子呢，你们倒是有理的了，倒插门还不乐意？"

少良的脸上有点挂不住："话也不能这么说，怎么叫霸占呢？他们有困难，我做大哥的帮一把手也是应该的。"

"什么都是你应该的，是吧？那我爸妈又哪里欠你的呢？怎么叫你来白吃白住的，还好像多对不起你似的，你爸妈怎么那么不知道好歹啊？"

少良的脸上开始有点发热："说咱们的事就说咱们，别扯上双方父母啊。"

小湘冷笑着："我可没扯，是你爸打电话来找我爸。这是什么事？我好心还落下埋怨了。那要这么着，叫你弟弟一家搬走，我们搬回去，你做得到吗？"

小湘妈听见他们两口子吵起来了，隔着门在外面说："小湘，有话好好说，吵什么？"

少良悄悄地指了指外边，又搂住小湘的肩膀说："多大事啊，要生这么大的气，叫你爸妈听见了也不好。"

小湘瞪了他一眼，懒得说话，拉了被子盖在身上就睡了。

5

第二天吃晚饭的时候，小潇和梁文年来娘家蹭饭，两个孩子参加学校的国外学访团去了，两个人在家谁也不乐意做饭。

小湘妈说："你们两个可真是，孩子这么小，就让他们自己跑到国外去，你们还真能放心啊？"

小潇一脸无所谓的表情："这有什么啊？我们公司老总的儿子，小学刚毕业就自己搭飞机去美国了。小弈和小晨都初二了，还是学校组团，有老师带队，这有什么不放心呢？"

梁文年嘿了一声没说话，少良悄悄问他怎么回事。梁文年说："什么学访团啊，就是学校跟旅游公司搞的项目，组织学生到国外去玩一圈，收费高得离谱。这次去半个月，一个孩子得3万，就这一趟，6万块钱没了。"少良一听，半天没说话。

小潇听见他们两个嘀咕，也跟小湘说："我们这次两个孩子出去花6万，我们家梁文年跟我吵了好几天。"小湘说："这也确实太贵了点。"小潇说："贵是贵点，但是有意义啊，去的是他们学校的美国合作方那边的共建学校，读万卷书不如行万里路，这孩子现在读书是一方面，关键还是要长见识。"

梁文年说："6万块半个月，你说能长什么见识？你说我们家还是工薪阶层吧，这钱这么个花法，我真是不知道说什么好了。"少良深有同感："她们家这消费观念我也有点受不了，给孩子买个奶瓶 1000 多。"梁文年愁眉苦脸地说："这算什么啊，你以后还有得苦呢。"

小潇和小湘一边叨叨着小湘家的事情，小潇说："他要回去，你就叫他回去呗，他在这儿又有什么用，是能帮你带孩子啊，还是能伺候你坐月子？多他一个人，咱妈和云姨还得忙活他。"

小湘嘿了一声，没说话，小潇又说："这男人有什么用？就说我们家梁文年，家里的事是什么也不操心，钱还没我挣得多，这些也都算了。到了孩子的事上吧，他帮不上手还老添乱。就这次两个孩子出国，为 6 万块钱跟我吵了好几天。"

小沫插了一句："那我姐夫吵半天，最后不还是你做主吗？"

小潇："我当然得做主，又没叫他出钱。要叫他做主，你什么事也别想办成。"

吃饭的时候，少良的手机响了。少良拿出手机一看，就进卧室接电话了，少良爸在那头发着火："我说话不好使了，是吧，还是你老丈人不让你回来啊？我才是你亲爸，你别搞错了，给人家当孝子贤孙去。"

少良绂着眉头说："爸，我不是这意思，小湘这几天吧，身体不大舒服，我搬回去不合适。等过一阵子，小湘的情况稳定了，我就回来。"

少良爸的声音显然有点大："你别给我找这理由那理由的，就算她身体不舒服，你叫她一起回来，你妈伺候她也是一样。"

少良压低了声音说："爸，我这吃着饭呢，他们家人都在，等回头我给你打电话，我明天回去看您还不行吗？"正说着，小湘走了进来，有点不满意地说："什么电话还要接这么久啊，大家都等你吃饭呢。"

少良赶紧对着电话说："哦，好好，我回头给您打啊。这信号不好，我挂了，挂了。"不等少良爸说话，少良就赶紧把电话给挂了，又对小湘说："哦，没事，一个客户，烦得要死。"

小湘若有所思地看了少良一眼，也没说什么。少良想了想，又把手机给关了。少良自己也觉得老爸确实有点不讲理。这个脾气，少良爸一半是冲儿子的，另一半还是冲着小湘她爸。少良结婚以后，亲爹和丈人之间的这个梁子，就像一个定时炸弹，而导火索主要还在自己亲爹这边，是少良爸一直把小湘爸当成十恶不赦的奸臣。这点少良很明白。

小湘冷眼看着少良的狼狈，小潇可有点看不下去，她张了张嘴想说话，被小湘妈使个眼色给拦住了。小湘妈夹了一块鱼给少良："少良啊，别客气啊，这就跟你自己家里一样。"

少良浑身不得劲儿地坐着。自从搬来小湘家，小湘爸妈对少良很客气，但客气中也透着冷淡，让少良有一种寄人篱下的感觉。但为了小湘，少良只好忍着。梁文年在小湘家进进出出的机会比较多，但他们毕竟没有和父母住在一起，况且梁文年的脸皮比少良厚多了，所以梁文年和小湘爸还有一搭没一搭地聊着，少良则闷声不响地吃着饭。少良这个样子，小湘看在眼里，急在心里，又不好说什么。

正吃着饭，家里的座机响了，原来少良挂了他爸的电话，把老头给气坏了。少良爸在家里发了一通火，少聪和杨彩霞在家看着形势不妙，找个借口就出去了。少良妈劝了半天也不行，少良爸直接把电话打到了小湘家里。

电话是小潇接的，小潇说："肯定是两个孩子打的，昨天我告诉他们今天晚上朝这儿打电话，时间差不多了。"小潇乐呵呵地跑去接电话，少良爸在电话那头劈头盖脸地说："殷小湘，你敢叫我儿子挂我的电话！你这是有爹生没娘教！"

小潇马上就爆炸了："你谁啊，说谁有爹生没娘教啊？"

少良爸听不出小潇和小湘的声音："就说你，你想干什么？叫我儿子住到你们家去，还敢叫他挂电话，我老杜家没有你这种不懂规矩的儿媳妇，你就是缺家教，你爸妈就该教教你规矩。"

小潇嘿了一声："你才缺家教呢，我们家再怎么没家教，也没你们家厉害！小叔子赖在嫂子家不走，大伯子、小婶子一个门里出出进进，我就从来没有看见过。有多远你死多远去，我们家还轮不着你来骂呢。"小潇气呼呼地把电话一摔，转头就奔杜少良来了。

小潇指着杜少良说："杜少良，为什么你爸打电话到我们家来骂人呢？"

小湘爸一脸诧异："刚才的电话是少良的爸爸？"

小湘妈赶紧道歉："你怎么不早说啊，这孩子，你怎么说话的？少良啊，别介意啊，可能她听错了。"

小潇气呼呼地说："没听错，杜少良他爸说咱们小湘有爹生没娘教，这么好的话我怎么会听错呢？说咱们家没家教。"

少良一听，汗都下来了："这个，可能是误会，我爸肯定不是这个意思。"

小湘爸的脸色不好看，小湘妈也有点尴尬："那，是误会吧，要不，你吃了饭就回去吧。"

梁文年打着圆场："肯定是误会，少良他爸肯定以为接电话的是少良，所以说话过了点。"

小潇瞪着梁文年说："你那意思他爸这话本身没错，就是接电话的人错了，是吧？"

梁文年赶紧澄清："我可不是这个意思，我不是这意思。"

小湘实在是头都大了："姐，你少说两句。他爸就那脾气，不是冲你的。"

"冲谁也不行啊。对，不是冲我的，是冲你的！人家骂你没家教呢，连咱爸妈一起都给骂了，你要扮贤惠我不拦着你啊，可是杜少良，你们家人骂我爸妈那就不行。"

少良的脸色很难看："我爸不是故意的，真不是故意的，爸妈，你们可别往心里去，他那是要骂我的。"

小湘爸黑着脸，一句话不说，把筷子一放，径直回书房去了。

小湘妈想了想说："少良啊，你住在我们家呢，我们本来是欢迎的，可是你父母现在有这种想法，我们也很意外。如果我们再留你，那就是我们不懂事，我看你还是回家吧。"

少良尴尬地看着小湘，小湘拉拉她妈的衣角，眼泪都快要下来了："妈！"

小湘妈拉住小湘的手，说："你也别叫人家少良为难了。女儿啊，你嫁给人家，乐意受委屈，那是你的事情。爸妈呢，能帮你的也一定帮，可要是我们帮忙都帮出不是来了，为了你都招人家的骂了，你是不是也该为你爸妈想想呢？"说完，小湘妈丢下筷子也走了。

小潇瞪着少良说："这下你满意了，你才住几天啊，你爸妈就拿我们家当仇人。好好一顿饭，搞成这样。"

少良没说话。小潇又说："杜少良，我忍你已经忍了很久了，我就问你一句啊，你们家能对我妹妹好点吗？从结婚到现在，我们家没嫌你家穷吧？我妹妹没什么对不起你的地方吧？你没钱买房，我爸妈掏钱给你买，你家里这破事那破事，我爸妈也给你办了不少吧？怎么我们家同情你、可怜你，还有毛病了，还招你爸这么骂啊，有天理吗？"

小湘有点不满地叫了声"姐，少说两句"，少良还是不说话。梁文年赶紧拉着小潇的手，小潇甩开了他说："你别拦着我，殷小湘，你大贤大德了，你今天惯着他们家人骂到咱家门上来，将来他们就能得寸进尺。他们家得寸进尺的事还少吗？杜少良，你要是个男人，你就把你爹妈、你弟弟赶回老家去，别霸占着小湘的家。人事不懂，你爸妈那六十几年白活了。"

少良是孝子，他也不能忍受别人说自己的父母，听了这话，他腾的一下站了起来，瞪了半天眼才说："你说我可以，别说我父母。你们实在不欢迎，我走就是了。"少良扭头就去了卧室，小湘赶紧跟了过去。小潇在后面说："你别拦他，谁还求他住在这儿呢，赶紧滚。"梁文年拉住小潇说："姑奶奶，你少说两句行吗？"小潇回过头说："你没事吧，骂的不是你爸妈！"

小湘跟着少良进了卧室，赶紧把门关上。少良气喘吁吁地找了个大包出来收拾东西。小湘拦着他说："你这是干什么啊，还真走啊！"

"你看见了，不是我要走，你爸妈、你姐都赶我走。我不走，难道还赖在这儿吗？"

"我爸妈又没赶你，我姐姐正在气头上，你跟她置气干什么啊？"

少良仍在收拾自己的东西："我还是走吧，你们家我实在没法住了。"

"我们家怎么就没法住啊，我家并没有人赶你走。除非是你听了你爸妈的话，自己想回去。"

"这还不叫赶，什么叫赶？我也有自尊，我说不过来住，你非让我来，现在闹成这样，有意思吗？"

小湘也有点火了："我这是一直在劝你啊，我可没有赶你。是你爸一次两次地打电话来，还连我爸妈都骂了，我还没跟你计较呢。你爸骂了我父母，我父母生气也正常吧，你难道不应该跟我父母道歉，你这一走算什么呢？你叫我父母怎么想？"

少良冷笑着说："我没听见我爸说什么，我只听见你姐叫我爸有多远死多远，我没跟你姐姐计较这个吧？你叫我跟你父母道歉也行，叫你姐姐也跟我父母道歉。"

"你爸不打电话来骂人，我姐能骂他吗？"

"殷小湘，我知道你们家打心眼里就看不起我，看不起我们家，没关系，为了这个家我能忍。这么些年，你们家不要说你爸妈没拿正眼看过我，你姐姐呢，一天到晚就说我受了你们家多大的恩惠，就连你们家那保姆云姨，也是想说我什么就说什么。我都忍了，我为了什么啊，我是为了你，为了这个家。我不想被人家说，我杜少良养不起老婆，让老婆受委屈。可是你们家不能欺人太甚，欺负到我父母头上去。我是再也不愿意忍了。我杜少良就是这样一个人，你条件好，你们家条件好，你可以不跟我受穷受苦。我现在就走，不给你们家添麻烦，永远也不给你们家添麻烦了。"

小湘气怔了："杜少良，你说的这是有良心的话？谁看不起了，你自己看不起你自己，你、你自己心理有毛病，你好歹不分啊。"

少良好像没听见似的，收拾了几件衣服，径直开门出去，走了。

小湘一个人愣在屋里，半天缓不过来。小潇进来说："走就走了呗，这种男人，不要也罢。"

小湘的眼泪刷地就下来了，小潇一见这阵势，赶紧又过来劝解。

少良回家后，一个星期都没有和小湘联系，小湘打电话给他他也不接，小湘可气坏了。小潇说："这种人算什么呀，他还有理了，不接电话。说难听点，这就是家庭冷暴力。"小湘心想："不管什么暴力，承受的都是我。"但想想少良说过的那些话，小湘也觉得寒心。她自己一心一意地待少良，却没有想到少良会说出那么无情的话来。小湘一个人越想越伤心，索性也不给少良打电话了。

第七章

亲爱的，冷战打不好，伤感情

心理专家说，夫妻之间，要追求积极冲突，不能
消极逃避。夫妻哪有不吵架的？吵架也是沟通，不过
是沟通方式激烈一点而已。冷战打不好，最伤感情。《红
楼梦》里说，不是东风压倒西风，就是西风压倒东风。
居家过日子，也是这个道理。

1

　　少聪上班已经一个月了，他每天跟着执法队员在街上巡查。少聪人活络，很快就交了几个朋友。有个开烟酒回收店的小李哥和少聪特别谈得来，他隔三差五地就给少聪几包好烟。小李哥的门面很小，小到只有一个窗户，窗户边上摆些烟酒，旁边放一个歪歪斜斜的牌子，上面写着：高价回收烟酒。平时也不见有什么顾客上门，可是小李哥的生意仿佛很赚钱，他手头阔绰得很。少聪和小李哥一起吃过几次火锅，他出手很豪爽，在一帮做生意的兄弟里很有地位。少聪悄悄问小李哥的小兄弟："李哥的生意好像做得挺大啊，这回收烟酒真的这么好赚？"小兄弟笑而不答。

　　有一天，少聪巡查到小李哥的店面，两个人坐下来扯闲篇。小李哥甩给少聪一条好烟，少聪推辞："这烟1000多块呢，您这太客气了。"

　　小李哥说："这个值什么啊，自己兄弟，拿着拿着。"

　　少聪有些不好意思："这平时老抽您的烟，挺不好意思的，哪还能成条地拿啊，这不行不行。"

　　小李哥豪爽地说："是兄弟就别说这种话。哥哥我可是实在人，我知道兄弟你也是实打实的人，才交你这个朋友。要是别人我还不给呢。再说了，我这烟酒来得容易，你不拿着，就是拿哥哥我当外人了。"少聪半推半就地收下了。

　　少聪说："李哥，问一句不该问的啊，您这平常也不见有生意上门啊，这回收烟酒的买卖真这么好赚？"

　　小李哥笑着说道："这个生意呢，是有点门道，指望人家上门来那是不行的。但是这门生意钱来得容易，只要你会干。"

　　少聪听得心里痒痒的："这话怎么说呢？"

小李哥低声说："你知道这条街上这些小区里住的都是什么人？"

少聪有些摸不着头脑："这个我知道，这是机关的宿舍啊，我们局里好几个处长都住在这里。"

小李哥笑了："亏你还是吃公家饭的，土了吧你，处长也叫领导？"少聪在单位见过的最大的官是大队长，只是个科级干部。有次市局的处长来检查工作的时候，平时对他们这些辅警呼来喝去的大队长毕恭毕敬地跟在人家后面，少聪就觉得处长已经是很大的官了。

"这些处长们住的都是西边的小套，东边这片新楼里你知道住的什么人吗？"

少聪很感兴趣地凑上去："什么人啊？"

小李哥神秘兮兮地说："最小的官也是秘书长啊。"

少聪有些不屑："一个秘书能比处长大啊？"

小李哥忍不住笑了："兄弟，你是真不懂啊还是假不懂啊？"

少聪有点不好意思，自己原本就是一个超市的保安，哪里知道这些啊，又不好意思说真不懂，只好嘿嘿地笑。

小李哥说："这个秘书不带长，放屁都不响，但是带长就了不得了，比你们局长都大。说回正话啊，这马路两边的这楼，我隔段时间就跑一趟，跑一趟就来钱了。"

少聪也不笨，他稍微想了一下就明白了："哦，你这是上门去收的。"

小李哥得意地说："那可不是谁上门都能收来的，这路子得慢慢地搭，不然这生意这么好做，那做的人多了去了。"

少聪半懂不懂地哦了一声："李哥，真有你的，兄弟我以后可跟你学着。"

小李哥拍着少聪的肩膀说："你是穿制服的，比我们强多了，我们这个也就混口饭吃吧。"

少聪叹了一口气："我们这累死累活地天天跑，晚上还不闲着，一个月也见不着几个钱。说句不怕你笑话的话，我连房子都租不起。李哥，要是有机会，也带着我发点小财啊。"

小李哥笑着说："怎么，手头不宽裕，也想做生意？"

少聪讪笑着说："也不是想钱，实在是这工资太低。我老婆快要生孩子了，真是愁啊。"

小李哥笑着说："你这工作，多少人想干还干不上呢，钱是少点，可是稳定啊。慢慢来吧，这生意也不是那么好干的。"

少聪最近确实很闹心，前阵子，彩霞在茶社干活，本来彩霞不用跑堂的，但当时茶社的两个服务员也请假回家了，彩霞看着忙不过来，就出来帮忙。谁知道茶水间的地上不知道被谁泼了一点水，地没有擦干净，彩霞当时给人送茶，走得急了点，脚下一滑，一个跟头摔在地上，当时就捂着肚子爬不起来了。幸好送到医院还算及时，孩子没有什么事，在医院保了几天胎，这又花了差不多2000块钱。

彩霞这一摔可把老板娘给吓坏了，她只能让彩霞回家休息。彩霞舍不得每个月这1200块的工资，央求着老板娘说："玉茭姐，我下次一定注意，出什么事我自己负责，不用你负责。"

筱玉茭也很为难："彩霞，你在我店里出事，我肯定是要负责的。你还是先回去好好休养，等孩子生了再回来好不好？这样子对孩子也不好，对不对？钱是慢慢挣的，不急这几个月。这样，我每个月呢，按合同给你800块钱的底薪，你还是先回家去。"

少聪和少良说了这件事情，他想让少良再跟老板娘说说。少良很为难地开了口，筱玉茭说："不是我不帮她，这万一要是出点事情，我确实担不起这个责任。等彩霞生完孩子了，再回来上班，我随时欢迎。"

话说到这个份儿上，少良确实也不好再麻烦筱玉茭了。少良只好劝少聪："就让彩霞在家好好养胎吧，也没有几个月就要生了，钱是挣不完的，身体重要。你要是经济上紧张，我贴补你点钱。"

少良妈看见彩霞回家待着，心里实在是舍不得那1200块的工资。少良妈说彩霞："哪有那么娇贵啊，摔一下也没见怎么着，怎么就不能上班了呢？人城里的女人快要生了也还上班呢，你不见你嫂子，肚子比你大，还上着班呢，你能比人家娇贵？"

彩霞本来就很懊恼，听了少良妈这话更不服气："床空着也不叫我们住，我大着肚子还打地铺睡觉，我哪儿能跟人家比啊？谁都是爹生娘养的，别不拿我当人看，我肚子里的也是你老杜家的孙子。"

少良妈说："你能跟少良媳妇儿比吗？人家是千金小姐，人家娇贵是人家的命好，你没人家命好，你得认。再一说，要是没少良家的，你们现在还在老家坐吃山空呢，哪有这好日子过？你们也要知道好歹。不是那千金小姐，就别长千金小姐的身子。"

一番话说得彩霞心里十分恼气。彩霞只得跟少聪撒气："就是你没用，你多挣点钱，自己租房去住，也不用受人家这种气。你要是个男人，你就别叫你老婆挺着肚子在你哥哥家打地铺。"

少聪也恼火："我乐意这样吗？我一个人挣钱，能有几个钱啊？现在这样就不错了，知足吧。也没叫你去上班了，老老实实在家待着，一天到晚瞎想什么啊？"

话虽是这么说，其实少聪心里也愁得很。他知道大哥为了自己，得罪了嫂子娘家所有的人。大哥那天怒气冲冲地回家，和大嫂闹分居，一半也是因为自己。少聪经常半夜三更地叼着烟想，要是自己也能多挣点钱就好了。

这天，少聪和几个同事按例巡查管区，走到卖麻辣烫的摊位前面，少聪叫卖麻辣烫的老板把摊子朝里挪挪，少聪说："上次就说你了，不能越过这条线去，回头上头来查，都是我们的事。"

老板不乐意："我们给街道上交过钱了，你管得着吗？有本事你管管那边卖羊肉串的去。"

少聪是惹不起那两个卖羊肉串的，谁也不敢惹。

老板就朝地上啐了一口："什么东西？二狗子，专捡软的欺负。"

少聪也是血气方刚，瞪眼就冲老板去了："说谁二狗子呢？去，朝里边去。"

老板也不好惹："就说你呢，怎么着吧？你动我东西试试，打不死你。"老板一声招呼，立刻围了四五个小伙子过来。

少聪他们只有两个人，他有点心虚："你们干什么，干什么？别乱来啊！"

老板气势汹汹："你是什么东西啊，老子怕你？"

"你还敢打人？你敢动手？马上把你摊子给没收了，你信不信？"少聪挽着袖子就要掀摊子。老板见状，挥起一拳，少聪趔趄了几步，跟少聪一起的队员赶紧打电话。没几分钟，来了好几个城管队的人。少聪一看就来劲儿了，跟在张队长后边狐假虎威："他这摊子越线了，叫他朝里面去去，他不听还打人。"

执法队的张队问："怎么回事啊，每次闹事都是你，我告诉你啊，7点以后这地方就不许摆摊，现在几点了？赶紧收了。"

老板嘴上骂骂咧咧，毕竟还是不敢真得罪张队，只好把摊子收了。临走，还恶狠狠地瞪了少聪一眼。小李哥远远地在店里看着，若有所思地笑着。

回到队里，张队就说少聪："跟你说过了，那个卖麻辣烫的是刚出来的，不好惹，你惹他干吗？"

少聪很不忿："我们这一天到晚累死累活的，上头今天这运动明天那创建的。你不是说这个礼拜什么市容市貌明察暗访吗？叫我们盯紧点。这叫我们怎么干啊？"

"该怎么干还得怎么干，但你不能硬来。你以为明察暗访访什么？一半检查小摊小贩环境治理，另一半还查我们文明执法。我不是说了吗？辅警这阵子不要自己上街去，要跟着执法队员去。"

少聪不服气，还想说什么，被旁边的老队员老陈拉走了。张队看着少聪的背影说："这些辅助执法人员就是素质不行，你们看看，穿上了制服，就以为自己多了不起了。那报纸曝光的什么野蛮执法，还不都是出在他们身上。你们几个这几天多盯着点，别让他们单独行动，闹出事情来谁也不好看。"

几个执法队员七嘴八舌地说："我们现在一个人都带好几个辅警，实在忙不过来。""咱们这中队人太少了，每次整治行动，人手都不够。"

老陈把少聪拉到外边说："你跟队长顶什么呢？咱们还得在人家手下吃饭呢。"

少聪不服气地说："那他也不能这么说我们啊。他们有编制的就是爷，我们都当孙子啊。"

执法队里有编制的执法队员不到三分之一，其余的都是像少聪这样没有编制的辅助执法人员。辅助执法人员没有执法证，按理是不应该上路去执法的，但是执法队管的乱七八糟的事情太多，人手永远不够，也只好一个有证的带几个没证的这么干着。但是少聪他们的工资待遇和正式的执法队员是不能比的。说白了，少聪他们只是临时工，执法队员才是真正吃皇粮的。

老陈叹了一口气说："老弟，端人家的碗受人家的管啊。你没听说吗？临江区中队的小虎子刚被开除了。"

少聪一脸愕然："这事没听说啊。"虎子和少聪是在一次城管跨区行动的时候认识的，两个人很投缘。

"我也是刚知道。就是上个礼拜他们搞专项行动的时候，虎子把一个买菜的孕妇给打了。"

少聪很诧异："这事我听说了，虎子说不是他打的，他是后来才去拉架的。"

"你没看报纸啊，虎子的照片那么大，拉着那个孕妇。"

"虎子那是好心想拉她起来。"

老陈很神秘地说："我也是听人家说的，打人的这个队员是他们区委书记的亲戚，要保他，串通好了记者，临时把照片给换下来了。虎子就倒霉了，给人家当了替罪羊。"

少聪听了，愣了半天："这虎子可太冤枉了。"

"冤什么呀，这就是游戏规则。所以说，你在这儿只能少说话少办事，自求多福。"

少聪闷闷地应了一声。

第二天，少聪又上街巡查，麻辣烫老板的摊子依然耀武扬威地摆在那儿。少聪这次聪明了，他装作没看见。小李哥老远就喊少聪："聪子，来抽根烟。"少聪慢慢地晃到小李哥的门口，小李哥递过了一根烟，少聪一看："嚯，小熊猫，这是好烟啊。"小李哥说："10块钱一根，我这还有好的呢，看这是什么？"

少聪一看："这烟可名气，1500一条吧。"小李哥得意地笑了："1500那是过去的价，现在2000块你也买不到。哥哥我才收的，等着卖个好价钱呢。"

少聪一脸的羡慕："怎么就能值这钱啊？"

"你可不知道，外地的同行到处找这烟呢，我一哥们儿托我找的，说原来还不知道，我们这儿有这种好烟，一开口就要了10条。我这还没凑齐数呢。"

少聪实在是好奇："您这多少钱收的？"

"跟你说实话，1100收的，卖2100。"

少聪眼睛都瞪圆了："好家伙，这么好赚。"

"这也是行市好，才有得赚。"

少聪听得心里痒痒的。正说着话，来了一个金毛小伙子，手里什么也没拿，跟小李哥使了个眼色。小李哥装没看见，继续和少聪东一句西一句地瞎扯。少聪说："李哥，你有事，我先走了。"小李哥笑着说："没事，这是我老婆娘家的弟弟，你一起坐会儿。"少聪忙说不坐了，还有半条街没巡呢，说着就走了。小李哥站着抽完了烟，这才晃晃悠悠地进了自己的店面。

2

少聪这边天天按时上着班，横竖家里的事情是不管的。彩霞和少良妈就把家里事情都包圆了。这天，少良妈带着彩霞去菜市场买菜。走到一个鱼摊旁边，少良妈停下了。鱼摊老板说："老太太，要什么鱼啊？这个鲫鱼熬汤孕妇吃了大补，这都是今天刚上的货，野生鲫鱼，怎么样，来一条？"

少良妈直摇头："什么野生鲫鱼，现在哪儿有野生的啊？都是水库养的。"

鱼摊老板笑着说："我说这是野生的它肯定就是野生的，您不看这鳞吗？水库里养的鲫鱼它不一样。"

"这种鱼在我们老家河里随便就能钓上来，你还卖这么贵，便宜点。"少良妈捞起一条看起来比较大的鱼。

旁边来了一个衣着讲究的老太太："给我一条鲫鱼。"

鱼摊老板赶紧招呼："您又来了，怎么样，我们家的鱼好吧？这正经是野生的。"老板手脚麻利地称鱼杀鱼。

少良妈在旁边看着，悄悄对彩霞说："什么野生的啊，城里人都傻。聪子表舅就是养鱼的，池里捞上来，放到河里过过水，就说是野生的。"

说着话买鱼的老太太拿着鱼走了，少良妈才说："给我那网，我自己捞。"

少良妈拿着捞鱼的网兜在水缸里搅来搅去，一边教导彩霞："这上边缸里比下边缸里的就大这么一点，却要贵一块钱一斤。还有，鲫鱼要买有子的，懂吧？"

卖鱼老板赶紧拦着："老太太，您这么个搅法，我的鱼还不都死了啊，不能这样啊。"

少良妈不理，搅来搅去，终于挑了一条上来："就这条。"卖鱼老板把鱼扔在秤上："七块八。"少良妈说："零头抹掉吧。""已经少收您五毛了，那七块五，不能再少了。""给杀了吧。"老板应了一声，把鱼朝地上一摔，小伙计拿去收拾。

少良妈从手腕上套着的零钱布包里数了七块钱出来："七块。"老板都快哭了："七块五，老太太，我们挣不了几个钱。"少良妈斩钉截铁地说："就七块钱。"说完了把鱼朝彩霞手里一塞，朝着卖葱姜的摊子就去了。卖鱼的一拍手："嘿，这老太太！下次她再来，收了钱再收拾鱼啊，你们都记住了！"。

少良妈这边早跟卖姜的说上了："姜多少钱一斤？"老板爱搭不理地说："五块四，不讲价。"少良妈没说话，下手挑姜。她把姜头上最嫩的那一块给掰下来，剩下的都给扔了回去。老板娘不干了："干什么干什么，有你这么买姜的吗？"

少良妈说："你这姜头子都烂了。"老板娘一把夺过少良妈手上的姜："走走走，我不卖给你，你把这嫩的都掐走了，我还卖给谁去啊，没见过你这么不要脸的。"

少良妈也有点恼了："你不卖就不卖，骂人干啥？"

老板娘叉着腰指着少良妈的鼻子说："骂的就是你。上次就是你把我家的姜掰得乱七八糟，我家老公脾气好，不跟你计较，我可认得你，你的生意我不做。"

少良妈蹦起来："你这破姜谁稀罕？全是水泡过的，你们看啊，他家的姜是硫黄水泡过的，泡烂了还卖，缺德啊。"

彩霞觉得丢人，拉着少良妈说："妈，咱不买了，走了，走了。"

少良妈甩开彩霞的手说："买不买，话得说清楚，那骂人就不行。"

老板娘一个箭步从摊子里蹿出来："说谁的姜是硫黄水泡的？胡说八道！"

"嘿，你的姜就是硫黄水泡的，你看这颜色。"

老板娘也急了，伸手就是一搡："快走，快走，不买还诬陷人！死老太婆！"

少良妈毕竟年纪大了，被她这一推，跟跄几步一屁股坐在地上，半天爬不起来。

彩霞一看腾地火了，也不管自己挺着肚子，顺手抡起手上的鱼，照着老板娘的头上拍了过去。老板娘可没想到一个大肚子居然这么大力气，她抹了一把脸，嗷的一声就奔彩霞去了。彩霞把肚子一挺："你打，你打出好歹来老娘跟你拼命，赔死你。"

老板娘一看，果然不敢，但嘴上还硬气："大肚子还打人，你先动手，打你也白打。"

彩霞手指头都戳到老板娘的额头上了："这么多眼睛都看到你先动手的，我们一个老的、一个大肚子，打电话叫公安，看看谁有理。"

围观的小贩们赶紧上来劝："算了算了，多大的事。"

有人说老板娘："你把她推到地上，她要有事，你还得付医药费。算了算了。"

老板娘不吱声了。少良妈赖在地上不起来："我受伤了，我要去医院，聪子家的，报警，赶紧报警，叫她赔医药费。"

彩霞不慌不忙地拾掇地上的鱼，一把把少良妈搀起来："得了，妈，真报警还不够烦的。回家吧。"旁边的人也劝。少良妈慢吞吞地爬起来，说："我要摔出毛病来，我非找你要医药费不可。"

在菜市场闹了一场，彩霞回到家也没休息，挺着大肚子拖地，少良妈说："你把那拖把洗洗去，脏死了。"彩霞装作没听见，继续拖着地。少良妈自顾自地说："拖了地，把菜择了，菜心留出来给少聪他哥晚上回来吃。"彩霞白了她一眼，不做声。

少良妈拿着块抹布在屋里到处擦，擦到客厅的电视柜时，她突然尖叫一声："你怎么搞的，把你嫂子这花瓶磕坏了。"彩霞头都没抬："哪儿坏了，就是边上一点点豁了。昨天晚上睡觉的时候没注意，碰着了，我这头还疼半天呢。"

少良妈捧起花瓶仔细地擦了擦："你头值钱哪，还是花瓶值钱哪？这花瓶是水晶的，法国水晶的，磕坏了你赔都赔不起。完了，完了，这一个豁口，你嫂子看见该生气了，你怎么不爱惜东西呢？"

彩霞一听不乐意了："怎么着，花瓶比人还值钱？花瓶贵是吧，法国的，好啊，叫你儿子赔去。"

少良妈说："你搞坏的叫聪子赔？赔不起就别糟蹋人家东西。到了这城里，你嫂子给你吃给你住的，你糟蹋人家东西多没良心啊。"

彩霞把拖把一摔："谁给我吃给我住啊。我跟我老公在一起，我吃他的住他的也是应该。我肚子里怀的也是你老杜家的孙子，别不拿我当人。"

少良妈笑着说："你怀个女娃我都不跟你计较，你还有气生？"

"生女娃就该死啊，你老杜家太缺德了吧？两个儿媳妇，分两样对待，就因为我不生男娃？因为我家没钱没势？再说了，这还没生你咋就知道不是男娃？"

少良妈嘿嘿地冷笑着说："有本事生男娃，我就拿你当菩萨供着。"

彩霞恨得把门一摔，出去了。

傍晚的时候，少聪回到家，彩霞坐在厨房门边生着闷气。少聪到处找吃的："给我做碗面条去，饿死了。"彩霞没理他。少聪说："干吗呢？没听见啊，你老公一天在外边忙得都累死了，给做碗面条去。搁两个鸡蛋啊。"

彩霞瞪着眼："就你累，我不累啊？"少聪说："你又跟我妈生气吧？得，那你自己生气吧，你们两个我谁也惹不起。"

彩霞愤愤地说："你妈谁惹得起啊，你就会欺负我，一家人欺负我一个。你嫂子是人，我不是人。我这肚子里怀的不是你老杜家的种啊？"

少聪说："这是怎么了，我嫂子也没惹着你啊。"

彩霞说："你妈今天一会儿支使我干这个，一会儿支使我干那个，我都没说什么。为个破花瓶，跟我吵，叫我赔。你嫂子的花瓶比我的命都值钱。"

少聪自己跑进了厨房："你比什么不好，跟我嫂子比。每个人都有自己的命，我嫂子命好，你没辙啊。我就不跟我大哥比，我们两个还是一个妈生的，一个锅里吃饭长大的，我们还不一样哪，别说你跟大嫂了。人比人，那就不能活了。"

彩霞郁闷地说："谁要跟她比了，是你妈势利眼，她这样，人家也没见领她的情啊，她受了气就朝我身上撒。"

少聪笨手笨脚地朝锅里加着水，一边说："我妈那人就那样，嘴不好心不坏，你跟她吵什么啊？吵来吵去，咱还是占便宜的，白住人家房子，我嫂子还给我找工作，你就知足吧。"

"我哪儿不知足了？咱白住人家地方我不是心里没有数，家里的活儿我一样也不少干吧？我没工作，那也不是我不想工作，这不是为孩子吗，凭什么你妈这么糟蹋我？"

少聪过来搂住彩霞的肩膀："好了好了，总是脾气这么大，对孩子不好。我努力赚钱，等咱有钱了，咱自己搬出去住。你再忍忍，我妈这人没坏心。你看她还不是叫我们在这儿住着，伙食费也不让咱们掏，这是替咱们省钱啊。"

"那是不让你掏，你怎么知道她没向我要过？"

少聪乐了："她跟你要，你也没给过啊。"

彩霞不吱声了，扶着肚子起来进了厨房："跟你说过多少次了，别用那炒菜锅煮东西，你怎么跟你妈一个毛病呢？"

彩霞把水倒掉，换了干净的汤锅煮面条："涮锅水煮面条，你不嫌有味啊。你妈做事就是不讲究。"

少聪嘿嘿一笑，自己跑到阳台上点了一根烟，看起来若有所思。

3

杜少良好多天没给小湘打电话了，小湘也不冷不热，两个人各自忙着自己的事情。小湘在电脑前面打字，倪燕青走了过来："别总在电脑前边，有辐射，对孩子不好。"

小湘叹了一口气："这文件赶着要，没办法。"

倪燕青瞄了瞄小湘的肚子："跟领导说说，提前休产假吧。"

小湘的手停下来，说："不能啊，咱们局有规定，产假只有四个半月，我得把假攒着，生了孩子以后休。"

倪燕青不以为然："延长一年，也不过就是扣点钱，你又不在乎这点钱。杜少良还能让你受这委屈？"

小湘苦笑："说好听了，是做 IT 做销售的，累死累活，一年下来也没几个钱，他们家这事那事还不断的，指望不上他。"

倪燕青点点头，说："他们那些事是麻烦，你那婆婆还带着他弟弟一家住在你那儿啊？"

小湘默认。倪燕青说："你也算脾气好的了，要我就不能同意。"

"我也没办法啊，不同意人家都住了，我总不能把人朝外赶吧。"小湘一脸无奈。

倪燕青点点头："你新买的这房子得年底才封顶吧，这算上装修，没有一年半，这新房你也住不进去。"

小湘发愁地说："是啊，所以我现在回家啃我爸妈去了。"

倪燕青感慨："这就是爸妈在身边的好处，要换了我，就不能活了。你爸妈对你可真不错。"小湘很郁闷地说："就这样，杜少良还不乐意呢。就为几句话吧，跟我冷战到现在。"

倪燕青替小湘不忿："怎么他还跟你冷战啊，这都小半个月了，这男人也太小气了。"

小湘恨恨地说："谁说不是呢。跟我说什么他要找回男人的尊严。你说就住到我们家，他怎么就想起男人的尊严这回事来了，有这么严重吗？"

倪燕青想了想说："男人吧，都是既没本事又要面子的，你不能跟男人一般见识。他不是要尊严么，那你就哄哄他。"

回到家，小潇正好在，她一看到小湘回来了，赶紧接过小湘手中的包，一边很认真地告诫小湘："不行，你怎么能先跟他说话呢？你信我的没错，这个夫妻冷战，就看谁扛得住。谁先开口说话，谁就不占上风了。"

小沫很不以为然："两口子过日子，谁要占谁的上风啊，我觉得你是该哄哄二姐夫。"

小潇一脸不屑："你小女孩懂什么，这《红楼梦》里说，不是东风压倒西风，就是西风压倒东风。居家过日子，就是这个道理。男人不能惯着，杜少良以前敢跟你冷战么？现在为什么这样了？就是你脾气太好，由着他乱来，他胆子才越来越大。所以，这次坚决要给他把规矩立好。"

小湘妈从厨房端着一盘菜走了出来："立规矩是必要的，不过也要讲点火候，火候过了，菜容易烧焦。火候不到，后患无穷。"

小湘有点不知所措："妈，你什么意思啊？我听着糊涂。"

云姨端了一盘点心出来，叫小湘吃："你妈的意思就是说，现在还不是你哄他的时候，不过呢，等他要是来哄你，你也别拿着劲儿。"

小湘妈一个劲儿地点头："对，我就是这个意思。"

小湘笑了："还是云姨说话清楚明白，妈，你就喜欢绕来绕去的。"

小潇扶着小湘坐下："不是咱妈绕，是你悟性低。跟这杜少良结婚以后吧，你这智商情商都越来越差。"

小沫有些反感小潇的说法："你怎么老看不上二姐夫啊？其实他挺好的。二姐，你可别学大姐那样。"

小湘妈从厨房忙进忙出："小沫这个话呢，说得也对。你啊，对梁文年不能总是那样呼来喝去的。"

小潇做举手投降状："那是我们两个的相处方式，你们不懂。"

"男人都有自尊，你再有你们的方式，也不能过分。梁文年呢，是没有你能干，也没你挣钱多，但人还是老实本分的。夫妻要过一辈子，该让的时候得让着人家点。"小湘妈已经对小潇说过多次了，希望她能对梁文年温柔一些，但是收效甚微。

小潇自有自己的道理："我哪儿对他不好了？我给他买衣服，买鞋子，孩子也不用他操心，他老娘看病、装修房子，哪个不是我管的？"

小沫不以为然："可是梁文年前两天不过说了一句你买的衣服他不喜欢，你就当面那么数落人家。"

"我不是为他好啊，他自己又没有品位，不会买东西。"

小湘吃着点心，说："人家没有那么差的吧？"

"他这方面就是挺差的。我给他买的那猎装是今年最流行的风格，花了我3000多块哪，非说穿上浑身不对劲儿。"

小湘吐了吐舌头说："姐夫平常都穿正装，你给他这一换形象，可不是就有点不适应嘛。"

小潇叹气："我就是把时尚杂志摆到他面前，他都不知道什么叫做时尚。"

4

少良和大昌这几天又经常往茶社跑，这会儿，他们俩正看着梁文年的新猎装发笑。梁文年和这个风格的衣服显然完全不搭调，梁文年被他们两人笑得很尴尬。

大昌很认真地说："超豪华装修，不错不错，舍得下本儿。发型要重新设计一下，叫老板娘介绍一个好的发型师给你。"

梁文年把衣服一把拽下来，扔在椅子上，叹了一口气。少良虚张声势："小心点，半个月工资，划坏一点心疼死你。"

梁文年瞪眼说："够了吧你们两个，坐到这儿就开始笑，再笑我真翻脸。"

大昌拼命忍着笑说："其实呢，如果你换个角度看问题，这个世界会很不同的。"

少良说："我这大姨子对你真挺好，这么贵的衣服都舍得，别不知足。我们家小湘没给我买过这么好的衣服，你很幸福。"

梁文年连连叹气："有时候啊，我还真是羡慕你们两个。一个呢，没老婆；一个呢，现在相当于没老婆，自由自在，你们两个是不知道我的水深火热啊。"

少良也叹气："站着说话不腰疼，有老婆的谁愿意跟没老婆似的啊。我这也是没办法。"

梁文年很八卦地问："还跟我小姨子打冷战啊，打冷战不好，伤感情。心理专家说，夫妻之间，要追求积极冲突，不能消极逃避。"

少良愁眉苦脸："我不是要打冷战，实在是怕吵架。"

梁文年给他分析："吵架也是沟通，不过是沟通方式激烈一点而已。夫妻哪有不吵架的？小湘她姐一个月平均要跟我吵一次架，赶上哪个月不吵，我心里还不踏实。"

大昌说："你老婆沟通的方式有个性。"

梁文年说："你不怕老板娘，你为什么买房子？"

筱玉莜晃晃悠悠地走过来，送来了一碟水果，桃花眼朝少良身上瞄着："说什么呢？"

少良说："说大昌买房子，怎么样，给点意见。"

筱玉莜忽闪着两只大眼睛，一副很好奇的样子："买房子？买到哪儿了？现在买房可是好时候，政策好得很，以后房子还会涨的。"

梁文年朝大昌眨眨眼："听见了，会涨的。有钱放在房子上好，要讨老婆，先搞定房子。"

大昌指着少良说："他搞定两套房子了，也没搞定老婆，这不是还冷战上了吗？"

筱玉茭有意无意地问："呦，两套房子嫂子还不满意啊？这要求也太高了。"

大昌故意说少良："他喜欢挑战高难度。"

筱玉茭又瞄了一眼少良："女人是要哄的，未必嫂子真是要房子。"

梁文年摆摆手："你是不知道，我们这兄弟，打一结婚开始就栽在房子上了。不管真要假要，反正是买了一套又一套。这女人啊，都是爱物质的。你们说，哪个女人结婚是不要房子不要钱？"

筱玉茭笑着说："也未必啊，也有女人不要房子不要钱的。"

梁文年说："这好事我们哥俩儿是赶不上了。大昌，你加把劲儿吧。"

少良又叹了一口气，大昌说："与其坐在这儿唉声叹气，还不如给嫂子打个电话。嫂子脾气好得很，你先竖小白旗，她肯定放你一马。放着好日子不过，你干吗呢？"

少良有点动心，梁文年拦着："这时候不能打电话，这个夫妻冷战啊，谁先说话谁吃亏，这道理我比你懂啊。我跟小湘她姐冷战吧，每次都是我先扛不住，所以我从来也占不了上风，你不能步我后尘啊。"

大昌乐了："亏你们俩还是连襟呢，哪有这么劝人的？"

少良把掏出来的手机又放回去了。筱玉茭似笑非笑地看了看少良，又走到柜台后边，不一会儿，她又端了一整套功夫茶具放下。"把那茶撤了，我请。"筱玉茭慢条斯理地泡茶，姿态优美而娴熟。

"关公巡城，韩信点兵。"筱玉茭斟好四杯茶，双手捧给少良。

少良诚惶诚恐地接过来。筱玉茭抿嘴一笑："未尝甘露味，先闻圣妙香。"

少良喝了一口，说："茶道我是外行。"

筱玉茭一笑不言，又捧了茶给大昌和梁文年，然后才慢条斯理地将品茗杯扣在闻香杯上，用一指扣了品茗杯，两指夹闻香杯，向内翻转，然后轻轻提起闻香杯，轻嗅余香。

少良笨手笨脚地依样做了，筱玉茭又用三指取了品茗杯，分三口轻啜慢饮。

梁文年叹了一口气："跟老板娘比起来，我们都是俗人了。"

大昌也说："这么多年的茶算是白喝了。"

少良盯着手里的杯子："喝来喝去，不过是个茶。"

梁文年和大昌异口同声地说："俗，你是真俗。"

5

少聪这些天一直挺忙，每天回家都很晚。这天，少聪和几个同事在街道上挂"争创全国文明城市"的大横幅。

小李哥说："又有运动了啊，你们又该忙了。"

少聪一边干活一边说："可不是吗，上头才下来的指示，下面就有得忙了。你们那店面的门前三包要注意啊，这段时间查得严。"

小李哥拍着胸脯说："放心，我这儿出不了什么事。"

卖羊肉串的店面前，两个大烤炉烤着成排的羊肉串，油烟滚滚，生意红火，摊子边上全是一次性纸杯和羊肉串扦子。旁边走过几个居民，都摇头叹气："这都成什么了，这油烟冲得我们家窗子都不敢开。""这还不算呢，到晚上啊，吵死人了。""到处扔的都是垃圾，竹扦子他们从地上捡回去随便洗一下，又用上，唉。""也没有人管管。"

少聪和同事们走过，一个老头一把扯住少聪："你们这些城管天天在这儿巡查，这环境污染这么严重你们就不管？"

少聪无奈地说："大爷，他领了执照了。再说，他有店面，不是乱摆摊，我们管不着啊。"

旁边的人七嘴八舌："他领了执照也不能这样乱扔啊。""你们不管这还有谁管？"

老爷子说："他领了执照也不对，你看这油烟，你再看看他摆的这地方。这条街不是规定不许在外头摆摊吗？还有，这排的油烟肯定不符合环保规定，你们非得管管不可。"

少聪苦了脸说："哎哟，老爷子，您别难为我们。"

好不容易脱开身，少聪回到队里，一位穿着黄色衣服的同事说："你们过来，10 分钟以后全队开会，你们都参加。"

少聪问一边端着茶杯的老陈："什么事儿，还全队开会？"

老陈喝了一口茶才说："上头有命令，全区要搞集中整治了，明天区里开大会，开完以后，领导要到街道现场巡查，这可有得忙了。"

少聪"哦"了一声，准备去开会。张队站在办公室门口喊："杜少聪，老陈，你们两个去纬一路那杂货店门口看看，有人投诉说那儿的井盖被人偷了，有人摔进去了，你赶紧去弄个警示标志去。"少聪说："开会呢。"张队一瞪眼："我叫你们去，快去快回。"

纬一路上，少聪和老陈边走边抱怨，"现在的人都是怎么了？连井盖都偷，一点社会公德都没有。"走到路口，只见马路中间的一个窨井上面的盖子果然没有了。少聪和老陈赶紧把警示标志摆在旁边，一位大爷刚好路过，停下来说："这个月，这都是第三次被偷了。上午就有个女的，骑车差点栽里头了。"

老陈无奈地说："大爷，我们也管不了小偷啊，唉，偷窨井盖，这不是害人吗？"

老陈一边弄着，一边跟少聪说："这窨井本来不是我们管的，这是市政局的事，现在都弄到我们手上来管。三天两头偷盖子，烦也把人烦死了。"少聪说："前面还有两个呢，说是摔着人了。"两个人拿着工具朝前走。

把最后一个窨井盖弄好，少聪收拾了一下说："赶紧回吧，要不赶不上开会了。"老陈拍了拍身上的土说："急什么啊，那会有什么可开的，就是动员一下。咱们在这儿歇歇，抽根烟喝口水再回去不迟。"

老陈跑到旁边的小店买了一包烟，又买了两瓶饮料，两个人站在树荫下有一搭没一搭地聊天。远处的羊肉串摊子又在朝外摆了，每天这个时候，羊肉串的老板就会把两个烤炉抬出来放在街道上，准备着晚上的生意。少聪问老陈："那卖羊肉串的怎么就能这么嚣张呢，咱们队就不敢管他们？"

老陈拧着饮料瓶盖说："他们不好惹，你惹了他一个，以后就麻烦了。"

少聪皱着眉头说："那就由着他们这么搞？居民老投诉，上头不也得说咱们头儿吗？"

"这投诉哪天都有，也不是全不管，该管也得管，就看领导怎么说了。"

两个人看看时间差不多了，带了东西回到队里，会还没开完。张队正在台上做最后总结："这次整治活动，全市都很重视，所有的违规摊点一律要查处，没有例外。尤其是平常那几个重点区域的钉子户，这次一个也不留。"

老陈悄悄地说："这下有得搞了。"

张队继续说："今天晚上开始，分成五个小队巡查，要严格按照我刚才说的做，不能在咱们这管区出问题。该按原则办的，一定要按原则办。我说的几个重要问题一定要记住，都清楚了吧？"

穿制服的老魏走过来，叫上了少聪等几个辅警："你们几个还是跟我的车走。"

执法车一辆一辆从院子里开了出去。天近黄昏，街道上熙熙攘攘，街道变成了小市场，有执照的小摊贩搭起了统一规格的棚子，卖袜子、卖光盘、卖内衣、卖扫把，应有尽有，也有不少没有棚子的小贩，在路边摆上了摊位。

突然，一阵骚乱，"城管来了"，大家奔走相告。没执照的小贩抄起自己的货就跑，个个身手敏捷。一会儿工夫，除了那些人行道上有棚子的摊贩，其他的无证摊贩都跑了个精光。执法车开了过来，少聪跟在老魏的身后，大摇大摆地跳下车。

大家沿着街道走下来，刚到卖羊肉串的摊子前面，老魏就直皱眉。羊肉串摊子生意正红火，油烟滚滚的，所有的座位都坐满了顾客，还有几张桌子摆到了马路中间。

老魏低声说："怎么回事，张队没找他们老板，怎么还把马路给占了？"

旁边的队员说："这怎么办啊？"

老魏想了想，打了一个电话。张队在电话那头说："我说过了，什么人都不讲情，该端的就给他端了。我告诉你，不用怕，有事我顶着。奶奶的，我还管不了一个卖羊肉串的了，我告诉你，今天公安的值勤车就在现场，我马上给派出所打电话，请他们配合。"

放下电话，张队给坐在对面的街道主任递了一根烟："这老板也是个刺儿头，跟他谈了好多次了，以为交了点钱能为所欲为。您放心，他们这些人早在公安局挂号了。"

街道主任说："咱们嘛，要能不惹他也就不惹，不过他们那个摊位确实是扰民，投诉都投诉到了市长信箱，这是市长信箱的督办件，硬着头皮也得办他。"

老魏挂了电话，有了底气，叫着手下几个："跟我来，把他的摊子端了。"一伙人气势汹汹地冲着羊肉串摊子来了。

老魏说："你们赶紧把摊子撤了啊，再不撤，我们就没收了。"

卖羊肉串的小伙计飞也似的跑去叫老板。没过一分钟，老板带着几个人抄着家伙就蹦出来了。老板说："我们交钱了，我看谁敢端我的摊儿。"

老魏看有公安在，底气足得很："你交钱了，也得按规矩摆，不能占道。哥儿几个，把这东西给搬到车上去。告诉你们啊，到队里去交了罚款，再领东西。以后再在路边摆，看一次罚一次。"

少聪撸着袖子就上。几个伙计抄起家伙就迎上来了，场面一片混乱。一个小伙子抄着棍子朝老陈头上招呼过去，少聪看见，一个箭步冲过去想拦，棍子一下子砸在了少聪的胳膊上。少聪"啊"了一声，两眼冒火，冲上去和小伙子扭在一起。旁边不知何时冒出了一位记者，闪光灯对着少聪闪了一下。

小湘家里，小湘爸正看着报纸："这城管又打人了。"小湘妈说："这也不是什么新闻，上次不是还把孕妇给打了吗，新闻里都曝光了。"

小湘说："妈，你们对城管是有偏见，我们工作上有接触，其实这些城管也不容易，工资待遇又不高，市里有个大活动，他们都冲在一线，平时还老被人骂。"

云姨像发现了新大陆似的，拿起报纸来仔细看："这个打人的城管怎么这么像杜少良他弟弟呢？"

小湘妈没当回事："不可能吧，他弟弟是城管？"

云姨拍着手说："哎哟，你们都不记得了，他弟弟这个工作不是咱家给安排的吗？"

小湘赶紧把报纸拿过来一看，嗬，这可不就是少聪么？

少聪这事闹得城管大队里鸡飞狗跳，街道主任怒气冲冲地拍着桌子上的报纸说："叫我说你们什么好呢？现在形势不知道啊，市里搞文明创建，你给我唱这么一出。"

张队有点委屈地说："我们这行动也是为了搞文明创建。"

街道主任说："搞整治是搞整治，谁叫你们当街打群架？全国记者都盯着城管呢，你们城管口子上出的事情还少吗？现在要文明执法、人性执法，对吧，讲得不少吧！"

张队说："这些人都带刀的，我们的队员已经很克制了。"

街道主任指着照片说："这叫克制吗？你看，这就是群架。他们是老百姓，你们是执法人员，这照片被曝光了，有理你也说不清。"

张队低声说："那怎么办呢？现场那种情况，不打也不行了，您不知道，他们那边来了一帮人。我们队员还有好几个受伤了。就这个杜少聪，他那胳膊都被卖羊肉串的差点撂下来，现在还在医院里躺着。"

街道主任仔细地看看照片："他不是正式执法队员吧？"

张队说："不是，他是新招的辅助执法队员。"

街道主任想了想说："不是正式队员就好办，这事要不处理一两个人，没法向上面交代。这么着，把这个杜少聪开除，就说是辅助执法人员擅自行动，我们已经追究当事人责任了。"

张队愣了愣："这不合适吧，他平时表现不错。"

街道主任说："谁叫他倒霉，被记者给拍了呢？你们队里去医院看看他，安抚一下，医药费方面照顾点吧。"

6

少聪从进了医院，没担心自己的伤势，倒一直在担心自己的工作。新闻里炒得热火朝天，网上的口水都能把人淹死。少聪心里觉得委屈，躺在病床上不说话。彩霞和少良妈怎么逗他都不理人，这当口，张队带了老陈进来了。

张队把一袋水果放在桌上，故作亲热地问："少聪啊，怎么样？胳膊没大问题吧。"

少聪勉强笑了笑，说："没伤着骨头。"心里七上八下的，他知道张队来没有好事。

老陈倒是从心里感激地说："兄弟，要不是你，今天躺在这儿的可就是我了。"

少聪摆手笑笑。彩霞拿了暖壶出去打水。张队问："你老婆要生了？"少聪说："是啊，快了。"

张队搓搓手："少聪啊，有个事我得跟你说，你可别激动啊。"少聪笑着说："什么事啊？您是说报纸曝光那事啊，老陈清楚啊，不是我先动手的，我是救人啊，那记者胡说八道。"

老陈尴尬地说："是救人、救人。"

张队顿了顿，说："这被记者一曝光，我们队里很有压力。你也是的，当时在场怎么不注意点，至少，你不应该在记者镜头面前打人啊。"

少聪赶紧解释："不是，张队，那场面那么混乱，我也没看见有记者啊。"

"我们开会的时候一再强调，只能说服，不能动手打人，你呢，经验不足。"

少聪急了："张队，行动前你可没说过这话，你说出了事你担着，您可得给我担着啊。"

张队有点尴尬地看着窗户外头："我是担着了，我这不才给主任批评了，回头还得写检查呢。可我就是再担着，记者拍到的也是你打人啊。兄弟啊，不是我不讲情面，非要怎么样你，你千不该万不该，你不该动手打人。"

少聪急了："张队，我是打人了，可是我那是救人哪。老陈，你给我作证啊。"

老陈沉默着。少聪看着老陈，又看看张队："这到底是什么意思啊？"

张队说："少聪啊，这事你受了委屈，领导都知道，这么办啊，你的医药费，队里都给你报了。"

少聪似乎仍然不愿相信："这什么意思啊？"

张队很为难地说："就是，伤好了，你就别回队里了。"

彩霞刚好在门口听见了，她气得把暖瓶朝地上一扔，冲了进来："你是队长是吧，我们少聪是听你的指挥去办事的，这回来就伤成这样了。你们还要开除他，凭什么啊，欺负我们老实是吧？"

老陈赶紧拦着彩霞，说："弟妹，不是这回事啊，这是上头的决定。"

彩霞可不管那么多："上头的决定也不能不讲理啊。老陈，你摸着良心说啊，要不是我们少聪，你今天是不是得躺在医院里？你没事了，聪子被开除了，还有天理吗？"

张队也很无奈："弟妹啊，你别激动，这个事呢，这样处理少聪是有些重，可是他自己也有责任啊，谁叫他被记者拍了呢？这几天，这件事情在市里闹得沸沸扬扬，少聪这是赶上了，没办法，是吧？你也不能全怪我们。"

彩霞很明显不服气："您这话我没听懂，这万事总得讲理，要说不清楚这个理，我也找记者来说道说道。"

张队一听，也来气了："要找记者随便你去。啊，事就是记者捅出来的，你觉得他们能站你们这边吗？"

老陈赶紧劝："弟妹啊，可不能这么说话。张队已经替你们说过好些好话，这也是没办法啊，你得理解。"

"我不理解，我就知道我们聪子是救人的，凭什么处分他？这个道理，我就是要搞清楚。"

张队扭头就走，走到门口，又回过头说："回头到队里，多领一个月工资吧。"老陈跟在后面也走出门去。

彩霞恨恨地吐了口唾沫："呸，聪子，咱不着急，回头咱也找记者说说去。"

少聪愁眉苦脸地坐在病床上："找也没用，胳膊拧不过大腿。算了，别回头连医药费都报销不掉了。"

彩霞赌气说："不行，我非说说这理去不可。"

接下来一连一个礼拜，彩霞天天挺着肚子往执法中队跑。这天，她扶着肚子堵在执法中队的门口："我就是要找你们领导，你们就是要给我一个说法。"

老陈跑出来说："弟妹啊，你这样不解决问题啊。这是执法队，不是菜市场，你还是赶紧回去吧。"

彩霞看都不看老陈："今天要是不给我一个说法，我死都不会回去的，我就守在这儿，你们队长也别想下班，他走到哪儿我就跟他到哪儿去。"

街道主任在办公室里发火："找几个人把她给架出去。"旁边的人说："可不敢，她是大肚子，这要架出个好歹来，我们又上报纸了。"

街道主任抽着烟，想了一下说："把杜少聪的档案拿来我看看。我还不信了，我就抓不到他一点儿错？"

张队在旁边劝："您就别跟她一个大肚子一般见识了。"主任一边翻着少聪的档案一边说："我可不是跟她一般见识。你不见这几天有人在网上说，咱们拿个临时工出来当替罪羊吗！这要不给他砸实了，到时候翻烧饼，是你去承担责任还是我去啊。"

少聪这事闹得一家人都愁眉苦脸。少良家里，少良妈和少良爸相对无言。少良爸抽着烟，突然叹了一口气："要不，叫聪子回县城去吧。"

少良妈盯着墙上的画发呆，半天才说："这好不容易进城来了，又回去？"

"不然能怎么办？城里是好，我也乐意住在城里。可是城里不是这么好留的，聪子来这儿一年，钱没挣到多少，还受了伤，工作也丢了，彩霞这再一生孩子，这怎么弄？"

少良妈想想说："要不，叫少良给聪子再找找工作。"

少良爸把烟朝烟灰缸里使劲一摁，气呼呼地说："就算老大再给他找个工作，我看他也干不长，他是那正经能干事的人吗？"

"这是老大家的给找的这工作不好，少聪他哪里知道城管是这么受气受罪的活啊？"

少良爸抬起头说："怪不着人家，是咱们聪子自己不省心。"

少良妈也叹气："这聪子要是有良子一半省心啊，我就阿弥陀佛了。要不，找老大家的再跟他们队长说说去啊。"

少良爸想了想："要能说说管用，也行，就怕人家不肯。"

小湘在办公室里对着电脑发呆，倪燕青摆摆手："想什么呢？"小湘叹口气："这杜少良你说他是怎么想的呢？到现在还跟我打冷战。"

倪燕青点点头："我看啊，他就是被他们家人洗脑了。你最失策的就是叫他一个人回那边去住，你想，那氛围，他想不听他们家的都难。"

"我就没见过这么死心眼的。"正说着话，小湘的手机响了。看了一眼号码，小湘立刻两眼放光。

倪燕青很知趣地说："杜少良吧。淡定点，你现在正在生他的气呢，怎么我看你的样子恨不能顺着电话线爬过去呢？我看你是被他吃定了。"

小湘手忙脚乱地接电话。少良在电话那头甜言蜜语地说："还生气呢？我错了，我道歉还不行吗？"小湘不言语。

少良接着说："别气了，我现在在你们单位楼下，我等你下班啊。"

小湘的语气也不太好："你不用等我，你还是赶紧回你自己家去。"

少良有点死皮赖脸："我就在你们单位楼下等着，咱们吃好的去啊。"

"吃好的有什么用，吃完了还是各回各家，各找各妈。"小湘心里的气其实还没消。

"不会，绝对听你的，你说去哪儿就去哪儿。"

小湘有点意外："可别，回头我们家又罪过大了。您该回哪儿就回哪儿去。"

"真的，老婆，我想明白了。我爸妈的思想观念确实不对，你家人生气我也能理解。可是你也理解理解我啊，我是当儿子的，有时候真的没办法。"

小湘的脸上露出了笑容："什么时候变得这么讲理了啊，是真心话吗？"

少良对天发誓说："真心，绝对真金白银。咱们去吃牛排吧，你不是最爱吃牛排吗？"

小湘懒洋洋地说："我累了，哪儿也不想去，我想回家喝我妈熬的汤。"

少良赶紧说："那就回你们家去，就是怕你爸妈这气还没消。"

小湘想了想，说："要是有人肯道歉的话呢，我爸妈是不会那么小气的。"

少良刚想说话，交警过来了："刚说过你，你绕一圈又回来了。"

少良赶紧说："马上就走，马上就走。"

交警说："罚款五十啊，刚才给过你机会了。"

小湘在电话里听见了，急了："打个电话就罚款五十了！"

小湘慢慢地走出办公大楼，少良从车里出来，讨好地挽住小湘的胳膊："老佛爷，您慢着走。"小湘得意扬扬地被老公挽着上了车，一边还埋怨："都罚款了，你还敢停这儿啊？"

少良指指罚款单："横竖都已经罚了，我还换地方干吗？就当交停车费了。"

小湘笑了笑："你这停车费可够贵的。"

少良很讨好地说："为了接你，贵也值了。"

小湘哼了一声："黄鼠狼给鸡拜年啊，我怎么看着这么假呢？"

少良摸摸头："我哪像黄鼠狼了，你也不像鸡啊，不对啊，这话错了，多难听。"

小湘捶了他一下："要死了你，这么会联想啊。"

少良夸张地叫了一声，这才发动了引擎。

小湘看到车后座上放的东西，问少良："那是什么？"

"那是我特意孝敬老丈人和丈母娘的。"

7

少良已经有一段时间没来小湘家了，小湘爸妈对这个女婿的意见也很大。小湘家的客厅里，小湘爸正在接电话，电话那头是市容局的副局长。小湘爸说："这个事情我一点儿都不知道，他的文凭是假的，那你们该怎么办就怎么办。对对对，这年轻人，不能走错路啊，您这是为他好，我肯定没有意见，谢谢啊，谢谢。"

放下电话，小湘爸有点恼。小湘妈端了水果过来，问道："这是怎么了？怎么跟老冯说话还气成这样了？"

"还不是杜少良那个弟弟吗？前两天被报纸曝光了，队里处分他了，他媳妇儿跑到执法队去闹，结果呢，市局就调查了。这一查可好，他当初报名的那个文凭居然是假的，人家开除他哪儿有错？"

小湘妈也一脸惊愕："他弟弟怎么这样呢？那老冯是怕你去说情吧？"

"可不是吗？不是看我的面子，怎么能把他录取了？老冯还跟我说不好意思，我这脸往哪儿搁呢？"

小湘妈直叹气："他这个事情咱们可不能再管了。"

云姨比较警觉："小湘说杜少良晚上跟她一起回来，是来办这事的吧？"

小湘妈皱起了眉头："这倒不可不防啊。老殷啊，等会儿少良来了，你还端着点。"

"这每次都是我唱白脸你唱红脸。"

"你有权威性！"

"唉，端着点也好，不然太纵容他们家了。"

小湘妈纠正说："也别太给他脸色看。毕竟是他自己回来的，以后还要相处。但是他要是提这个事情，你可千万不能答应他。"

"我哪有这个本事再管他家的事呢？"

云姨一边清理着房间一边说："要我说啊，他这回来，就没有这个事情，他也还有其他的事。"

小湘爸摇摇头："三个女儿，不是这事就是那事。唉，我们的清净日子是再也回不去了。"

小湘妈说："这也没办法，他们家那样，咱们又舍不得小湘受委屈。你啊，就为了女儿牺牲一点吧。"

"我看你的意思，是要留他们住到新房子装修好了，这怎么也得一年工夫。"

小湘妈叹气："不这样也不行啊。你叫小湘回她自己那家去，这也不是办法。"

话正说着，小湘和少良一起进门了。小湘妈拍拍小湘爸的手，小湘爸赶紧端起茶杯，二郎腿一跷，看上报纸了，少良有点心虚地叫了声"爸、妈"。

小湘爸嗯了一声，依旧看着报纸。小湘妈笑着说："别管你爸，他每天这时候雷打不动地看报纸。来，过来吃水果吧。"

少良答应了一声，搀扶着小湘坐下，又拿起了一个苹果，削完了先递给小湘爸："爸，吃苹果。"

小湘爸抬眼看看他，客气地说："我不大吃水果，你们吃吧。"

少良有点尴尬地放下苹果："那我先放这儿。"

小湘拿过来说："我爱吃，我吃。"小湘妈和云姨两个在旁边看着，摇了摇头。

晚上，少良躲在卧室上网，小湘在客厅里走来走去，几次欲言又止。小湘妈忍了半天没说话，后来才说："你有事要说吧？"

小湘说："妈，你真厉害。"

小湘妈拉住女儿的手，疼惜地说："我不但知道你有事，我还知道你有什么事情。是杜少良他弟弟那事情对不对？"

小湘夸张地说："妈，你太神了。"

小湘爸无奈地笑着："你妈这神是被你老公锻炼出来的。"

小湘撒娇地说："那你们看要能帮就帮他一把吧。这是他弟弟，不是外人。"

小湘妈正色说道："小湘啊，这就是你不懂事，这不是他们家骂你没有家教的时候，不是他弟弟霸占你家的时候了吗？这孩子怎么才好了伤疤就忘记痛了？"

小湘爸也说："不是我们不帮他，是帮不了啊，今天下午冯局专门为这个事情打电话给我，他弟弟那文凭都是假的，他又打人又被报纸曝光，队里开除他是按规定办事。他那爱人，还跑到执法队去闹。你说，这种情况，咱们能帮他吗？"

小湘妈接过来说："二来呢，凡事都有个度，你想想，咱们家给他们办的事情不少了，你不能婆家有什么事都揽到我和你爸这儿。我们都是退休的人了，没有那么大的能力了。"

小湘咬着嘴唇不说话了。云姨赶紧过来说："小湘就是心太善了。人心不能太软，不然要吃亏的。"

小湘妈说："她不仅仅是善，还没有记性的。"

回到卧室，少良赶紧跑过来给小湘捶腿："怎么样，咱爸肯帮忙说说吗？"

小湘看了他一眼，没说话。少良又倒了一杯水，送到小湘嘴边。小湘叹气说："你没说实话，你弟弟那文凭是假的。"

少良一愣："这不可能啊，我妈拿那文凭给我看过，不是正规大学，但是自学考试国家也是承认的，怎么能说是假的呢？"

小湘说："他们单位到学校去查的，他的文凭是假的。所以，我爸确实帮不了了。"

少良不信："你爸要是为难，可以直接说，我也不一定强求。但是说我弟弟这文凭是假的，这也太过分了吧！"

小湘本来心情就不好，这下可恼了："你那意思是我爸成心说你弟的文凭是假的？我爸是这种人吗？就为了你弟弟，你至于吗？你这是侮辱人格！"

少良也急了："说事就说事，怎么就上升到侮辱人格了，不帮忙就不帮吧，上纲上线的干什么？"

"你非要这么认为我也没办法，你觉得是我们故意不帮，那就算是吧。帮是情分，不帮是本分，就不帮了，怎么着吧？我们家还欠你弟弟的啊？"

"不帮就不帮吧，什么了不起！"

小湘爸妈在客厅里听见，相对看了一眼。云姨说："这就吵上了，这杜少良，目的性也太强了吧？"

小湘妈站起来，对着卧室的方向说："小湘啊，晚了，早点睡吧，明天还要上班呢。"

小湘顺手抄了个枕头摔在床边的沙发上，少良赌气就在沙发上躺下了。

第二天，小湘在办公室里跟倪燕青说起这事的时候还在生气："你说说，他还有理了，他睡沙发去了，不答理我。"

倪燕青笑着说："你要硬拖他上床，我就不信他能挺在沙发上不下来。"

"那怎么行，那不成我没理了吗？他说我还没什么，不该说我爸。你说我们家帮忙还帮出毛病来了。"

倪燕青转身去倒水了，一边说："你啊，就是嘴硬心软。他们家的事你每次都有求必应，结果呢，帮完了自己心里又不平衡，最后人家还不领你情，何必呢？"

"你什么意思啊，那这么说我不该帮他？可是不帮吧，看他那样子，我又不忍心。"

倪燕青以一副过来人的口气说："你呢，要么就干脆不帮，他也就不来烦着你了。要帮，你就别心里不舒服，他说什么，你也只好就忍着，不然就是这个结果。你自己好好体会去吧，我这可是长期战斗总结出来的经验。"

"你别光说理论。那我问你，你婆婆家那些事真找你了，你怎么办？"

倪燕青很洒脱地笑道："怎么办，凉拌！"

小湘一脸茫然："什么意思？"

倪燕青说："不管！说什么都不管。这样，他只跟你闹一次。像你这样，他就闹你一辈子。"

小湘似有所悟地点点头："还是你狠。"

少良家里，少良爸妈聚在一块儿商量着少聪的事，彩霞贴在卧室门口偷听。

少良爸说："这浑小子，哪成想他那文凭能是假的呢？"少良妈直抹眼泪："我当时看见他有这文凭啊，我是高兴得好几天睡不着觉啊。我觉得聪子上进，我高兴。谁想到啊，他弄个假文凭出来啊，还把人家小湘的爸爸给骗了。"

少良爸恨恨地说："就是你惯出来的，什么正经事都干不好，一想办法就是歪门邪道。"

少良妈说："我想他好啊，事事为他好，他自己不争气啊。这可怎么办？工作是肯定保不住了。这个彩霞也是，跑去闹什么？她不去闹，人家也不会去查这个文凭。这下可好，把后路都堵死了。"

"这事一半也怪杨彩霞，成事不足败事有余，把事做绝了。两口子都不是东西。"

彩霞听这话就不乐意了，出来说："自己儿子闯的祸，别朝我头上怪，我还不是为他好吗？"

少良妈说："你就不该去闹，这事就是你闹出来的。这下好了，自己的工作没了，把聪子的工作也弄没了，生了孩子，你们喝西北风去。"

彩霞冷笑着说："有本事欺负欺负殷小湘去。我不是要生孩子，我还要你们养？话说回来，我肚子里是你老杜家的后，你们养我也应该的。"

少良爸气得把脚边的一个垃圾桶踹翻了。

少良这次倒是没有犯浑，虽然小湘爸没有肯再帮忙，但他还是每天坚持去接小湘下班。这天，少良的车又停在原处，交警跑了过来："怎么又是你啊，把这儿当停车场啊。来吧，五十。"少良笑着说："马上走，罚款照交。"

小湘从大楼里出来，少良打开车门，跑过去殷勤地要帮小湘拿手提包，被她躲开了。小湘还是冷着一张脸："你别理我。"

"那怎么能不理呢？你是老婆大人，老婆最大。我错了，我错了。别生气了。"

"哟，昨天认一次错，今天又来一次，你认错有瘾啊？"

"今天你随便怎么说我，我都不生气。因为是我错了，我不该乱怪你，乱怪你爸妈，我错了，我错了，我错了。"

小湘忍住笑，绷着脸继续往前走，少良跟在后边抢她的手提包。小湘拿手提包砸着少良，少良让她砸着，一边笑一边夺过手提包，还对旁边诧异的路人说："两口子掉花枪，没见过啊？"小湘恨恨地说："你脸皮怎么这么厚啊？"

晚上，少良爸妈在卧室里商量着。少良妈说："这几年啊，老大在丈人那边也不招待见，好好的日子过成这样。唉，聪子他们两口子，一个没工作又要生孩子，一个有工作不好好干。唉，要不咱们回去吧。"

少良爸沉默了一会儿说："回去也好，咱把那店再开起来，叫聪子他们两个帮忙，虽然挣钱不多，但还能糊口，先混着过吧，老大这边也能松快点。良子现在要还贷款，他媳妇儿的钱又不跟他搁一块儿，良子的日子也紧巴。咱走了，他把这房租出去，也能多几个钱。"

少良妈皱着眉头说："那就这么办。你以后看病，又得跑来跑去了。"少良爸嘿了一声："病还是要看的。"

第二天，少良爸妈就跟少良说这个事情。少良烦恼地抓着头发："要不你们再想想，我再想办法帮聪子找个工作。"

少良妈说："你别为难了，因为聪子这事你都被老丈人骂了，你媳妇儿住在娘家不回来。你要再管聪子，你自己这家就该散了。"说完，少良妈叹了一口气。

少良着急表态："我没事，小湘这边也没有什么。"

"这话是这么说，可是人家心里肯定有想法。你不能为了聪子不要媳妇儿的。再有，聪子不定心，在城里未必是好事。我和你爸想，咱们还是回去，叫他们把那店开起来，先把孩子生了，过几年再说吧。"

少良为难地说："要开那店，得多少钱？"

少良妈说："不用你管，我和你爸也存了点钱，够用了。你现在还房贷，你也紧。那店卖点百货，店面是咱自己家的，不用多少钱。"

少良想了想，走到卧室里，拿了个信封出来："这是我半年的车贴，您拿着吧。"

少良妈说："不用，真不用，妈有钱。"

少良把钱塞在母亲的手里："回去总要添置点东西。聪子又没工作，彩霞又快生了，都要用钱，拿着吧。"

少良妈抹了把眼泪，少良爸闷声闷气地说了声："明天我们就回了。"

少良叹口气，没再说话。

8

小湘听说了这个消息，高兴地给她妈打电话："妈，他们全家都撤回县城去了。"

小湘妈诧异："怎么说走就走？"小湘这边也是一头雾水："不知道啊，他爸妈就叫少良跟我打了个招呼，今天已经走了。"

晚上，小湘妈家又热闹极了，三姐妹又聚在一起，研究这个事情。

小潇说："他们家这算唱的哪一出呢？"

小湘妈说："要说他们回去呢，也是好事，至少你省心了，清净了。"

小潇反驳说："你不能这么简单地看问题，他妈当初说到市里来是为什么？为的是照顾小湘坐月子啊。"

云姨也说："对啊，说得好好的，伺候小湘坐月子。这下啥也不说，回去了，这算什么？"

小潇说："这肯定是不乐意照顾小湘了，要把小湘甩给你们啊。"

小湘妈说："本来我们也没想她照顾，但是这个做法就有点不厚道。婆婆照顾儿媳妇生孩子，哪家都是这个理。"

云姨说："我看啊，还是偏心小儿子，他弟弟那媳妇儿也是要生了，咱小湘怀的又是个女儿，搞不好他们知道了，所以不管了，专心去伺候二儿媳妇去了。"

小湘妈说："这个事也没提过，小湘不会这么傻，把这个都先说给她婆婆听吧。"

小潇很担忧地说："这可不好说，你这二小姐说好听点叫厚道人，说不好听点就是缺根筋。"

说着话小湘就回来了，几个人立刻围了上去。小湘一看这状况，都不知道发生了什么事情。

小潇说："说说他们家什么情况。"

小湘一脸诧异："都回县城去了，今天走的，还不叫杜少良跟我先说，说是怕我多心。"

小潇看了大家一眼，说："看，怎么样，我猜对了吧？就是不想伺候你月子，拔脚走了。"

小湘摇摇头说："我觉得不是，应该是少良他弟弟的事影响的。他弟弟工作丢了，这你们都知道。"

云姨说："工作丢了再找啊，这杜少良也没来和你叨咕，这就不是他们家的风格，总觉得有点不对劲儿。"

小湘妈说："你们也别太疑神疑鬼，我看啊，不管他是什么原因走了，都是好事，咱们小湘也不指望他们照顾了。这样好，你们可以搬回自己家去了。"

小湘嘟着嘴说："妈，你这就赶我走了啊，我在家住得好好的呢。"

"这孩子，这怎么是我赶你们呢？你那房子离单位近。再说，你在家住得好好的，人家杜少良可是别扭着呢。"

小潇也说："是啊，你看他在饭桌上吃饭的那样子，好像谁亏待他似的。他怎么就不像我们家梁文年那么自在呢？"

小湘笑着说："难得，你也表扬我姐夫一次。"

小潇笑着拍了一下小湘："我这是表扬他吗？"

小湘说："杜少良在咱们家进进出出少，他这人死板，没有姐夫灵活。"

小湘妈说："我看啊，他就是和咱们家见着外，不是一块肉贴不到一块儿去。这点上，梁文年是比杜少良强，人家有个女婿的样子。你看家里的脏活累活，哪不是梁文年干的，杜少良每次来，都当自己是客人呢。"

小湘吃着苹果不说话。

晚上，小湘和少良商量："要不咱们搬回家去住吧。"

少良凑了过来说："怎么，你爸妈不高兴我们住在这里吗？"

"那当然不是，我是想，那边离我单位近一点，再说，房子空着也是空着啊。"

少良说："我是想搬回去，可我没敢提，怕你爸妈有想法。"

小湘戳了一下少良的额头说："就你小心眼，我爸妈是不讲理的人吗？那咱们说好了，就搬回去住。"

少良亲亲小湘说："我知道你是为我考虑才要搬回去的，这一回去，少了好多人照顾你，你该受委屈了。"

小湘笑笑："有你呢，除非你不想照顾我。"

少良说："那必须的，我自己的老婆儿子我不照顾，谁照顾啊？回去了，你就是太后娘娘，什么都不用干，我全包了。"

小湘笑他："你有这本事全包吗？菜都不会炒。"

少良说："我马上就报名学家政去，你信不信？"

小湘很明显不相信："这可是你说的。"

少良家老屋的院墙边上，少良妈和少良爸在自己家的杂货店里忙碌着。这是一间搭在院子里的小屋，小屋的一面是院子的墙，在朝街道的方向开了个小门。少良爸把杂货店的招牌擦干净了，重新挂在门头上。少良妈忙里忙外地清理着杂物，彩霞也在屋里擦着货架。

少良妈说："赶紧打扫干净了，下午去趟批发市场进货，明天这店就能开起来了。"

少良爸说："你没跟聪子说要借车上货啊。这都已经晌午了，还不见人回来。"

彩霞理了理额前的头发说："他一早就出去了，说是去找人借面包车。"

少良妈说："你指望他呢，我看咱就院子里那三轮车骑着去吧。店小，也进不了多少货。"

彩霞问道："您是去咱县城的批发市场进货啊。那不好啊，要想进好的货，得去市里那大的批发市场，咱们县城的东西质量不好，又贵。"

少良妈说："进趟城，车钱、饭钱都是钱，咱们本来就是小本小利，哪禁得住这么折腾呢？"

彩霞就不做声了，自己在心里暗暗地盘算着。

晌午已过，少良爸骑着三轮车载着少良妈和彩霞就去了批发市场。批发市场里人山人海，三人好不容易挤进人海里，少良妈和老板们讨价还价，彩霞留心看着每件东西的价格和质量。

回家的路上，少良爸蹬着三轮，少良妈和彩霞两个人在后边慢慢跟着，扶着堆得高高的货。

回到家里，彩霞水都不喝，就开始一样一样地码货，把各样东西在货架上摆得整整齐齐。少良妈一边在院子里忙着晚饭，少良爸看着儿媳妇在忙活，小声跟少良妈说道："这杨彩霞嘴巴坏，干活倒是不含糊。聪子也得有这么个媳妇儿管着，将来我们眼一闭，老大和兰子都是妥当的孩子，只有聪子，唉！"

说着话，少聪就回来了。少良爸虎着脸说："叫你去借辆车，借到晚饭才回来，又和什么不三不四的人混去了？"

少聪浑身酒气，喝得醉醺醺的，嘴里说着："对啊，我就是和不三不四的人混去了，我就是个不三不四的人。"

少良爸气得抄起扫把就冲着少聪去了："没出息的东西，喝，喝死你。"

少聪一边躲一边嚷："我文凭是假的，工作也没了，你们、你们一个一个都拿我当废人，我不喝酒，我能干吗，啊？"

少良妈拦着少良爸："少聪啊，你有点出息行不行，你怎么不跟你大哥学学呢？你要好好做人。"

少聪脸上爬满了泪水："谁不想好好做人啊，让我好好做人吗？我他妈委屈啊，我难受啊，妈，我心里难受。"

彩霞从店里出来，麻利地走到水池边，拿起了一块毛巾，把少聪一把拽过来，往脸上一抹。少聪被冷水刺激得直叫。

彩霞发狠地说："是个爷们儿就别在这儿哭。有本事，把家里这店弄好，有糠吃糠，有菜吃菜，日子怎么不是过啊？看你那没出息的样。"

没过两天，少良和小湘就搬回了家。小湘一边在梳妆台前做着每天的面部护理，一边说："还是自己家里好啊。对了，明天周末，你把你妈攒的那些瓶瓶罐罐，还有那些塑料袋给处理一下，放在家里乱。"

少良有些心不在焉，他一手拿着计算器，愁眉苦脸地答应着。

小湘凑过去问："算什么呢，这么认真。"

少良苦着一张脸说："唉，一个月房贷要 4800，少兰上学，每个月我给 1000 的生活费，油价又涨了，车子上得花 1000 多，这个月买孩子的东西又花了 1000 多，这钱啊，真是不够花的。我还想每个月还你妈他们点钱，这个月看来是不行了。"

小湘说："我妈的钱什么时候还都成，可是每个月这个开支确实是太大了，以后能省就省点。"

少良叹了一口气："哪能省什么，孩子出生了，以后花钱的地方就更多了。还有，新房交完钥匙，咱们又要装修，这又是一笔大开支。"

"要这么说，咱们这房贷要能做成 20 年的就好了，都怪你，非要做 10 年的。"

少良敲着计算器："你算算，20 年每个月还得是少了，可是总额多出十几万啊。我当时想，咬咬牙，也就苦 10 年，也就到头了。还 20 年，咱俩那时候都该退休了。"

小湘说："是这个道理，买套房，一辈子都还债，想想真是难受，可是又没有办法。"

少良伸了伸双臂，躺在床上："所以我想，还是得把这旧房给卖了。一来呢，能把你妈的钱还上；二来呢，咱们经济上不用这么紧张了。"

"这个我举双手赞成，我一直就想卖这旧房，就怕你妈不同意。"

小湘回到家说起少良卖房的想法，小潇说："这房最好别卖，房价总归是涨的，比把钱放在银行划算。"

小湘妈说："杜少良要真有这心还我的钱，就够了。我和你爸也不等这钱用，房子还是不卖的好。"

小湘说："这每个月贷款压力太大。"

云姨说："不是我说他，每个月给他妹妹 1000，这就过分。合着他妈一分钱不掏的，全指望你们了。"

小湘十分理解少良："他弟弟现在又没了工作，他爸妈也困难。"

小潇说："困难吧，就少给点生活费，他妹妹那么大个人了，怎么不知道勤工俭学呢？咱家小沫还勤工俭学呢，她能比小沫金贵么？"

少良和小湘在散步的时候又讨论起这个话题来，少良说："不是少兰不勤工俭学，她也找了好几份家教，能挣点钱，但在上海那地方，开销大。我是舍不得她辛苦，才多给她点钱。"

小湘说："不是我小气，确实咱们也是紧张。马上孩子就要出生了，还得请月嫂。"

少良皱着眉头说："你们家不是有云姨和你妈吗，还要找什么月嫂呢？"

小湘不高兴了："你怎么能把我妈和云姨当保姆呢？你妈这一走，我坐月子你还真指望我妈来跑前跑后啊？我妈和云姨顶多也就是搭把手的事，咱们家得请月嫂，出了月子，我还想用个保姆呢。"

少良有点不高兴地说："这家里能有多少事情，还用保姆？你要实在不乐意，我还叫我妈来伺候你月子，我妈给你当月嫂，总可以吧？"

小湘甩开少良的手说："你这是什么态度，我是说叫你妈来当月嫂吗？你妈就是来，月嫂我也还是要请的，毕竟请的人好使唤些。"

少良听见使唤两个字，很不高兴："这什么话，我妈怎么还该听你的使唤啊？"

小湘也火大了："我是这意思吗？"

少良一句话也不说，木然地往前走着，两个人又带着情绪回了家。

第八章

优质剩女就是一颗定时炸弹

男人都有压制不住的虚荣心，少良也不例外。何况欧阳枫除了脾气坏点，人长得还是很漂亮，又格外会打扮，少良有时被自己那点男人的劣根性所驱动，难免想入非非。当然，他只是满足一下自己的虚荣心，并没有其他的意思。

1

转眼，小湘就到了预产期了。小湘妈到处张罗着找月嫂，看了很多，也没有找到满意的。少良妈估摸着小湘也快生了，就给少良打电话，要过来伺候小湘坐月子。

少良告诉小湘说："我爸妈明天就来，还说带着彩霞一起来，两个人伺候你一个。那月嫂我看还是别请了。"

小湘赶紧摆手说："可别，你妈来我感谢，彩霞可别叫人家来。人家也是孕妇，出点什么事情，咱们可担不起。"

小湘妈知道了也说："其实你们家人不来也可以，云姨回头住过来，先在这边照应着，等找到了月嫂就好了。"

少良妈听说了以为不让她来，很是生气，跟少良抱怨说："我的大孙子，怎么不许亲爷爷亲奶奶来。"少良只好说："他们是客气话，你们要来照来。"

这天，彩霞一个人在店里忙活。小店里的货物堆得满满当当，一个大妈来买草纸，货架上的草纸刚好卖完了，彩霞想叫少聪来帮忙。少聪在房间里躲着玩游戏，彩霞叫了几声也不见动静，没奈何，她只好自己站在小椅子上去拿货架顶上的草纸。谁想，这时候邻居家的黑狗突然狂吠起来，彩霞吃了这一吓，脚下一个不留神，摔了下来，半天爬不起来，慌得大妈站在店里高叫："快来人啊，大肚子摔在地上了。"

少良妈这当口在隔壁家聊闲话，听见了赶紧朝回跑，跑回来一看就叫："要死了，自己大着个肚子还不小心，你不会叫聪子啊！"

彩霞慢慢爬起来，火气也上来了："我叫他了，他不应我啊。"

少良妈看着彩霞好像没有什么事，揪着的心放下来，嘴上还不饶人："你不顾自己也要顾小的，出点什么事你担得起啊。"

彩霞慢慢坐到墙边的椅子上："我的孩子我担不起谁担得起？你有工夫骂我不如说说你儿子，一整天都在房里，屁事不干，喊他不应，死人一样的。"

少良妈说："他不应你进去拖他，你不是拿得住他吗？我还管你们俩的事哩。"说着话，少良妈在收钱的小屉子里翻出当天的营业款来，一五一十地点着。

彩霞冷冷地说："放心，都在里头，没人亏你的钱。"

少良妈不理，终究是点完了，才把钱理理整齐，拿出上了锁的铁匣子，小心地把钱放进去，又仔细地锁上，把钥匙重拴在裤腰带上，这才说："要没有事，你去张罗晚饭，这里我看着就是了。"

彩霞撇撇嘴："我不知道有事没有事，我现在肚子疼，有个好歹的，你也担不起。"说完，彩霞一转身回房了。少聪还在电脑前玩着游戏，眼睛都不眨，彩霞冲着少聪直瞪眼："别打了，我要睡觉，你出去转会儿去。"

少聪有些不耐烦："别吵，正紧要关头。"

彩霞气都不打一处来："你能干点正经事吗？成天就知道打游戏、喝酒，你还是个男人吗？"

少聪冷笑着说："对啊，我就不是个男人，我养活不了你，你要去哪儿我也不拦着你，我就这样了。"

彩霞气得有些手足无措："你看看你，丢个工作吧，有什么了不起，你打算一辈子不抬头做人了？"

少聪不搭腔，还是自顾自地打游戏。彩霞问："你说话啊，别以为不理我，我就没办法，你可别把我逼急了。"

少聪还是不搭腔。彩霞冲过去，把电脑电源给拔了。

少聪没反应，站起来拿起衣服就要走。彩霞拦在门口说："你又去哪儿？"

少聪说："你不是叫我出去转转吗？"

彩霞堵着门说："你又想去哪儿胡混去？不许去。"

"这可奇怪了，你叫我出去，现在又不许我去，你让开啊。"彩霞说："就不让。"

少聪的蛮劲儿上来了，他一把把彩霞给搡到一边去，冲出了门。彩霞被搡在地上，半天爬不起来，恨得直骂："杜少聪，你个王八蛋，老娘瞎眼了，嫁你这么个不成器的东西。"骂着骂着，彩霞觉得不对劲，低头一看，两腿之间慢慢地流出来一摊血，彩霞吓得大叫："来人啊，来人啊。"

小巷中，救护车呼啸而来，少良爸妈手忙脚乱地帮忙把彩霞抬上车。

少良妈坐在救护车上，一边擦着彩霞额头上的汗，一边还骂着："你们就不能让我省省心啊，这一去医院，又是钱啊。"

彩霞疼得脸都变色了："骂谁作死啊，你儿子是浑蛋，知道吧，是浑蛋。"

少良妈说："你知道他现在心情不好，他犯浑，你惹他干什么？"

彩霞恨恨地说："对，都是我的事，我瞎眼了，嫁给他这个王八蛋。你叫他不用急，横竖我们娘俩儿也是个死了，不用他再来催命，停车啊，停车，去什么医院啊，我回家等死去，顺了他的心。"

少良妈拼死搂住彩霞："还说不是作死呢，这时候了你还闹什么？你真想死啊。"

救护车呼啸着开进了医院急诊。彩霞被人从救护车上抬下来，进了急诊室，护士拉上了帘子。

少良妈浑身冷汗，手脚冰凉，哆哆嗦嗦地朝椅子上一坐。少良爸说："老二死哪儿去了？老婆都进急诊了，这浑蛋还死在外头不回来。"

少良妈说："给他打电话啊，你都急糊涂了。"

少良爸浑身上下摸不出手机来。少良妈恨得嘿了一声："怎么连手机都能忘了？你到外头公用电话去打。"

少聪正在一家网吧里一边喝着啤酒一边打游戏，一个不小心，他又失了一局，少聪气得猛一拍桌子，旁边一个小伙子吓了一跳，再一看，自己的电脑黑屏了。

那小伙子一下子跳起来："他妈的，你干什么？老子就快过关了，叫你一拍拍死了。"

少聪斜眼看着他："你自己水平臭，怪得着别人吗？"

小伙子一甩椅子，满脸凶气地走过来："不知道老子是谁吧，有种出来说话。"

少聪借着酒劲儿也噌的一下蹦出来："出来就出来，怕你啊？"

两个人眼看就要打上，小李哥不知道从哪儿冒了出来："兄弟，别吵啊，有事慢慢说。"

小伙子瞪着眼睛说："你谁啊，别管闲事啊，哪儿来的回哪儿去，不然连你一起打。"

旁边有人拉拉那小伙子："这是小李哥，赶紧走吧。"

小李哥淡然一笑："小兄弟，给哥哥我一个面子，别在这儿闹事，咱们什么都好说。"

很显然，那小伙子知道小李哥的名号，他嘟囔了几句，拿了衣服走了。临走，还狠狠瞪了少聪一眼。

小李哥说："都散了散了啊，没什么好看的。"说完，又拉着少聪到了后边的办公室。

少聪说："李哥，你是这网吧的老板啊？"

小李哥嘿嘿一笑："嗨，什么老板，给朋友帮帮忙呗。兄弟，你怎么在这儿啊？听说你现在不在城管那边干了，现在怎么样啊？"

少聪叹口气："不说了，反正是工作没了，现在也没有什么事，这不，才到网吧来玩玩。"

小李哥摇摇头："可惜了，你那工作是好饭碗。"

"那不是我这种人能端的，唉，不说也罢了。小李哥，我现在也没有什么事做，您要是有什么好生意，关照关照兄弟我，哪怕叫我跟着你打打杂都行。"

小李哥淡然笑着："什么话，哪能叫你跟我打杂啊。我也没有什么生意，自己都养活不起呢。"

"李哥，我知道你是有本事的人，你要看得起兄弟我，我就跟你干，要看不起，那就当我什么都没说。"

小李哥若有所思地看着少聪说："要是这个话么，兄弟你看得起我，那我也实打实地交你这个朋友了。我啊，现在还真有点小生意需要人帮忙。"

少聪很感兴趣地凑上去："什么生意？我什么都能干。"

小李哥笑了笑："没吃饭吧，走，咱哥俩儿找个地方喝着，慢慢再说。"

少聪和小李哥在路边的大排档喝着酒，旁边卖唱的小姑娘声如洪钟。少聪的手机不停地响，但是少聪根本就没有听见。

少良爸打了几遍电话都不见少聪听，他气得摔了电话，回了急诊室。少良妈迎过来说："打通了没？叫他赶紧来。"

少良爸恨恨地说："哪知道他又干什么去了，手机也不接。"

护士从帘子后面出来，叫："谁是杨彩霞的家属？"

少良妈赶紧迎上去："我是她婆婆，她咋样啊？"

护士："孕妇情况不好，要住院保胎，你们去办手续吧。"说完，甩了一张单子出来。

少良妈看着单子说："要死啊，要1万块钱。"

护士说："这是预交费，不够再补吧。"

少良爸说："什么，还不够？"

少良妈扯着嗓子对刚推出来的杨彩霞嚷："作的什么啊，你们两口子打一架，花这么多钱！"

旁边的病人和护士都忍不住哂嘴。

彩霞默默地别过头去，流下了眼泪。

老两口身上没带那么多钱，没办法，少良爸又一次来到电话亭前。少聪和小李哥在大排档处谈得正欢。

小李哥甩给少聪一支烟。少聪受宠若惊地说："硬中华，李哥，客气啊。"

小李哥说："抽抽看，这烟怎么样？"

少聪点着烟吸了一口："这个烟是假的吧。"

小李哥笑着说："兄弟，一看就是行家，不错，这烟是假的。"

少聪有点不明白："您能抽假烟吗？"

小李哥说："自己抽当然不抽假的，这个扔了吧，我不过叫你尝尝。"

小李哥甩出一条中华来，少聪拿过来仔细看："这假的啊，跟真的一样，别说这烟口感绝对靠谱，只有我们这老抽烟的才能分辨得出来。"

小李哥说："我的生意就是这个。怎么样，有兴趣不？"

少聪把烟放了回去，神色有点慌张："这可不行啊，这犯法啊。"

小李哥笑了："犯法是犯法，也不伤人害命的。这烟都是一样的烟丝呗，就是口感好差的问题，也吃不死人。换个包装卖，价钱上去好几倍。不用你去卖，我这里缺个押货的，你考虑考虑。说难听点，真碰上查，把货一扔就走了，谁能抓到你？"

少聪连连摆手："这不行不行，我胆子小，没干过这个，我别连累你。"

小李哥拍拍少聪的肩膀："兄弟啊，我当你是自己人，才掏心掏肺地跟你说，有财大家一起发，放心，哥哥我不会叫你走黑道的。你自己合计合计，你一年替我走几次货，就什么都有了。"

少聪有点动心："真能有这么多钱？"

小李哥神秘地笑笑："你干上就知道了，这钱好赚得很。"

少聪犹豫了很久，终于说："我还真干不了这个，李哥，你这情我领，我敬你，我敬你。"

说着话，少聪的手机又响起来了，少聪慌乱地拿过手机说："李哥，我接个电话啊。"

少良爸在电话那头气急败坏地喊道："你个混账东西，你在哪儿呢，你老婆被你推得都住院了，你还死在外头不回来。"

少聪一个激灵，酒全醒了："什么？彩霞摔着了？我马上来马上来。李哥，不好意思，我媳妇儿摔着了，进了医院，我得赶紧走。"

李哥意味深长地看着少聪说："我可是拿你当兄弟啊，兄弟，好好想想再决定。"

少聪一边走一边说："我想想，我想想。"

2

少聪和少良爸妈对着缴费单发愁，少良妈说："手里原来有点钱，搞这个店花了不少，现在就剩不到 4000 块了，这可怎么办呢？"

少良爸说："叫他们自己交，有本事闯祸，没本事拿钱。"

少聪痛苦地抓着头发："队里多发给我一个月工资，还剩 500 块。"

少良爸一瞪眼："500 你也好意思说，有点钱就糟蹋。只看见糟蹋，没看见挣钱回来。"

少良妈说："别吵了，吵能吵出钱来啊。"

少聪低声说："要不，跟大哥借点？"

少良爸又瞪起了眼："你大哥这辈子欠你的啊？要钱就跟他伸手，他自己没有老婆孩子啊？没出息的东西，自己想办法去。"

少良妈护着少聪："你嚷什么？这就怪杨彩霞，好好的，作什么？搞出这么大事来。要不是看她肚子里怀的是我老杜家的后，我才不管她。"

彩霞在病房里听见，默默地看着天花板不出声，旁边的孕妇悄悄跟她说："这是你婆婆啊，真厉害。"彩霞苦笑："她厉害的时候，你还没看见呢。"孕妇问："你娘家就没人？"彩霞摇摇头："有人也不中用。"

少聪走进来，默默地坐在彩霞床边。彩霞说："你还来干吗，看我们娘俩儿怎么死的？"

少聪搓搓手："我也没想到这么严重。你也是，我那时候犯浑，你躲我远点不就行了。你知道我这脾气，我控制不住。"

彩霞哭道："我就这么命苦，我希望你好，你看看你，一天到晚垂头丧气，正经事一样不干，我气啊，我能不气？"

少聪伸出大手，笨拙地给彩霞擦着眼泪："我不好，是我不好，可我这心里也憋屈，我没处说去啊。"说着说着，少聪的眼泪也掉了下来。

彩霞心软了，哭着说："聪子，你出息点吧，咱小门小户的，禁不住这么折腾啊。我不要你挣多少钱，咱踏实把日子过好，把孩子养大就行了。你别这样了，聪子，你明不明白啊？"

少聪把彩霞搂到怀里，拍着她的背："我懂，我明白，你放心，我以后都好好的，我明天就去找工作，以后再不干这种混账事了。"

少良妈想来想去，终于下定决心走到电话亭，打电话给少良。

少良一接电话，少良妈就忍不住哭了："良子啊，妈不是没有办法，不能给你打这电话。"

少良一听老娘哭了就六神无主："妈，这怎么了，是不是聪子又犯浑了？"

少良妈呜咽着说："聪子他们两口子吵架，把杨彩霞给摔着了，现在躺在医院里保胎。"

少良一听就头大："他们两个怎么回事啊？这刚回家没消停几天，又出这个事。"

少良妈说："你爸已经骂过他们了，可是……"

少良赶紧问："住院要钱的吧，要多少？"少良妈说："要先交1万块。"

少良沉默了一会儿说："妈，我这个月的工资刚发，我先拿出来给你，其他的钱你容我这两天再凑凑。"

少良妈又哭了："孩子啊，妈知道你也难，不是没有办法，我真不想叫你拿这个钱啊，我不能眼睁睁看着杨彩霞肚里的那个孩子没了不是？你可别怪妈偏心你弟弟。"

少良赶紧柔声劝："妈，别说这话，我是老大，家里有事我该管的。这事你别急了，交给我来办吧。"

少良这几天一直发愁，有点神不守舍。李力明感觉少良有些不对劲儿，这天，他在公司里和少良聊了几句。

"怎么了？家里又有事？"

少良不语，李力明说："这男人吧，不是为钱发愁，就是为女人发愁。你为哪样？"

少良愁眉苦脸地说："咱们公司有没有可能预支薪水的？"

李力明做惊讶状："你要是搞得定财务部的'西毒'欧阳枫，就一切皆有可能。"

少良摆摆手："别出这馊点子。"

财务部部长欧阳枫是众所周知的坏脾气，自从她走马上任，各个部门报销的单据基本上都被打回来过，连李力明这副总的面子她也不给。以前公司里的员工自己打个车、吃个饭，哪怕买点小东西，都能用公费充掉，自从她上任，这事就难了，搞得大家都怨声载道，于是她也就有了这"西毒"的名号。可是唯有对少良，欧阳枫还没有给过他难堪，因为少良从来不拿私账去报销。但李力明和沈大昌则坚定地认为欧阳枫这优质剩女对少良是有想法的。

少良嘴上坚决否认，但男人都有压制不住的虚荣心，少良也不例外。何况欧阳枫除了脾气坏点，人长得还是很漂亮，又格外会着装打扮，少良有时被自己那点男人的劣根性所驱动，难免想入非非。当然，他只是满足一下自己的虚荣心，并没有其他的意思。不论男性还是女性，都是乐于幻想自己被优秀的异性欣赏和追求的。

自从买了新房后，少良就背了一屁股的债。现在和小湘的关系刚刚改善了一点儿，少良思来想去，实在不敢为了这万把块钱再把老婆惹恼了。想来想去，又想不出别的办法来。最后，少良只得跟大昌借钱周转。

大昌说："咱俩一块儿买的房子，你两个人薪水供，我一个人薪水供，我不问你借钱，已经是对你好了。"

想跟李力明周转，李力明说："牌来酒来，借钱不来。何况我的大嫂——你老婆的云姨你还不知道啊，你要想让她知道，你就朝我借。"少良一想，云姨是得罪不起的，只得作罢。

大昌给他出点子："下个月我们两个部门有个联合培训，经费报告上面多打个几千，看不出来什么。你周转一下再补上，应该没有问题。"

少良犹豫着说："这不好吧，再说，如果被查出来，大家都不好看。"

大昌说："要不说你干不了销售呢？别人都是这么干的，只有你死抱着规矩不放。不对，还有一个人，欧阳枫，自从她上任以后，这事就没那么好干了。"

少良说："她那是为公司利益着想，再说，你们总是充公账，占公司的便宜，那也是不对的。"

大昌不乐意了："这个怎么能说是占公司便宜呢？我只是叫你周转一下，又没有叫你贪污公款。"

少良想想，多借点活动经费出来，报账的时候再还回去，好像也不算违法乱纪。经费报告递到李力明那里，李力明睁一眼闭一眼地签了字，又嘱咐道："出事别把我给出卖了啊，欧阳枫我可惹不起。"

这报告就递到了欧阳枫的手里，过了一会儿，欧阳枫亲自拿着报告来找少良："你这报告不对，这几项开支都是没有必要的。还有，我们公司的讲课费一直都是有标准的。"

少良硬着头皮说："请的专家不一样，当然标准不一样。我们也只是放个量，未必一定用这么多，多余的还退回来。"

欧阳枫说："经费核算该多少就是多少，公司没有放量这个规矩。我看过了，你们这个活动多报出来1万块钱左右，你仔细核算好了，再拿给我吧。"说完，把文件夹朝少良手上一塞，头也不回地走了。

这个办法行不通，少良愁得连饭都吃不下了。他也确实不敢吃饭了，因为他饭卡里的钱快花完了，当月的工资还掉贷款后，其他的都拿给他妈了，少良身上现在只有 20 块钱。

快下班的时候，少良一个人在走廊里抽着烟，不时长吁短叹，大昌刚好经过，停下来说："你怎么了，下班了还在这里叹气？"少良就把自己的窘状告诉了大昌，这少良话还没有说完，大昌就急了："什么？你身上只有 20 块钱？你老婆真的要好好反省一下。"少良说："关我老婆什么事啊。我是真愁啊，我们家这窟窿怎么堵，我弟弟那媳妇儿还躺在医院等钱保胎呢。唉！"

欧阳枫正好经过，无意中听到了这个话。少良看见欧阳枫，有点尴尬，勉勉强强打了个招呼。欧阳枫面无表情地看了一眼大昌，走了。大昌被她这一眼看得浑身哆嗦了一下："她为什么那么看着我呢？你说，为什么呢？我有得罪过她吗？是不是上个月我拿了张打车的票充公费她看出来了？"少良拍了拍大昌的肩膀："放松点，人家又不是真的'西毒'。"大昌说："她的眼神很'西毒'。"

没过两天，财务部的小姑娘跑到销售部，对小周说："你们销售部上个季度的业绩奖核算好了，你们赶紧制表去领绩效。"

小周摸不着头脑："业绩奖不是半年才给结一次吗？这还差三个月呢。"

小姑娘说："那现在有钱领，你们是要呢，还是不要呢？"小周很麻利地说："要！"马上就制表给少良签字。

少良当天领到了两个季度的业绩奖，这可真是解了少良的燃眉之急。连李力明看少良的眼神都不一样了："有你的啊，少良，欧阳枫摆明了是在帮你，你要不要考虑一下以身相许呢？"少良手下的几个兄弟们也提前拿到了钱，他们一致同意这个建议。

少良说："你们几个啊，为这点钱能把我卖了，真是人心不古啊。"

老林说："其实呢，我们都是很想卖身的，但是，只有你既有资本又有姿色。为了兄弟们的福利，你就委屈一下。"

大昌笑呵呵地说："你要是把欧阳枫拿下，大家的日子就好过了。你就牺牲小我，成全大爱吧。"

少良被他们笑得在办公室里坐不住，借故跑去楼下的小餐厅喝茶。可巧欧阳枫也下来买下午茶，欧阳枫还是一副冷若冰霜的样子，她在柜台前点了一杯清咖和一份三明治，少良凑过去说："我请。"欧阳枫眯着眼睛看了他一眼，很不领情地说："不用。"甩下零钱就走了。

大昌学着少良的口气说："我请。"老周很凑趣地扮欧阳枫："不用！"吧台的小伙计捂着嘴乐了半天。

李力明提醒少良："你拿这钱，最好跟你老婆打个招呼，不然你家里又该不消停了。"

少良捶了李力明一下："我就知道你这嘴是最靠不住的，我就不明白了，为什么你那么怕云姨呢？"

李力明一脸虔诚："长嫂如母，我这是尊重她。再说了，我小时候不好好读书，我嫂子没少打我，我有心理阴影。你得有数啊，要是嫂子问我，我肯定扛不住都招了。"

少良低着头说："我先跟小湘备案去。"

晚上回到家，少良又主动干上家务了。小湘下班回来，看见家里的地板都是锃亮锃亮的，就知道少良又有事了。小湘笑眯眯地看着少良，少良手里忙着干活，一直躲避着小湘的目光。小湘就这么一直跟着少良盯来盯去，少良终于绷不住了，说："老婆，别这么看着我，你看得我心里发慌。"

小湘依旧笑呵呵的："我看你心里有底得很。说吧，什么事？"

少良眼珠转了好几圈才说："跟你报告，今天拿了业绩奖了，5000 块。"

小湘高兴得眉飞色舞："这是好事啊，不对，你拿了钱回来，为什么还这样一脸苦相？你肯定还有下文。"

少良准备坦白："老婆，你真聪明，有个事吧，我想跟你商量商量。"

小湘极力按捺住升腾的火气："你家又有事要用钱是不是？这次是你妹妹生活费不够啊，还是你弟弟又干吗了呢？"

小湘这态度让少良有点下不了台："你别这么说，说得我们家好像老有事似的。"

小湘说："你们家难道事情还少了啊？这次又是什么事啊？"

少良说："彩霞摔了，挺严重的，现在在医院保胎，可是医药费不够。你看，我们能不能帮他们一把？"

小湘立刻关心地问："怎么就摔着了啊，严重吗？你怎么不早说呢？"

少良有点摸不清楚状况："这也是才知道的，你看？"

小湘说："要多少医药费？你这 5000 够不够呢？要不够，我再给你凑点。"

少良有些心虚："你要是不乐意，那咱就少给点？"

小湘眼睛一瞪："你这人怎么回事啊？这是人命关天的大事啊，这事得帮。"

少良忍不住扔下手里的抹布，抱住小湘狠狠亲了一口："老婆，你太好了，我太感激你了。"

小湘推开他："去去去，我本来就挺好的，是你这人心里不阳光。"

少良连连点头："对，对，我心里不阳光，你说啥就是啥。这个医药费得先交1万，从我这个月的工资里再拿出5000来，凑1万，我就送过去了。"

小湘皱眉："那你还让我送去啊？"

少良怯懦地说："那房贷，你看你能先给垫点吗？"

小湘摆摆手："行了，我知道了，这个月房贷我去还上。"

彩霞的医药费有了着落，少良妈原打算来伺候小湘的月子可就黄了。彩霞摔得很严重，医生严禁她下床活动，现在她的身边一刻离不得人，少良妈只好在医院里照顾彩霞。少良爸是一看见少聪就要骂人，少聪自己也很烦恼。自从知道大哥又给自己贴了1万块钱，少聪的心里就像压了一块石头。少聪很想马上赚到钱，他想起了小李哥说过的话："那钱好挣，一年跑个几趟，什么都有了。"少聪想，拼上几次，好歹挣点钱出来，把大哥的债还了，自己攒点本做小生意，这也算是一条出路。一想到能挣钱，少聪什么都忘记了，他满怀信心地去找小李哥。

3

这天，小湘妈去百货公司，碰上了以前单位的老同事。两个人聊起来，小湘妈说："这退休以后就没见过你了。"

老同事也是一脸的笑："我忙着呢，前两年忙着带孙子，这两年又忙着给女儿打杂。"

小湘妈也感叹："我们这些人，原来也是职业妇女的，一退休了，只能躲在家里带孩子了。"

"带孩子也是一门学问，也能挣大钱。"老同事说话间有些得意扬扬的意思，"我女儿现在开了间公司，专门雇那些月嫂。"

小湘妈说："家政公司啊，现在这个市场好，你这女儿真能干。"其实，她心里可着实有点瞧不起人家。老同事看出来了，笑道："可不是家政，而是月嫂，她别的生意不做，专门做月嫂生意的。你知道现在人都娇气了，又都只生一个孩子，月嫂的生意好着呢。没有预约，根本找不到现成的。"

小湘妈马上来了兴趣："有没有好的，给我介绍一个。"

老同事得意地说："那没有问题，是小沫生孩子了？"

"小湘，我们家老二。"

老同事有点惊异："哟，小湘30多岁了吧，怎么才生啊？"

"他们年轻人忙事业，不想早生孩子。30多岁生，月子里不能亏着，不像20

多岁的小姑娘了。"

老同事说："可不是吗？这叫高龄产妇，护理可得讲究。行，小湘这孩子打小就讨人喜欢，这事包在我身上，保证给你找个最好的月嫂。"

小湘妈说："那我可就拜托你了。我自己找了大半个月了，一个合适的也没有呢。"

没过几天，小湘妈就拉着小湘和小潇站在月嫂培训中心的教室外看着。老同事一边陪她们参观，一边说："讲课的那个，是我们中心最好的月嫂。她啊，得提前半年预约，我跟她说了一下，正好你生的时候她约的那家临时不在这儿生了，你看多巧。"

小湘妈喜笑颜开："真巧啊，咱们小湘真有福气。"

老同事点点头："我跟她说好了，等下课了，你们双方见面谈谈。"

小湘妈说："她的工钱一个月得多少？"老同事说："我们中心是统一收费，按星级定的标准。她是五星级的，贵点，一个月4800。"

小湘倒吸一口气："比我工资都高。"老同事说："你用了，你就知道值了。再有，月嫂顶多照顾你三个月，下面的日子就换保姆啦。"

正说着话，铃声响了，教室里的学员们都下课了。金牌月嫂路阿姨走了出来，老同事叫住她："路阿姨，这就是我跟你说的我那老同事，你们聊聊吧。"

路阿姨衣着时尚，她大方得体地伸出手来说："你好，谢谢您信任我。"

小湘妈说："我们家小湘从小身子弱，10岁以前啊，她总是生病，就是现在，三姐妹里，也是她身体最不好，怀孩子以前瘦得不成样子，吃什么也都长不胖。"

路阿姨笑着说："这是气血不足的毛病，月子要是坐不好，以后年纪大了就受罪了。可是月子里要是适当地调养，能把以前的毛病都给治好。"

小湘妈认真地说："我听老中医也都是这么说的。你这么一说，我可就放心了，你好好给小湘调理调理。"

路阿姨说："我虽然是月嫂，但我父亲是老中医，我从小就跟他学。您放心，我到时候一定把小湘和宝宝给带得好好的。"

小湘妈终于放下了一颗心："那我可就真放心了，小湘真是运气好，能碰上您这么好的阿姨。那这事就这么定了。"

路阿姨连连点头："好，好，就这么定了。"

少聪这几天一直忙忙碌碌的，那天去找了小李哥后，他就开始跟着小李哥干了。这天，小李哥的店里黑灯瞎火的，少聪紧张地问："李哥，这真不会有事儿吧？"

小李哥很轻松地拍拍少聪的肩膀："放心，有危险的事情李哥能叫你干吗？"

旁边的小林子说："老弟，没事，就是押个货，能有什么事？跟着我就行了。"

小李哥说："你跟着林子，只管看着货就得，别的不用你管。"

少聪的心里还是有些不踏实，他低声应了一声，忐忑地跟着林子出了门。

医院里人来人往，少良妈在彩霞的床前唠叨着："这一天的费用就不少了，真是不争气，还怀着个丫头，这么个折腾法。"

彩霞默不做声地坐着。医生护士进来查房，医生问彩霞："今天怎么样？"

彩霞说："就是觉得头晕，浑身没劲，吃不下东西。"

"吃不下东西可不行，你现在营养跟不上，孩子会受罪。胎儿比正常的小，你需要补充营养。"医生嘱咐道。

彩霞面露难色："确实是吃不下去，只能吃点白粥。"

"血色素这么低，你这样不行的。这样，给她加氨基酸、VC，安宝继续挂，还要卧床。"

少良妈问："又加药了，这药贵吗？"医生说："这是营养素，你儿媳妇现在情况不大好，这个药要是不挂，就会有危险，胎儿发育不好。"

少良妈结结巴巴地说："这个胎儿是个女娃吧？"

医生怀着不可思议的眼神看了少良妈一眼，没说话。

少良妈又说："医生啊，我们是自己掏钱看病，这个营养的药啊，能不挂就不挂了吧，营养不就是多吃饭吗？"

医生不耐烦地说："这和吃饭是两码事，你儿媳妇现在的情况靠吃是不行的，营养跟不上，孩子就保不住了。"

少良妈见医生有点恼，就不说话了。

医生给彩霞检查着，少良妈又问："医生，她什么时候能出院呢？"

医生说："她这样还想出院？最少也得保一个月的胎，还不一定保得住呢。"

医生终于走了，少良妈埋怨彩霞："小姐身子丫鬟命，老大家的倒是千金小姐，她怀着孩子也没见有你这么多毛病。"

彩霞冷笑道："是我想这样的吗？你不说你自己儿子下手没轻重呢。"

少良妈还是埋怨彩霞："都不是省油的灯。就长一张厉害嘴，有本事你别叫我在这儿伺候你。"

彩霞不说话了，少良妈拿勺子一点点喂给她吃："真是要命啊，连枕头都不能枕，这么个保胎法，我这把老骨头早晚葬送在你们两个的手上。"

少良爸进来，看见少良妈一口一口喂彩霞吃饭，皱着眉头问："什么时候能出院，你没有问问医生？"

"医生说最好在这儿住一个月，还不一定保得住这孩子。"少良妈的语气有些恼，少良爸不说话了。

不一会儿，少良爸使了个眼神，把少良妈叫了出来，在医院的走廊上商量。少良爸说："保一个月，要是保不住，这钱花得可冤枉。"

少良妈说："唉，良子拿这点钱来也不容易，跟他媳妇儿还不定怎么个吵法呢，他还要供房子。这两个活祖宗，放着好日子不过，闹得全家都跟着他们受罪！"

少良爸显然还在自己的思路上："我看啊，这个胎要真是女娃，就不保了，流掉算了。"

少良妈显出惊讶的神色："这话可不能乱说，孩子都快五个多月了，能说不要就不要了吗？"

少良爸说："要到时候保不住，不还是一样受罪。还有，就是保住了，我看也不知道将来会有问题没有。他们两个都没有正式工作，要再摊上个有病的孩子，这日子可就更没法过了。"

少良妈愣了好一会儿才说："说得也在理，可这怎么跟聪子开口呢？"

少聪正坐在副驾驶座上："林哥，这是去哪儿拉货啊？"

正在开车的林子说："去邻省接货。你就别多问了，到了不就知道了。"

货车驶入了一个废车场。少聪神情紧张，小林说："放松点，没事的。"

停车场一角已经停了一辆货车，小林一打方向盘，把小货车的尾部和货车对接，货车上下来两个人，他们一言不发，直接掀开蓬布，跳上车就开始搬货。少聪看到货箱上写的是酸奶糖。小林一边搬一边叫少聪："别愣着了，快点帮忙搬，这儿不能久停。"少聪哦了一声，动手搬货。没几分钟，货在车上码好了。对方说："48箱，齐了。"小林说："齐了。"跳上车，一溜烟地就开出了停车场。

少聪和小林的车从高速路上下来，驶入了偏僻的一条小路上。小林一边开车一边看着路边上的标志，看到一块广告牌的时候，小林把车一拐，拐进了路边的一个小树林里停了下来，他对少聪说："赶紧，把货搬下来。"

少聪摸不着头脑："把货卸这儿？"小林说："就卸这儿。"

少聪和小林一起把48箱货全部卸下来。小林跳上车："别愣了，咱回了。"少聪惊讶地说："这货就撂这儿？不管了？"小林说："就撂这儿，赶紧地，走了。"

少聪也跳上了车，小林左右看看，朝另一个方向开去，过了一会儿，找了一个地方停了下来。

车刚走，后面就拐出来一辆驾校的教练车，教练车开进了少聪他们刚才卸货的树林，不一会儿工夫，车也开走了。小林点了根烟："行了，妥了，咱们回了。"

少聪结结巴巴地说："这就办完了？"小林说："完了，简单吧。"少聪一脸茫然的表情。

回来和小李哥交差后，小李哥从抽屉里拿出两个信封，很豪爽地扔给小林和少聪。少聪一捏信封，挺厚的一沓，少聪有点不敢相信地说："李哥，就跑这一趟，这么多？"

小李哥说："这不算什么，你好好干，以后挣钱的机会多着呢。"

小林拍拍少聪的肩膀："怎么样，看你今天怕成那样，这事不难吧？"

少聪不好意思地抓抓头："以后都听李哥的。谢谢了啊，李哥。"

正说着，少聪的手机响了，少聪接起电话，少良爸在电话那头极度不满地嚷着："你个浑小子，一天你不开手机，跑哪儿去了？"

少聪大声说道："我马上就来医院。"小李哥摆摆手："家里有事啊，那赶紧去。"少聪点着头就走了。

一到医院，少良爸兜头就一顿臭骂，少良妈也着急："你啊，出去连个招呼都不打，我和你爸都快急死了。"

少聪说："我出去办事了，这是怎么了？"少良妈说："我们啊，都快被你老婆给骂死了，你快去看看吧，还在里面要死要活呢。"

少聪说："这是为什么啊？"少良妈支支吾吾不肯说。少聪盯着他妈说："我老婆的脾气我知道，要没人惹她，她不能这样，到底出什么事了？"

少良爸眼一瞪："不就是叫她别保胎了吗？横竖是个女娃，保还不一定保得住呢，再保下去，她的命保住了，怕是你老子和你老娘的命就没了。"

少良妈赶紧解释："你爸也是为她好啊，也不过就提了个头，你看看，一碗面条全摔地上了。哪有这么大脾气的？"

少聪有点气急败坏地说："你们也真是的，她现在躺在床上起不来呢，你们还说这种话。"

少良爸也火了："你还真是有了媳妇儿不要娘啊，屁股坐老婆那边。那好，我们这就走，老子不伺候了。"

少良爸一甩头走了，少良妈赶着拦都拦不住，只好赶紧嘱咐少聪："你看着你媳妇儿啊，我去看看你爸。"少聪赶紧进了病房。

一进病房，杨彩霞一把扯了枕头扔过来。少聪一把接住了枕头，赔着笑说："别生这么大气了，你这连床都不能下呢，再气着了伤着孩子。"

彩霞躺在床上冷笑着说："那可不就称了你们的心了，不是说是女孩不许要吗？你赶紧拿那水果刀，你一刀扎在这肚子上，我们娘俩儿就不拖累你们家了。"

少聪轻轻地把枕头放回病床上："别气了，我爸妈就那么一说，你不理他们不就是了？你放心，就算是女儿，我也喜欢，你可不能生气啊，好好养着身子。"

听少聪这么说，彩霞这才稍微好受了点，她又接着问："你今天去哪里了？手机都关了。"

少聪神秘兮兮地说："你猜。"

彩霞疑惑地看着他："你能干什么啊？你找工作去了？"

少聪亲了一下彩霞："还是我媳妇儿了解我，八九不离十。"少聪得意地掏出怀里的信封，在彩霞面前摇摇。

彩霞故意装作不感兴趣："你还能挣多少啊，还拿个信封装？"

少聪不服气地把信封塞到彩霞手里，彩霞打开一看，惊喜地望了望少聪，少聪相当志得意满地说："3000！"

彩霞惊讶地说："一天就这个数？"

少聪点点头，彩霞张大了嘴，半天才说："聪子，咱可不能干违法乱纪的事啊！"

少聪说："你放心，不违法乱纪，这个我懂。"彩霞还是不放心："这什么活一天能有这么多钱啊，你真没干违法的事？"

少聪指天发誓说："我肯定不能干坏事，我跟朋友学做生意，我们从外地批发点货卖，这是分红的钱，你放心好了。我有你，还有孩子，哪能干违法的事呢？我那朋友你认识，就是原来我当城管的时候认识的小李哥，我跟着他收香烟。"

彩霞这才放下心来："那你可要好好干，对了，咱那小杂货店也要烟，回头给咱们自己家也上点货。"

少聪说："那当然，以后啊，这养家的事情你就别管了，有我呢。用不了多久，咱们就能翻身了。我一定让你和孩子都过上好日子。"

医院外边，少良爸气呼呼地朝前走着，少良妈在后面三步并两步地赶上来："老头子啊，你跑什么？"少良爸黑着脸不说话。

少良妈走得快了点，一下子扭着脚了，忍不住叫了一声。少良爸这才回过头来，搀着老伴说："你跑这么快干什么，崴着了？"

少良妈脚疼得丝丝地抽着凉气："越叫你越走，还说我。你跟聪子置什么气？他是个浑人，你这儿子你又不是不知道。"

少良爸气得直跺脚："你看看你养的这两个儿子，一个一个地都被老婆治得笔挺，老子的话都不管用了。"

少良妈直叹气："已经这样了，你生气也没有用，对不对？少良媳妇儿呢，虽然不好说话，好歹还给点钱。聪子这两口子就这样子，你也不能把他撵出去吧。"

少良爸气冲冲地说："我们这是上辈子欠他们的，都三十几岁了，还让我养着他们。就这么个破杂货店，我们哪养得起他们一家吃闲饭？"

少良妈慢慢坐下来："先把眼前这个难关过了再说吧，以后的事啊，以后再说。"

少良爸说："眼前这就过不去，人家医院催我们去交钱了，那1万已经快用完了。她这胎要是接着这么保，我们到哪儿弄钱去，总不能还找老大拿吧，他也没有啊。"

少良妈愁得说不出话来，半天才说："那要不，咱再跟聪子说说？"少良爸才要答话，过来两个护士边走边说话。

一个护士说："真没见过这样的，就为儿媳妇怀的是个女孩，就不许保胎了。"

另一个护士说："还有这样的婆婆啊，不可能吧？"

"真的，就是18床，这不，下午吵得整个病房都翻天了，那儿媳妇躺在床上，把一碗面条都扣地上了，也够泼辣的。"

"18床？杨彩霞啊？那她婆婆可是失算，她怀的是男孩，B超是我给做的啊。"

"真的啊，这她婆婆要知道不得悔死啊。"

"可惜啊，医院有规定，不能说孩子性别。幸亏她自己坚持，不然多可惜啊。"

"男孩女孩都可惜，都是条命，她这公婆真是少见。"

少良爸妈坐在石凳上，惊喜地互相看了一眼，异口同声地说："孙子！"

4

小湘的家里，小湘妈在和云姨说着月嫂的事。云姨说："现在这月嫂都这么专业了啊，真没有想到。"

小湘妈说："可不是吗？月嫂只管带孩子，给产妇做饭，别的什么都不管，咱们还得做饭给她吃。"

小湘补充说："一个月还只干22天，她要休双休。"

云姨惊叹着说："我算开眼了，以后我也去找个月嫂的活干干。"

小潇开始感叹："我生孩子那会儿还没有这么好的条件呢，现在的孩子都金贵，连月嫂也金贵。"

小湘接着说："不是金贵，是真的很贵。一个月4800块啊，比我的工资都高。我看还是别请月嫂了，请个保姆就行了。"

小湘妈说："女人坐月子，这一辈子就只有一次，可得知道心疼自己，贵就贵点，这点钱该花的就得要花，杜少良不会连这点钱都舍不得吧？"

小湘赶紧说："不是，我们现在有房贷，压力大，能省就省点呗。"

小潇说："省什么也不能在这上头省啊，这个月嫂得请。"

小湘妈乐呵呵地说："实在没有钱，叫你爸掏。"

小湘爸说："我哪儿有钱，我的钱都被你妈管着，我掏就是你妈掏。"

小湘说："不用，叫杜少良想办法去。哪能叫我爸掏啊？"

小湘妈笑着说："别小看你爸，老头子现在挣钱的本事不小呢。"

到了晚上，小湘跟少良在床上咬着耳朵："我妈带我去看了一个月嫂，挺专业的，金牌月嫂。已经跟她约了。"

少良警觉地问："多少钱一个月啊？"小湘犹豫了一下才说："4800。"

少良一听就从床上坐起来了："这么贵啊。"

小湘说："人家是五星级的月嫂。就用两个月，过了两个月我们就换保姆了。"

少良依然无法接受："两个月也得1万啊，这太贵了，咱们怎么用得起啊？"

小湘有点生气地说："怎么就用不起啊，1万块钱你可别说没有啊。我们两个人的工资加起来就有15000块，怎么会没有钱请月嫂呢？"

少良无奈地说："咱们现在还着房贷呢，压力大。"

"就算还房贷，紧一点也能省出来的，你不是还有季度业绩奖吗？再不够，我跟我妈那借点去。"

"这个，我跟你报告过，季度业绩奖我拿了给少聪他们交住院费了。你同意过的。"

小湘恍然大悟地说："我把这个给忘了。这两个月紧点过，把钱省出来请月嫂。"

少良还不死心地说："要不咱们别请五星的，请个三星的也差不到哪儿去。"

"三星跟五星差不到2000块，何必呢？要请，当然就要请最好的。"

少良无奈地望着天花板："好，请最好的。"

听说彩霞肚子里怀的是个男娃，少良爸妈又喜笑颜开地来看彩霞了。少良妈殷勤地照顾着彩霞："彩霞啊，你吃稀饭啊，这稀饭我熬得可够火候了，里面还有虾仁，你尝尝。"彩霞有点糊涂了。

少良爸进来说："你给她那枕头垫高点，我问过了，她现在可以坐起来了，这样子怎么吃饭啊？你真是的。"

少良妈一拍头说："我这都糊涂了，这么躺着是不好吃啊。来啊，老头子，你帮我一下，把这枕头给她垫垫。"

少良爸赶紧过来帮忙，少良妈把彩霞扶起来，少良爸用被子和枕头做了个靠垫，让彩霞靠着，还怕彩霞不舒服，问道："怎么样，不难受吧？"

少聪进来看到眼前这一幕，笑道："爸妈，你们这是干什么呢？"

少良妈说："聪子，以后你不许乱跑，多照看照看你媳妇儿。医生说了，这两天是关键时期，过了这两天，宝宝就稳当了。"

少聪悄悄问他妈："怎么我爸也不生气了呢？"

少良妈把少聪悄悄拉到一边："告诉你，彩霞肚子里笃定是男娃，你爸啊，他乐还来不及呢。"

正说着话，少良爸乐呵呵地走了出来，刚掏出根烟，又赶紧放了回去。少聪说："爸，你们怎么知道是男孩呢？"

少良爸一副神秘兮兮的模样："这你就别管了。反正你叫她好好保胎，这可是我老杜家的后啊。"

少聪有点为难地说："妈，医院那钱，我刚交了 3000 过去，剩下的……"

少良妈说："钱你不用管，妈再跟你大哥说说，让你大哥想点办法，把孩子保住要紧。你啊，以后可不能再犯这种浑，你说万一这次孩子没了，咱家得多悔啊。记住，不许再跟你媳妇儿吵架了，让她平平安安地把孩子生下来。"

少聪连连点头："我知道，我知道。"

少良爸乐呵呵地朝外边走去，少良妈追着问："你干什么去？"少良爸说："我透透气，抽根烟去。"

少良正在办公室里干活，少良妈的电话打了进来。少良妈说："良子，告诉你一个好消息，这彩霞啊，她肚子里怀的也是男娃，这下我们家可真有福气，你爸乐得一天到晚地合不拢嘴了。"

大昌也在少良办公室里坐着，大昌指指门口，意思是自己先出去。少良边接电话边点头。大昌走了，少良说："妈，这是好事啊，彩霞什么时候能出院啊？"

"医生说现在情况稳定下来了，还得再观察一段时间呢。"

少良问："钱够用吧？不够您告诉我，我来想办法。"

少良妈在电话那头又开始抹眼泪："良子啊，你叫妈说什么好呢？不是没有办法，妈真不开这个口啊。医院催着交钱，少聪这两天又不见了，我和你爸实在是没有办法了。"

少良赶紧说："别急，要多少啊，5000 够不够？"少良妈说："够了，够了。"

少良叹了一口气，说："我这两天忙，回不去，我把钱打到爸爸的卡上去，你自己到银行去取一下吧。"

少良妈心里的石头落地，这才问道："小湘身体还好吧？"少良说："她挺好的，下个礼拜就休产假了。"

少良妈说："你看这事弄的，小湘要生了，聪子家的又出这事，妈顾不了两头，你媳妇儿不能怪我吧？"

少良安慰说："看您说到哪儿去了，小湘知道您那边走不开，她不怪您。彩霞住院那钱，还是她同意给的呢，您就放心吧。"

"那就好，那你丈母娘那边不会说咱家吧？"少良说："不会，妈，您操这么多心干吗啊？我跟您说，我这边您一点儿不用担心，小湘他们家把月嫂都请好了，您就专心照顾彩霞吧。"

"月嫂？什么月嫂？"少良解释道："就是伺候小湘坐月子的保姆。"

"还用保姆啊，他们家不是有保姆吗，还请保姆？"少良说："这是专门伺候月子的，不是一般的保姆。"

少良妈一听就不高兴了："还专门伺候月子的保姆，良子啊，咱家可不兴这个啊，这不是糟蹋钱吗？这月子保姆肯定贵啊。要不，还是妈来伺候她吧。算算到彩霞出院，她才生，妈来当这月子保姆，给你省点钱出来。"

少良赶紧说："都找好了，您不用操心我们，这花不了多少钱的。您就专心照顾彩霞吧，少聪也得你们盯着他，别再出什么事。"

少良妈无奈，只能说："那再说吧，生个孩子还两个保姆，真浪费啊！"

5

小湘家里，少良跟小湘嘀咕："要不那月嫂咱们请个三星的？"

小湘不耐烦："怎么又想起说这个话来了，跟路阿姨都约好了，不换。"

"钱真的不够用，彩霞在医院保胎，又要交 5000。"

小湘一听就有点不高兴："上次的 1 万是你交的，我可是很痛快地就答应了。这次又用 5000，我就不明白了，你平常也给你爸妈钱的，你弟弟也是个男人，他们就一分钱都不出，这说不过去吧？我就是帮，那也不是这种帮法，对不对？"

"我弟弟他们两口子现在也没工作，我爸妈开那小杂货店，能有几个钱呢？这也是急用钱才开口的。"

"你爸妈哪次不是急用呢？就今年一年吧，你给了他们多少钱了？我已经没有让你养我了，我有工资，那你们家也不能这样吧？"

少良看小湘要动气，只好说："我就跟你商量一下，你要不乐意，那就还请五星的。钱的事，我去想办法吧。"

小湘较真了："这就不是钱的事。真要是抹不开，5000 也不是什么大事，但你爸妈老这样，那就是不对。"

为了给彩霞交上钱，少良急得上火，嘴上长满了泡。大昌实在看不下去了："就为 5000 块钱，愁成这样了啊？"

少良端起茶杯喝水，一不小心又碰到了嘴上的泡，痛得龇牙咧嘴。大昌从口袋里掏出一叠钱，数了数，自己留下一小半，一大半塞给了少良："我看你也没有别的办法了，我可只有这么多，2000，你先拿着用吧。"

少良抓抓头："你每个月也背着房贷呢。"大昌说："我就是被你给拖下水了，要不买这房吧，我活得多滋润啊。现在每个月钱都算着花，房奴的日子不好过啊。"

少良说："我给你打欠条。"大昌摆摆手："打什么欠条啊，不过你有了赶紧还我，我的日子也紧。"

李力明刚好进来看见了，也从包里掏出来一沓钱："给你凑 3000。我听我嫂子回来埋怨了，说你又跟老婆要钱补贴家里。瞧你这日子过的，都回到解放前了。"

少良拿过钱，说："我可不跟你们俩客气了，有钱了马上就还给你们。"

小湘嘴上虽然厉害，但其实她心里也替少良着急。这天，小湘在她妈跟前磨蹭："妈，你先借 5000 给他呗，叫他打欠条。"

小湘妈直皱眉头："不是钱的事，5000 块是不多，可是没有这样的道理。你就不该替他揽这个事，当我和你爸开银行的呢？"

云姨也说："小湘啊，这是你不对，上次都给他们交了 1 万，这又来要，这就是个无底洞啊。"

小湘爸说："要说亲戚之间，有了急事，不是不能帮，但是什么都要有个度。就说这次，他父母是一分钱也不拿，他弟弟也是这样，最后成了我和你妈拿钱出来给人家看病，这不合适吧？"

"我们家现在也没计较他们什么，知道你们现在困难，咱们家还给你们凑了买房的首付，我们俩也没那么多钱，老本都拼得差不多了。小湘啊，你得懂事了，不能有什么事情都朝娘家伸手。"小湘妈无可奈何。

小湘默不做声，半天才说："其实我也没答应他，我已经说过他了。我是看他愁眉苦脸那样子，实在看不下去了。"

云姨端来了一杯茶："我的大小姐，你现在什么情况啊，你还看他愁眉苦脸看不下去？你顾顾自己的身子吧。你以为你现在多有钱呢，昨天你爸妈还在算账，打算给你掏月嫂的钱呢。"

"我想啊，要不这月嫂请个三星的算了，能省就省点。"小湘结结巴巴地说。

"那能省几个钱？当花的不花，不当花的也不知道拒绝，你这毛病不好。"小湘不做声了。

小湘妈和云姨去张罗晚饭，小沫把小湘拉到阳台上，掏出一沓钱来："别跟妈说啊。这是我一个学期的课时费，本来打算买个包包的，你急用，你先拿去吧。"

小湘急忙推辞："这可不行，我哪能用你的钱呢？你自己攒着吧。"

"我是不攒钱的，吃光用光，身体健康。钱哪是能攒出来的啊！"

小湘笑着说："等你结婚你就知道厉害了，钱还是要攒点的。"小沫说："您老就别操我的心了，你先把你们家这点事搞定吧。我可就这么多，叫杜少良得还我啊，我看上的那包包现在可是买不成了。"

小湘想想接过了钱："那我先拿着了，有了钱一定还你。"

"不着急。其实吧，二姐夫人挺好的，他顾家说明他孝顺厚道，咱爸妈有时候看不到他的优点而已。"小沫一直觉得二姐夫挺不容易的。

小湘苦笑着说："他这优点吧，就是挺费钱的。"

小沫抿嘴笑了："你可真有创意啊。"

小湘转念一想，问道："你上次见的那个什么李总，怎么样？"

小沫撇嘴说："我顶烦殷小潇同志给我介绍男朋友。"

小湘笑了："这又是没看上，你都快30了，又是个博士，你可怎么得了哦。"

"其实吧，二姐你要是没有爱管闲事这个毛病呢，你就完美了，拜托你别和他们一样庸俗，行吗？"小沫对相亲这件事倒是无所谓的态度。

小湘感叹道："我都快是孩子他妈了，我庸俗也正常。你别不信，女孩子不管多能干，最后还是要找个好男人嫁了才是正经事。"

"你先把自己家这个好男人管理好吧。"

说着话，小湘妈喊吃饭，问她们姐妹俩在那儿说什么，小湘抢着说："叫她快点找个好人嫁了。"

小湘妈就说："不能跟她提这个事，现在她的事情啊，我们都不想管了。任谁都看不上，她就是成心的。"

小沫只顾着吃饭："那你们就别管我了，放过我吧。拜托殷小潇别再给我介绍男人了。"

小湘妈说："那李总有那么差劲儿吗？人不就是个子矮点，有点谢顶吗？"

"什么？个子矮，还谢顶？这不能要啊，咱们家小沫好色。"小湘瞬间倒戈。

　　小湘妈不以为然："人家事业有成，成熟稳重，就是这长相稍微差一点，但也没到很难看的地步。这看人不要光看表面。杜少良长得倒是不错，可是其他方面还真不好说。"

　　小湘眉头又皱上了："您怎么又说到他身上去了？"

　　小沫说："事业有成有什么用啊？跟人过一辈子，又不是跟钱。我二姐夫挺好的，我就乐意找二姐夫这样的。"

　　小湘妈说："这可不行，我们家一个这样的已经吃不消了，还再照着样找一个？"

　　彩霞终于出院了，少聪一大早找了一辆三轮车，说要拉彩霞回家。少良爸直骂："这三轮能坐吗？再坐个好歹出来。"

　　少良妈扶着彩霞说："别理这浑小子，叫你爸给叫出租去。"

　　少良爸忙不迭地跑到大门口拦出租去了，少聪推着三轮："这三轮怎么就不能坐啊，我骑稳当点，再不，咱推着还不行吗？"

　　少良妈说："你把行李拿回家，我们坐出租去。彩霞啊，你慢点啊，可不敢再伤着。"

　　少聪觉得好笑："得，这下成娘娘了。"

　　晚上，彩霞靠在少聪怀里幸福地笑着。少聪说："这下咱家你最大了，把我爸妈给乐的啊，你看我妈今天这通忙里忙外的。"

　　"以前呢，以为我生女儿，叫我打胎，现在知道是个男娃，立刻就不一样，你爸妈啊，就是重男轻女。"

　　少聪不以为然："你生这闲气干什么，他们重男轻女没关系，你现在肚子争气，好家伙，给我生个大儿子。我爸妈越重男轻女，对你就越好。"

　　彩霞得意地笑着："别老摸我肚子，小心咱儿子不乐意。"

　　少聪赶紧缩手："我这不是高兴吗？想吃什么，我叫妈给你做去。"

　　彩霞想了想说："我想吃凉面。"少聪说："真好养活，得，叫妈去做。"彩霞又说了一句："多放点醋啊。"

　　少聪乐得咧开嘴直乐。

　　小湘这天跟领导请假回来，回到办公室就有点垂头丧气。倪燕青关心地问："真只给批四个半月啊？"

　　小湘无奈地点点头，倪燕青说："你要是再申请病假呢？其实也扣不了几个钱。"

　　"提了，领导说一个萝卜一个坑，实在腾不出人手，叫我克服一下困难。"小湘坐在位子上唉声叹气。

倪燕青凑到小湘耳朵边说："有人嘀嘀咕咕地在背后说你这段时间老请假，估计是领导听见了。"

小湘苦笑了一下："我人缘怎么这么差啊？"

"不是你人缘差，是你条件太好，有人怕你竞争领导职务。"倪燕青一语道醒梦中人。

"我要想竞争，我还拣这个时候生孩子啊。我又不想当领导。"小湘对这些倒是毫不在意。

倪燕青说："你是想当家庭妇女啊，可是人家以为你想当领导。关键是你挡了人家的路，学历、资历、职业资格，你全有，想不碍人家的眼都不行啊。"

小湘摇了摇头："我是真没想过。"

回到家聊起这个事情来，小湘跟爸爸说："一个阶段一个中心任务，我现在是生孩子的阶段，没想那么多。哎呀，要是能让我休一年病假就好了，您帮我说说去呗。"

"你这个想法就不对，在单位里么，虽然不要费尽心思去争去抢，但工作上的进步还是必要的。你可不能一生孩子，就真的成了家庭妇女了。"小湘爸一向希望孩子上进。

小湘妈说："你这孩子啊，就没体会到你们领导的好意。"

小湘不解："他都不许我休病假，还好意？去年我们单位赵会计生孩子，直到现在还没上班呢。为什么就不批准我？想不通。"

小湘爸说："你想想，你回家休一年，等你回去了，一切都要从头开始。你现在好不容易在单位熬了几年资历，这么放弃了，不可惜吗？你们领导这是为你好，你就不该选这个时候生孩子。"

小湘可不想为了工作错过了生孩子的黄金年龄："我都33岁了，还不生，得等到什么时候去啊？"

小湘妈说："国外40岁生孩子的都有，不知道你着的什么急。不过呢，这个话现在说也晚了，这孩子眼看就要落地了。生了孩子，赶紧把身体恢复好，全力以赴干工作去。"

小湘郁闷极了。小湘爸站起来回书房了，小湘妈提了包，说要出去做头发，叫小湘一起去。小湘说累了，不去了。

等爸妈都走了，小沫凑过来说："别听咱爸妈的，咱爸当官有瘾，结果现在咱们家只有你继承他衣钵了，他就想叫你好好发展发展。"

小湘苦笑着说："你看我是那能发展的人吗？说实话啊，当初我毕业吧，是真不想进机关。我其实挺喜欢当老师的，可咱爸非说进机关好。"

"要说机关呢，也没有什么不好。你不看现在我们同学都挤破头了考公务员呢，你这是金饭碗。但是你这个性吧，还真是不适合在机关混。"小沫也不喜欢机关工作。

"可不是吗，你都比我强。对了，你找工作的事情有着落了没有？"

提到这个，小沫就头疼。"咱爸非叫我考公务员，这几天忙着给他的同事打招呼，烦都烦死我了，我是坚决不当公务员的。"

小湘说："那你想留校啊？也不错，女孩子当老师，又轻松又自在，还有两个假期。将来结婚生孩子，多稳定啊。"

小沫咂嘴笑着："你的人生就是老公孩子热炕头啊，怎么也不像名校毕业生的做派。我可不想一辈子就图一稳定，人生应该是精彩的。"

小湘看着她这个可爱的妹妹说："你想怎么精彩啊，轻松自在，有老公有孩子，这还不够精彩吗？"

小沫乐了："拜托您老，别现在就想着退休以后的美好生活。我啊，我想出去闯闯，到外企去。悄悄地说啊，我投了好多简历到北京、上海那边的大公司，还有深圳我也投了，已经有两个公司给我回音了。"

小湘张大了嘴巴："女孩子去外企太累了。我们也有同学去外企，后来都回学校当老师了。"

小沫坚持自己的想法："外企有外企的好处。"

晚上，小湘要打车回家，小湘妈不放心："你叫杜少良来接你。"

小湘说："他忙着呢，天天陪客户吃饭。"

小湘妈有些不满意这二女婿："你都快生了，他怎么这样呢？工作再忙也得照顾老婆孩子啊。"小湘说："行了，妈，他也是想多挣点钱。我打车回家，不费事。"

送走了小湘，小湘妈说："什么都替杜少良想，这个孩子真是的。"

云姨说："咱们小湘是厚道，三个孩子里，就数她心眼最少。这个杜少良啊，也不知道是哪世修来的福气。"

"哪世修的也得他知道个好歹，我是真担心小湘啊，她太顺着杜少良和婆家那边了，早晚有一天，这得顺出事来。"小湘妈忧心忡忡。

回到家时，少良已经在家了，小湘很意外地问："你今天不是要陪客户吗？"

少良殷勤地接过小湘的手袋，跑前跑后地伺候着："天大的事我也得把老婆伺候好了。我给你打电话你怎么不接呢，我还想去接你。"

小湘把手机拿出来一看，果然有几个未接电话。

少良捧了一杯牛奶过来，小湘在沙发上坐下来，直叫脚疼："我这脚肿得特难受，唉，现在走路都看不见自己的脚了，别扭。"

"我给你揉揉，等熬过这半个月，咱儿子出生了，你就好了。儿子啊，你可别乱折腾妈妈。"少良温柔地抚摸着小湘隆起的肚子。

小湘很满足地享受着少良的按摩。少良说："明天你不上班了吧？"小湘闭着眼睛嗯了一声。少良说："我妈说了，彩霞身体已经稳定了，叫我爸看着，她明天就过来伺候你。"

小湘一下睁开眼："啊？你妈要过来？"

少良说："意外吧，我妈不放心你一个人在家。"

小湘斟酌着说："其实呢，我现在也没有什么不让人放心的，彩霞要是需要人照顾，你妈就不用来这儿。我这儿还有云姨，她会过来做饭给我吃的。"

少良说："那不一样，我妈是孩子的亲奶奶，再说，我妈确实是不放心你。"

小湘无奈地说："那要是你妈走得开，想来就来吧。"

少良纠正说："是来帮我们的，我妈不放心你。"

小湘有点不耐烦："好好，替我谢谢你妈。其实呢，要是真走不开的话，真不用来。云姨、我妈和月嫂都会照顾我的。"

少良有点不高兴了："我说了，那不一样！"看见小湘的眼角开始往上翘，少良下意识地闭住了嘴。小湘看了他一眼，见他不说话，也就不言语了。

小湘妈知道了这事说："他妈妈要来就来吧，你也是，别心里想什么，嘴上就说什么。我们是能照顾你，那她也不能当这是理所当然。她乐意来，就叫她先照顾着，我们搭把手就行了。我和云姨也不可能住在你那边不是？"

小湘和倪燕青吃饭的时候也开始抱怨："非把一件简单的事情弄得这么复杂，我觉得我妈和他妈都不省心。"

倪燕青笑着说："你妈这是为你好，我觉得你有时候吧，对自己老公的要求太低，对自己爸妈的要求太高。"

"我有吗？我只不过觉得，我妈明明有时间，何必非叫他妈来呢？"小湘是真不想少良他妈过来住。

"我生孩子的时候，跟你的想法一样。后来你猜怎么着，我妈来帮我带孩子带了一年，人家爷爷奶奶还说是我们家不许他们带孙子，人家还一肚子意见呢。到头来真叫他们来，他们又不来。"倪燕青对这婆婆是一肚子的不满意。

小湘咂咂嘴："你婆婆真厉害。"

倪燕青反问道："你以为你婆婆就不厉害？"

6

第二天一大早，少良妈就出现在小湘家了。小湘还没有睡醒，就被少良妈的动静给吵醒了。穿上衣服出来一看，少良妈正在厨房里炖着排骨汤，看见小湘起来了，她说："你赶紧把衣服穿着啊，受凉了可不得了。"

少良妈跑到阳台，拿了一件衣服披在小湘身上。小湘觉得热，又拿下来："妈，我不冷，心里还觉得燥热得难受呢。"

小湘倒了一大杯凉水要喝，被少良妈一把给夺下来了："哪能喝凉水啊？"少良妈换了滚烫的热水给小湘："不能受凉啊，凉水伤胃的，喝水一定要喝开水。"小湘端着滚烫的水有点尴尬，站在那里喝又不是，不喝也不是。趁少良妈不注意，小湘把开水一股脑倒进了厕所，又接了一杯凉水喝了。

吃过了早饭，小湘习惯性地坐到电脑前，想上网看看新闻，少良妈跑来说："不要在电脑前啊，那东西有辐射，对孩子不好。"

小湘赔着笑说："妈，我就收个邮件，就一会儿。"少良妈说："一会儿也不行啊，对孩子真不好的。别任性了，赶紧关了。"

不一会儿，少良妈又端了一碗汤过来："来，喝点汤，鲫鱼汤。"

小湘诧异："妈，刚吃过早饭，我吃不下。"

"你不吃，孩子要吃啊。快吃啊，一凉就腥。"

小湘很无奈地在少良妈的监督下把汤给喝了。

中午吃饭时，少良妈端了一碗鸡汤出来。小湘眼睛直发愣："妈，上午吃了鲫鱼汤了，中午又吃这个，太油腻了。"

"你不懂，要生孩子了，就要多吃，不然哪儿来的力气生孩子呢？农村女人生孩子，没有这个条件，人家还一顿吃 10 个鸡蛋呢。"

小湘显然被吓着了："不会吧，10 个鸡蛋怎么吃啊？"

少良妈笑着说："吃了就有劲儿生孩子了。"

下午的时候，小湘在午睡，少良妈又端进来一碗桂圆茶。小湘说："妈，我实在吃不下了，您先放在那儿吧。"少良妈不依："那可不行，这个桂圆茶啊，是一定要吃的。我们乡下女人生孩子前就得吃这个，补气补血。快吃吧。"小湘苦着脸，无奈地看着少良妈。

到了晚上，少良妈在厨房里忙进忙出的，小湘跟少良在卧室里嘀咕："你妈来这里了，彩霞怎么办呢？"

"这不用你操心，他们自己安排去。"

"我是怕彩霞有什么想法。其实吧，我这边真的没什么，你妈来不来都没有关系。"

少良可不爱听这个话："我妈可是一门心思来照顾你和儿子的，你怎么这么说话呢？"

小湘感觉有些莫名其妙："我说话怎么了啊？"

"你说我妈来不来都没关系，这什么话，我妈可是儿子的奶奶。"

"谁又说她不是了呢？你这人听话怎么老朝歪处想？"

少良告饶："好了好了，我妈都来了，你就别多说了。多一个人照顾你和儿子，有什么不好啊？"

"别一口一个儿子的，我可没打包票一定生儿子。"

"好好好，不管儿子女儿，你现在都好好地养身子，别这么大气性。"

正在这时，门铃响了，少良妈赶紧跑去开门。少良爸大包小包地扛着东西站在门外，少良妈奇怪地说："你怎么来了？"

少良爸把东西搬到厨房，接过少良妈端来的茶，喝了一口才说："良子他奶知道良子家的要生了，给准备了这些东西，叫我送过来。"

少良妈撇嘴："这大热天的，他奶倒想得起来叫你背这些东西上城里来，快坐下来喘口气。"

"这是为咱孙子，再热我跑得也值得。你看看，这小米，都是自家地里的，熬粥可香呢。还有这两只鸡，他奶自己养的。"

少良妈笑眯了眼："看你，为了大孙子，乐成这样了。"

少良爸说："他奶知道要抱曾孙了，可高兴了。"

"他奶就是喜欢男娃，封建思想。男娃女娃还不都一样。"

"这怎么能一样呢？她要生个女娃，就是给我2万块钱，我也不跑这一趟啊。"少良爸提着两只鸡从阳台出来，少良妈问："你干啥？"

"这两只鸡得放到厨房去，找个纸箱子扣上，放在阳台上，明天一早准打鸣。"

少良妈找了个废纸箱把两只鸡扣上，又抓了一把小米喂鸡，一边还说："养这个可得小心。"她知道小湘怕鸡，上次小湘就被鸡给吓着了。

少良爸说："养不了几天，而且她现在又不进厨房。"

第二天下午，倪燕青来家里看小湘。少良妈特热情，端茶倒水地招待倪燕青，搞得倪燕青特别不好意思："伯母，您别忙了。"

少良妈说："你们聊，你们聊，不用管我。"倪燕青嘴甜："您这又做好吃的呢，小湘，你可太有福气了。"

少良妈乐得合不拢嘴："晚上在这儿吃饭啊，我烧的草鸡汤，外头可吃不到。"

等少良妈进了厨房，小湘悄悄和倪燕青说："我现在可真发愁啊，我婆婆是满心欢喜地跑来带孙子的。"

倪燕青不解："这有什么可愁的呢？我还不信了，你给她生个孙女出来，她还能掉头就走？我看你婆婆人也不错啊，不至于。"

"那可不好说，反正我预防针已经给杜少良打过了，就是不知道到时候管用不管用。"

倪燕青赶紧说："你可真够实在的，你啊，就该什么都不说，你现在给他打预防针，搞不好他到时候还说你故意骗他呢。"

半夜里，小湘醒了，想喝水，看见少良睡得像个小孩子，不忍心叫醒他，自己就扶着床下来，走到客厅的饮水机前倒了一杯水。一转身的工夫，她觉得脚底下好像有个软绵绵的东西，小湘用脚一踢，这团东西噌一下飞起来，一团黑影朝小湘扑过来，小湘吓得"哎呀"大叫一声，水杯摔在地上，人也坐在了地上。

少良妈听见动静，赶紧跑了出来："怎么了，这是怎么了？"

小湘大叫着和那团东西搏斗着，少良妈一把上去抓了过来，原来就是少良爸带来的鸡。少良妈叫起来："哎呀，可不得了了，这鸡怎么跑到客厅里来了！"

少良听见动静也起来了，跑到客厅一看，小湘披头散发，话都说不出来了，少良赶紧过去搀扶她。小湘叫着："你别动我，快点打 120，我肚子疼得厉害。"

少良妈看见小湘两腿之间流出了血水，吓得大叫："良子，别动她，赶紧打120 啊。"

救护车呼啸着开进了小区。

第九章

宝贝，真拿你没辙

老杜家的大孙子回了家，可把少良爸妈给乐坏了。两个人天天忙得不亦乐乎，抱着孙子就不想放手。少聪说："你功劳最大，以后你就是太上皇了。咱儿子要天上的月亮，我爸都能去摘。"彩霞喜滋滋地抱着儿子，"我可不当太上皇，只要你和你爸妈对我们娘俩儿好就行了。"

1

医院里挺安静的，少良和爸妈一起在手术室外等着，护士过来说："谁是殷小湘的家属啊？"

少良赶紧站起来说："我是她爱人，她情况怎么样？"少良妈也说："我是她婆婆，我孙子没事吧？"

护士平静地说："要剖腹产，你签个字吧。"

少良仔细看了一遍手术须知，吓得不敢签字："这么危险啊，你们得给我保证大人小孩都安全。"

"这个谁也不敢保证，手术都是有风险的。但是这次是我们主任亲自主刀，你就放心吧。赶紧签，别耽误事。"

少良妈过来说："那我孙子肯定得保住，你要是保不住，这个字俺们不签。"

"不签字手术就没法做，孕妇现在情况挺紧急的，你们还是赶紧签吧。"

少良犹豫不决："你们医院怎么能不负责任呢？你们得保证大人孩子安全，我才签字。"

护士有些不耐烦了："手术同意书都是这么写的，你们考虑一下，不过快点啊，时间拖长了对大人、孩子都有危险。"

小湘爸妈急匆匆地赶到了，小湘妈一把把手术同意书抓过来："他不签我签，我是产妇的亲妈。"

护士赶紧说："您不能签这字，必须是他签。"

小湘妈把手术同意书朝少良手里一塞："赶紧签！"小潇这时候急急忙忙地赶到了，她问："怎么了，离预产期还好几天呢，怎么这么快就生了？"

小湘妈又急又气："你愣着干什么？赶紧签啊，人命关天！"

少良急得像热锅上的蚂蚁："您看看这上边写的，太危险了！"

小潇一瞪眼："手术同意书都这么写，你不签更危险！"

少良无奈，颤抖着手在手术同意书上签字。少良妈故作镇定地说："不怕，你在这旁边写上，要不惜一切代价保住孩子。写上，是不惜一切代价！"

少良想都没想，就飞快地把这行字给写下来了。

护士赶紧说："不能这么写，我们医院没这规矩。"

少良妈虎着脸说："你别欺负我老太太不懂，我看电视上人家就这样写，不惜一切代价。写上写上！"

小湘妈一听脸就黑了："什么叫不惜一切代价？我告诉你护士，出了什么事，先保大人。"

少良妈说："不行，孩子是条命啊！得保住我孙子啊！"

小湘妈抓过同意书，把少良写的那行字给划掉了："要写，也写不惜一切代价保大人！"

少良妈赶着要抢小湘妈的笔，被小潇的胳膊拦住了："老太太，您老小心别磕着碰着！我可担待不起。"小潇力气大，少良妈又心急，两下一碰，少良妈蹬蹬蹬蹬朝后退了好几步才站稳，还好少良爸在后面眼疾手快给扶住了。

少良爸青筋直冒地骂少良："不孝的东西，看着别人打你妈，你连屁都不会放一个啊！"

少良脸色铁青地瞪了一眼小潇，小潇有点心虚地说："你瞪我干什么？她不来抢笔，能碰着吗？有你们这样的吗？我妹妹躺在手术台上，生死都不知道，你和你妈还在这儿盘算要她的命？那是你老婆，杜少良，做人得有良心，没有良心天打雷劈！"

少良把拳头握了又握，终于放下，嗡声说了一句："我妈不是这个意思！"

小湘妈看都不看他一眼，把同意书朝护士手里一塞："赶紧做手术，记住，一定要保住大人！"

护士倒挺善解人意："这个您放心，剖腹产也不是大手术，还是我们主任亲自主刀，一般情况下大人孩子都不会有危险的。"

话音没落，手术室又走出一个护士来："16床家属在不在？"

旁边16床的家属应声道："在呢，在呢！"

护士高声说："产妇难产，要手术，你签个字！"

16床的家属抓过笔来就签了，前后不到一分钟。护士转眼看了看少良，就进了手术室。少良的脸上红一阵白一阵的。

小湘妈追问少良："这好好的怎么就摔着了呢？你也太不小心了。"

"意外，这是意外。"少良赶紧解释。

少良妈凑过来说："亲家母啊，谁想到她半夜怎么起来去客厅了呢？"少良爸在旁边板着脸不说话。

小湘妈生气地说："你们就不该把活鸡放在厨房里，你不知道她怕这个啊？上次已经搞过一次了，还不吸取教训？"

少良爸看见小湘妈气势汹汹的样子，不高兴了："老子好心好意带来给你女儿吃的，倒成罪过了。"

小湘妈马上反驳："你骂谁呢？你把我女儿我外孙女害成这样，你还有理了？小湘真要有个好歹，我跟你没完！"

少良爸眉毛一挑，就要发火，少良妈赶紧拦在中间说："他爸不是这个意思，他不是骂人。"

小湘爸也拉着小湘妈悄悄地说："算了，别跟他们家一般见识。"

少良一筹莫展地盯着手术室的门。

过了很久，手术室的门终于开了，一个护士走了出来，大声说："殷小湘家属！"

少良赶紧冲过去，少良爸妈和小湘爸妈也顾不上斗嘴了，都冲到了手术室门前。

护士说："生了个女孩，8斤半，大人孩子都平安，放心吧。"

小湘爸妈眼里泛着泪光："没事就好，没事就好。"

少良爸抓着护士的手就问："你搞错了吧，我家儿媳妇怀的明明是个男娃。"

护士奇怪地看着他："这还能错吗？是个女孩。"

少良爸跟少良嘟囔："你说看B超是个男娃，怎么就变成女孩了呢？"

少良赶紧说："男孩女孩都一样，大小平安就好了。"

少良爸说："那可不一样，你们又不能生两个。唉，怎么会是个女娃呢？"

小潇听不下去了："您什么意思啊？我妹妹这才从鬼门关里走了一遭回来，刚才算计要她的命，现在就嫌弃她生女孩？"

少良赶紧说："我爸妈不是这个意思。"

少良爸冲着小潇说："你这算个啥？刚才你就跟长辈动手，现在说话这么没有规矩，你们家没有大人教你做人？"

小潇不乐意了："您充什么大辈啊，你就再大辈，也得有点人性。谁不会做人？会做人的保孙子不保儿媳妇？就你们家人是人？"

少良爸气得都说不出话来了："你、你、你……"

少良妈说："算了算了，生都生了，女孩就女孩吧，也是俺杜家的孙女，我们不嫌。"

小潇笑着说："轮得着你们家嫌弃吗？我们宝贝还来不及呢。"

小湘爸说："少说两句，小湘出来了。"

护士推着小湘出来，少良走过去，紧紧攥着小湘的手，小湘虚弱地笑着说："我好着呢，你哭什么？"少良这才发现他的眼泪已经不知不觉地流了下来。少良擦擦泪，有点不好意思："我担心你，医生说……"

小湘妈打断少良说："她刚生了孩子，不能多说话。别说了，赶紧进病房去。"

少良妈在病房里忙进忙出，小湘安静地躺在床上给孩子喂奶。少良爱怜地看着老婆、女儿说："手术的时候，我真担心你。"

小湘疼爱地看着女儿："这不是都好了吗？看咱们女儿多壮实，8斤半呢。"

少良低着头，说："那鸡，我爸妈他们也是无心的。"

小湘笑着说："看在咱们女儿的分儿上，不怪他们。"

听着这话，看着少良妈忙进忙出的身影，少良的脸色有点不太好，但他还是忍住了。

少良妈过来说："你别在这病房里待着，你啊，该上班就上班去，这里有我呢，还有小湘她妈，用不着你。"

少良站起来说："我请假了，你们也累，晚上我来陪夜。"

少良妈赶紧说："不能，陪夜你哪儿会啊，我来陪夜。"

小湘说："妈，你忙一天了，你回家去休息吧，有少良在这儿就行了。"

"小湘啊，你不懂，这男人是不能进血房的，他白天都不该来，别说晚上了。你看，我就不叫他爸来，你也别叫你爸爸来。男人进血房，是要倒霉的。"少良妈倒了一杯水给少良。

少良赶紧说："妈，那是封建迷信，人家外国人生孩子，男人还进产房呢。"

少良妈说："外国人什么都不懂。叫你进产房，吓也吓死你了。你晚上还是别来，我陪着。小湘啊，你放心，有妈在这儿呢。"

小湘看着少良，没说话。

少良爸在医院的走廊上愁眉苦脸地抽烟，护士过来说："这里不许抽烟，赶紧掐了。"

少良爸挺不情愿地掐了，少良妈端了盆子过来坐下，捶捶腰说："你要是累了，你先走，病房里你也不方便。"

少良爸说："怎么就成了女孩了呢？你说不能是抱错了吧？我问了，同一个手术室里有两个大肚子，那家生的是儿子，不会是把咱的孙子抱错了吧？"

少良妈说："别瞎琢磨，我仔细看过那孩子了，跟咱少良小时候一个样，错不了。她耳朵后面有个小窝窝，是你们老杜家的记号。"

"怎么就生个女娃呢？唉！白高兴一场，叫我怎么跟他奶交代？"

少良妈一听这个就有点不高兴："你妈就是老封建，女娃也有女娃的好，咱少兰也是女娃，还上大学了呢。生都生了，还说这话干啥？小心她家人听见，又不消停了。"

"现在只让生一个，当然是孙子好。老大媳妇儿是国家人，不能再生了。良子这么好的条件，没有一个儿子，我这心里总是不得劲儿。"少良爸心里总觉得堵得慌。

少良妈赶紧安慰老头子："老二家怀的是孙子。"

"你不懂我的意思，我是说，良子条件好，他有儿子就能好好培养，咱孙子就能有大出息。你说聪子他们两口子，生个儿子又能怎么样？养得活就不错了，还能让他好好读书吗？你不见城里现在孩子多金贵，养个孩子多费钱啊。聪子没有这个条件。"少良爸垂头丧气。

"那也没办法啊，各人有各人的命。我告诉你，就是孙女，那也是老杜家的孙女，你可不能不带，叫良子寒心。少良是孝顺孩子，咱们全家都指望他，你不能为他生个女娃，就叫儿子寒心，你记住了啊。"少良妈虽说也希望少良有个儿子，不过对这孙女也疼爱有加。

少良爸叹了一口气，说："我有数，我这是跟你嘀咕。唉，良子媳妇儿这肚子真是不争气，我可怎么跟他奶交代啊！"

少良妈不耐烦了："怎么又来了？"

到了晚上，少良妈把少良连推带搡地赶走了，少良还不乐意走："妈，你年纪大了，你熬不住的。"

"谁说的，我这岁数了，晚上有点动静我就醒了，照顾她方便着呢。"少良妈不想儿子太辛苦，少良只得无奈地走了。

半夜里，小湘翻了个身，少良妈立刻就醒了："小湘啊，你要什么？"

"没事，妈，我就翻个身。"小湘答应道。少良妈又躺下了。小湘刚刚要睡着，少良妈把她摇醒了："小湘啊，孩子要吃了。"

小湘赶紧起来抱过孩子喂奶。喂完了躺下，少良妈在床边上摇着孩子，困得直点头。小湘心里有些感动。

第二天，少良来的时候，小湘悄悄对少良说："今天晚上你来陪吧。"

少良有点紧张："怎么了？我妈要哪儿说得不对，你多担待啊。"

小湘有点莫名其妙地说："我没说你妈不好啊，我是看她晚上太辛苦了。这孩子一个晚上要吃好几次奶，你妈一夜都没怎么合眼，我怕她身体熬不住。"

少良愣了愣："我以为……"

小湘有点恨恨的："我在你心里就这么不讲理啊？"

少良赶紧说："不是不是，你当然讲理了，你特别讲理。今天晚上我陪你，就这么说定了。"

小湘笑着说："那你可顶住了，你妈不乐意，也得叫她回家休息休息。"

少良连连点头："我知道，我知道。"

"我提前生了，这月嫂还得过一个礼拜才能来，这个礼拜你还多辛苦点啊。"

"没问题，我爸妈都在这儿，我也请假了，你放心地养着吧。要我说，那月嫂要不要都无所谓。"看看小湘脸色不对，少良赶紧又说，"你要请那就请。"

<h2 style="text-align:center">2</h2>

少良家里，少良妈拿着一大包衣服进了门，少良爸在厨房里忙活着，看到少良妈回来了，就问："你怎么跑回来了？"

"良子非要在医院守着。"

少良爸有些不高兴："大男人在医院守什么夜！"

少良妈一边捶腿一边说："我说了，他不听，算了，他们城里也不讲究这些。"

"我把那骨头汤煨上了，明天一早给她下点面条带过去。"

少良妈笑着说："难为你了，平常连个厨房门都不进。"

少良爸有点小得意："你忘了，我刚进厂的时候帮过厨，我是不做饭，真要做啊，你也没有我做得好。"

"那是，我做的饭吧，这三个孩子都不大爱吃，逢年过节你下个厨房，他们都说好吃。"

少良爸叹口气："可惜了，不是个孙子，要是个孙子，以后我可劲儿做好吃地给他吃。"

少良妈笑着说："你现在不也做着呢吗？咱那孙女可壮实了，能吃，一天吃好多遍奶。"

少良爸说："鲫鱼汤下奶，明天叫聪子去搞几条野生鲫鱼去。他那小学的同学张小义，现在干的就是卖鱼的买卖。"

少聪家里，彩霞在点算着小店里的货物，少聪听着彩霞的指挥，帮忙码货。彩霞说："咱店的生意不大好，货进的价钱都太高了。"

少聪一边忙活一边说："反正又不指望挣多少钱，能赚点吃饭的钱就得。"

"那可不行，咱家现在就指望这小店了。"

少聪撇嘴："这店一个月也挣不了我一天的钱。"

彩霞戳戳少聪的额头："知道你会挣钱了，但是你也不是每天都有这钱挣啊，给朋友帮忙总不是长远的办法。还有啊，你那钱来路可别不正啊。"

少聪有点心虚地掩饰："想那么多呢，你放心好了。"

彩霞自顾自地朝下说："我想啊，咱家这店位置还是很好的，现在城里来咱县旅游的人多了，咱们要是也进点旅游纪念品什么的卖卖就好了，光卖这些日用杂货不挣钱。"

"你啊，先把孩子生了，再琢磨这些。说来说去，这店是爸妈的，咱们两个将来还是得想法子找工作去。"

彩霞瞪眼："你爸妈的不就是你的啊，自己家里的店，不上心怎么成？"

少聪举手投降："好好，那你就上心，我管不了这么多。小李哥找我有点事，挣钱的好事，我要帮他押趟货到外省去，得去个几天。你一个人在家，可得小心点。别爬上爬下的，我爸妈在我嫂子那儿带孩子，一时半会儿可顾不上咱们。"

彩霞生气地说："只要你不犯浑，我能有什么事？哪次不是你搞出来的？我没事还给自己找麻烦啊。"

少聪很无奈地点头："你啊，就是嘴厉害。这货我都码好了，我走了啊，我得先去搞几条鲫鱼给我嫂子送去，完了我就不回来了，直接从市里跟车走了。"

彩霞叮嘱道："你记得每天给我打电话就行了，还有，出门别使性子跟人打架，别喝酒，少抽烟，都记住了吧？晚上不许出去乱晃。"

少聪都已经出门了："这还没老呢，这么啰唆啊。你放心，我每天都跟你报到。"

彩霞笑着说："这还差不多。"

少聪一出门就到同学张小义的水库去了，少聪拿着几条大鲫鱼，问："这不是水库里的吧？"张小义说："开玩笑，你看看这鱼鳞，能是水库里的吗？这是我从那外湖里钓的鱼，别人要我还不给呢。"

少聪要给钱，张小义说："扯什么，自己兄弟还给钱，见外了！"

少聪扔了包好烟给张小义："你现在是真好了，承包水库特别赚钱吧？"

张小义点了根烟说："你都抽这烟了，这烟好。你比我强，比我活络。这个养鱼就是个体力活，太辛苦，还挣不着钱。"

少聪有点得意："我也就帮朋友干点小买卖。"

"我听他们说了，你原来还在城里当城管呢。城管多牛啊，你怎么不干了呢？"

"城管吧，是挺好，制服一穿，风光。可是呢，一个月就那么点钱，想想，我就不干了，还是做生意来得快。"

张小义咪咪地笑着："要不说能人就是不一样呢，这大学生都不好找工作，你可好，有个政府的饭碗还不要，自己做生意，行，聪子，一看你就是有大出息的。"

少聪很惬意地听着这话，嘴里还谦虚着："别瞎扯，小买卖，你那烟揣起来干吗啊？"

张小义有点不好意思地说："这烟太好了，舍不得。"

少聪笑着又扔了一盒给他："值什么？想抽了，回头我给你一条。"

张小义接了烟乐着说："等你媳妇儿生了，我再给你弄几条好鱼去。"

少良开车把小湘和孩子接了回来，小湘爸妈跟着梁文年的车一起也来了。少良爸妈在家里忙着一桌的菜。

小湘妈抱着孩子在客厅里转悠："你们这儿还是太小了，要不叫小湘和孩子住回家去？"

少良一边擦着桌子一边说："不用这么麻烦，妈，你放心，我能把小湘和孩子照顾好。"

云姨正在厨房里帮忙，听到说这个，她探出头来说："回头月嫂来了没地方住呢。"

少良赶紧说："有地方，月嫂要来了，我爸就回去了，够住。"

小湘妈皱着眉头说："我们来的话也不方便，这地方太小了。"

少良妈说："亲家母，其实那个月嫂吧，不请也没啥。我们都是生过孩子的，啥不懂啊。"

云姨说："亲家母啊，那可不一样，人家这月嫂是经过专业培训的，别说你不懂，连我还不懂呢。"

少良妈说："这和你们保姆有什么不同呢，不就带带孩子做做饭？"

云姨的脸色立刻就不好看了。少良赶紧说："妈，云姨是关心小湘。"

小湘妈把孩子和小湘送进了卧室，一边说："看看，这房间多个孩子立刻就紧巴了，咱们小床啊，只能顶着窗户放了。"

云姨说："这怎么行呢？孩子不能着风的，小湘也不能吹风，这怎么能顶着窗户放呢？"

小湘抱着孩子晃悠："没办法，地方太小了，只能这样，我叫他多加一道窗帘，这个窗户就不开了。"

小湘妈无奈地说："唉，也只好先这样了。你啊，自己要多注意点。"

少良妈在客厅里和少良嘀咕着："一个保姆，比我们说话还管用。"

少良低声说："妈，您别这么说了，人家不高兴的。"

少良妈一脸的不屑："她可不就是保姆吗？这该她干的活，她不干，还要张罗着再请个月嫂。"

少良说："云姨是小湘爸妈请的，跟我们没关系，您别乱说话了。"

晚上，小湘和少良围在小床边看着女儿，小湘说："你看她长得像谁？"

少良笑着说："看不出来，她还这么小。"

小湘抬起头看了看少良，说："我觉得额头这个地方像你，嘴巴像我。"

少良凑过去仔细看了半天："还是看不出来。"

小湘扔了个枕头给他抱着："你这人怎么情商这么低啊！"

少良说："那是看不出来啊。你说像就像吧，咱们的女儿，像谁都好。"

小湘嘟着嘴："我以为你会说女儿像我才漂亮。"

少良得意地说："像我也不难看啊，人家都说女儿像爸爸。像我好，我双眼皮，你单眼皮。"

"呦，这个我可没注意，我看看她的眼睛。"

两个人正闹着，少良妈推门就进来了，看见两个人坐在地上，大惊小怪地叫起来："哎呀，小湘啊，你坐月子，怎么能在地上坐啊，这受凉了可了不得。"

少良赶紧把小湘搀到床上去："躺好了，没注意你怎么也坐在地上了。"

少良妈说少良："你真是的，我就这一会儿没看到，你就让她坐在地上了。来小湘，赶紧把这汤喝了，下奶的。"

小湘端过汤来喝，少良妈把宝宝抱起来："奶奶抱抱，这小东西还挺沉的，不比大小子轻。要不说，人家还以为是个小子呢。"

小湘喝着汤不出声。

少良妈和少良爸在卧室里商量给孩子取名，少良爸说："孩子的名字还是要按咱杜家的家谱排，我查了，你看啊，到孙子这个辈分应该是排到'江'了。"

少良妈把家谱拿过来仔细地看："唉，好好一个大孙子，转眼变了女娃，这个医院超的也不准啊。"

少良爸抽着烟说："我看老大根本就是骗我们，他们根本就没有去超。我问人家医生了，医生说是 B 超一般都很准。"

少良妈叹了一口气说："骗不骗的，反正也是个女娃了。咱要抱孙子，只能指望杨彩霞了。"

"杨彩霞身体不好，怀个孩子出了这么多事。咱少良在公司上班，生两个不打紧，就是小湘是国家的人。唉，其实她就是多生一个，那单位还能开除她吗？"少良爸还有些不死心。

少良妈说："可不敢，她要生两个孩子，工作肯定就没有了。"

"咱交钱还不行吗？咱要抱大孙子，这点钱交了也值。"

少良妈安慰老头子说："杨彩霞肚子里是个男娃，咱们还是有孙子的。"

少良爸摆摆手说："那不一样，聪子啥条件，良子啥条件。孙子要是少良家的，将来指定有出息。"

"你这思想不对，谁生的都是咱们家的孙子。聪子条件差点，咱们到时候就多帮衬他点，横竖不能委屈了孙子的。我还在想，要是这边小湘出了月子，没有什么事，他们自己又请了保姆了，那我们就回去服侍杨彩霞吧。"

3

彩霞在店里忙活着，邻居大妈来买东西，和彩霞闲聊。大妈说："彩霞啊，怎么你大着肚子还做生意呢？这些重东西可不敢搬了啊。"

彩霞一边拿盐和酱油给大妈，一边说："没事，家里没人，我看看店。"

大妈说："你家婆婆都上城里老大家去了啊？"彩霞说："是啊，聪子哥哥家生了女儿，我婆婆去给带孩子了。"

大妈笑着说："聪子他爸妈可是想孙子，这下老大家生了女儿，可就该指望你了。怎么样，去医院检查没有，男孩还是女孩？"

彩霞笑着说："男孩女孩都一样，我们没看过。"

居委会的人在外面贴着传单。彩霞问大妈："这贴的是什么传单啊？"

大妈说："你还不知道啊，我们这条街马上要改建了，县里要搞旅游文化城，我们这条街要改建成文化一条街，你们家这门面房这下可该值钱了。"

彩霞面露喜色。

少聪跟小李哥押货回来，打算回家，小林子把少聪拽过去说："别急着回啊，咱兄弟玩两把去。"

少聪摆摆手："我可不会，你们玩去吧。"

小林说："怕什么，我们都玩，没几个钱，运气好还能赚点。看见我这表没有，上个月赢了一把大的，就买了这表。"

少聪有点动心，小林和几个朋友一起哄，少聪半推半就地就跟着去了。

晚上，彩霞左等右等都不见少聪回来，着急地在窗户边张望。打少聪的手机，也是关机，彩霞的心里七上八下的。她正担心着，小林扶着喝得迷迷糊糊的少聪回来了。

彩霞赶紧跑到门口搀扶少聪，一边扶一边骂："要死了，出去几天就喝成这个样子回来。"

少聪嘴巴里不知道说些什么。小林跟彩霞说："弟妹，没事，我们兄弟几个在一起聚聚。"

彩霞脾气急，没等小林说完，她就说："他喝了酒就犯浑！"

少聪一口酒气，说："谁犯浑啊，你看啊，你看看，这是什么！"

少聪甩了一沓百元大钞在桌上。小林赶紧给他拾掇起来："兄弟，真高了，钱可不能乱扔。弟妹，收好，收好。"

彩霞显然被吓着了："哪来这么多钱？你干什么了？"

少聪半醉半醒地说："谁干什么了，你老公我能挣钱，你放心，我能挣钱！"

彩霞又是好气又好笑，小林说："挣钱了高兴，喝高了，弟妹啊，我走了啊。"

回到屋里，彩霞拿手巾给少聪上下左右地擦着，一边擦一边说："真没点出息，挣点钱回来就这样。"

少聪攥着彩霞的手说："你放心，我肯定挣钱养活你和孩子，你放心，你老公有本事。"

彩霞又好气又好笑地帮少聪换衣服："好好，就你有本事。这钱可不少，你跑一趟货能挣这么多，你可得好好干。"

少聪不屑地笑："跑货能挣几个啊，我跑这几天才1000块钱。一个晚上，1000变10000，你说快不快？"

彩霞立刻警觉起来："什么意思？什么一个晚上1000变10000？"

少聪大笑："不明白了吧，我赢的，他妈的，手气真好，这个来钱真快。他们都说我手气好，这叫霸气，不服不行啊。"

彩霞这下算听明白了，她气得把手巾朝地上一甩，跑到厨房端了盆凉水，兜头就浇到少聪的脸上。少聪一下子清醒了："你这娘们儿，你干吗，想我死啊！"

彩霞把盆朝地上一摔，指着少聪的鼻子就骂上了："你个混账王八蛋，你才消停几天啊，你就跑去赌，赌钱是好人干的事吗？"

少聪有点心虚："大晚上的，你小点声。"

彩霞恨恨地说："你个王八蛋，有好日子你不过，你要出去跟那些人混。才好了几天啊，又赌上了，你想我跟儿子死你说一声，你拿根绳子勒死我比这来得快！"

少聪跳起来："吵什么吵啊，有钱吵没钱也吵。你不去保胎，老子干什么想辙挣钱去，我还不是为了你和儿子啊。"

彩霞脸刷地青了："你为我和儿子你就去赌？我没见过你这么不要脸的，自己不要脸，赖到我头上，你是个男人吗？"

"你还别总说我不是个男人！我顶烦你他妈的说这句，动不动就不是个男人，我不是男人，你死气白赖要嫁给我干吗？"

彩霞啐了少聪一脸："不要脸，谁死气白赖要嫁你，你是男人能干这种事？你赌钱还有理了，你信不信我打110。"

少聪也犯浑："嘿，你打110，行啊，你告我去吧，你把你男人告得去坐牢，你有本事。老子还就不怕你，想干吗你干吗去。"

彩霞气得冲上来就打："杜少聪，你个王八蛋，今天我跟你死一块儿了，叫你再去赌，我叫你再去赌。"

少聪一边躲一边嚷："别发疯啊，我看你大肚子，我不打你，别没完没了。"

彩霞无处发泄，抓起桌上的钱就撕。少聪心疼钱，赶紧扑过去抢，一不小心劲儿大了，把彩霞一搡推到了地上。彩霞哎呀一声，少聪赶紧去扶。彩霞捂着肚子说："你别碰我，你打到我的肚子了，儿子要是没有了，我跟你拼命，你个王八蛋，不是东西，你怎么就不早点死啊。"

彩霞身子底下缓缓流出了一摊血水，少聪吓得彻底地醒了，他赶紧把桌上的钱胡乱装到口袋里。接着跑到院子里，把小三轮上的东西全掀掉，抱了床被子垫好，然后把彩霞一抱，放到车上，裹上被子就去了医院。

半夜里，小湘翻来覆去睡不着，少良迷糊着说："你怎么了？快睡吧，不然一会儿孩子又要吃了。"

小湘说："我心里烦躁得很，口渴，你给我倒杯水去。"

少良无奈地爬起来，张着大嘴打哈欠，出去倒了水给小湘。小湘接过喝了，少良摸摸她："哎呀，你的头怎么这么烫啊。"小湘懒懒地说："我头疼，不舒服。"

少良拿了电子体温计在小湘的头上一测，吓了一跳："39度了。你在发高烧啊，赶紧去医院。"

小湘拉住了他："深更半夜的，我可能是起来喂奶，受了凉，睡一觉就好了。"

少良不放心："不去医院行吗，都 39 度了，要不，我给你拿点感冒药吃。"

"我喂奶呢，怎么能吃感冒药？没事，多喝点水，睡一觉就好了。"

少良赶紧给小湘把被子盖好，又拿了湿毛巾来替她敷在头上，小湘闭着眼睛说："你也睡吧。"话没说完，孩子又醒了。少良只好把孩子抱过来给小湘喂奶。少良一抱孩子，又吓了一跳，孩子身上也是滚烫。小湘这下也顾不上自己了，赶紧把孩子抱过来一摸，果然发烧了。

正折腾着，客厅的电话突然响起来，小湘吓了一跳，孩子也被惊着了，小湘说："谁半夜里打电话啊？"少良跑去接电话，少良妈比少良还快，她已经接起了电话。

电话是少聪打来的，少良妈一听就愣了："啊，又进医院了，这两个真是作死啊。"

第二天，少良妈和少良爸收拾好了东西就要走。少良很为难地说："妈，你们就不能再留个一两天？小湘她爸妈去看她外婆了，还没回来，月嫂也没到。"

少良妈说："不是我们不留啊，彩霞又伤着了，比上次还厉害，又保上胎了。"

"有聪子在医院里盯着，您就缓两天，小湘和孩子都发高烧，今天也要去医院，不能没人照顾啊。"少良有些手足无措。

"小湘那高烧不怕的，多喝点水就行了。孩子烧更没事，就是喝水少了。你记住我的话，不停地喂水就行了。我和你爸去聪子那边看看，我是担心他们两个再闹出什么事来，把孩子闹没了。男娃啊，没了多可惜，那是咱家的长孙呢。"少良妈还是放心不下彩霞肚子里的孩子。

小湘在房里有气无力地说："杜少良，你叫他们走，我们娘俩儿死不了。"

少良妈皱皱眉头，说道："小湘啊，我们回家去看看彩霞，没什么事我和你爸还回来。"

小湘摇摇晃晃地抱着孩子走了出来："你们爱去哪儿就去哪儿，杜少良，你赶紧收拾东西跟我上医院去。"

少良妈说："你还在坐月子，可不能着风啊。你信我的，不用去医院，多喝水就行了。来，孩子给我，我给她喂喂水再走。"

少良妈说着就要去抱孩子，小湘把孩子朝怀里一搂："你们都走，我的孩子我自己会管。"

少良爸的脸黑了。少良赶紧说："爸妈去看看就回来，我陪你去医院。"

　　小湘狠狠地瞪了少良一眼，什么也没说就回了房间。

　　少良妈说："良子啊，妈是实在没有办法，聪子两口子你是知道的，我是怕他们出事。"

　　少良拍拍妈的背，说："妈，没事，我知道，你们去吧，有什么事打电话给我。钱够不够，不够的话我再拿点给你。"

　　少良妈想了想，说："你要有就给拿一点，防个万一，妈不会乱用你的钱的，回头叫聪子还给你。"

　　少良想了想，回房跟小湘商量："小湘，你看，能不能拿3000块钱给我妈带去，这也是救急，你看，行吗？"

　　小湘冷着脸说："我没有钱。我的钱要留着请保姆，不然没人管我们娘俩儿死活。"

　　少良挺尴尬："我爸妈也是没办法，我弟弟那人你知道的，他们是怕出事才要回去看看。"

　　小湘说："这话别跟我说，要不是他们非要来，我这本来也不需要他们。他们来了，我爸妈才抽身去看看我外婆，现在说走就要走，把我们娘俩儿晾在这儿了，还好意思跟我要钱？杜少良，你们家是不是有点过分啊？"

　　少良爸在外头听见了，生气地嚷："我们来带孩子是情分，不带是本分，我们要去哪儿是我们的自由，怎么还怪上我们了？"

　　小湘狠狠地瞪了少良一眼，少良尴尬地站着，不知道该说什么好。孩子又哭了，小湘把孩子朝少良手里一塞："你都听见了，我也不想说什么，我没有钱。"

　　少良很为难地搓着手："我弟弟是太混账了。可是我爸妈也有他们的难处，你大人有大量，别跟他们生气，等会儿我陪你去医院。"

　　小湘冷冷地说："我现在很难受，我要睡一会儿，你把孩子抱到医院去看看，我不去医院。"

　　少良愁眉苦脸地出来。少良妈早听见小湘在房间里说的话，赶紧说："没有钱就没有吧，我和你爸再想办法。"

　　少良抱着孩子说："妈，我就没法送你们了，我得赶紧带孩子去医院。钱的事情，我再想办法。"

　　少良妈说："不要你送，我们坐74路就走了。你听我的，这孩子不用去医院，多喝水就没事。"

　　少良看着孩子，说："不行，这我实在不放心，还是去医院稳当。"

　　少良爸对少良妈说："你就别管这么多了，再想管，也只有一双手，两个活祖宗，你顾了这头就顾不了那头。"

少良抱着孩子，很无奈地看着父母开门出去了。

4

少良收拾了收拾东西，抱着孩子就去了医院。少良背着几个包，抱着孩子在排队。孩子不停地哭着，少良一个人又要挂号，又要照顾孩子，实在是苦不堪言。突然，小潇跑过来了。

小潇接过少良手中的孩子："你怎么搞的，孩子都烧成这样了，你还排队？赶紧去看急诊啊。"

少良说："我都急糊涂了，儿童医院我也没来过啊，没有想到这么多人。"

小潇说："你知道什么啊？要不是我去看小湘，我还不知道你们这样呢。现在我不跟你算账，先给宝宝看病再说。"小潇抱着孩子就奔急诊去了。

好不容易找到医生，医生说："赶紧把孩子的被子给解开，捂成这样，体温还能不上去吗？"

小潇把孩子身上的被子解开，医生看了看说："没事，就是脱水了，开点退烧药，你们就在这儿喂水，观察一下，如果烧退了，就没事了。"

小潇抱着孩子到了急诊室外边，要给孩子喂水，少良一拍脑袋："我忘了带奶瓶了。"

小潇着急地说："那你还不赶紧买去啊，记得买点纯净水来。"

少良赶紧跑出去，不一会儿工夫，买了奶瓶和水回来。小潇喂着孩子，少良在旁边很紧张地看着。喂了一会儿，小潇摸摸孩子的额头："这药还真管用，烧退了。"

看着孩子没事了，医生嘱咐说："回家记得按时喂水，母乳够的话，最好不要吃牛奶。你们给孩子穿得太厚了。"

回到家，小潇可就不饶少良了："杜少良，你们家什么意思啊？当初叫小湘回我们家去坐月子，你爸妈非不肯，现在招呼都不打一个，甩手就走了，这像话吗？"少良一边哄着孩子，一边说："我们家临时有事，我爸妈不是故意的。"

小潇可不管那么多："你就再有事，也不能说走就走啊。你老婆孩子都发烧，他们就能走，还有人性吗？"

少良不高兴了："上医院看过了，没有什么事就得了。"

小潇看到小湘躺在床上，心里就不舒服："你还想有什么事啊？小湘都烧成这样了，也不见你带她去医院看看。"

少良给小湘换头上的毛巾："我是打算带孩子看过了，再带她去。我一个人顾不过来。"

小潇把少良推开，端了水来喂小湘："你也知道一个人顾不过来啊，那怎么你爹妈就不知道呢？别是拿孙女不当人吧，就你弟弟家那孙子重要。要这样你早说啊，谁也没叫你爸妈来啊。"

少良不做声，小湘皱着眉说："算了，姐，别说了，过两天月嫂就来了。"

小潇看着可怜的小湘："还过两天呢，你这两天怎么过啊？今天我要不过来，你们娘俩儿可怎么办啊？不行，今天我得把你们接回家去。在这儿水也没有，吃的也没有，大的小的都病着，这坐的是什么月子？"

小湘虚弱得很，她有气无力地说："不用，他请假在家，叫他做。"

小潇回头看了少良一眼，说："他能做什么？你看他那样，他能管好你和孩子吗？不气你就万幸了。杜少良，你别老抱着孩子在那儿晃，这好好的孩子都给你晃出毛病来了。"

小潇刚接过孩子，小湘爸妈就到了。一进家门，小湘妈就心疼地看着小湘。

小湘爸把外孙女接过来亲了亲，心疼地说："这下我们宝宝可受罪了，才几天，就去医院了。"

小湘妈抚摸着小湘的脸说："少良啊，你们家怎么能这样？算了算了，不说了，我们还是把小湘接回去照顾吧。"

少良想说什么，又终于没说，眼巴巴地看着小湘。小湘说："妈，我现在也好了，没什么大事。他请假在家，还是别跑来跑去了。"

小潇说："你怎么这么犟呢？宁可自己受罪，你顾他干吗？"

小湘妈拍拍小潇，那意思叫她少说话。小湘爸说："不动就不动吧，回头你妈和云姨多跑两趟来看看。"

少良感激地看着小湘，嘴上说："谢谢爸妈，我一定把小湘照顾好，你们放心。"

小潇很不情愿地说了一句："我们还真不放心！"

少良爸妈也赶到了县城医院。一看到少聪，少良爸气就不打一处来："你能消停点不？才出医院几天啊，又进来了。这孩子要保不住，你就作孽了！"

少良妈总是护着孩子："别骂他了，骂也没用，医生说了，这下要保到孩子生了。你啊，别再犯浑了，生个孩子，惹出多少事来。"

少良爸有些气急败坏："别的不说，这个医药费到哪儿去弄？"

少聪赶紧说："不用你们烦心，住院费我交了1万了。"

少良妈有些惊奇："你哪儿来的这么多钱啊？"

少聪赶紧解释："您放心，我这是跑货运赚的钱。还有，还有我原来单位给的医药费报销出来的。"

彩霞看着少聪说谎，气得转过头去，一句话也不说。

小湘家里也是一团糟，少良不希望小湘回娘家，只能自己请假照顾小湘。小孩病了，大人也病了，少良一个人忙得手忙脚乱。小湘抱着孩子晃悠："我怎么觉得她又烧了呢？再量一下体温。"

少良说："不用量，刚量过，多喂水就行了。"小湘说："不行，我就是不放心，再量量。"少良无奈，只好又给孩子量了一下："你看，37度，医生说孩子的体温比大人高，没有事。"

小湘这才放心了，躺回到床上去。少良的电话响了，少良抱着孩子到阳台上接电话。

老周在电话那头说："老大，你什么时候来公司啊？你要再不来，咱们那大客户可就被人抢走了。"

最近大昌介绍了一个大客户给少良，少良前期的工作都做得差不多了，前段时间他天天泡在人家公司里，有空就拉客户去喝茶。少良这一请假，崔林生趁虚而入。

少良嘱咐老周和小林盯着，但老周和小林毕竟不够火候，崔林生略施点小计，就和对方打得火热了。

少良为这事和李力明叫过苦："自己公司内部抢客户，这是内耗，你们当头的都不管？"

李力明很无奈地说："你们两组，客户领域划分本来就没有那么明确，这个客户他还说是他先接触到的，你中间杀出来抢了，我能有什么办法？你又没有证据说明是人家跟你抢。"少良说："他这样多影响公司形象？"

李力明很无奈地点拨少良："这个世界没有绝对的公平，你要公平，就多花点工夫。你把客户的单子签下来了，就什么都OK。"

少良虽然心里很不服气，但也没有良策。小湘也劝他看开点，不就一个客户吗？没有了再找就是了。但少良心里知道，这一个大客户关系到他的业绩，业绩直接关系奖金、津贴一系列经济问题，他现在太需要钱了，这个大客户比什么都重要。

老周在电话里说，本来约好了明天上门开方案报告会的，现在对方突然说有事，不开了。据小林的女朋友，也就是崔林生那组的文秘小姚说，崔林生另搞了一套方案在和对方谈。

老周说："老大，你要再不出现的话，我们可顶不住了。"

少良抱着女儿琢磨着办法，想了半天，他决定还是找大昌商量对策。客户是大昌介绍的，大昌接了少良的电话后说没有问题，打个电话约对方出来谈谈。

少良放了电话后心神不宁的，又打电话回公司嘱咐老周把方案发到他的邮箱里。忙着这些事，他又忘记给女儿喂水了。小湘见他忙，只好自己硬撑着起来照顾女儿。

过了一会儿，大昌打电话来问他晚上有没有空，他把客户给约出来了，叫少良带着方案直接去谈。少良知道机会难得，一口就答应了。

小湘在旁边听着，没等少良开口就说："你忙去吧，我在家带女儿。"

少良感激地说："我争取早点回来。"

有大昌的帮忙，一切谈得都很顺利，客户叫少良过几天就把合同带过去正式签约。少良有种扬眉吐气的感觉，有了这个大单，提成肯定不少，少良心里高兴，就忍不住陪客户多喝了几杯。回家的时候，少良满身都是酒气，他正想给小湘报喜，谁知刚一进门，就被小潇逮住了："杜少良，我妹妹生病在家，孩子也病着，你就跑出去喝酒了？"

少良喝得有点高，小潇的话又不客气，他不禁有些恼火："我是去工作，我不跟你说。"

少良跌跌撞撞跑进房间看小湘，小潇站在房门外说："别找了，我爸妈把小湘接回家去了。"

少良这下酒有点醒了："接回去了？为什么啊？那我去接她们回来。"

"你还有脸接她们回来？你能照顾她们吗？你们家人都跑光了，还好意思叫小湘带着孩子在这儿受罪。"小潇看着醉醺醺的少良，心里实在替小湘着急。

"什么叫受罪？住在自己家里怎么就受罪了？我不过出去几个小时，没怎么着啊。你们接走，也得问问我同意不同意吧。"少良借着酒劲一股脑儿地发着牢骚。

"还不过出去几个小时？你没搞错吧，我妹妹给你生孩子，现在还在坐月子，她发着高烧，你把她一个人丢下，自己出去花天酒地，还要问你同意不同意？"

少良大声地说："那是我老婆、我的孩子！"

小潇很不屑："你有资格吗？我告诉你啊，我是回来拿落下的东西的，不是来专门通知你的。小湘回家坐月子去了，没人请你去。让开，我得走了。"

少良眼睁睁地看着小潇出了门，这才想起来打电话给小湘。手机拿出来一看，好几个未接来电，都是小湘打的。还有几条短信，小湘说："我跟爸妈回家住几天，你要想过来，就一起来吧。"

少良有点莫名地懊恼，想了想，决定还是去找小湘。正想着，小湘的电话又来了。少良接了电话，第一句话就问："你怎么不跟我说一声就搬回去了？"

小湘找了少良整个晚上都没找到，心里正担心他出什么问题，结果电话一通，少良就来这么一句，口气还很不善，小湘也不高兴了："我要跟你说，你不接电话我有什么办法？我回家住，也不是什么大事，还要跟你请示汇报？"

少良说："哦，原来你一早就打算好了要搬回去，怪不得你今天这么痛快让我出去。"

小湘感到莫名其妙："杜少良，咱们说话可得讲理啊，是我妈她们来给我送饭，看见孩子又发烧了才接我走的。你不在家，我一个人怎么送孩子去医院啊？"

"那去了医院回家就是了，干吗要搬回去？"

"我不搬回去，你也不能照顾我们俩，我回家住有什么不好？你还能上班去。"

"你要真是为这个，我不跟你急，可是你并不是为这个。你是觉得跟着我住在这边，没人伺候，你委屈了，你爸妈觉得你委屈了，所以你才要搬走。"

小湘生气地说："你胡说八道，小人之心！"

"要不是这样，你姐姐为什么叫我不要去你家？还有这样的，生了孩子老公都不要了。"

小湘恨恨地说："你什么逻辑啊，谁不要你了？我是回家坐月子，你要来谁拦你啊？"

少良也犟上了："你姐姐都说那种话了，我就再没皮没脸，我也不能死气白赖地上你们家去。我是个男人，我有尊严的。你们家不能这么不尊重人。"

"你非要这么想，我也没有办法。没有谁不尊重你，那腿长在你自己身上，你不想来，也没谁逼你。"

"我就是不想来，我不想住到你们家去，天天看你们家人的脸色。我自己有家，好好的，为什么要住丈人家去？你要是没别的想法，我现在过去接你回来。"少良不想让小湘在娘家住。

"现在几点了啊，你非接我回来干吗呢？你爸妈甩手走了，你要工作，管不了我们，我们娘俩儿不能喝西北风吧？我就不明白你了，明明我爸妈是帮我们，为什么你非要这样呢？"

少良急了："我不跟你说这些，我就是问你，你回来还是不回来？"

小湘也恼了："我就是不回来，你爱怎么样怎么样吧。"说完，小湘就把电话挂了。

少良一个人坐在客厅里发愣，想给小湘拨回去，把电话拿起来又放下，心里觉得没有意思。正烦恼着，少良妈的电话来了："良子啊，彩霞现在情况稳定了，我明天就回来。"

少良不知道该怎么答复，只好打岔："聪子有钱结医药费吗？"

少良妈说："你别管他，他最近找了个送货的工作，赚了点钱。"

少良说："要是没钱，您跟我说，我想想办法去。你跟我爸别累坏了，得空就歇歇。"

少良妈说："我们没事，你爸还不就是那样，一天到晚不是这儿疼就是那儿疼。妈明天就回来，你看要带点什么不？我再带点草鸡蛋回来给小湘吃吧。"

少良支吾着说："其实我这儿也没有什么事，您和我爸就在那边照顾他们吧。"

少良妈着急了："那怎么行呢？你要上班的，总不能老在家里伺候月子，还是我回来，这边有你爸和聪子就行了。"

少良故作轻松地说："您别回来了，她爸妈把她接回去坐月子了。这样也好，您和我爸就安心在那边照顾彩霞。"

少良妈觉得不对劲儿了："良子，你们没吵架吧，怎么好好的就回娘家去了？"

少良连忙说："没有，是我公司忙，顾不上她们，所以她爸妈就接她回去了。您放心吧。"

少良妈迟疑着说："那要真是这么回事，那妈就不回来。她回娘家坐月子也好，能省你不少心。你住过去，就委屈点吧，为了孩子。"

少良说："我知道了。"

被少聪那么一推，彩霞这保胎只能一直保到生完孩子了。彩霞躺在病床上，瞪着眼睛盯着少聪，半天都不说话。

少聪扛不住了，只好说："好了好了，我都认八百遍错了，我错了，我错了。"

彩霞不依不饶："这不是认错的事，你跟我老实说，你赌了多少次了？"

"你小声点，可不敢被我爸知道啊，他知道了非打死我不可。"

彩霞恨恨地说："现在知道怕了，你赌的时候干吗去了？"

少聪求饶："真没有，第一次，真的。他们非拉我去，我就去了，没想到手气那么好。你说啊，第一把就赢钱，1000变2000，没道理赢钱我还走啊，所以我就多玩了几把。"

彩霞气得从床上一下坐了起来："你还得意了是吧，你见过赌钱能赢的吗？我爸，我爸是怎么把我妈给气死的，你知道吗？赌钱的没有一个好东西，我告诉你，我就不能容你干这事。你信不信我报警把你抓进去。"

少聪连忙捂住彩霞的嘴："好好，我信我信，以后永远不干了。这也没输钱，要是昨天晚上没赢钱啊，今天医药费都不知道上哪儿张罗去。"

彩霞一巴掌就往少聪脸上扇："你个王八蛋，你得意啊，你不赌钱我能躺在这儿吗？"

少聪朝后一躲："够了啊，一句不对就动手，你也太他妈的泼了。又不是真怕你，我让着你呢，你再动手我不客气啊。"

彩霞瞪眼说："你跟我客气过吗？你让着我我还躺医院了，你要不让我我不得命都送在你手上啊。好啊，你再去赌试试，我敢拿刀剁了你的手，你信不信？"

少聪苦笑着说："信，我信，你最牛。赶紧躺着吧，保胎呢。"

彩霞把枕头朝少聪扔过去，正好砸到了刚进来的少良妈身上，少良妈这个气啊："你们两个人有病是吧？下次要打架，打个干脆的，别半死不活地跑到医院来折腾我。"

彩霞嘴巴也不饶："你叫他打，老娘下次拿刀砍死他，我偿命。"

少良妈气得怔住了，少聪赶紧把他妈拉出去了。少良妈说："你这老婆是越来越厉害啊。"

少聪连忙安慰说："别跟她置气，她现在大肚子，她情绪不正常。您老消消气。"

少良妈抹着眼泪说："聪子啊，妈不指望你跟你大哥一样有出息，妈就想你能过几天消停日子，行不行？"

少聪张着大手给老娘抹眼泪："行，行，妈，我以后一定好好的，我再不折腾了，我现在就去上班去。"

少良爸黑着脸在旁边说："回来！你又上哪儿去？"

少聪停住脚步，说："小李哥，就是我那老板，叫我过去一趟，有趟货要送，我得去跑一趟。"

少良爸严肃地说："你做点正经事，别到处惹是生非。"

少聪连连点头："我送货去，还不正经，指着这个工作养老婆孩子呢。您放心吧，彩霞就拜托您二老了。我去一趟，得两三天。"

少良妈说："你要真是去工作，我们不拦你，聪子啊，你要长进点啊。三十几岁的人了，老婆孩子都有了，爹妈可管不了你一辈子。"

少良爸哼了一声，没说什么。

挂了少良的电话后，少良始终没有打电话来，小湘在卧室里看着电话发愣。

小湘妈端了一碗汤进来："为他生气可犯不着。你啊，月子里可不能生这么大的气，回头再回了奶就苦了孩子了。"

小湘喝了一口汤，赶紧转移话题："这汤没盐，一点儿味道都没有。"

小湘妈说："有意少放盐的，放了盐回奶。"

孩子在小床上哼哼起来。小湘妈一脸慈爱地看着外孙女："这小东西，能吃，她又饿了。"

小湘过来抱起女儿："这个小祖宗啊，一个小时吃一次，累死我了。"

云姨说："所以你现在要保重自己的身体，没有你哪儿有她的好日子过？杜少良那浑蛋，你不要去想他。"

小湘抱着女儿喂奶，不做声。小湘妈使个眼色给云姨。云姨叹了一口气，不做声了。孩子在小湘的怀里满足地睡了，小湘轻轻地把女儿放回小床。

小湘妈轻轻笑着说："看这小脸，多秀气，跟你小时候一个样。"

小湘温柔地看着女儿："她鼻子以下像我，鼻子以上像她爸。"

小湘妈摇摇头，走了出来，云姨也跟着到了客厅。云姨说："唉，咱们小湘就是个死心眼。"

小湘妈说："现在谁和她说都没有用，等她自己慢慢想明白吧。"

小湘坐在孩子的小床边，呆呆地看着女儿，一滴晶莹的泪水落了下来。

第二天，少良思来想去，决定还是要去把小湘接回来。到了小湘家，少良尽量赔着笑脸："爸、妈，我来接小湘回家。"

小湘妈一脸严肃："在这儿好好住着，接回去又没有人照顾。"

少良有些尴尬："月嫂已经来了，您看，能不能请路阿姨跟我们一起回去？"

小湘妈铁着脸说："这样不好，你那里地方小，路阿姨住在那儿也不方便。这边人多，有什么事情都方便，你也搬过来住吧。"

少良说："不能麻烦您和爸爸。您放心，我能照顾好小湘的。"

小湘的气还没消，她本不想搭腔，但看着少良一副低声下气的样子，又觉得不忍心，刚想答应他回去，被小湘妈一个眼色给止住了。

小湘妈说："少良啊，按理说，我们不该管你们小夫妻的事。可是呢，小湘是我女儿，这女人一辈子，生孩子也就这么一次，我不能让她受一丁点儿的罪，你要能理解，你就搬过来一起照顾她。你要是不理解，那你就别过来，我们也不勉强你。但是小湘肯定是不能跟你回去的。要回去，也等她身子养好了，你爸爸妈妈能过来照顾她了，我才放心让她回去。"

少良不敢多说，只能眼巴巴地看着小湘。小湘看看爸妈，又看看少良，她心里是想跟少良回去的，可是老妈说的话，句句都在理上，又是句句都为自己打算，她实在开不了这个口。沉默了半天，小湘才说："我在这儿挺好的，你还是搬过来一起住吧。"

少良听了这话，失望地低着头，算是默认了，他心里有一种说不出的难过。

5

跟着小林跑了几趟车，少聪现在很显然没有了第一次的紧张，他对这活儿是越来越得心应手了。在小李哥的车上，少聪很轻松地问小林："这次还是弄烟去啊？"

小林说："李哥都亲自出马了，哪能就那几条烟啊？到了你就知道了。"

说着话，车子就拐进了一个小村子，开进一个废弃的大院子里。小林带着少聪从车上下来，把院子里的一堆稻草扒开，只见里面堆着二十几个纸箱子。小林说："赶紧的，把这搬到车上去。"

少聪手脚麻利地搬了东西上车，一边问："这是什么啊？"

小林神秘地笑笑，没说话。

搬完了东西，车子继续上路。天黑的时候，进了城，小李哥一打方向盘，径直开进了县医院的后门。

少聪丈二和尚摸不着头脑："医院啊。"

小林严肃地说："不知道就别说话，叫你干什么就干什么。"少聪尴尬地笑笑。小李哥说："少聪是自己兄弟，不瞒你，咱的货在这儿。"

少聪有些不明白了。小李哥把车停在医院停尸房的后门，这地方紧靠着医院的后围墙。小李哥跳下车，来到停尸房后门，左右看看没人，这才敲了三下门。门开了，里面的人探出头来看了一眼，一会儿门就开了。小李哥招呼少聪进去。少聪进门，一股福尔马林水的味道扑鼻而来："妈呀，这是太平间啊，我们到这儿来干什么啊？"

小李哥说："前面才是太平间，这后面是咱的厂房。别说话，赶紧下货。"

少聪揉揉眼，在昏暗的灯光下，只见墙角码着一箱箱酒。少聪愣了一下，赶紧和小林一起卸货。

小李哥打开一个箱子，停尸房里走过来一个工头样的人，他拿出一沓酒盒包装："不错，这次印得比上次的好多了。"少聪一看，那纸箱里原来都是茅台、五粮液，他这才明白，原来这里是造假酒的作坊。少聪这心里立刻开始七上八下了，他想走，又不敢提出来。

小李哥看出少聪害怕来了："聪子，放松点，我可是信任你才带你来的。放心，给酒换个包装，就是查着了，也不过就是罚个款，没多大事。哥哥我干这个也不是一年两年了，你好好跟着我干，有你赚钱的时候。"

少聪心惊胆战地答应了一声，小李哥漫不经心地拿了瓶包装好的假酒看："你要是害怕，你就走，哥哥我也不勉强你啊。你自己想清楚。"

小林在旁边拍了少聪一下，甩给他一包钱。少聪心惊胆战地接过来，一捏，数目不小。他擦擦头上的汗，说道："李哥，我跟着你干。"

小李哥笑笑说："这才是男人嘛。"

少聪看着手上的钱，好像突然有了自信。

小李哥说："你们两个赶紧把那边的货搬上车，今天晚上还得跑一趟送货去。"

少聪干劲十足地答应了一声。

自从路阿姨来了，又有爸妈和云姨照顾着，小湘感觉轻松多了。路阿姨果然很专业，对照顾产妇和小宝宝特别在行。这天，在客厅里，小湘妈问路阿姨："这孩子怎么老是吃不饱，半个小时就要喂一次？"

路阿姨说："你看，这奶瓶里的奶，放一会儿就成水了。小湘的营养没跟上，奶水太稀了。"

小湘妈拿过奶瓶仔细地看："怪不得孩子半个小时就要吃一次，原来是这样。"说完，又叹了一口气，"唉，我真是后悔，早把小湘接回来坐月子，就什么事也没有了。刚生孩子就出事，生完了还不消停。"

少良坐在旁边抱着孩子，他觉得挺尴尬，但一句话也没说。

路阿姨给小湘端来一碗汤，一边说："等下我给你通乳按摩，你的奶水不够孩子吃，下得又不畅快，可得好好地调养。"

小湘妈说："是要好好调养，前几天发烧，把身子搞虚了。少良啊，你晚上多辛苦点，别叫小湘总是起来。"

少良答应着。路阿姨说："小湘身体本来是没有问题的，就是乳腺没有完全打开，所以奶水不畅，越下不来就越憋着了，这样对乳房不好。没事，我每天给她做通乳按摩就行了。"

小湘妈对少良说："你看，你哪儿懂这些，还是请个月嫂好吧？"

少良连连点头说："是，是，请月嫂好。"

回到卧室，小湘跟少良说："回头早点把路阿姨的钱给结了，别等我爸妈来结啊。"

少良说："我知道了。"

没过几天，下班经过银行提款机时，少良停下了脚步，他掏出工资卡，账上只有2000块，少良皱着眉头。想了半天，少良拿出信用卡，在提款机上取了4000出来。

晚上，小湘把钱交给她妈："妈，路阿姨这个月的钱，早点给人家吧。"

小湘妈一看，推辞说："不用，这个钱妈来出。"

小湘把钱往她妈口袋里塞："您就拿着吧，我们一家子在这儿白吃白住的，月嫂钱还叫你们出，那怎么行？"

小湘妈不接："他给的，还是你自己的？要你自己拿的就没必要。"

小湘不乐意了："妈！当然是他拿的。我就那点死工资，您还不知道吗？"

小潇接过来，塞在她妈手上："妈，您跟他客气个什么啊？不是图他钱，就是立个规矩。"

小湘有点不高兴："也不用说得这么严重。"

小潇说："我这是为你好，你想想这几年啊，你什么都不计较他，他反而当你是应该的。"

少良在房间里听了这话，心情特别不好。小湘进来，少良黑着脸不说话，小湘知道他为了姐姐的话而生气，只好说："我姐姐就这嘴，你别跟她计较。"

少良憋了半天才说："要不，咱们还是搬回自己家去吧。"

小湘有些为难："现在这个情况，回家去我和女儿怎么办？我知道你难受，不过为了女儿和我，你就委屈一两个月吧。"

转天上了班，少良一大早就到办公室，抓住艾茉莉修改合同。大昌心急火燎地跑来说："你赶紧想办法，我那哥们儿打电话来说，老崔把他们单位的老大给搞定了。"

少良一听就急了："前两天还谈得好好的呢。"大昌说："你现在上火也没有用，还是赶紧想办法吧。这单子可是大的，我听说他们单位老大要投一大笔钱搞这个项目，这次的业务系统只是个开头。你想办法搞定了，以后就有好日子过了。"

少良一筹莫展，在办公室里兜了一上午圈子，最后还是李力明提醒他："他们单位的老大原来是你岳父的手下，这个消息我可告诉你了，怎么办就看你自己的了。"

少良听了这信，想想没辙，只好还求着小湘去。小湘说："我爸都退休了，这些事情最好别找我爸。"

少良说："现在经济不景气，我们做个单子可难了，好不容易我才搭上这条线，你就请你爸给打个招呼。"

小湘还是不肯："你知道我爸的脾气，他最讨厌搞这种事情了。"

少良有些急了："又不是搞歪门邪道，老实说，能正常地谈，我肯定也不找你爸，我是实在没有办法。这次的项目挺大的，我们也做了很久的工作，就这么被人家抢了，我实在是不甘心。"

小湘被他缠得没法，只好说："那我去说说，我不担保我爸一定能答应啊。"

小湘爸听了小湘的转述，很不高兴地教训女儿："上次他弟弟那个事情我就很勉强，不过还是给办了，结果呢，我现在都不好意思去见老冯。现在又叫我去找人家拉生意，你这是为难爸爸。"

小湘妈叹着气说："小湘，你也太不懂事了，这种事情你就不该跟你爸爸说。"

小湘说："他也是实在没有办法，现在金融危机，他们做销售的找到一个大客户不容易，再说他也是为了多挣点钱。爸，您就再帮他一次吧，就一次，好不好？"

小湘爸想了想说："我就再帮他这一次吧，下不为例啊。"

果然，小湘爸的一个电话过去，少良的这个大单就落实了。大昌说："看看，有个好的老丈人，你得少奋斗多少年啊。"

少良苦笑："就是老丈人太好了，压力大。"

大昌说："老丈人嘛，还不就指望你对他女儿好一点。男人，该受的委屈要受。"

少良打趣他："老板娘给你委屈受了吗？"

一提到老板娘，大昌就没词了。老板娘对他总是爱搭不理的，弄得大昌心里总是七上八下的。其实大昌心里知道，老板娘心里只有少良，只是她不说出来而已。

大昌跟少良提过，少良不相信："我现在是老婆奴、孩奴、房奴，一天到晚家长里短，老板娘眼里能有我？"

大昌酸不拉唧地说："我也瞧不出你有什么好来，你是长得比我好啊，还是薪水比我高啊？可你就是女人缘比我好，这是为什么？唉，就连欧阳枫都对你另眼相看。你说说，你有什么不一样的？"

有了这话，少良每次去茶社见了老板娘都有点讪讪的，老板娘反而大方地招呼他们。偶尔开两句玩笑，也是冲着大昌，少良不禁又怀疑起来。

彩霞在医院保胎，一保就是一个月，等到小湘出了月子的时候，彩霞在医院做了手术，孩子提前了一个半月出生，生的果然是个男孩，只是不足月，一生出来孩子就进了监护室。少良爸妈好不容易盼到了孙子，一下也没抱过孩子就进了监护室，心里这个难过就别提了。这天，少良爸妈又跑到监护室外看孙子，监护室的护士都认识他们了，很热情地跟他们打招呼："您二老又来看孙子了！"

少良妈说："是啊，这孩子真是命硬啊，他妈怀他进了三次医院，我们真怕养不活他。"

少良爸忌讳这个："别瞎说，咱孙子好着呢。你看看，比前两天又壮实不少。"

护士安慰说："您放心吧，这孩子就是不足月，在监护室里长几天，等他体重升上来了，就能出院了。孩子很好，你们看，他睡得多好啊。"

少良爸妈怎么看都看不够孙子。

少良爸很满足地说："咱老杜家总算是有后了。唉，看不出，杨彩霞的肚子比老大家的争气，良子是指望不上了，以后叫聪子他们再生个大胖小子。"

少良妈感叹说："一个孙子就够了，两个养不起了哦。"

少良爸说："怎么养不起？是我的孙子我就养得起。大孙子，真好，真好。我今天得回趟乡里，跟他奶奶报一声去。等孩子出院了，咱还得回村里祠堂给祖宗磕头去。"

过了几天，少良妈在医院里挂念少良，跑回城里看了看，少良特意回来陪她过了一晚。少良妈带了不少小米给小湘补身子。她看见小湘妈给小湘买的婴儿床，围着床看了半天："这个手工质量，是跟那500块钱的不一样啊。"

"这个床3000多块呢，肯定是不一样的。"

少良妈摸着床架说："都是木头做的，就是这个毛边打得光滑些。"

少良说："这个木头是好的，还有这油漆，您闻闻，一点儿味道都没有。油漆不好，对孩子刺激可大了。"

少良妈就问："那这床怎么不搬到你丈母娘那边去，孩子睡哪儿啊？"

少良说："她妈说搬起来麻烦，在那边又买了一张床。"

少良妈眼睛一亮："那这张床你们是暂时用不着了啊。"

少良明白他妈的意思："妈，要不，我把这床今天一道儿给您送回去。"

少良妈有些担心："小湘不会生气吧？"

少良说："我们暂时回不来，这床放着也是放着。"

少良妈挺高兴，又不安地说："那你说，这张床好搬不？"

少良说："能搬，把螺丝一下，拆了，放我那车后边就行。"

当天，少良就把床给拆了，一道送回了家。不过，这个事情少良没敢跟小湘提。少良想，等到他经济上缓过来了，搬新家的时候，再买一张一样的床就是了。而且，真到了那时候，也许女儿都不睡这床了呢。

没过几天，彩霞带着孩子出院了，少良爸妈简直就是鞍前马后地伺候，生怕孩子有什么闪失。

少良爸把朝阳的大屋收拾了出来，那屋原来是给少良和小湘回来的时候住的。少良爸在少良回来的时候就跟少良打了招呼："孩子小，聪子他们那屋太阴凉，怕孩子受不了，跟聪子换一下吧。"

少良一点儿也不反对："我们本来就不常回来住，两间屋子都给聪子住去。"

少良妈说："那不用，他们两个住朝阳的大屋就够了，他们两个那屋你和小湘回来了就将就住一下。"

彩霞一回家，发现自己的东西都搬到了大嫂的房里，心里别提多舒坦了。打从结婚进了杜家的门，彩霞心里就觉得婆婆偏心，私下里没少跟少聪嘀咕："他们要是常住家里，占一间大房我也不说什么，谁叫你是弟弟呢？可是他们一年也不回来几次，白空着好屋子，反叫咱们住这小屋。"

少聪叫彩霞不要多心："爸妈咋安排就咋住吧。"少聪并不在乎这些。可是彩霞的心里就是觉得大嫂不懂事，加上大屋里的家具都很好，而她自己新婚却用着大嫂当年不要的东西，彩霞心里老早不是滋味了。

这下，大屋归了他们两夫妻，而且少良妈还给他们换了新的被子，连孩子的小床都是从大哥家搬来的，彩霞心里说不出的得意。

彩霞对少聪说："咱儿子这下可享福了。"

少聪说："你功劳最大，以后你在家里就是太上皇了。"

彩霞喜滋滋地抱着儿子："我可不当太上皇，只要你和你爸妈对我们娘俩儿好就行了。"

少聪说："那还能不好？你没看我爸那眼睛都笑眯了，咱儿子要天上月亮，他也能去摘。"

老杜家的大孙子回了家，可把少良爸妈给乐坏了。两个人天天忙得不亦乐乎，抱着孙子就不想放手。

这天，少良爸一大早就跑到菜场里买菜来了："老李，叫你给我带的那个骨头呢？"

李师傅从里面拿了一袋肉出来："看看，这可是正宗家养的猪，一点儿饲料没有喂过。我都是给自己留着吃的，也就你我才给留，别人我可不给。"

少良爸乐得合不拢嘴："你最靠得住，多少钱照算啊。"少良爸乐滋滋地掏钱给了老李。

老李的媳妇儿出来凑趣："聪子家的生了，看把您给乐的。"

少良爸说："那小子别看不足月，能吃着呢，跟聪子小时候一样。"

老李媳妇儿说："那您买这骨头就买着了，回去煨汤，可下奶了，还补钙。"

少良爸一脸笑意："对，对，就是要补钙。"

6

彩霞在屋里看着孩子，晃晃悠悠地哼着歌，一副心满意足的样子。少良妈端着骨头汤进来："来，趁热喝，下奶的。"

彩霞把孩子交给少良妈，自己坐下来喝汤。少良妈抱着孙子，乐呵呵地说："看这小子，昨晚闹一夜吧，真能折腾，现在没劲儿了。"

彩霞说："到了晚上不睡觉，睁着眼睛到处看，累死我。等会儿把他弄醒，白天不让他睡，不然晚上不睡觉，命都要被他折腾死了。"

少良妈赶紧说："你不懂，会闹的男娃聪明。他大伯小时候可闹了，所以读书就聪明。"

彩霞喝着汤不说话。少良爸在堂屋里喊："你们出来。我给孙子取名字了。"少良爸一直琢磨着要给孙子取个响亮的名字，怕起不好，特意托人找了个号称三代研究周易的高人。今天买过菜，少良爸就找这高人去了。

少良爸说："看看这个李老师给取了三个名字。"

少良妈跑到房间里，找了老花镜出来仔细看，只见一张纸上龙飞凤舞地写满了字。少良妈说："这写的是什么？取个名字，怎么这一大篇？"

少良爸得意地说："你们不懂，李老师是研究周易的，这写的是名字的讲究。庚寅年、辛巳月、癸未日、丁巳时，这是咱孙子的八字，本命五行属水，缺水忌火。喜神是水，用五行属金水之字。杜江星，五行是木金水……"

少良妈打断他说："念这些个，我们也听不懂，反正都是好名字，你先说说取的是个啥。"

少良爸说："你就是性急，这是学问。好好好，老师给取了三个名字：杜江星、杜江春、杜江浩。"

少良妈歪着头看那张纸："我听着个个都好。彩霞，你看看，晚上叫聪子看看。"

少良爸说："他们懂什么？要看，也叫良子给看看。我看这三个名字都挺好。"

彩霞不太喜欢这几个名字："每个名字都有江啊？怎么这么别扭？"

少良爸说："可巧了，老杜家排到他这辈就是江字辈，这孩子又缺水，多好。

要我选，我就选江浩，两个水，缺什么补什么。"

少良妈看了半天，说："还是叫他哥给看看。"

晚上，彩霞跟少聪说："从我出院到现在，也没见你出去找工作。"

少聪正在电脑前玩着游戏，正玩得不亦乐乎："我有事干，挣了不少钱了。"

彩霞抱着孩子，说："你帮人家送货，也不是个长久的买卖，还是正经找个工作干的好。"

少聪有些不耐烦了："我也不是不想找，现在找工作多难啊。"

彩霞想了想，说："要我说，给别人打工，还不如自己当老板。"

少聪吐吐舌头："自己当老板，说得容易啊，哪儿有本钱，老板可不是那么好当的。"

"你就这点出息，什么事还没做就说做不了了。做点小生意，要多少本钱？你把咱家这小店搞搞好，就是一门好生意了。"

"咱家这小店，卖点酱油、醋、卫生纸，能赚什么钱？"

"赚多赚少都是钱，只要舍得下力，肯定能赚钱。你不知道啊，咱这儿要改建成文化一条街了，生意多着呢。"

少聪一听，眼睛一亮："改成文化一条街，那咱家这店面可就值钱了。这要是卖了，多划算啊。"

彩霞眼一瞪："你就这点出息，还没怎么着呢，就想着卖房子、卖地赚钱，败家子就是你这样的，怪不得你妈看你大哥就比你好。你说说，你能干点什么啊？"

"我要不让着我大哥去上大学，我还不是一样也当公司经理了，这不能怪我。"

彩霞撇撇嘴说："少来吧，就叫你考，你能考上吗？你就不是那块料，叫你做个正经工作还没几天就丢了呢。我跟你说认真的，你去跟你爸妈说，叫他们把这店交给我们做，保证赚钱。"

少聪想了想说："那我说说看。"

少良妈和少良爸在屋里也在合计店面的事。少良妈拿着那个通知左看右看："政府要把咱这街改成文化街了，那咱这门面就算政府同意了，是不是？"

少良爸点点头说："就是这个意思。头先咱们在墙上开个门卖东西，那叫破墙开店，工商局还来罚过款的。以后这一条街全部打成门面房了，那就是合法的了。"

少良妈大喜过望："这好啊，那咱们在院子里再多盖起一座房子，就能开个大店面了。"

"那还得有手续才行。我去问过了，政府搞招商，在这街上要租好多店面，他们好多人都想把店面租给政府，租金还不少。"

少良妈说："要是租金合适，咱也租给政府，省心，还能拿钱，多好，总比自己做点小买卖强。"

少良爸说："我也是这么想的。咱们把院子隔开，店面这边租掉，里面咱们自己住，每个月吃租金都够了。咱们家这院子在这条街上都算大的，地方又好，肯定能租出去。"

少良妈一脸喜色："那就这么办，过几天政府要开会，咱们就这么办。"

吃饭的时候，少聪问他妈："妈，咱家店面交给我和彩霞来做吧，我们想搞个小超市，卖点旅游纪念品什么的。您看啊，咱们家院子这么大，我找几个哥们儿把那门脸后边再加盖一间，做个超市就够了。"

少良妈感觉很诧异："你还能做买卖啊，你别给我和你爸找麻烦了。我和你爸决定了，打算把这店面租给政府，坐着就能收租金。"

"我们两个人都没有工作，您再把店租出去，我们俩这日子可过不了了。"少聪有些不愿意。

"店面租金就够一家人吃饭了，你们两个在外头再找份工作，这个日子就过起来了。"

少聪说："现在工作不好找，我还是想自己当老板。"

少良爸在旁边不耐烦了："你还想当老板，不看看自己什么样。我告诉你，这店面你想都别想，那是我和你妈养老的。将来要传，也传给你大哥。"

少聪不高兴了："你们就看不起我，什么都是我大哥比我强！这么个破店，还要传给他？他在城里有两套房子，又当着经理，他什么没有啊，还来跟我抢店面。"

少良妈赶紧说："你爸不是这个意思。我们怕你做生意赔本，所以叫你找工作去。你大哥能跟你争什么？这个店的租金还不是养活你们一家子吗？将来这院子你大哥还能来住，还不都是你的？"

少良爸说："别给他许这个愿，要是不争气再给我败家，连这院子我都不给。"

少聪气呼呼地把碗一摔，拿了衣服就出门了。彩霞在后边怎么叫，少聪都不回头。

晚上，少聪一个人在路边摊喝闷酒。小林来了，叫了几碟子小菜。看少聪愁眉苦脸的，小林就问："去玩两把？"

少聪摇头说："不去了，身上又没钱。"

小林说："没钱怕什么呢，我这儿有啊。玩两把去，散散心，你上次那手气多好啊。"

少聪动心了，半推半就被小林他们几个拉着又去了赌场。

开始的时候，少聪一直赢钱，他越赢越高兴，谁知赌着赌着，他的手气就开始不好了。输了几把，少聪就想走，小林说："输了就走，那就是彻底输了。有赌未为输，再来两把，手气就好了。"

少聪听了他的劝，又赌了两把，果然又赢了，这下他更不舍得走了。少聪和小林在赌场混了一夜，天亮才回去。

少聪小赢了一把，他还了小林的钱，还剩下几百块钱。

路过超市时，少聪跑进去给孩子买了一罐奶粉，想想，又在旁边的服装店里给彩霞买了一件衣服，这才晃晃悠悠地回了家。

一到家，彩霞就冷起一张脸来问他："昨天晚上到哪儿去了？打多少电话你都关机。"少聪不敢说自己去赌场了，撒谎说："跟小李哥跑货去了，昨天走得急，手机没电了。"彩霞盯着他的眼睛问："你说的是真话？你没去赌吧？"

少聪赌咒发誓地说："真跑货去了，你看，这一晚上的工钱，我给孩子买了奶粉。还有这衣服，给你买的。"

彩霞这才信了，看见少聪对孩子上心，她心里也高兴："给我买什么衣服呢？刚生了孩子，身材都走样了，穿什么都不好看。"

少聪说："好看，我媳妇儿什么时候都漂亮。这是剩下的钱，你收好了。"

彩霞接过钱来点点："你这么打零工真不是办法，这个店面你爸妈又不肯给我们做。我看，我还是要早点出去找个工作。"

少聪说："你安心养着，我有办法挣钱，不会让你们娘俩儿饿着。那店面，他们爱给不给。"

彩霞忧愁地说："我真想做超市，要不，咱再跟你爸妈说说。"

少聪有些不耐烦："说什么呀，他们要给我大哥，我去说了，又以为我要争房子争地，不干这事。"

彩霞不满意："你大哥他们在城里，哪辈子来这开店啊，你爸妈不知道怎么想的。咱们儿子才是老杜家的嫡亲孙子，取个名字还叫你大哥做主。"

少聪不知道这事，他连忙问："什么名字？"

彩霞说："你爸找了个师傅，给孩子取了三个名字，说叫你大哥给定一个。"少聪没说话，彩霞说："我们的儿子，叫你大哥定，是什么意思啊？"

少聪说："没意思，以为我大哥有文化呗。"

少良爸叫少良给定个名字，少良推托说："您定就行了，再不，叫聪子自己定。"

少良爸非叫少良给定一个。少良只好说，江浩挺好，就叫杜江浩吧。少良爸一拍大腿说："我也是这么想的，这孩子缺水，两个字都带水多好。好，就叫杜江浩。"

少良妈说："你们生了个女孩，小湘是公务员，再生一个工作就没了，不能生，我和你爸想啊，把这孩子过继给你养。"

少良有点哭笑不得："过继和自己生都违反计划生育政策，您别瞎琢磨这事。"

少良爸说："这怎么是瞎琢磨呢？不正式过到你们名下，我跟你妈替你养着，叫他们两个再生一个。"

少良不知道该说什么好了："反正这事肯定不行，你们就别操这心了。就是我同意，小湘也不会同意的。现在时代不一样了，儿子女儿都一样，而且我喜欢女儿。"

少良爸说："你们再想想吧，这事也不急。"

彩霞在旁边听到了，心里气闷，掉头就找少聪的麻烦来了："你爸妈凭什么要把我儿子过继给你大哥？哦，怪不得要把店面给你大哥呢，合着儿子也给他，店面也给他，把咱们两个扫地出门啊，有这样的吗？"

少聪反倒无所谓："我大哥又没答应，你嚷什么？再说了，过继给谁，他都是你儿子，早晚店面就是他的，你现在操的什么心？"

彩霞听了，心想，也是这个理，可是这心里就是不舒服："我就是去讨饭吃，儿子我也自己带，还想叫我再生一个？门儿都没有。"

少聪嬉皮笑脸地说："再生一个多好啊，我就想要两个儿子。咱加把劲，再生一个。"

彩霞又是好气又是好笑："一个还养不活，等你有钱养活我们娘俩儿，再来说这事。"

少聪瞪瞪眼："你等着，早晚我叫你们过上好日子。到时候喝牛奶，喝一碗，倒一碗。"

晚上，少聪跑去找小林，自从上次赢钱以后，少聪就有点心痒痒了，最近也跟小林出去玩过几次，有输有赢，少聪心里知道赌钱不是个好事，可架不住赢钱的诱惑。

这天晚上，少聪又赢了点小钱，就请小林去喝酒。电视新闻里正在报道福彩大奖得主戴着面具去领奖。

少聪和小林扯着闲话，小林说："我们这种玩法其实也就是逗一乐子，输不死人，也赢不了多少。要发财啊，买彩票最发财了。你看，10块钱中500万呢。我怎么看这人这么眼熟呢？"

少聪仔细地盯着电视："是啊，好像是修车的老蔡啊。"

"你也说像吧，他那头后面鼓老高，那是他的标志性建筑，还有啊，手指头少一根，看见没，准是他。"

少聪揉揉眼睛，说："你这么一说，还真像啊。"小林说："要真是他，那是发大了。这才真是发横财，下半辈子躺着过都成。"

少聪喝完酒回家，路过卖彩票的店，从兜里掏出了10块钱买了5注彩票。

少良这阵子住在老丈人家，除了晚上帮手带带女儿，剩下的事情全是月嫂和小湘一家给包了，少良感到前所未有的轻松。可是这种轻松也不是那么好享受的，少良明显地感觉到老丈人和丈母娘对自己很不满意，越有这种感觉，他就越想表现点什么，结果就表现得很不自然。少良心里也觉得特别别扭。

小湘跟他说了好几次，叫他不要这样："我家就是你家，你总这么拘束，弄得大家都紧张，你也学学我姐夫。"

少良无奈地说："我学不来，住在你们家，我总觉得别扭。"

"你这性格就是不随和。"小湘这话让少良觉得挺委屈，性格这东西是天生的，他也没有办法改变。

日子这样一天天过去，转眼，孩子就已经三个月了，少良爸本来说了要给孙女取名字，彩霞那边生孩子，少良爸就没顾上给孩子取名字的事。

小湘爸妈和小湘商量过这事，小湘爸的意思，少良爸是个计较的人，这名字的事情还是要尊重他的意见。

小湘妈却有点不以为然："现在都什么年代了，谁规定孙女的名字只能爷爷取呢？"

小湘爸说："也得先问问人家的意见，上次他爸爸说他们家有个家谱，好像到孩子这辈儿还有字呢，这个总要问问清楚。"

少良知道了，就说外公取名字也一样的，女孩子在家谱不排辈儿也可以。小湘爸这才兴致勃勃地研究起名字来了，和小湘妈商量了好几个晚上，唐诗宋词不知道翻了多少遍。

小湘爸的意思，现在流行四个字的名字，把父母亲的姓都加上，所以给孩子取了个名字叫杜殷昱含，小名就叫含含，少良说这名字是不是有点太生僻了，不像个女孩子的名字。

小湘爸解释说："女孩子要起个男孩的名字才大气。"

少良背地里笑："你爸说取男孩名字大气，你们姐妹三个还不是小潇、小湘、小沫，哪个是男孩的名？"

小湘说："你不懂，我爸是湖南人，所以给我和我姐起的是潇湘两个字，《红楼梦》里林妹妹的别号就叫潇湘妃子，这都是有含义的。"

少良投降："我不懂，你爸是文人，我是个粗人。"

小湘笑着说："你除了计算机还懂什么呀？平时叫你多看两眼书你都头疼。"

第十章

结婚不是爱情的尘埃落定

过日子其实就得睁一只眼闭一只眼。什么彼此信任、互相透明，那都是谈恋爱的时候说的瞎话，那是美好的理想，和现实生活总是有差距的。但是，吵架永远解决不了问题，只能和平演变。

1

含含八个月大的时候，浩浩也两个多月了，少良的房子马上就要封顶，小湘这边也开始跟少良商量装修房子的事情。少良说不要紧，这半年住在老丈人家，吃的用的都省了，虽然也交点伙食费，但那只是象征性的。加上快到年底了，公司也会发红包，装修的钱应该没有问题。就在这个当口，少良妈带着几只虫虫鸡又来了城里。

县城里的文化一条街红红火火地就要开张了，少良妈又听邻居们说，政府租的门面有限，价钱给得也不高，少良爸妈合计来合计去，觉得租给政府不合适了，他们一心想把店面租个高价，就琢磨着找少良商量商量。

少良挺为难的："妈，我们这房子就要装修了，您这边要是能缓缓就缓缓。"

少良妈说："你傻啊，现在装修什么房子？你住在老丈人家，孩子有人带，饭有人烧，你只要顾着自己上班就成了。装修的事不急，等含含大点再装修都来得及。有这个钱，你先给咱把那院子的门面弄好。那弄好了就是钱，现在整条街大家都在弄门面，咱的要弄不好，租金就上不去。"

少良对老妈的要求向来不容易拒绝："那我考虑考虑，这个门面装修得多少钱呢？"

少良妈说："我和你爸算过了，加盖两间房，连上装修，有个5万块钱就差不多了。"

少良倒吸一口气："5万啊？"

"你是怕跟小湘交代不过去是不？不要紧，你跟她说，这个门面将来是给你们的，聪子呢，要后面那三间大屋就行了。"

少良赶紧说："妈，我不是这个意思，老家这院子和店面您都给聪子我也没意见，我是现在真没有这么多钱。"

少良妈想了想，说："妈也不想逼你出钱，实在是没办法不是？你说聪子两口子现在都没个正经工作，又要养浩浩，不给他想点办法怎么成呢？你是哥哥，你现在吃好的住好的，聪子跟你不能比啊，我们这一家都指望这个店面养活呢。"说着说着，少良妈的眼泪都快下来了。

少良只好硬着头皮说："好好，您别哭了，我明天就给您打 2 万过去，先用着。"

少良妈这才笑了："你放心，那个门面啊，将来是给你们两口子的，肯定不给聪子。"

和少良说过装修的事之后，小湘就开始留心找装饰公司了，小潇有个很铁的朋友开了一家装修公司，这个装修公司和小潇她们公司有业务上的来往，听说小潇在找装修公司，所以就答应给她 7 折。

小湘打电话叫少良一起去。小湘说："你有空来一趟，能给咱打个 7 折呢，咱们今天正好跟他谈谈细节。"

少良不敢提没有钱装修，只好硬着头皮说："房子还没交付呢，现在就谈装修细节有点早吧，要不再等等？"

小湘急了："难得有这么好的机会，人家看我姐的面子，都不收咱们设计费了，能省一个是一个啊。再说，熟人的话，材料、用工上能放心不少。现在也不早了，下个月交房的时候，还正好请他帮忙验房。"

大昌正好在少良办公室里，听见说找设计师收房，就嚷着一定要跟着去。大昌说："嫂子说得对啊，能省一个是一个，去啊去啊，带着我去。"少良只好说："那下午我和大昌一起来行吗？"

小湘说："行啊，我跟人家说一声，应该没问题的。"

大昌说："7 折，行，就这家了，有好事带着我。现在装修多烦人啊，我先谢嫂子了。"

放了电话，少良就叹气。大昌说："又怎么了？这装修是好事啊，你可别说你又没钱了。"

少良叹着气说："可不就是没钱吗？我妈跟我要钱搞门面，这事你不是知道吗？"

大昌说："搞个门面简单点，要不了那么多钱，你多少给点就行了，你要不拿钱出来装修，嫂子那关你能过得去？"

少良叹气："过不去，所以发愁啊。"说完了，就看着大昌。大昌只摆手："你别看我，我也是寅吃卯粮，自己顾不了自己。"少良唉声叹气了整整一个上午。

到了下午，少良和大昌开完了会才赶到新房子这边，小湘和设计师早就聊得热火朝天了。看见少良他们两个来了，小湘说："你们怎么才来啊，我们量房都量完了。你看，专业就是专业，人家这草图都给画好了。"

设计师小孙说："这只是个大概思路，你们这房子虽然面积不大，但是房型不错，好好设计一下，空间能大很多。回头你定下来要什么风格的，我给你出彩图，就有感觉了。"

小湘拿着草图给少良看："我喜欢这个吧台设计，还有，厨房呢，我想要开放式的，这样吃饭的时候才有感觉。"

大昌在旁边搭茬说："我还是比较关心价格，真的有 7 折？"

小孙笑着说："普通客户肯定是没有的，最多就送点东西，刚才小湘姐说了，您也照 7 折，没问题，设计费我也不收您的。"

大昌高兴坏了："那好，那可太好了，咱们好好谈谈去。"

小孙说："要不约个时间去我们公司谈谈，把合同给定了。回头交房，我来帮你们验，免费。"

小湘和大昌异口同声地说："行，就这么定了。"

第二天，到了约定的时间，大昌比少良都积极，拉着少良就去了装饰公司，小湘和小潇早就等在那儿了。小孙把彩图做好，分别给了大昌和少良。

小湘感叹说："你动作真快啊。"

小孙说："我们公司在业界是数一数二的，当然有效率。中式和欧式我给你们分别做了两个效果图，你们感受一下。这个呢，是三种价位的套餐。"

大昌说："我听说有种叫包清工，材料自己买。"

小孙说："那是小公司才做的。我们的材料都有合作厂商，您可以自己选品牌，我保证我给您拿到的价格比您自己买的要便宜很多。您仔细看看我这方案，这里面每种材料都给您提供 5 个品牌的选择，全是一线品牌的。"

小湘和少良仔细看着价目清单，小湘边看边点头。

小潇说："你们就别搞什么半包了，谁有那闲工夫自己跑建材超市去呢？他们这公司你放心，什么都替你搞得好好的。"

小湘说："材料还得买环保的，咱妈说，要买十环标志的材料。"

小孙说："有啊，就是价格高点。其实十环不十环的，也就是个认证，干我们这行的都知道，只要是大厂的东西，环保上都差不多的。"

小孙在电脑上忙活了一小会儿，又打印了一张纸给小湘："这套方案里面的材料全部是十环标志的。全包的价格在 12 万左右，如果半包的话是 7 万，但是你自己买主材肯定超过 12 万，所以我还是建议你全包。"

大昌拿过来仔细看了一遍马上说："行，我就定这个了。"

少良不可思议地看着他："你这么快就能定了？"

大昌说："那有什么不能定的啊？不瞒你说啊，装修公司我也找了好几家了，这些材料啊什么我都查过了，这个价绝对可以。"

小孙笑着说："这是友情价，我们老板亲自交代过的，我才敢给你们这个价格，外头上哪儿找去啊？你们要是今天能定，我就出合同。"

大昌说："行了，我定了，谢谢大姐！"

小潇很得意地看着大昌："嘴可真甜。"

少良支支吾吾地说："我们再考虑考虑。"

小潇说："这还有什么可考虑的啊，今天把合同签了，下面的事就交给他们办去了。"

少良说："还是考虑考虑再说。"小湘看了少良一眼，没说话。

出了装饰公司大门，小湘板着脸问少良："你是不是又有什么新情况？"

少良眼睛看着别处："没、没有啊，我就是觉得他们这个价格还有点水分，我想压压价。咱别一上来就说便宜，你不知道现在做生意都杀熟吗？"

小湘说："杀什么熟？我姐姐能坑我吗？你到底有什么情况，你就说吧。"

少良偷眼看看小湘，小湘说："看什么看？你要不想我在大马路上跟你发飚，你最好现在就给我说清楚。"

少良支吾了半天才招了，小湘恨铁不成钢地看着他："你永远都学不会跟你妈说个不字啊！""他们真的有困难，这机会又挺好的，我要不帮他们，你说他们还能找谁去呢？我想，咱们这房子装修能不能缓缓，等再攒攒钱，钱够了，我马上就装修。"

小湘很恼火地说："再攒攒，我跟你说杜少良，你有这种弟弟、这种爸妈，你的钱永远都攒不够，那就是个无底洞，你知道吗？"

少良理亏地说："最后一次，就这一次，我在搞一个大项目，拿到了就能再拿一笔奖金，到年底，就能开始装修了。"

小湘气得对着天空瞪了半天眼："你永远没有最后一次。"

回到家里，小湘一气喝了大半缸凉水，吓得云姨赶紧往下夺杯子："可不能这么喝凉水，把胃给伤了。"小湘妈说："这又是怎么了，好好的出去谈装修，又吵架了？"

小潇一阵风似的回来了："怎么了？肯定是杜少良又出幺蛾子了呗。你说我好心介绍个装饰公司给你们，倒让沈大昌捡了个大便宜。"

小湘憋着气说："你别蹿火了行吗？又没说不装修。"

小潇说："那今天下午他什么意思呢？"

小湘不说话，小潇说："你不说话我也知道，准又是没钱了。"

小湘妈说："不对啊，你们两口子这半年住在家里，除了伙食费，别的开销都省了，就是花钱，大头也不过就是含含的奶粉钱啊，怎么还是没钱呢？"

小潇说："您还用问吗？肯定是他们家又有事了呗。"

小湘说："他爸妈那小院的门面房现在要加盖，需要点钱。他也没有说不装修房子，就是再等等，等钱攒够了，就装修了。"

小潇说："怎么样？一猜一个准儿，都惯出毛病来了。他们家只要有事，准就朝你这儿想办法。"

小湘妈想了半天才说："你叫他不帮家里那也不可能，不装修就不装修吧，你也不用非急着搬回去。妈还提醒你一句，自己的那点工资看好了，他该负担孩子的费用你得叫他负担，还有，你们既然住在这儿了，家里的正常开销你们也得负担些了。不能说他带着老婆孩子在这儿白吃白住的，自己挣的全给那边去，这不成我们养他们家人了吗？"

小湘觉得她妈说的这话难听，可又不得不承认这是事实，心里对少良又是气又是可怜的。晚上少良回来，小湘就不给他好脸色看。少良知道自己理亏，也不敢多说什么。

第二天，小湘跟少良说："你说不装修，那就暂时不装修。但是咱们在我爸妈家这么白住着也不像话，要不，咱们还是搬回旧房那边去吧。"

少良喜形于色："我正想跟你商量，咱们现在钱紧张，我想把旧房给租出去，我问过了，租金好多都是年付的，这样咱就有钱周转了。"

小湘看着他说："你这意思，咱们还得住在我爸妈这边？"

少良讪讪地说："暂时的，顶多再住半年，有了租金就能装修了。你说呢？"

小湘叹口气："那也只能这样了，但咱们也不能继续这么白吃白住的。"

少良说："该交的钱我交就是了。你放心，你爸妈的恩情我记着呢。就是，那月嫂咱们能不能不用了？含含都半岁了，还用月嫂，太贵了，换个普通的保姆怎么样？"

小湘点点头："你不说我也要换，下个月路阿姨就不来了，我另请保姆。"

少良说："其实你爸妈和云姨都在家，不请保姆也没问题。"

小湘脸立马黑了，少良赶紧说："好好，当我没说过。"

2

少聪这几个月跟着小李哥跑货，赚了不少钱。他又添了买彩票的习惯，中了几次小奖，结果对买彩票这事就更上心了。家里的店面装修好了以后，彩霞就老琢磨着自己开个店，但实在是没有本钱，跟少聪唠叨了好几次，少聪的心思也被她说活络了。

彩霞说："自己的店，好歹自己做老板，不用看别人的脸色过日子。咱们两人一心一意把这店盘好了，兴许以后还能越做越大呢。多少大老板，都是从做小生意起家的，只要肯吃苦，一定能行的。"又说，"你就是不为自己，也得为咱儿子想想，咱们两个都是没文化的人，你乐意叫儿子将来也跟咱们似的？我是一定要供儿子读书出来的，不读书永远都没出息。读书就得有钱，靠你送货的那点钱，有一搭没一搭的，怎么养儿子呢？"

少聪有了这个心思，就在他妈跟前叨咕，少良妈说："不是我跟你爸不想给你做，现在这个店面一个月租金能有3000块呢，你自己做生意，能挣到这么多钱吗？再有，这个店面现在扩大了，不是咱原来那个小杂货铺，随便上点酱油、醋就能做生意。你们又没有本钱，还是踏踏实实地吃租金好。"

彩霞给少聪算账："我算过了，以前小杂货铺一个月也能净挣个2000来块的，咱这店面要是搞成小超市就好了，这整条街都是卖土特产、服装、工艺品的，就是没有一家超市，咱们搞超市肯定能赚钱的。"

少聪自己从头到尾把文化街跑了一遍，发现果然没有超市，只有几个卖香烟、饮料的小摊档。少聪一天到晚就想着怎么能找点本钱，可是他问了些行家，开个小超市，铺货也得5万上下，这是一笔大钱。别说5万，少聪现在连1万块也没有。

这天，少聪又跟着小李哥跑货，拿钱的时候，少聪就问："李哥，最近怎么也没有那些买卖了？"小李哥笑着说："怎么，等钱用啊？"少聪嘿嘿一笑，算是默认，小李哥说："最近查得紧，货不好出，所以没弄。再等两天，就差不多了。"

没过两天，小李哥就来找少聪了，他神神秘秘地叫少聪跟他走一趟。少聪心里估摸着是送酒的事，就跟着小林上了小李哥的车。

路上，小李哥嘱咐道："你们几个都机灵点，最近风声紧。"

小林迟疑着说："咱要不等等再出货？"

小李哥说："不能等了，这批货拖的时间太久了，放在那儿更危险。小林，你带聪子在门口把风，你们几个手脚快一点。"

少聪满心欢喜，到了地方，小林叫少聪在门口把风："我肚子有点疼，你先盯一会儿，看见车牌是 M 打头，赶紧给信号，千万小心啊。我去一下厕所就回来。"

少聪心里有点没底："林哥，你快点啊。"小林说："没事，这深更半夜的，有点动静一里地外就看见了，你先盯一会儿。"

说着，小林就去厕所了。周围乌黑一片，停尸房里还不时飘过来一股福尔马林的味道，少聪身上直起鸡皮疙瘩。少聪点了一根烟，想稳定一下情绪，烟还没送到嘴边，他就突然被人从后边捂住了嘴。等少聪反应过来的时候，他已经被两个执法队员死死摁住。

不一会儿工夫，工商的联合执法队冲进了停尸房后面的厂房，把地下酒厂给连锅端了。小林从厕所跑出来时，一看这情况，一溜烟钻进了旁边的树丛里。小李哥眼尖，早已从停尸房一侧的暗门逃跑了，只有少聪和其他几个人被抓了。

少良妈又急了，她只能心急火燎地找少良。少良一听，自己都想哭了。少聪犯的这案子，说大不大，说小不小。刑事案件是够不上，但是要交罚款。少良妈哭着说："良子啊，你现在就是骂死聪子也没有用，你不能让他去坐牢啊，这要是坐牢了，他就毁了。"

少良思来想去，只能想办法再去找钱。他也没有地方再找钱去，好说歹说，从大昌和李力明那里一人借了 1 万块，才算把这窟窿给堵上了。

小湘三天两头地拉着少良去工地。大昌和少良一起装修，有时候互相搭把手，小湘很满意地说："幸亏我们一起装修，有点什么事情还能互相帮忙，不然上班时间老跑出来，影响该不好了。"小湘在单位正处于上升期，她挺在意同事对她的看法。

少良为了多挣点钱，发狠地鞭策手下几个人，自己也到处去跑业务。到了年底，少良公司每年都要开年度酒会，公司的这些中层经理们很注重公司的年度酒会，最重要的原因就是公司会在年度酒会上公布全年业绩排行榜，前三名有奖，第一名的奖金最为丰厚。少良他们这组因为拿下了小湘爸爸帮忙搞定的那个大单，业绩一下子前进了好几名。三季度报表出来的时候，他们已经排到了第四。

尽管崔林生表面上对少良不屑一顾，可是实际上少良已经对他构成了威胁。少良手上在谈着市政府电子政务建设的一个方案，这个项目以前是通过小湘爸的关系搭上的。少良的公司开始只做了政务内网很小的一块，现在政府要把电子政务建设这块全面铺开，从上到下建立一个政务平台，只要拿到了这个大单，少良的业绩肯定能超过崔林生。崔林生手上已经没有什么大项目了，所以他也盯着这个项目。少良怕项目有闪失,就跟小湘商量,想请小湘爸再给打一个电话。小湘说:"我爸最烦你的这些事情了。"

"就这一次，我今年才转到销售部，要是能进了前三名，我就满意了。再说，进了前三，全组人都有奖金，我是头儿，公司会重奖。去年我在技术部那边的时候，业绩就是前三，你忘记了，年底那红包多大一个啊。"少良仍然不死心。

"你们公司只认业绩，什么都讲钱。"小湘有些不乐意。

"私企，不讲钱讲什么啊？讲企业文化？那都是骗骗新人的，业绩才是王道。"

"那也不能为了钱把人情都使尽了吧？我爸给你打多少电话了？自从你转了做销售，家里就没消停过。要说挣钱了吧，我又没见过你的钱，还越过越紧巴了。要这么着，我还情愿你在技术部那边呢。"

"钱是比以前挣得多，但这一年事情多，这事那事的，又生孩子，哪儿都要用钱。"少良也是有苦说不出。

"你打住啊，我生孩子可没用你的钱，别什么功劳都往自己身上揽。"

"是是是，你生孩子没用我的钱，那买房子、请月嫂、装修，这可都是咱家自己的事，哪样不用钱呢？"

"那你怎么不说你妹妹上学、你弟媳妇儿保胎、你妈装修店面，哪儿都要用钱呢？这还没算你每个月零七八碎给他们的钱。"

少良愣了半天,说:"要这么一算,咱们今年的开销还真不少,除去买房子不算,零零碎碎的钱也花了十几万了，怪不得天天觉得钱不够花。"

小湘没好气地说:"照你这个过法，30万也不够。"

少良叹了一口气，说:"所以啊，我现在特重视这个年底的红包。我问过了，第一名能有2万的红包呢。真的。"

小湘无可奈何地看了他一眼:"那我说说看。"

过了几天，少良在酒楼谈合同的时候，撞见崔林生陪着政府分管这个项目的领导一起吃饭，崔林生看见少良也在，阴不阴阳不阳地笑了一下，少良就知道要坏事了。过了几天，李力明把少良叫过去说:"政府那个项目，你移交给崔林生吧。"

少良不服气:"这项目我跟了几年了，从早几年他们搞小项目的时候就是我做的研发，现在都谈得差不多了，他跑来摘桃子了。"

"老弟，你不是第一天在公司干了吧？崔林生这人品呢，是不怎么样，可是他比你快一步，人家搞定了上头的领导，这个也是他的本事。"

少良为这事郁闷了好几天，回家也不敢再找小湘啰唆。

这天晚上，大昌叫少良去茶社，两个人坐在茶社里唉声叹气。大昌最近日子也不好过，崔林生接了少良的项目，天天催着技术部改方案。大昌跟崔林生掐过好几次，可架不住崔林生把老总搬出来，又拿项目说事。老总说，政府的项目不但挣钱，而且挣名气，要全公司上下都要配合崔林生。

大昌说："你看，你原来做政务内网的时候，也没见老总这么重视啊，也没见你叫得有他这么凶，还不是一样也做得挺好。没你前面打下的底子，哪儿有这个项目啊？看把他得瑟的。"

少良也愤愤不平："前面的事情我都做好了，半路跑出来被他摘了桃子，公司也不管。"

大昌说："你就是老实，不知道把上头搞定。"

少良说："做项目，重要的是技术加诚意，说得天花乱坠，最后做不到，那不是骗人吗？"

"你老实，他可是什么愿都敢许的，给人家许的那些东西，回来就逼着我们做，那是说说就能做出来的吗？"

筱玉茭端了果盘过来："聊什么，聊得这么愁眉苦脸的？"

少良看看大昌，说："聊他的房子装修，怎么样？给点意见。"

筱玉茭笑吟吟地说："他的房子我哪儿敢给意见。"

大昌万般幽怨地看了一眼筱玉茭。筱玉茭迎着他的目光，自言自语地说："不过嘛，要是我装修呢，我就在阳台上摆上榻榻米，没事的时候晒晒太阳，挺舒服的。"

少良捅了一下大昌："榻榻米，听见没有？"

大昌激动地说："明天就去买。"

筱玉茭轻轻一笑，走了。

少良说："你就好了，房子美人双丰收。"

大昌很谦虚地说："革命才成功一半，我打算拿了年终奖，买个钻戒求婚，你觉得能成吗？"

少良说："成，有什么不成，榻榻米这事你赶紧办了去。"

突然，大昌看见崔林生带了个人进来，老板娘笑着过去招呼，看起来他们好像很熟的样子。少良认出崔林生带的这个人就是分管政府项目的负责人。

崔林生找了个僻静的地方坐下了，似乎并没有看见少良和大昌。大昌抽个空把老板娘招呼过来："你怎么认识他的？"筱玉茭说："你猜？"大昌说："现在就别开玩笑了，这事重要。"筱玉茭这才认真地说："也不熟，我有个表弟是盛大夜总会的经理，这是他介绍来的客人，他们是夜总会的熟客。"少良说："盛大夜总会？"筱玉茭说："别装纯情啊，你们搞销售的没去过夜总会，谁信啊？"

大昌赶紧撇清自己："我是搞技术的，他才搞销售。"

筱玉茭浅浅一笑："我还真不担心他。"

大昌对筱玉茭说："帮忙去听听，他们在说什么？"

少良说："这好像有点不地道吧？"

大昌说："他干那事，他地道吗？帮忙去听听。"

筱玉茭过了一会儿回来说："他们去夜总会。"

大昌说："我就知道，他不可能就在茶社里坐着。"

崔林生坐了一会儿就走了。大昌赶紧拉着少良跟上，打了个车跟到了夜总会。大昌指着他们的车子说："胆子多大，来这种地方敢开公车。"

大昌拿出手机，拍下了崔林生和那领导的照片，还把公车号给拍了下来。少良说："你干吗？"

大昌说："给他放到网上去。"

少良说："这可不好，好歹是咱们公司的生意，你这么一搞，不是便宜了别的公司吗？损害公司利益的事咱可不能干。"

大昌说："迂吧你，我有办法，你放心。"

没过几天，一个著名的社区网站上出现了一幅照片，照片上有盛大夜总会和一辆遮去了几个数字的公车牌照，两个人正从公车上下来，往夜总会走去。不过，崔林生和那个负责人的脸都做了技术处理，完全看不出来模样。

大昌悄悄地给少良看，少良说："你这不会影响公司的声誉吧？"

大昌笑着说："放心，我在网吧上传的，两个人的脸都盖住了，投诉的是公车去夜总会，又不是咱这项目的事情。"

少良说："我不明白你这么搞有什么用呢？这点事也动不了人家那领导。"

大昌神秘兮兮地说："我可没想动他，也没想把这事搅和黄了，回头你就知道了。"

第二天，李力明就把少良叫到办公室去了："政府那个项目，你接回来继续做吧。"

少良有些诧异："怎么了，不是不叫我管吗？"

李力明说："崔林生办事糊涂，带客户去夜总会，还叫人给拍了照片。人家差点不跟咱们合作了，还是咱们老总找了关系疏通，才把这项目保下来。今天晚上，咱们老总请人家吃饭赔礼道歉，你去吧，正好交接一下。"

少良跟做梦似的"哦"了一声。

3

有了这个项目在手，少良他们组第一名的成绩几乎已经没有悬念了。少良他们整组人在年底基本都处于狂欢的状态，同事天天闹着要少良请吃饭，犒赏三军。这天，几个手下又开始起哄，说市中心新开了一家杭州菜，口碑不错，闹着要少良请客。

少良说："你们几个最近也够了啊，有这个工夫趁年底再找几个单子回来，成绩好上加好。"

茉莉说："现在谁还有心思找单子啊，要找也是明年再说，今年咱们稳居第一了，年底奖金我都已经想好怎么花了。"老周打趣说："你好像还没拿到奖金呢吧？"茉莉说："反正肯定有的。今天东方百货午夜狂欢，所有品牌打3折，我要去买条好裙子，在年终酒会上穿。"少良听见这个，想起来小湘说了好多次，生孩子以后衣服都小了，就问茉莉："东方百货打3折？"茉莉说："白天不打折，晚上12点到凌晨3点，全场3折，但是要有邀请卡才能进去的哦。"少良说："你有多的吗？给我一张。"茉莉说："别人要是没有的，你要，肯定有。你拿我这个去吧。"少良说："那你不就去不成了吗？"茉莉说："我没事，我妹妹在东方百货当楼面经理，我叫她带我进去。"少良乐得连声说谢谢，茉莉说："看在你哄嫂子的分上才给你的，二十四孝老公不多了，要支持一下。"

回到家，少良拿出邀请卡跟小湘一说，小湘说："东方百货都是国际名牌，打个3折，也要2000块以上，太贵了。"

少良说："一年才买一次，去吧，我陪你去。"小湘心里高兴，嘴上还埋怨他："买这么贵的衣服，太浪费了。"

晚上，少良帮小湘挑中了一个大牌的小礼服，小湘一看，居然要花3000多块："太贵了，小礼服平常又难得穿的，还是不要了。"

少良坚持要买下："要，穿上这么好看，就要这件。等到公司酒会的时候，你穿这个，肯定是全场最漂亮的。"

小湘笑着说："你虚荣吧。"

售货员赶紧说："您先生很有眼光，这款礼服是我们今年的新款。您的气质很配这个礼服，不买多可惜啊。"

小湘还是有些犹豫："太贵了，而且平常也没法穿。"

售货员笑着说："您搭一件黑色的小西装，上班就能穿。"说着，就拿了一件黑色的蕾丝西装来。小湘朝身上一套，果然很出色，心里非常满意。售货员说："我们这个牌子是意大利的，版型绝对没话说。您看，多好看。"

少良拿出信用卡，说："要了，两件都要。"

小湘替少良看中了一套新款的西装，少良穿上一试，英俊挺拔，几个售货员都夸少良帅，小湘心里美滋滋的。少良一看价码，要1万8，就说不要了，不合适。小湘说："挺好的，买一套吧。"少良说："再看看，我不喜欢条纹的。"

两个人走来走去，少良总是嫌贵。在商场里转来转去，最终也没有买。小湘心里知道少良舍不得钱。回家的路上，小湘还心疼自己买的衣服贵，少良说："一年才买一次，你老公送你的新年礼物，你就别念叨了。"

小湘心疼地说："你应该买那套好西装。"

"男人的衣服，穿来穿去就是那么回事。我的西装还很好呢，去年你才给我买的，也是1万多的。"

"穿来穿去，也只有那一套，你该再买一套。"

少良说："西装又不会过时。"

小湘欣喜地挽住少良的胳膊，心里满满地都是幸福的感觉。

第二天，小潇翻着小湘的战利品说："这还像点话，你也该穿点好衣服了。你看看你以前那些个衣服，都没有上1000的。"

小湘感叹地说："我不能跟你比，你现在是大经理，我是小公务员，咱俩不是一个阶级。"

"你们家杜少良也是大经理啊。李力明和云姨说了，他今年业绩第一，年底有大红包。还有，公司要给他升职加薪呢。"

小湘感到惊讶，她还没听少良提过："真的啊，升职的事情没听他提过啊。"

"李力明也是才告诉云姨的。我可提醒你，他升职加薪是好事，可你也得把他的钱看住了，不要又流到不该流的地方去了。"

小湘满心欢喜地想："这下装修房子的钱该足够了。"

公司的年度酒会上，少良可是出足了风头，小湘打扮得漂漂亮亮地出场，为少良赚足了眼球，连公司老总都来请小湘跳了一支舞。大昌带着筱玉茭出席，筱玉茭给少良敬酒的时候说："怪不得你愿意当二十四孝老公，原来嫂子这么漂亮。"大昌说："我还真不知道，嫂子跳舞这么好。"

少良得意地说："她当年是学校艺术团的台柱子。"酒会结束后，小湘开车回家，少良在车上就把红包给上交了，小湘不客气地收了："表现不错！"少良开心地说："那当然，我是二十四孝老公！"

酒会的第二天，少聪失魂落魄地跑来找少良。少良把他带到一个僻静地方才问："又怎么了这是，你脸怎么回事？"

少聪扑通一声就给少良跪下了："大哥，你这次一定要救我。不然我死定了。"

少良也急了："大街上，多难看啊，起来再说。"

少聪哭着说："你要是不救我，我就不起来了。"

少良赶紧拉他起来："起来再说，你不是又打架了吧？"

少聪说："这次不是打架，是……"

少良急得想抽他："是什么啊？说啊！"

少聪说："我我、我欠了点钱。"

少良舒了一口气："欠了一点钱，也不至于要死要活的，是不是开店不够钱？我不是说你，不够本店就先不要开，每个月租金也够生活的了，等钱攒够了再开嘛。欠多少啊，这次我给你，不能有下次啊。"

少聪吞吞吐吐地说："欠了，欠了30万。"

少良不敢相信自己的耳朵："什么？30万！"

少聪说："没，没算利息是30万。"

少良指着少聪，半天说不出话来。

原来，自从上次少聪出事以后，小李哥跑了，他也没有再找活干。为了弄点本钱开店，少聪拿着跑货挣来的1万块钱去了赌场，他想搏一搏，拿点小钱搏一下，就算中不到大奖，也不至于血本无归吧。少聪就拿了1000去上网买彩票。谁想，他第一笔就中了2000块，当场就兑现了奖金。这下少聪可来劲儿了，1万块钱全砸了进去，谁知却全输掉了。

网站的模式是投入越多中奖率越高，少聪看着网站上的宣传，他发现那些中奖人基本都投资10万以上，少聪就想下血本，他不相信自己会没有这个命，于是，他就开始借钱买彩票。他又找到了小林，小林说："我知道有朋友带着20万来买彩票，结果中了100万回去了，真事。你看你1000进去，只能中2000，你投资越多吧，参加抽奖的人就越少，中奖率自然就高了。"

少聪自己也觉得是这么回事，小林就给他介绍了一个老板，说是借钱给他。少聪也没脑子，一次性就借了10万。谁想到投进去这钱就打了水漂了，已经借了10万，少聪没有其他办法弄到钱来还，只好再借。这样一搞，又借10万，又输了个精光，他这才觉得这个事情不对劲儿了。

原来，那老板是放高利贷的，是小李哥的朋友。少聪这才知道，原来小李哥怀疑上次的抓捕行动是少聪给放的风，就把这账算在了少聪的头上，处心积虑要报复他。

少聪把前后经过这么一说，少良半天都缓不过劲儿来："30万，你叫我拿什么去还？这个债，我不能替你背，你自己去解决吧。"

少聪扑通又跪在地上了："哥啊，我知道错了，我也是想爸妈和孩子好，他们那伙人什么都干得出来，这要出点什么事，那可怎么办？大哥，我是实在没办法了才来找你的，求求你了，帮帮我。我以后一定改，我一定好好做人。我不想爸妈和孩子有事啊。"

少良愣了好半天，才把刚拿到的年终分红拿出来："你先拿去还给他们，其他的钱，你容我两天想想办法吧。"

少良也不知道该到哪里去找这30万，可是不帮少聪还上这债，父母和少聪一家大小的安全就有隐患。没过几天，少聪又打电话来，哭着求少良快点筹钱。

少良思来想去，30万确实没地方去筹措，要还上高利贷，只有把自己的旧房给卖了。这天中午，他抽了个空就去了房产中介公司，打算探探行情。中介说："您这房年代老，小区环境也不是太好，不到60个平米，又不能带户口，你又卖得急，价钱上要吃点亏。"

少良无奈地说："你先给挂挂看吧。"

在中介公司挂牌没几天，就有人要去看房，少良不敢惊动小湘，自己悄悄带人看房。看了几拨，人家都没有成交的意向。大昌觉出少良的不对劲儿来了，就问少良："你最近怎么想起卖房来啊，你那房现在卖不划算啊，人家说房价还要涨。"

少良就把少聪的事情说了，大昌想了想说："要真只有30万，其实也不用卖房。你把房子抵押给银行，暂时借点钱出来用就行了。"

少良垂头丧气地说："我不是没想过，但是我现在那边房贷还还着，每个月钱都不够用，要是再抵押贷款，我怕还不上钱。"

大昌一拍脑袋，说："巧了，我有一个同学是银行贷款部的经理，我装修就是找他贷款的，贷的是消费贷款，我这贷款是可以先还利息，最后一次还清，要不我给你问问。"大昌打了电话，替少良约了他那同学出来面谈。

见了面，大昌的同学给出了个主意："你可以贷消费贷款。以你现在的收入情况，可以贷出来30万，选择先还利息，两年还本。两年以后，你再把房子抵押给我们银行，做抵押贷款，然后你用后面贷款的那笔钱还前面的债，这么倒一下，就能缓过来了。"

少良眼睛一亮，觉得这的确是个解决问题的好办法。第二天，他就拉着大昌要去把这事给办了。贷款需要小湘的身份证，少良不敢跟小湘说，就把小湘的身份证偷了出来，办完后又悄悄放了回去，小湘居然也没发现。

一个星期后，银行的贷款下来了，少良不放心把钱交给少聪，自己亲自押着少聪和小李哥见了面，当面把钱还清，还把借条要回来了。大昌不放心少良，也跟着去了。小李哥说："有你的啊，聪子，这么快就把钱还上了。以后有好买卖，还关照你。"

少良指着小李哥说："以后你们要是再拉我弟弟干那些违法乱纪的事，我就报警，我说到做到！"

小李不以为然地笑了："吓唬人啊，我好怕啊。"

大昌说："你不用怕我们，你怕他就行了。"

说着话，门外进来一个穿警服的。小李哥一看就傻眼了，进来的是县公安局的凌队长，小李哥当然认识他。凌队长和大昌是中学同学，这次少聪出事，少良知道光还钱是解决不了问题的，大昌自告奋勇地跟凌队长说了这事，凌队长说："放心，我跟他们谈谈。"

果然，凌队长一出现，小李哥立刻收起趾高气扬的模样来，毕恭毕敬给凌队长递了一根烟，凌队长说："我不抽烟，说说，怎么回事？"

小李哥低眉顺眼地说："没事，自己兄弟欠了点钱，已经还清了。"

凌队长严肃地说："真没有事？"

小李哥说："没有事，就是欠债还钱的事，我还敢骗您？"

凌队长拍着少聪的肩膀说："聪子也叫我一声哥，要有事，你跟我先说一声！"

小李哥赶紧说："没事，什么事也没有！"

还了少聪这笔债，少良也没敢跟父母说。为了帮助少聪，少良又东挪西凑地给少聪先凑了点钱，把超市勉强开起来，少良爸妈见少良也支持他们开超市，也只好同意了。彩霞心里特别高兴，一有空就在超市里忙活，超市的生意慢慢地上了轨道。只有少良，每个月为了还两头的贷款，搞得狼狈不堪。

房子已经快装修好了，小湘开始张罗着买家具。小湘妈给小湘算了笔账，少良年终分红连红包应该有4万块，加上他的薪水也涨了，吃住都在家里，开销不大，月嫂也省了，说什么也应该有钱买家具。小湘说："我也不要买特别贵的，但是总要环保一点的，一定要买品牌的实木家具。"

少良不敢说没有钱，只好硬着头皮说："那当然，为了含含，也要买好一点的家具。"

小湘看中了一套水曲柳的实木，全套家具加起来要5万多块。少良没敢多说话，小湘就叫服务员开了票，少良用信用卡把账给付了。少良办了几张信用卡，这几个月一直拆了东墙补西墙，经常不能按期还款，还被银行扣了不少的利息。

4

小湘觉得少良不对劲是上网看了少良的信用卡账户开始的。小湘妈曾经提醒过小湘，要定期查一查少良的银行账户，小湘就隔段时间在网上看看少良的账户。最近忙着装修、买家具，小湘也没在意。这天，她想起来已经有几个月没查过账，就上网去查。一查不要紧，她发现少良有两张信用卡都严重透支，而且月月还不上款。小湘当时就有点急了，想要问少良是怎么回事，小湘妈说："你先别急着去问，先把情况搞清楚。一个要搞清楚他为什么透支，再一个要搞清楚他还有没有别的情况。"

小湘就听了她妈的话。结婚以来，少良是会瞒着自己给家里钱，但事后他一般都会说的。而且少良很少用信用卡，这两张卡还是小湘给他办的，所以小湘才会觉得事情蹊跷。自从留上心了，小湘就趁少良不注意的时候搜他的包。以前，小湘是从来不屑于干这种事的。一搜不要紧，小湘居然从少良的钱包里又找出两张新办的信用卡来，再一查，这两张信用卡也严重透支，连买家具的钱也是刷卡的。5万块钱，分了三个月还没有还完，而且看上去是几张卡在来回倒账。再一搜不要紧，居然搜出了银行还贷的凭证。

小湘觉得这事严重了，回家和爸爸妈妈商量，小潇说："不用问了，肯定是外边有人了。"

小湘妈说："这个话可不好乱说。我看，是不是他家又有什么事情了。"

小湘说："您看看，他贷款30万，还有这些信用卡的账，好多都是信用卡直接提现，提现的手续费都那么高。"

小潇肯定地说："他爸妈装修店面他给过钱了，他弟弟孩子也生了，最近你没听他说家里有事吧？就有事，能有什么事要30万呢？这肯定是他自己有问题。"

云姨说："我也觉得他有问题，你没看见吗？他和梁文年两个人最近都有点不对劲儿，好像有什么事瞒着咱们家。"

小潇拉住云姨的手，说："云姨，您可太厉害了，我刚要说这事。我可不是平白无故地冤枉他。我发现，最近梁文年和他经常出去喝茶，他们老去的那个茶社，叫什么'一茶一世界'。"

小湘说："那地方我知道，他们同事平常也去。"

小潇说："以前是一个月去个一次两次，现在呢，一个星期去好几次，你不知道吧？"

小湘："这事也别瞎猜了，我还是当面问他去。"

晚上少良回来，小湘就问了信用卡的事，少良见事情已败露，只好说："你就别问了，反正这些钱我自己来还，不用你负责。"

小湘火大了："什么叫你自己来还？我和你是夫妻，这些都是共同债务。你要有什么苦衷你跟我说，有什么问题，咱们一起商量解决。"

少良始终苦着一张脸，说："反正这些钱我会想办法还上的，你就别问了。"说完，他怕小湘吵架，拿起衣服就出门走了。小湘爸妈坐在客厅里面面相觑。

小湘气得坐在房间里哭了起来。小湘妈进来，拍拍小湘的肩膀，说："你应该跟他好好说。"

小湘抽泣着说："就是好好说的，说来说去，他就一句话，钱会想办法还上，不用我负责。"

小湘爸说："这是负责任的话吗？你们是夫妻，法律上你们是要共同承担的。他欠这么多钱，一个交代也没有，不像话！"

少良出门也不知道该朝哪儿去，不知不觉他又走到了茶社。进了茶社一看，梁文年刚好也在，两人就坐到一块儿聊天。

少良说："我贷款的事被小湘知道了，不是你说的吧？"

梁文年说："你的事我哪儿敢说啊，我要说了，第一个倒霉的是我，其次才是你，你懂的。"

少良说："我也知道纸包不住火，本来还打算多扛两个月，缓过来点再自首的。"

梁文年以一副过来人的口气说："这个事，你自首其实也没有什么好处。你说你贷款为你弟弟还赌债，那小湘还能饶了你吗？他们家能饶了你吗？肯定逼你去把钱要回来，你又不可能要回来，不能找你爸妈要去，你弟弟也没有钱还你。"

少良垂头丧气："是啊，所以我现在也不知道怎么办才好了。"

"其实也好办，她知道的，你就自己认下来，你不认也不行啊，她不知道的，你就死不认账。这样有一个好处，就是她不会上纲上线找你爸妈吵去了。再有，她问这个事你就换个话题。最关键的，你千万别叫她或者她们家人替你还一分钱，这样就不会把事弄大了。"

少良委屈地说："本来我也没打算叫他们家帮着还钱啊。不过这能管用吗？"

"放心，管用，我们家小潇那么厉害，我这招对她都管用。对付老婆，关键是态度，你态度一定要好，不管对错。"

少良听了梁文年的话，转天就准备在小湘这儿实践。谁想到，一天下来，小湘也没提过这事。原来小湘心里憋屈，到了单位找倪燕青聊天，倪燕青一听就说："你就不该把这事告诉你爸妈。"

小湘睁大了眼睛说："这么大的事，还不告诉爸妈啊？"

倪燕青叹了一口气，说："以前我也这么想，有点事就跟爸妈商量，后来我发现这么干最傻了。一来呢，你爸妈站在你这边，不能见你受一点委屈，只要他有点错，他们就得上纲上线。说来说去，他们也是为你好，可是效果并不好。二来呢，你跟你爸妈说了，他会觉得没面子，何况你们现在还住在你爸妈那儿，你得想想他的感受。"

小湘感到委屈："他怎么不想想我的感受呢？莫名其妙就欠了一屁股的债。"

"你老公这人干不了违法乱纪的事，这点信心你应该有吧？"

小湘点点头，说："那当然，这是最基本的。"

"那不就得了，他顶多也就是家里那点破事，这些年你们吵来吵去，还不是为了这些吗？其实，你也要想开点，你跟他吵，他也是这样，你不吵没准儿他还感激你。反正他欠的钱他自己还去，你的工资还不能养活自己吗？"

小湘无奈地说："我就是想不通这个理，我老公挣钱不少吧，我们娘俩儿还一点光都沾他不着，这也就算了，他居然现在还背这么多债。"

"我说句话你可别不爱听，他这样的你永远也改变不了，所以，要么你不跟他过，要么呢，你就只能忍着，别无他路。"

"这两个人连起码的信任都没有，怎么过呢？"

倪燕青说："就这么糊涂着过呗。你以为过日子是什么？其实就是睁一只眼闭一只眼。什么彼此信任、互相透明，那都是谈恋爱的时候说的瞎话，那是美好的理想，和现实生活总是有差距的。"

"这么过我就是不甘心，我就不明白，为什么过了这么多年，他还是不和我一条心呢？"

倪燕青感叹着说："什么叫一条心啊？他现在跟你在一个屋里生活，那就叫一条心。现在叫你为这个跟他离，你肯定不乐意，为什么呀？你舍不得这份感情啊，舍不得这些年的投入啊，不甘心就这么算了啊，反正都是这些理由。那你到了最后也只好忍着，你信我吧，吵架是永远解决不了问题的，反而你忍着，他慢慢地就能清醒一点。和平演变就是这个意思。"

小湘说："你现在都快成情感专家了。"

倪燕青悠悠地说："这也是长期战斗总结的经验。男人么，就是松松紧紧，紧紧松松。你别把他们当正常智商的，你就舒坦了。"

听了倪燕青这话，小湘决定暂时不追问少良。少良看见小湘不问，反而感觉浑身上下都难受，好像自己做了贼似的。不过既然小湘不问，少良也就乐得不提，两人都各怀心事。

公司里最近有很多人在炒股票，少良原本也买些股票，时不时地有些收益，少良对自己炒股的感觉还是很有信心的。现在急着挣钱，少良就又盯上了股票，他研究了很久，终于看中了一只股票。少良直觉上感到这只股票肯定能赚钱，可惜他自己没有钱。

这天，少良坐在办公室里发呆，外头的电话响了很久，也没有人接听。少良走出去接了，电话是找老周的，对方正好是少良谈下来的一个小客户，后来项目的事情，少良交给老周跟进了。客户听是少良，就说："我们这个项目的费用可以来结算了，今天下午，你们派人来拿一下钱。"少良说，等老周回来就叫他去。

老周吃饭回来，少良把这事交代给老周。老周愁眉苦脸地说："我刚要跟你请假，我老婆又住院了，这几天我都没有时间来上班。"

少良又看着其他人，个个都说有事。艾茉莉说："那一区那么远，转地铁、公交去，最少也要两个钟头呢，我们组里只有你有车。"

少良只好说："那算了，我下午去一趟吧。"

大昌刚好过来了，看见这阵势，就说："你们这些家伙，一个一个，就会欺负你们头儿老实。你们跟着崔林生看看，有没有这么好的日子过。"

少良笑着说："算了算了，谁家里还没个事呢。"大昌进了办公室还说："你这些手下，一个一个都被你给宠坏了。你得学学老崔，看看人家怎么当领导的。"

少良说："都是拖家带口的，谁都不容易。算了，算了。"

下午，少良开车去取钱。客户财务说："我们支票正好用完了，要不，你拿现金吧。"少良只能同意。现金拿到手里，装了满满的一包，少良开车的时候看了包好几眼，心里一动。

第二天回到公司，少良说："这个季度我们的业绩已经超额完成了，现在开始收的款都先放到茉莉这里，下个季度再入账。"茉莉说："这能行吗？出了事我可担不起。"老周说："别的组都这么干，咱们这组老实，没干过。不记得了？去年上半年的时候，咱们组就差一点点业绩额度，结果全组人都没拿到奖金。崔林生那组，那个季度干得还没咱们好呢，人家就拿到了奖金。他们就是把前一个季度的业绩转到下一个季度了，大家都这么干，这个又不违法乱纪。"

大家也都说："就是，这个季度已经完成任务，业绩奖都拿到了，多出来的都是浪费了，还是放到下季度额度里划算。"

少良自当经理以后，一直都循规蹈矩，这种踩钢丝的事情他没干过。老周说："做销售的，不能太老实，你看别的组，什么虚报业务活动费、报发票、截流业务经费，这种事情都干，也没见出什么事。"

少良怕越说越远，就咳嗽一声说："就这么着吧，到下个月1号以前，所有的销售款都拿现金，交给茉莉。"

艾茉莉说："那可不行，我哪儿能管这个钱，我也没有保险柜。"少良顺水推舟地说："我办公室有保险柜，这么着，你们收的钱在茉莉这里登记，然后交到我这里来。下个月1号，我再报给财务部，这样咱们下个月业绩压力就小点。"

接下来的一个星期，组里陆续收了十几万的现款回来。少良悄悄地都投到股市里去了，头两天，少良看中的那只股票果然大涨，少良可乐坏了。可是没出两天，股市大跌，少良买的股票被套住了，这下他可急了。

公司的规矩，发票开出来了，最多一个月，费用要到公司的账。已经过了1号，欧阳枫来问了几次，少良没有办法，只好把股票给卖了，在股市里这么转了一圈，就只剩下5万块钱，勉强先交了一笔，算一算，账上还亏着10万。少良心里这个悔啊！

这天，欧阳枫把少良拦在餐厅的拐角处："你们几笔销售款已经过了入账期了，什么时候能入账？"

少良说："再缓两天行吗？我们那几个客户正好都不在家。"欧阳枫盯着少良的眼睛看，看得少良心里直发毛。少良结结巴巴地说："你、你看着我干什么？"

欧阳枫想了想说："没什么，我就是提醒一下你，老总最近要查账了，你那些客户，还是尽快回来的好。"

少良心里明白，以欧阳枫的聪明，她肯定知道自己做什么了，只是人家没说出来。思来想去，这个事情只能跟小湘说了。少良做了很久的思想准备，才跟小湘开了口。小湘一听这些前因后果，心里翻江倒海，想要骂少良，又不知道从何骂起，好半天都不说话。

少良有点着急："你说句话吧，我知道，都是我不好，我错了。我当时就是昏了头了。"

小湘呆呆地盯着墙壁说："你自己又没有这么大的本事，为什么要替你弟弟背这么大的债？他是成年人吧，他自己的事情是不是应该他自己解决？"

少良吞吞吐吐地说："我、我也是怕我父母受刺激，怕他一家大小被人家伤了。"

小湘盯着少良说："那你老婆孩子呢，我的父母呢？你就不怕他们受刺激？"

少良叹了一口气："我知道你不会原谅我的。算了，我还是另外想办法去。"

小湘什么话也没说。少良看了她一眼，慢慢地走出门去。

一整夜，小湘都没有合眼，她心里着实地恨少良，看着孩子在睡梦中露出微笑的脸，小湘的眼泪止不住地流了下来。想想30万的欠债，想想以后的日子，小湘连离婚的心都有了。可是一想起少良那无奈的眼神，想想两个人这些年的感情，再想想孩子的将来，小湘的心又软了，他觉得少良就像一个做错了事的孩子，他是那么无助，那么内疚地回来找自己，而自己却把他推出门去。一想到这里，小湘又开始担心起了少良。这种担心，让小湘怎么也睡不着。而此刻的少良，一个人在酒吧里喝得酩酊大醉。

第二天，小湘跟她妈妈商量："妈，你们就帮帮这个忙吧，要不然，他连工作都得丢了。"

小湘妈说："不行，这算什么啊，他弟弟去赌博，他挪用公款炒股，哦，到了最后，烂摊子还得我们来给他收拾！"

"妈，他现在知道错了，实在是没有办法，你们要是不伸手帮他，他真过不了这关了。"

想想杜少良这些年的表现，小湘妈就气不打一处来："有什么过不了的？叫他爸妈把房子卖了，钱就有了。"

"妈，你这不是说气话吗？他爸妈把房子卖了，一家大小住哪儿去啊？"

小湘爸义正词严："你这就不对，他们家两个儿子把家给败了，又不是没有可以变卖的财产，怎么能叫我们伸手呢？要是正常的债务，我们也不是不伸手，可这是他弟弟欠赌债，他自己亏空公款。这不是钱的问题，这是人品的问题。"

小湘妈也说："他们家这个样子，你觉得你跟他过下去还有意思吗？这些年啊，爸妈不是不帮你们，你自己想想，我们付出了这么多，到头来怎么样呢？他们家是变本加厉！"

小湘心里特别难受，可是父母说的都是实情，她实在无从反驳。

少良为了10万块的亏空发愁，这事他又不敢跟别人提起，连大昌他都没敢说。欧阳枫前后又暗示了少良几次，少良都装聋作哑地敷衍着。

这天，欧阳枫又把少良堵在公司的楼梯间里："你也别瞒着我了，你那笔款是不是自己挪用了？要是的话，你交个实底给我，这个月对账，我帮你瞒一次，但就这一次。"

少良见实在瞒不过，只得认了："最近家里出了点事……"

没等他说完，欧阳枫就说："行了，你不用跟我说得这么详细，这个月我能替你瞒住。但是，有个消息我要告诉你，咱们公司最近在谈收购，基本意向已经明确了，新老板很快就要来，你最好在新老板来之前把这个事情搞定，不然，我真的帮不了你了。"

说这话的时候，少良和欧阳枫都没有看见，崔林生在楼下的一个拐角处，把两人的对话全都给录下来了。

崔林生一直对欧阳枫有意思，明里暗里也追求过欧阳枫，可是欧阳枫根本就不答理他。崔林生知道欧阳枫对少良另眼相看，加上两个人在业务上本来就有竞争，上次那个政府项目出事，崔林生早就怀疑是少良在背后耍手段。于是，这段日子崔林生总盯着少良，指望抓住他的把柄，以报一箭之仇。有了这段录音在手，崔林生可高兴了。

崔林生高兴还有另一个原因。原来崔林生早就不想在这家公司干了，这半年以来，他一直在和公司的竞争对手瑞阳公司谈着跳槽的条件。但是瑞阳公司对崔林生提出了一个要求，要他把少良一起拉过去。少良原来是技术部的负责人，一直负责着公司一项专利技术的研发。少良转到了销售部后，大昌接手了技术部，其他的业务少良都不管了，唯独没有退出这个专利研发。因为少良是专业出身的行家，二来也是为了帮大昌，所以，少良是公司里掌握这项专利核心资料的为数不多的几个人之一。瑞阳公司想要的就是这项专利的核心资料和少良这个技术行家。私下里，瑞阳公司也和少良接触过几次，但都被少良拒绝了。

5

第二天，大昌神神秘秘地找到少良："听说了吧，公司被收购了，就是这个月的事了。高层正在谈着呢。"

少良依然在忙手中的活儿："收购跟我们这些小中层又没有关系。"

"怎么没有关系，据说新老板提倡家族式管理，所有的人都要换。"

少良一惊："不会吧，我们也给公司服务了这么多年，说换就换？他也得用熟悉业务的吧？"

"话是这么说，但是新老板来了以后，裁员是肯定的。你说他会裁什么人啊，肯定就是裁我们这些薪水高的中层了。我已经听到风声了，去年他们收购的那公司，我一哥们儿在里面，新老板一来，第一批就被裁了。"

少良倒吸一口凉气："不能吧，我们这都是上有老下有小的，还欠一屁股房贷，要是把工作丢了，不是要人命吗？"

大昌也一脸忧愁："谁说不是呢，现在公司人心惶惶的，我们也得早做打算。"

少良把手一摊："可不能丢了这工作啊，你还好，我要是没了工作，立刻就活不下去了。"

"现在经济这么不好，找个工作不容易。现在就求神拜佛，别把咱们给裁了就是好的了。"

少良有点底气不足地说："不会吧，大不了不当经理，少拿点薪水。"

"走一步看一步吧。咱们现在研发的这个专利得好好做，有这个专利技术在手上，总是一个筹码，你啊，还是多过来帮帮我，咱们兄弟俩共同进退。"

少良叹一口气："现在才知道，干什么都不如干技术保险。我是真后悔转来搞销售了，也没多挣几个钱。"

正说着话，崔林生过来说有事要和少良商量，示意大昌出去。大昌说："有什么事我不能听啊？"崔林生嬉皮笑脸地说："私事，绝对私事。"大昌很疑惑地看了他一眼，才不情愿地走了。崔林生说："别一看见我，就警惕性这么高，我诚心诚意地想请你喝两杯。"

到了酒吧，少良说："你有话就直说吧。"崔林生说："我就说你这个人啊，太死板，一点幽默感也没有。放心，咱们是兄弟，我怎么会去告发你呢？我是有个好的合作机会，把你叫出来，咱们一起商量商量。"

少良有点疑惑地看着崔林生，不太明白他说的是什么意思。崔林生接着说："咱们公司被收购了，公司里人心惶惶的，你就没点自己的打算吗？"

少良警惕地说："我能有什么打算，反正还是干这摊活。"

崔林生笑着说："所以说你就是老实，消息太不灵通了。公司换了新老板，肯定要大换血，据说要从总公司那边挖不少人过来。到时候，我们这些原来的老臣子会怎么样，那就很难说了。"少良没说话。崔林生又说："所以，抛开以前的恩怨不说了，我们现在都是一条船上的兄弟，出了这公司的门，咱们还是一个阵线的，我的意思，你懂的。"

少良想了想，说："你有什么打算？"崔林生说："行，够痛快，我就喜欢你痛快。瑞阳公司跟我谈，叫我带几个人一起过去，比现在的职位高，薪水方面也比现在高两成，你考虑考虑。"

少良疑惑地说："这种事情你告诉我，你就不怕我给说出去？"

"疑人不用，用人不疑。我是诚心诚意找你合作，我信得过你。"

少良摇摇头："你有条件。"崔林生呵呵一笑："少良啊，你绝对是个聪明人，行，就冲这个，我也不绕弯子了。别说条件这么难听，咱们一起过去，总要给人家公司带份礼物去，不然人家怎么重用咱们？这也是为了咱们自己。"

少良不说话，看着他。崔林生说："技术部现在搞的那个专利，瑞阳很有兴趣。只要你人过去，技术总监的位子就是你的。怎么样？机会难得啊。"

"我人过去，技术也带不过去。违法乱纪的事，我不干。"

崔林生笑了笑，拿出手机，少良和欧阳枫的对话响起来。少良的脸白了，半天才说："你什么意思？"崔林生笑眯眯地说："别误会，其实有很多事，法律不一定能管得到的，对吧？"

少良想了半天才说："我考虑考虑。"崔林生说："行，没问题，不过，你得尽快啊，公司新老板马上就要来了。咱们是兄弟，我是不会害你的，但是新老板一查账，你就麻烦了，对吧？"说完，崔林生一个人走了。

少良还坐在酒吧里。少良知道，如果自己不能尽快地解决这10万块钱的亏空款，崔林生是什么都能干出来的。

小湘没法从父母这儿替少良借到钱，只好自己想办法。倪燕青说："要说别的事情，我还能帮你，钱的事情，我可真帮不了。你知道，我们家的房贷也挺多的。"倪燕青给小湘出了一个主意："咱们公务员有信用贷款额度的，你可以问问银行去。"

小湘知道银行有这个贷款，但是她从没有想到过。现在也没有什么别的办法，只好去银行申请贷款了。

回到家，小湘叫少良跟自己一起去，少良非常感动，他觉得自己之前错怪了小湘。第二天，小湘和少良一起去银行办贷款。正在柜台前办着，银行的工作人员说："你们要是都清楚了，就在这儿签个字。"少良看着小湘说："你放心，这个贷款，我一定还上。"小湘说："行了，我都看过了，在哪儿签字？"

小湘刚要提起笔来签字，小湘妈正好赶到，一把把笔给夺走了。原来，小湘妈了解自己的女儿，她知道小湘一定会另外想办法，于是这几天她就一直留心着女儿的举动。今天早上，她觉得小湘有点不对劲儿，就悄悄跟着小湘出了门。一直跟到银行，小湘妈看到银行贷款部，才明白女儿为了少良居然到银行贷款，气得话都说不顺溜了："你干什么啊？他弟弟欠债，你替他贷款还债？你是不是有毛病？跟我回去！”

小湘说："妈，你怎么来了？"小湘妈劈头盖脸地就说上少良了："你太不像话了，你自己捅的窟窿，叫我女儿给你还债，你还是个男人吗？"

少良羞愧万分："妈，对不起，我不会叫小湘还这个钱的。"小湘妈指着少良说："你这是废话，你们是夫妻，她替你贷款，你还不起的时候，银行自然找她。你安的是什么心啊？你就是诈骗，也不该骗你自己的老婆吧！"

小湘赶紧说："妈，别说了！"

小湘妈看看周围人们异样的目光，才发觉自己的失态，可是不说，她心里这口气又实在咽不下。想了想，她拖上了小湘就往外走。小湘问："妈，去哪儿啊？"小湘妈头也不回地说："跟我走就知道了。"小湘只好说："王经理，我回头再来签字。"小湘妈气得嘿了一声，到外面拦了一辆出租车，拉着小湘就上了车。少良在后边追，也没赶上。

小湘上了车，挣脱了她妈的手说："妈，你这是干什么啊？"

小湘妈也不回答，直接对司机说："司机，麻烦你去县城。"

小湘惊道："妈！有事咱回家说行吗？"

"不行，我得当面去问问杜少良他父母，这是什么意思。他们家欠的债，为什么叫我的女儿来还？"

"妈，咱们先回家行吗？"

小湘妈气愤极了："你给我住嘴，我就是脾气再好，我也不容我女儿这么被人欺负。"

车子径直开到了少良家，少良妈在屋里带着孩子，看见小湘妈闯进来，她一下子有点搞不清楚状况。少良和小湘结婚这么多年，亲家可是从来没有上过门。少良妈赶紧赔着笑说："哎呀，亲家母啊，怎么也不打个招呼就来了。"

小湘妈板着脸，朝堂屋一坐："有件事情我来问问。"

少良妈有点摸不着头脑："什么事啊？"

小湘妈说："你儿子欠了赌债，为什么叫我的女儿给还？这个事情，我不明白。"

少良妈脸一下变了："什么赌债？我儿子什么时候欠赌债了？"

说着话，少良心急火燎地就跑进来了："妈，妈，你们都别急啊，听我解释。"

彩霞在屋里听见这话，心里就知道肯定是少聪干的好事，她一气冲出门去找少聪了。最近少聪找了一个超市保安的活干着，彩霞一到超市，当胸一把抓住少聪，就把他给拖回家了。少聪一路上叫着："这怎么了？"彩霞说："怎么了，你自己干的好事，你自己不知道啊。"

两人才一进家门，少良爸一看见少聪，扯根棍子就要打。少聪也不敢躲，结结实实地挨了几棍子。少良赶着拉住他爸，才算罢了。小湘妈冷笑着说："你们不用给我做这个样子，要教育儿子也不在这个时候教育。你们就给我一句话，这个债，我女儿没义务给你们还，对吧？"

少良妈抹了把眼泪，看着少良爸。少良爸掏出支烟来点上，才说："亲家，你为这个事找我们，我们不敢说聪子没错，你放心，这个钱绝对不能叫老大他们两口子还。我就是砸锅卖铁，我也把这钱给还上。"

小湘妈说："那就好，我要的就是这句话。杜少良，你听见了，这个钱不用你还，当然就更轮不到我们小湘还，以后不要再跟小湘啰唆这些事情。要是再有这种事，我还是要找你父母来理论的。"

少良脸色铁青，一句话也不说。

小湘妈起身要走，少良看着小湘说："我还有点事，这几天暂时就不回去了。"

小湘愣住了，过了一会儿才问："你什么意思？"

少良语气低沉："我有事，你先回去吧。"

小湘妈说："人家不回去，你还死气白赖等他啊？走吧！"

少良一连几天都没有回小湘爸妈这边，小湘心里着急，好几次想给少良打电话，可是想想少良的态度，又咽不下这口气去。

小湘妈说："你管他呢，他有手有脚的，你怕他没饭吃啊？"

小湘爸也说："这个事情本来就是他过分，他这个态度，说明他到现在还没有认识到他的错误，你现在跟他说什么都没有用，你叫他自己冷静冷静去。"

小湘妈对小湘实在是又爱又恨："他爸妈的话，你都听见了，他们家的债，一分钱也不许你去替他还。你这次的规矩不给他立好，以后就是个无底洞。"

"那我们俩也不能就这么冷战着吧？再说，他自己欠下的那钱要是不还上，将来连工作也丢了，那怎么办？"小湘心里还是替少良着急。

小湘妈说："他都不理你，亏你还替他着急？你贴心贴肺地替他打算，他是怎么对你的？你傻了吗？真是没有出息。"

小湘又是委屈，又是着急，又是生气，自己也不知道该怎么办才好了。

6

少良这边也不好过，自从少良爸妈在亲家面前说了狠话，少良爸把两个儿子骂了好几天，又张罗着要去卖房子还债。少良拦着不让："卖了这院子和这个店，你们吃什么，住哪儿去？你们放心，我有办法筹到钱。"

少良爸说："你丈母娘都找到门上来了，叫我这老脸往哪儿搁？都是聪子这浑蛋东西，一天好日子也不让人过。他没饭吃，他活该，叫他一家睡马路去。"

彩霞听了心惊肉跳的，好不容易才过了几天好日子，原本以为有了这个小店，吃点苦就能过上太平日子了，谁想到少聪是一次比一次闯的祸大，彩霞真是欲哭无泪。看看怀里的孩子，想想自己这些年的遭遇，彩霞真是说不出的难受。可是，彩霞想，自己睡马路倒是不要紧，可怜这孩子这么小，可怎么办？思来想去的，骂少聪多少遍也没有用，最有用的，莫过于保住这房子和店面。彩霞就扯着少聪回屋里去。少聪被彩霞骂怕了，他一进屋就说："你骂我我都听着，咱别动手。大哥在家，看着不像话。"

彩霞冷笑着说："我才懒得骂你，我就拿刀剁了你，你也就这德行，你改得了吗？"

少聪低着头说："我真知道错了，我也不想这样的，我是被人害的。"

彩霞说："苍蝇不盯无缝的蛋，人家害你，怎么不见人家害大哥？是你自己的错就是你自己的错，你欠这么多钱，拿什么去还？"

少聪说："大不了卖了这房，咱们租房住去。"

彩霞一口唾到他脸上："放你娘的屁，卖了这房，你还有什么？你拿什么养活我们母子俩啊？干事不着调的东西，我告诉你，你要想过了这个坎，房子就坚决不能卖，店面更不能卖。咱们一家大小还指着这个活命呢！"

少聪说："那哪来的其他办法，总不能叫大哥为我把工作丢了吧？挪用公款闹不好要坐牢的。我可干不出那不是人的事来。"

"你傻啊。你没看见吗？你大哥的丈母娘是不肯还债，可是大嫂是心疼你大哥的，她肯定能替你大哥想办法。10万块钱，对咱们来说，咱得卖房子卖地，她家拿10万应该没问题的。"

少聪反对："我大哥都是为我才这样的，我不能干这不是人的事。"

彩霞恨得牙痒痒，可是又无能为力："你前面干的都是人干的事吗？这也是没有办法。为这10万块，咱们就能把路走绝了，你大哥大嫂却不至于。这节骨眼上，我可管不了别的，我不能叫我儿子睡马路去。"

　　少聪无可奈何地说："你跟我说没有用，房子是我爸妈的，他们说要卖，我也拦不住。"

　　"我就知道你没有用，你看着，这房他们卖不成，你别跟在里头瞎掺和就行了。我可不是没有良心，等到我们缓过来了，我一定把你大哥大嫂的钱还上。现在，咱们可只能指望你大嫂了。"

　　少聪说："那我大嫂要不肯帮我哥，我哥坐牢怎么办？"

　　彩霞笃定地说："肯定会帮的，你就放心吧。"

　　少良爸妈等少良去上班了就在家里商量，少良爸说："说啥也不能为这10万块钱，把良子给毁了，这房一定得卖。"

　　少良妈说："我也是这么想的，以后的事以后再说吧，先把眼前这个关过了再说。我去把房产证找出来。"

　　少良妈就去屋里找房产证。谁想到她翻了半天也没有找到房产证，少良爸气得拍桌子打板凳地叫少聪过来："是不是你偷了房产证？"

　　少聪一听才明白，原来彩霞说的房子卖不成是这个意思。可是少聪也不敢说是彩霞拿了，只好硬起头皮说不知道。少良爸说："好，你不知道是吧？好，我现在就报警，我叫警察来抓抓这个贼。"

　　彩霞一掀门帘出来了："不用报警，房产证是我拿的。"

　　少良妈指着彩霞，气得说不出话来了："你、你，畜生啊。我还没死呢，你就偷我的房子了。"

　　少良爸说："打电话报警，了不得了，我们家里还出家贼了。"

　　彩霞把桌子一拍："吵什么啊，报警啊，我怕报警啊？警察来了问怎么回事，我就把你儿子干的这些事全说出去，还不一定谁坐牢呢。报啊！"

　　少聪赶紧说："她不是这个意思。妈，你听我说啊。"

　　少良爸吼了一声："说什么啊？你们两个人啊，把你大哥害成这样，他上辈子欠你们的啊？好了，现在你们两个浑蛋没有事，你大哥要去坐牢，我告诉你，今天要不把房产证拿出来，我真把你们都送进公安局去。"

　　彩霞说："好啊，房子卖了，店面卖了，把我们再送进去，你孙子就送孤儿院去，大家都高兴，多好啊。你要想这样，你就去卖房子吧。"

　　少良妈结结巴巴地说："你说、说的是什么话？"

　　彩霞眼一瞪："什么话，大实话。你们不想想，大小五口人，全都指望这店面吃饭，卖了店面，大家都不要活了。不就10万块钱吗，我就不信，大嫂她会不管大哥。"

少良妈一听，不说话了。

少良爸说："人不能丧良心，我们当着人家的面，拍过胸脯说过的话，能不算数吗？"

彩霞说："我和聪子也不是没有良心的，等缓过来了，欠多少，我们都还上。我们还不上，我儿子将来也还上。可是要把吃饭的命根断了，那这辈子都别想翻身了。你们自己去想，是不是这个道理？"

少良爸吼着说："这房子一定要卖，没有地方住，先租房去，有手有脚，怕没饭吃？就是没有饭吃，也是你们自找的。"

彩霞也吼起来："谁自找的？你儿子祸害老婆孩子，祸害一家子。我告诉你，要卖房没门儿，除非你们一家把我给杀了，你就卖房去。"

少良在院子里听见了，心里特别不是滋味。想了很久，少良还是决定跟小湘再商量商量。

小湘气了几天，回头再想想，确实是担心少良走投无路。想了半天，她决定还是要替他把钱筹到。没奈何，她仍旧回去找银行经理。银行经理说没有问题，上次就差一个签字了，全套材料都做好了，签个字就能下款。小湘不敢把这事告诉爸妈，自己偷偷跑到银行去签了字。

少良还不知道小湘这边已经替他把款筹到了，他还是像没头的苍蝇，四处乱转。新老板已经正式和大家见过了面，欧阳枫跟少良说，下个礼拜老板要查账，要是再不还上这钱，就捂不住了。少良没有办法，只好又到小湘单位来找小湘。

小湘看见他一副落魄的样子，心里又是生气又是心疼。

少良说："我弟弟是不对，这个钱我会想办法还上的。他现在也知道错了，你就原谅他吧。"

小湘板着脸说："他怎么样都是他的事，关键是你的态度。你总是这样，我们这个家怎么往下过呢？原谅了这次，还会有下次。"

"我也知道我这么样对你不公平，可是，我弟弟闯的祸，我要是不背着，就是我爸妈背着。我这当儿子的，总不能叫爸妈到这把年纪了，还要替他去还债。"

"你背着，你背得动吗？你现在为了他，都要坐牢了，你还背？你什么时候能清醒呢？还有你爸妈，子不教，父之过，对吧？你弟弟能有今天，难道跟他们一点关系都没有吗？不是他们这么多年纵容他，有什么事情都叫你替他担，他会这么变本加厉吗？你父母犯的错，他们承担后果也是应该的吧？"

少良实在是没法说理，只能请求原谅："我父母也是没有办法。你多体谅一下。"

小湘说："我还不体谅？这些年，你们家这些事，哪样我不体谅？你有没有体谅过我呢？我们现在不是两个人了，还有含含呢，你想过她没有？你是个男人，你对家是有责任的。你不是一个人，你知道吗？"

少良看见小湘情绪有点激动，不敢多说了："好好，都是我的错，我弟弟不对。我以后肯定不这样了。你看，这是我给你写的保证书。以后，我所有的工资卡、存折，全部上交给你，我弟弟知道错了，我爸妈这两天天天骂他，他以后肯定不会再犯错。"

小湘看看少良递过来的保证书，一条一条写得挺清楚，心里舒坦了一点。少良看见小湘的脸色稍微缓和了，这才说："别生气了，咱们一起吃饭去吧。"

吃饭的时候，小湘问少良："那10万块钱，你打算怎么还？"

小湘本来是想试探一下少良的态度，如果少良说要卖房子还债，小湘就认为少良是有诚意的，当然不会让他父母真把房子卖掉。小湘也想得明白，说到底，少良爸妈一辈子就只有那个院子，养老还要靠那个店面，他们要是真把房子卖了，等于是断绝了他们一家的生活来源，小湘并不想做这种事情。但小湘需要少良和少良的家人给她一个态度，谁想到少良说："我还没有办法。"

小湘又试探地问了一句："你爸妈不是说要把房子卖掉吗？那房子要是卖了，也能卖个30万左右，这样，债就能还掉了。"

少良低着头说："他们也是想卖房子，可是现在房产证找不到了，要去补办，一时半会儿卖不了。"

小湘没说话。少良又说："要不，你看能不能把咱那贷款还是贷出来，先过了我这关，等房子卖了，再把钱还回去呢？"

小湘脸色变得很难看："杜少良，你们家不想卖房的话你就实话实说，你们搞这种花样有意思吗？说来说去，还是想叫我替你还债去？刚才还说要改，转脸就来这一套？"

少良脸上有点挂不住："我不是说了吗？等房子卖了，钱就还你。"

"等我把钱给你了，那房子永远也不会卖的，对吧？钱呢，还得我来还，对吧？你们家是什么人，我还不知道吗？你觉得这样有意思吗？"

少良的脸色也不好看了："我们家是什么人？反正我没有想骗你们家的钱。不管贷款多少，我都负责还。我现在就是这个关过不去，借你的名字贷个款，你不愿意就算了。你妈非逼着我父母把养老的房子卖掉，你们又是什么人呢？"

小湘脸色发青："你、你说话可得摸摸良心！"

少良也有点火了："我也不想跟你多说了，既然你不愿意和我同甘共苦，你把钱看得比我们的感情还重，我也不能勉强你。你要走，我绝不拦你。"

小湘也急了："我也不想跟你多说，你这样的观念，咱们确实不该勉强，那就各走各的路吧。"

少良心里跟刀割似的痛："我现在这样，你要各走各的路，我还能拖累你吗？行啊，那就各走各的路。"

两个人又闹得不欢而散。

少良整天愁眉苦脸，想来想去，他还是觉得得向银行贷款才行。打电话去几个银行问，银行都说现在金融风暴，纯消费贷款不好批，只有公务员信用贷款还可以贷。少良想把自己的旧房卖掉，但卖房也要小湘签字才行，左右都是死路。少良天天上班都魂不守舍的，他心里想着，实在还不上了，也只有自首一条路可以走了。

这天公司举办了一个酒会，崔林生喝得有点高，缠住欧阳枫要跳舞。欧阳枫一向讨厌崔林生，脸上就有些不高兴。少良正好在旁边，欧阳枫说："不好意思，今天晚上我答应杜经理做他的舞伴了。"说完，把手朝少良一伸，少良很自然就接过来，做了一个请字，两人双双下了舞池。

一曲终了，崔林生凑过来说："少良，你绝对可以，家里家外都搞得定。行，兄弟我佩服你。可是，你别忘了咱们说过的话。"少良默不做声。崔林生冷笑了几声走了。欧阳枫是个聪明人，她早听出了蹊跷。

酒会结束已经是半夜了，欧阳枫主动说："我没开车，你送我吧。"

在车上，少良说："那钱我尽快！"

欧阳枫想了想才说："怎么，我和你之间能谈的只有工作吗？"

少良有点尴尬："我不是这个意思，总之你放心，这事我肯定不会连累你。"

欧阳枫想了想才说："其实10万块钱也不是大数目，实在没有办法，各处借借也能凑上。"

少良一筹莫展地叹气："这个，我知道。我会想办法的。"

欧阳枫看了少良一眼："崔林生把录音放给我听了，你打算怎么办？"

少良沉默了一会儿才说："我已经走错了一步，绝不能一错再错。他如果去举报我，那也只能由他，我就是这么想的。"

欧阳枫说："我咨询过律师，三个月内你还上了，只要公司不追究，你就没事。可是你要是三个月以内没有还，就是刑事罪了，这个利害，你得知道。"少良默默地开着车。

到了欧阳枫家的楼下，欧阳枫坐在车上没动，少良也不好催她，只好坐在车里。欧阳枫深深地看了少良一眼，才从包里拿出一张支票给少良，少良一时半会儿没会过意来，就这么呆呆地看着欧阳枫。欧阳枫说："我这钱闲着没用，你先拿去把账填上。"

少良这才反应过来，赶紧推辞："这怎么行，我怎么能拿你的钱呢？"

欧阳枫把支票塞到少良手里，推开车门就要走。少良赶紧追下来，一边追一边说："这不行，我不能要你的钱。"

欧阳枫突然停下来，转过身看着少良，少良收脚不住，两个人正好碰了个脸对脸。欧阳枫盯着少良的眼睛，突然在少良的面颊上轻轻一吻，她脸一红，转身就走了。少良当场呆住了，等想起来要还支票的时候，欧阳枫早就进了电梯，少良就这么呆呆地站在欧阳枫家的楼下，心乱如麻。

7

这头，倪燕青知道了小湘和少良吵架，忍不住说小湘："什么时候也不能说各走各的路这种话啊，这种话最伤人了。"

小湘愤愤不平地说："你说他前脚说改，后脚就来这么一出。他找我就是为了叫我给他贷款去，这人怎么这么没担当呢？"

"我跟你说什么来着，夫妻之间得就事说事，千万不能上纲上线。"倪燕青对小湘和少良间的战争已经见怪不怪了。

"我就是气他这人不会办事。"

"他既然只是不会办事，那也不是什么原则性的问题。"

"怎么不是原则性问题，他说我把钱看得比感情重，我跟他过了这些年，什么苦都吃了，他家有事我是有求必应，最后，我还落这么一句。"

倪燕青叹了一口气："他说这话吧，确实挺不是东西的。可是呢，你也要分分他是不是说的气话。跟你自己似的，你还说要各走各的路呢。你要是真不愿意和他过，你就当我没说过，可是你要想跟他过一辈子，这种话就不能太认真。"

"这种话说得太没良心了，想起来我就气。"

"你就是再气，千万别什么事都跑回家跟你妈哭去。你妈多疼你啊，你这一哭，她肯定又冲到你婆婆家去了，那你的日子就别想过了，吸取教训啊！"

小湘叹气："我哪里还敢跟我妈说这些啊！"

倪燕青轻轻地问："那你是真不打算管他了？"

小湘犹豫了一会儿说："我查了法律条文了，他挪用的时间不长，只要马上还上，公司又不追究的话，可以不用坐牢。"

倪燕青笑着说："看吧，嘴硬心软。你说你都替他打算好了，你还不叫他记你一个好，你傻不傻啊！"

"这钱我已经贷出来了，就是想先急急他，叫他知道怕，以后不敢随便乱替他家人扛着了。"

倪燕青说："那你也得把握点火候，把他急过头了，不好收拾。"

小湘说："我打算过几天就给他送钱去。"

倪燕青说："杜少良哪辈子烧的高香，娶你这么个好老婆！"

小湘苦笑："那也得他知道好歹啊！"

第二天，少良在办公室里如坐针毡，欧阳枫给他打了几次电话，他都没有接。欧阳枫似乎是怕少良尴尬，自己也并没有过来找少良。到了晚上，少良心里实在是憋不住事了，把大昌拉到茶社去。大昌一听这事，惊讶得张大了嘴巴："行啊你，看不出来，看不出来，欧阳枫能拿这么一大笔钱给你。"少良烦躁地说："你别说风凉话，我找你是商量接下来怎么办。"

大昌笑着说："你能怎么办？要不就以身相许，要不就还给人家。我觉得，你可以考虑一下以身相许，反正现在嫂子也不理你。"

"说点有建设性的话行吗？我找你，是想让你帮我把这钱退给她。"

"千万不要啊，你叫我去退，多伤人家的自尊，这不合适。"

"我总不能自己去退吧？太尴尬了。"

"不是兄弟不帮你，这个钱，只有你自己去退，别人替不了你的。再有，你现在确实没有钱去平账，我要是有钱帮你，我肯定拿出来，但是我现在是真没有。你还是考虑一下，把这个钱先拿来用一下，大不了将来再还给人家。"

少良说："要是你的钱，我肯定用，连个谢字我都不给你，但是欧阳枫这钱，我不能拿。"少良没好意思说出欧阳枫那一吻。

大昌把手一摊："那你怎么办？只能还是找嫂子商量去，嫂子肯定不会不管你。"

少良说："我怎么能再拖累她呢？我知道她为了我，为了我们家也没少操心，她再怎么怪我，怎么恨我，我也没什么好说的。"

大昌说："那你也不能为了10万块钱就去坐牢啊，不然，还是先用欧阳枫这个钱吧。"

少良叹气："我是不敢，这个情，我还不起。"

少良爸妈在家里和杨彩霞吵得天翻地覆，也没有把房产证要回来。杨彩霞对少良爸妈的一切举动都采取不回应的态度，少聪和杨彩霞说了好几次，杨彩霞就一句话："有本事你来养我们娘俩儿。"少良妈在电话里跟少良哭了好几回，问少良怎么办。少良思来想去，还是决定自己去把钱退给欧阳枫，然后去自首。

这天，少良犹豫了很久，才来到欧阳枫的办公室。他想敲门，又有点犹豫，最终还是下定决心抬起手来，还没敲门，欧阳枫已经把门打开了。

少良把支票小心地放在欧阳枫的面前："我想，我不能要你的钱。这个事是我自己犯下的错误，我自己来承担，你就如实向公司汇报吧。"欧阳枫沉默了一会儿，把支票收下了。

少良出了欧阳枫办公室的门，长吁了一口气。

少聪被父母闹得没办法了，只得背着彩霞在房间里翻箱倒柜找房产证。杨彩霞突然走进来，少聪一惊，把桌上的台灯险些碰掉了。杨彩霞说："别找了，那房产证你是找不到的。"

少聪突然扑通一声跪下了："我不是人，我以前做了对不起你的事，你怪我一个人。可是我杜少聪再不是人，再不干人事，我不能让我大哥为了10万块钱去坐牢。我求你了，你把房产证给我。"

杨彩霞瞬间泪流满面："你以为我想你大哥坐牢吗？我不是这样的人。可是我能怎么办？你没干过一天正经事，你欠一屁股债，我又没有工作，没了这房，没了这店，我们怎么活？我怎么样都不要紧，孩子呢，孩子怎么活？"

"事是我惹的，我大哥替我还债才搞成这样，说什么，我不能再浑蛋了！你放心，卖了房子，我出去打工，有我一口吃的，就有你们娘俩儿吃的。我杜少聪以后重新做人，我一定对你们好，我们会过上好日子的。我们不能毁了我大哥啊！彩霞，你想想，咱们进医院、保胎、开店，哪样不是我大哥帮忙的，我不能没有良心啊！"

少良妈站在门口，老泪纵横："彩霞啊，妈知道你苦，你为了孩子。可是他大哥要是为这10万块钱毁了，我们心里能安吗？"

彩霞呆呆地盯着少聪，半天才说："你起来！"

少聪说："你不答应，我不起来！"

彩霞一转身出了房，不一会儿工夫拿了把菜刀回来了。少良妈赶紧扑过去拦："可不能啊"。彩霞眼睛瞪得圆圆地说："你让开！"少良妈拼命拽住彩霞的胳膊："不能啊，彩霞，不能这样，你想想浩浩，你想想。房产证不要了，你把刀放下。"

少聪满脸是泪："你要是拿刀劈了我，你能解气，你能把房产证给我，你就劈了我吧。"

彩霞瞪着少聪，半天才说："你不让开，我怎么拿房产证给你啊？"

少聪愣住了，彩霞一把拖开他，在少聪跪的地方，彩霞用刀把一块青砖弄了起来。青砖下面，红色的房产证安静地躺在那里。彩霞看着房产证，喃喃地说："我就是不信，大嫂会不管大哥。"

小湘这会儿在银行里取了钱，她本想去找少良，可心里又咽不下这口气。想了想，她打了个电话，把大昌给叫出来了。

公司里，崔林生又接到了瑞阳副总的电话，问他和少良谈的情况怎么样。崔林生在电话里解释："您放心，就是他不过来，我也把我的人马都带过来，我手里的客户群很成熟，一定对公司有帮助。"

瑞阳的副总说："老崔啊，我和你交个实底，现在经济不好，各个公司都在裁人，为什么我们老板还要挖你们过来呢，你自己不想想？是为了你手里那点客户资料吗？说到销售，瑞阳的销售团队不比你们差，对吧？我们要的是技术。"

崔林生哭丧着脸说："那我的位子，您可一定得替我操心，怎么说我还叫您一声表姐夫呢？"

瑞阳副总说："你叫亲姐夫也没用啊，我说了不算。我这就算是在帮你了，你把那技术给带过来，你就是大功臣，别的我保不了你。"崔林生放下电话，就跑来找少良。

少良办公室里，崔林生问："你考虑得怎么样，瑞阳对你可不薄，只要你肯，你的薪水我还能给你抬一成上去。你想想吧，这么好的机会，你就放过去？"

少良想了想说："机会是很好，但是昧良心的事我不能干。"

崔林生有点气急："你可想好了，我这是好心好意地替你想条出路，你不至于想叫我把录音送到董事长办公室去吧？今天下午 2 点，董事长要召集全体部门经理开会，你再好好想想，想清楚了。"

少良坚定地说："不用想了，我现在就去董事长办公室自首。"

崔林生望着少良又是气，又是恨，不知道说什么好。欧阳枫推门进来："不用你自首，你根本没做过什么，为什么要自首？崔林生，你有本事尽管去告发，看看董事长是信我们两个，还是信你。"

崔林生指着他们俩说："你们两个都跟这事有关，我有证有据，看看老板信谁！"

大昌嬉皮笑脸地进来："我跟这事一点关系也没有，我只是听见你要挟他们两个，看看老板是信我们三个，还是信你一个。"

欧阳枫做了一个请的动作，崔林生铁青着脸出去了。

少良吐了一口气："这事你们俩不用搅和进来。我想好了，我这就自首去。"

欧阳枫说："你傻啊，为 10 万块钱，把工作丢了，还得坐牢，值吗？"

少良说："自己做错的事，自己该承担责任的，怪不了谁。"

欧阳枫说："你的账我给你平掉了，你放心，不管崔林生说什么，我都会给你作证的。"

少良愣了，过了一会儿才说："我不能要你的钱，我也不能连累你和我一起犯罪。"

欧阳枫笑着说："我可没那么大面子叫你用我的钱。"

少良疑惑地看着欧阳枫，大昌说："嫂子刚走。"

少良愣了一下，抓起衣服冲出门去。欧阳枫默默地看着少良的背影。

公司门外，少聪夫妻俩急匆匆地赶来了，彩霞拉着少聪说："聪子，你再等等吧，没到最后期限呢。说不定，嫂子会替大哥还上的。"

少聪火急火燎地说："你怎么还不明白呢？这钱就该咱们还，说什么也不能再拖累大哥了。"

彩霞不说话，只拉着少聪的衣角不放。

两人正拉扯着，小湘从公司的大门里走出来，低头擦着眼泪。少良在后面不顾一切地追了出来，小湘装作没听见少良的呼唤，低头朝前走着。少良三步并作两步跑了上来，一把拉住小湘："小湘，别走，你别走。"

小湘拼命忍住眼泪，绷着脸说："你还追我干什么？你不是说我把钱看得比你重吗，那你还追我干什么？"

少良吞吞吐吐地说："我、我会把钱还给你的。"

小湘说："那好，你什么时候有钱，什么时候还。"

少良沉默了，小湘等了半天，不见他说话，心里又是急又是气，把少良的手一甩，低着头走了。

彩霞这边还拉着少聪的衣服，两个人望着少良和小湘，彩霞如释重负地说："我说过，大嫂会替大哥还债的。"

少良爸妈这时候也赶到了。

少聪挣脱了彩霞的手，跑了过去："大哥，你赶紧追啊。"

少良看着小湘的身影，说："不追了，我这种情况，怎么还配去追她？"

少良妈说："咳，你这孩子怎么这么死心眼，两夫妻说什么配不配。"

少良爸指着少聪骂："你个不争气的东西，都是你惹出来的事，现在好了，把你大哥的家都闹散了，你痛快了！"

少聪急得把房产证朝少良手上一塞："哥，房产证我拿到了，把房子卖了，你的债就能还上，你和大嫂放心过你们的日子去，我的事，不用你管！"

彩霞赶紧去拦，想了想，又缩回了手。

少良把房产证放到彩霞手上："这不是卖房子的事儿。再说，卖了房子，你们都住哪儿去？"

少良妈说："不行，这次咱就是卖了房子睡马路去，也得把小湘给请回来。"

少良默默地摇摇头，转身要走。

少聪问："哥，你去哪儿？"

少良没回头："我犯了法，不能连累同事，更不能连累小湘。我现在就去自首。"

少良妈惊呆了："良子啊，钱不是都还上了吗？为什么还要坐牢？"

少良忍着泪："妈，我确实犯了法。"

小湘家里，小湘爸妈很严肃地和小湘谈着少良的问题。小湘爸感到很痛心："法院虽然判他免于处罚，可他这也是犯罪了，他工作也丢了。你可得想清楚，以后的路不好走。"

小湘妈严肃地说："我和你爸的意见，你还是和他离婚比较好。你是机关工作人员，他的这个情况，以后对你可能有不好的影响。"

小湘一直沉默不语。

过了半天，小湘妈叹了一口气："你自己好好想清楚吧。"

小湘轻轻而又坚定地说："我不离婚！"

少良对小湘倍感歉疚，少良爸妈也不想大儿子这个家就这么散了，于是，他们拉着少良就进了城。少良爸拿出一张签好了字的借条，郑重地递给小湘爸。小湘爸犹豫地看着："这，不合适吧。他们两个的问题，让他们自己去谈吧。"

少良爸坚定地说："不，亲家，这个钱，一定是我们来还。这次的事情，是我两个儿子做错了事，拖累了你们。我这个人黑是黑，白是白，眼里绝不容沙子。这张欠条，你一定要收下。从下个月开始，我们每个月都还钱。"

小湘爸不肯接过欠条："你们现在也紧张，不用这么着急。"

少良爸说："我一辈子做人，图的就是一个心安理得，这钱是一定要还上的。"

小湘爸妈对视一眼，少良把欠条接过来，连带着自己写好的保证书，一起递给小湘爸说："爸，您就收下吧。这些年，您和妈对我照顾很多，我心里都知道。我跟您保证，我以后一定好好地对家庭负起责任。这是我写的保证书，你收下，以后我要是做不到，您怎么批评我都行。"

小湘妈推辞着说："这个钱是小湘拿出来的，你还是和她商量。"

小湘的房门打开了，少良不知道说什么好，手里举着欠条和保证书，眼巴巴地看着小湘。

小湘沉默了一会儿，接过欠条和保证书，看了一看，突然抬手把欠条给撕了。

少良爸妈哎呀了一声，小湘轻轻地说："你改了就好。"

少良含着眼泪，说不出话来。小湘一抬手，又要把保证书给撕了，被小潇从旁边一把给抢了过来："这个可不能再撕了，口说无凭，这东西得留着，以后给他提个醒。"

小湘还想要回来："姐！"

梁文年说："留着，我十年前写的保证书，你姐现在还留着呢。这个东西，比圣旨都灵。"

听到这话，全家都笑了。